영화와 문학

송창호宋昌鎬

경북대학교 사대 영어교육과, 경북대학교 영어영문학과(문학석사), 세종대학교 영어영
문학과(문학박사)를 졸업하였다.
버팔로 뉴욕주립대 교육부 파견교수와 워싱톤대 영문과 객원교수를 지냈다. 또한 벨로
우-맬라머드학회장, 한국영미어문학회부회장, 신영어영문학회장을 역임하였다.
『구미문예론』, 『영미단편이해』, 『솔 벨로우: 자아문학세계』, 『스크린 영어』 외 다수의
논문과 저서가 있다.
현재, 금오공대 교양교직학부 교수로 재직 중이다.

영화와 문학

초판 1쇄 발행일 2015년 8월 30일
송창호 지음

발행인 이성모
발행처 도서출판 동인
주 소 서울시 종로구 혜화로3길 5 118호
등 록 제1-1599호
TEL   (02) 765-7145 / FAX (02) 765-7165
E-mail dongin60@chol.com
I S B N 978-89-5506-667-8
정 가 16,000원

※ 잘못 만들어진 책은 바꿔 드립니다.

영화와 문학

송창호 지음

도서출판 동인

본 연구는 금오공과대학교 교수연구년제에 의하여 연구된 실적물임.

　　오늘날 인문학의 위기라는 이야기가 곧잘 거론되는 속에서도 컴퓨터의 등장은 문학작품을 집필하거나 연구하는 학자들에게 커다란 영향을 끼쳤다. 이제는 인터넷상에서 손쉽게 모든 자료를 구입하거나 연구할 수 있으며 손수 펜으로 집필하던 작업도 키보드가 대신하여 준다. 마찬가지로 영화의 등장과 그 상업성이 문학작품의 문학성을 저해할 것이라고 우려를 낳았지만 오히려 문학 텍스트의 장을 확대시켜 그 가능성을 넓혀주었다. 오늘날 대학에서도 영상과 문학의 문제를 심도 깊게 다루고 있는 현실이다.

　　지금까지 기존의 전통적 문화 전달 매체인 문자매체는 서적의 대량 유통을 통하여 문화의 대중화에 기여해 왔다. 그러나 곧 이어 나온 영화는 그런 단순한 기록물에 그치지 않고 극영화의 형태를 갖추면서 내러티브를 지닌 문학과 상호 특수한 관계를 맺게 되었다.

　　영화에 대한 대중의 엄청난 반응은 문학으로 하여금 일종의 위기의식을 느끼게 만들었다. 영상텍스트의 등장으로 문자 텍스트, 특히 소설이 위협을 받게 되고, 심지어 종이로 된 문자 텍스트는 사라져 버릴 것이라는 전망도 나왔다.

　　그러나 오히려 그러한 전망과 다르게 문학작품의 영화화는 서적 시장에 영향을 끼쳤다. 스티븐 스필버그 감독의 〈칼라 퍼플〉이나 시드니 폴락 감독의 〈아웃 오브 아프리카〉 등은 영화화 된 후로 소설이 이전보다 더 많이 팔렸던 것이다.

영상시대에 영화와 문학과의 관계는 서로 다르면서도 근본적으로 닮은 점 때문에 문학의 입장에서 영화를 읽고, 영화의 입장에서 문학을 볼 수 있게 하여준다. 오늘날 문학과 영상의 상호보완적 만남은 영화로 성공한 작품들을 다시 소설로 출판되게 하는 예들을 흔히 볼 수 있게 한다.

이제 영화와 TV극에 따라 소설이 쓰이고, 시나리오가 무대 위에서 각색되고, 영화를 책으로 만드는 일들과 문학작품의 영화화가 흔히 행하여지고 있다.

이런 상황에서 지금까지 영화화된 문학작품들을 연구하고 그것을 강의실에서 다루어 보려고 하는 마음에서 영화이론과 문학의 관계를 좀 더 진솔하게 파악하여 보고, 작품 편에서 외국 작품과 한국 작품들을 다루어 보았다.

문학공부의 영역을 영화에까지 확장시켜서 문학과 영화의 상관성에 대한 분석과 비평적 안목을 기르는데 또한 일조하려고 노력해 보았다.

이 책의 출판이 영화와 문학의 이해에 밑거름이 되어 주었으면 하는 바람이다.

끝으로 이 책이 나오도록 도움을 준 동인출판사 이성모 사장님께 감사 말씀을 드린다.

거의동 연구실에서
송창호

작품 편

외국 문학

한국 문학

FILM
and 이론 편
LITERATURE

1. 영화와 예술성

일반적으로 영화는 연속적으로 촬영한 장면을 스크린 위에다가 투영시켜 영상들을 움직이도록 보여주는 장치 또는 그렇게 만든 작품이라고 정의된다. 따라서 처음에는 영화를 활동사진motion picture/moving picture이라고 부르게 되었다. 오늘날 영화를 통칭하여 무비movie라고 하지만, 질벨 고엥세아는 사회적, 기술적, 산업적 접근에서 말할 때 시네마cinema, 미적, 철학적 접근에서는 필름film으로 부른다고 설명한다.

영화가 처음 나온 이후에 '예술이냐, 비예술이냐'라는 문제가 꾸준히 제기되면서 그 평도 가장 야만스런 것, 인류의 값진 승리 등으로 엇갈리었다. 독일 튀빙겐 대학의 미학자인 콘래드 랑게 교수는 『현재와 미래의 영화』에서 영화의 사회성과 교육성을 매우 높이 평가하고 교육적 목적의 기록 영화나 고전극 영화 등을 제시하면서도 새로운 예술로서 받아들이려는 입장을 보이지 않았다. 예술은 보는 사람의 환상에 호소해야 하며 인간의 상상력을 자극하고 만족시켜야 한다는 환상 미학의 입장 때문이었다. 영화가 현실재현의 기술이 강해서 환상의 미가 들어갈 여지가 없다고 주장하였다.

다른 한편 하버드대학교 실험 심리학자이자 교수인 휴고 문스터베르크는 『영화, 심리적 연구』에서 영화는 단순히 현실의 모방이나 대용품이 아닌 독자적 예술이라고 주장한다. 그는 영화를 사진과 같은 단순한 복제품이 아니라 관객의 심리적 작용을 분석하여 미적, 예술적 측면을 설명하고 있다. 그는 연극의 현실 재현이나 무대의 단순한 모방이 아닌 영화화면의 심리적 측면을 고찰하였다. 이러한 영화의 특이한 표현양식에 따라 영화는 독자적 예술이 된다고 그는 주장한다.

한걸음 더 나아가 영화를 다른 예술과의 관계에서 파악하려고 한 사람이 있는데 그가 리치오토 까뉴도이다. 그는 1911년에 발표한 『제7예술선언』에서 영화를 '활동사진'moving picture 또는 '영화극'photoplay이 아닌 '제7예술'로 명명하고, 새로운 시대의 새로운 예술의 등장으로 주장했다. 그리고 그는 영화가 단순히 하나의 새로운 예술일 뿐만 아니라 더 나아가서 '전체적 총화의 예술'이라고까지 주장했다. 시간적이며 공간적 존재인 인간은 먼저 주거를 만들고 리듬에 맞춰서 몸을 움직이면서 예술을 싹트게 하였고 예술을 조형예술(움직이지 않는 예술)과 리듬예술(움직이는 예술), 즉 건축 - 조각 - 회화와 음악 - 무용 - 시라는 흐름으로 나뉘어 발전해왔다고 설명한다. 그런 면에서 본다면 여섯 개의 다른 예술 뒤에 태어났지만 또 다른 예술로 총화시킨 예술이란 뜻이며 일곱 번째 태어난 예술이란 순서만의 뜻은 아닐 것이다. 어쨌든 까뉴도는 영화를 영화와 연극, 영화와 음악, 영화와 소설, 영화와 무용 등 다른 예술과 관계 속에서 보다 거시적으로 파악해 보려는 흐름에 대한 선구적 역할을 하였음에 틀림이 없다.

오늘날 영화가 예술적 형태로 가치를 인정받는 것은 자명한 사실이다. 그러나 영화가 오락매체로서 상당한 인기를 초기부터 누려왔기 때문에 영화의 예술성을 일반적으로 인정받게 된 것은 비교적 최근이라고 볼 수 있다.

영화가 진정한 예술로 다루거나 취급되지 못해 왔던 이유는 영화의 기원이나 발전과정에 문제점이 있다고 볼 수 있다. 실제 영화를 상업적 장난감이나 신기한 구경거리로 보면서 영화산업을 흥행사들에 의하여 대중적 취향을 간파하여 만드는 오락 매체로 개척하여 성공하였다. 이처럼 영화가 대중적으로 크게 성공한 것은 흥행사와 제작자들에겐 많은 이익과 부를 안겨주었지만, 반면에 예술적 가능성을 진지하게 찾고 있는 영화작가들에겐 심각한 구속이 되었다. 영화는 상업적 성공과 대중적 저속성을 가져다주는 오락적 매체라는 인식이 영화작가들로 하여금 대중에게로 좀 더 효율적으로 다가서려는 적극적인 자세와 호소력을 찾게 하였다.

영화의 예술성을 부정하는 일부 평론가들은 촬영 상 갖게 되는 기술적,

기계적 본질 때문에 영화를 예술적 비전이 존재할 수 없다고 한다. 즉 카메라가 모든 대상물을 필름에 담아서 시각적으로 재현하는 기계적 도구임으로 기계적 과정의 산물에 불과하다는 것이다. 그러나 영화의 기계적 과정은 단지 수단일 뿐이지 목적은 아니다. 화가가 그림을 그리기 위하여 붓과 오일, 캔버스를 사용하듯이 카메라와 필름은 영화작가가 영화를 만들기 위한 도구에 불과한 것이며, 그 뒤에 깃든 인간의 감수성이나 정신, 창조성이나 예술성을 들여다보아야 하는 것이다. 사실 1960년대 이후로 영화에 대한 관심과 태도가 높아지면서 영화작가나 비평가들이 연구를 계속하여 영화의 예술성을 수용할 수 있는 터전을 만들어 나갔다. 또한 TV나 영화 등급이 대중과 의사소통의 부담을 덜어주고 촬영, 편집, 음향의 새로운 기술 발전도 영화의 예술성을 향상시켜가도록 도움을 주었다.

영화는 독특한 예술이다. 영화는 시각, 음향, 움직임 등으로 동시적 의사소통이 원활하여 회화나 조각보다 훨씬 복잡한 감각적 효력을 만들어 낼 수 있고, 시점이나 움직임, 시공간 등의 운용이 연극보다 훨씬 쉽다. 소설이나 시처럼 활자로 인쇄된 추상적 상징들이 독자의 머릿속에서 상상에 의한 감각적 영상과 음향으로 전달되는 것이 아니라 스크린을 통한 직접적인 시각 영상과 음향을 통하여 관객과 의사소통을 하는 예술이다. 또한 영화의 소재는 무한하여 서정적인 것에서 서사적인 것으로, 객관적인 것에서 극도로 주관적인 것에 이르기까지 모두 담아낼 수 있고, 피상적이고 감각적인 것에서 지적이고 철학적인 것에 이르기까지 모두 포착할 수 있다. 시공간의 문제도 얼마든지 변형할 수 있어서, 과거와 미래를 손쉽게 보거나 몇 분을 몇 시간으로 늘릴 수 있고 한 세기를 단 몇 분으로 압축시킬 수도 있다. 또 영화는 가장 유연하고 섬세하며 연약하거나 아름다운 느낌에서 가장 폭력적이고 야수적인 강박적 감정에까지 인간의 모든 정서를 다 표현할 수 있다. 이렇게 영화의 현실감은 관객으로 하여금 스크린에 투사된 환영에 몰입하여 완전하고도 극단적인 환상의 정서 효과를 불러일으키게 한다. 이런 이유로 영화는 회화에서 사진으로, 영상의 투영으로, 음향과 색채의 가미로, 대형 입체 화면으로 발전해온 계기가 되었던 것이다.

2. 영화 감상

이러한 영화를 더 잘 이해하고 감상하기 위해 우리는 영화에 대해 좀 더 분석적 접근을 해야 할 것이다. 물론 다른 예술들처럼 영화도 분석을 통하여 완전하고도 최종적인 영화예술의 답변을 얻을 수 있는 것은 아니지만, 그래도 이런 분석을 통하여 영화예술의 더 높고 중요한 측면에 도달할 수 있다. 영화를 분석적으로 감상함으로써 잘된 작품에 대한 식별력을 향상시키고 좋아하는 영화를 쉽게 선택할 수 있는 것이다. 심도 깊은 분석을 통하여 훌륭한 작품의 숭고함을 찾아나갈 수 있을 것이다. 그저 범속한 작품은 처음에는 그럴듯한 인상을 줄 수 있지만 계속된 분석 후에는 점차 관심을 잃게 된다.

영화의 분석은 영화의 의미나 가치에 대하여 생동감 있고 명확한 결론을 내리게 한다. 오랫동안 마음깊이 영화 속의 체험을 간직하게 하고 비평적 안목을 넓히며 예리하게 해준다. 또한 우리에게 새로운 인식과 이해의 차원을 열어 주기도 한다. 더 나은 이해력을 가질수록 그만큼 더 완벽하게 예술을 이해할 수 있게 된다. 따라서 영화의 분석은 영화 감상의 정서적 체험을 더욱 증진시키고 풍부하게 해주며 동시에 새로운 차원의 체험도 계발시켜주기 때문에 충분히 해볼 가치가 있는 것이다.

영화 감상에서 우선해야 할 중요한 점을 든다면, 보편적으로 첫째 영화 자체가 모든 예술의 감상에서처럼 강조되어야 할 점을 찾는 것과, 둘째 표현매체에 있어서 그 특징이 다른 예술과 다르기 때문에 매체의 특징이 주는 아름다움이나 예술성을 찾아내야 한다는 점이다. 전자는 예술로서의 영화를, 후자의 경우는 영화의 내용에 중점을 둔다. 가령 소설은 아름다운 농촌의 풍경을 문자로 서술하여 그것을 상상력 속에서 재현시키는 과정을 거치는 데 비한다면, 영화는 영상으로 아름다운 농촌 풍경을 연속적으로 보여주고 음sound을 덧붙여서 직접적으로 우리의 눈과 귀에 호소하는 매체 상의 다른 점이 있다. 따라서 영화는 과거나 미래 모두 가장 사실적이고 항상 현재에 진행되는 모습으로 우리 눈에 와 닿는 것이다.

조셉 M. 보그스 미국 켄터키 대학 교수는 『영화를 보는 기술』이라는 저서에서 이 두 가지 면을 잘 배합하여 여덟 가지 요소에 의해 영화를 보거나 감상하거나 분석하는 방법을 제시했다. 그는 첫째, 주제主題와 목적目的, 둘째, 허구적인 것과 연극적 요소의 기준, 셋째, 시각적인 요소, 넷째, 음향 효과와 대사, 다섯째, 음악, 여섯째, 연기, 일곱째, 감독의 연출 스타일을 각각 분석하는 방법을 논의하고 끝으로 영화분석의 특수한 문제와 영화 전체의 분석이 지니는 특징으로 결론지었다. 이것은 영화가 다른 예술의 여러 요소가 합쳐서 이루어졌지만 하나의 새로운 예술의 표현을 가능케 한다는 것을 의미한다.

영화를 감상할 때는 자신이 직접 경험하듯이 몰입해 들어가고 상영이 끝날 때는 객관적이며 공정한 비평적 견해를 견지해야 한다. 따라서 영화의 복잡한 매체적 특성, 빠른 속도로 진행되어 가는 것 등은 한 번의 감상으로 모든 요소를 고려하기는 어렵다. 따라서 가능한 거듭 감상해야 한다. 실제 영화를 처음 볼 때와 두 번째 볼 때는 다르다. 처음 볼 땐 영화에 몰입을 해서 주변에 신경을 못 썼지만, 두 번째 볼 땐 상대적으로 몰입을 덜 하게 되어 주변 시선을 좇을 수가 있다. 처음 볼 땐 스토리에 빠져들었다면 두 번째에서는 알고 있는 스토리보다는 배우들에 내면연기라든가 표정 디테일한 요소들을 찾는 재미가 있는 것이다. 이를 거듭 보기double viewing라고 한다. 첫 번째 감상은 작품의 구성관계, 전체적 정서효과, 중심개념과 테마 등 일상적 태도로 감상에 임한다. 두 번째 감상 때는 작가가 이야기하려는 바와 영화작가가 무엇을, 어떻게, 왜 그렇게 표현하려 했는지를 보도록 한다. 이렇게 거듭 보기로 훈련되면 점차 한 번의 감상만으로도 작품을 평가하는데 익숙해질 수 있다. 어쨌든 진정한 영화 분석은 영화 감상이 끝난 뒤에 시작된다고 볼 수 있을 것이다. 영화가 상영되는 동안과 끝난 뒤에도 여러 가지 의문점들이 남아 있게 되고 이를 장면들과 반추해 봄으로써 완전한 분석이 가능할 수 있을 것이다.

1 주제별 감상

영화뿐 아니라 소설이나 희곡에 있어서 중요한 것은 먼저 영화를 만드는 감독이 줄거리가 아니라 무엇을 이야기하고 싶어 했느냐의 주제theme를 찾아내는 것이다.

주제 파악은 감독이 모든 영화적 표현을 잘 다루어 하고 싶은 이야기, 즉 주제를 얼마나 정확하게 관객에게 전달하는가를 알아보는 것이다. 그러므로 우선 영화를 보는 데 있어서 그 주제가 무엇인가를 정확히 알아보는 것은 중요하다. 이 주제는 영화가 이야기story를 가지고 있는 극영화fiction film인 경우 우선 시나리오에 의해 일차적으로 구성되고 감독에 의해 문자에서 영상으로 옮겨지는 것인만큼 전체적인 시나리오가 상당히 크게 작용한다. 따라서 영화 감상에 있어서 그 작품의 주제가 무엇인가를 정확히 파악하는 것이 무엇보다도 중요하다. 그러나 그런 주제가 없는 영화도 허다하다. 우리가 말하는 이른바 오락영화나 상업영화에서 주제는 가장 기본적인 권선징악의 기초적인 틀에서 순간순간을 즐겁게 해주는 것으로 일관할 수 있다. 〈인디아나 존스〉같은 영화가 그런 것이 된다(한국영화학교수협의회 297).

주제를 파악한다는 것은 감독의 의도나 목적을 파악한다는 것이다. 그러나 감독의 의도와 목적을 통한 주제 전달은 영화적인 여러 가지 요소의 배합으로 궁극적인 조화를 어떻게 이루는가에 달려 있다. 즉 영화의 또 다른 특징인 영화 속의 리듬, 영상과 영상의 연결에서 오는 충격, 화면과 화면의 시간배율, 그리고 어떤 기쁘거나 허무한 기분 등의 다른 순수한 영화적 요소에 의해 영화의 예술성을 발견해야 할 것이다.

영화에 있어서는 연극적인 요소나 음악적인 요소, 미술적인 요소 등 다른 예술이 갖고 있는 요소가 섞여 있다는 것을 알아야 하지만, 그것은 다 섞여 영화적인 것으로 뒤바뀐다는 사실도 알아야 한다. 주제를 파악한다는 것은 먼저 영화가 이루어지고 있는 다른 요소들, 예컨대 극영화의 경우 시나리오 자체가 시각적으로 표현되어 나가는 힘이라든가 배우들의 연기력이라든가, 또 촬영의 짜임새 있는 구도나 아름다운 화면의 색조나 음향의 효과, 음악의 분위기 등이 모여서 하나의 주제를 이끌어 나가는 데 이바지한다는 것이다.

(1) 플롯 중심

모험영화나 탐정영화를 비롯한 많은 유형의 영화들은 연속적 사건 자체를 강조하며 권태나 무료함을 피하도록 빠른 전개와 자극적 행위의 전개가 이루어진다. 인물, 중심사상, 정서적 효과 등의 모든 요소가 플롯에 귀결된다.

(2) 정서 중심

특수한 분위기나 정서적 효과를 작품의 초점이나 구조적 토대로 표현한다. 영화 전반에 단일한 정서나 분위기가 흐르게 되며 강력한 정서효과를 나타낼 수 있다. 〈남과 여〉와 〈러브 스토리〉 등이 낭만적 톤을 바탕으로 한 정서적 효과를 주제로 한 작품으로 볼 수 있다.

(3) 인물 중심

극중 인물이 일상적 인물과는 다른 특성, 그만이 제시할 수 있는 독특한 개성을 가짐으로써 극을 진행시킨다. 이때 플롯이 중요하지만 작중 인물과 사건을 전개, 발전시켜 나가는 주변적 도구에 불과하다.

(4) 생각 중심

대개 진지한 영화들은 작품 자체의 현실적 측면보다 사건이나 극중 인물에 더 비중을 두며, 그것을 통하여 인상체험이나 인간상황의 여러 국면을 잘 이해하게 된다. 테마가 되는 아이디어는 특정 사건이나 인물을 통해서 직접 진술되기도 하지만 대개 간접적으로 제시되고, 그 간접적 접근은 다양성을 내포하고 있으므로 다양한 해석이 나올 수도 있다.

주제의 범주를 다음같이 분류해 볼 수 있다.

(1) 도덕성

어떤 지혜나 도덕적 원리를 실제적으로 제공하여 보여줌으로써 우리의 행동 규범을 규정하려고 한다.

(2) 인생론

인생의 진실을 밝히기 위한 현실에 대한 예리한 인식과 인간 경험, 인간 상황 등을 다루며 어떤 도덕적 원리에 속박되지 않고도 삶에 대한 이해를 도모한다.

(3) 인간론

우주적이고 독특한 인물보다 보편적인 인간성을 탐구한다. 인류의 보편적 대표성을 주장한다는 면에서 인간본성의 진리 제시의 매개체가 된다.

(4) 비평적 시각

사회문제, 즉 사회적 존재인 인간의 악덕이나 어리석음을 폭로하거나 사회제도나 기구에 깊은 관심을 갖는다. 표현은 풍자적, 희극적, 냉소적, 거친 표현 등 다양할 수 있다.

(5) 형이상학적 사고론

영화 주제에 대한 문제점을 명확하게 전달하기보다 신비롭고 철학적으로 질문을 던져 극적 구조나 양식을 주관적으로 다양하게 해석하도록 한다. 주로 상징이나 이미지를 통한 표현으로 해석의 다양한 주관성을 제시한다.

그 외에도 많은 주제 테마의 범주가 있을 수 있고, 어떤 작품은 여러 개의 범주가 동시에 작용할 수도 있다. 테마는 통일된 하나의 작품으로서 우리에게 비전을 명확하게 보여주도록 하고 예술적 통일체 속의 각 요소와 상호 작용하여 보다 잘 이해하도록 이끌어준다. 어쨌든 주제는 보편성이 주된 중요관심이며 기준이 된다. 시공을 초월하여 보편성은 전 세계적으로 호소력을 지니기 때문이다.

2 시각적 감상

　시각적 요소는 소설이나 연극과 극영화를 구분 짓는 중요한 요인이며 영화의 기본적인 의사소통의 수단이 된다. 즉 영화의 특성은 움직이는 시각영상에 있고 이를 통하여 흥미 있고 의미 있는 것들과 교감하게 된다. 대개 한 영화의 거의 반 정도만 대사로 표현되고 나머지는 영상, 음악, 음향 등 비언어적인 수단을 통하여 전달된다. 이처럼 시각영상의 특성들은 중요하며 통합된 전체로서의 예술성도 간과해서는 안 된다. 벨라 발라쥬는 영화의 탄생으로 인해 인간은 '시각적 인간'Der Sichtbare Mensch이 되었다고 말한다. 시각적인 요소의 기본은 영상과 편집 또는 몽타주이다. 영상이란 사물이 보이는 실체로서 시각적인 것이다. 따라서 영화를 움직이는 영상예술이라고 쉽게 정의할 수 있다. 영상은 감독이 한 화면을 어떻게 구성하느냐의 방법과 비춰지는 인물이나 사물, 즉 피사체를 어떤 각도나 쇼트로 잡아내느냐가 우선적으로 상당히 중요하다. 얼굴만 크게 나오는 클로즈업, 전신이 나오는 풀 쇼트, 원경인 롱 쇼트, 그리고 화면 내부의 갈등에 따라서 의미는 크게 달라진다. 구도나 갈등은 미술이나 사진에서 온 것이지만, 영상은 움직인다는 데서 그 공간이 시간의 변화에 의해 결정되고, 시간이 공간의 변화에 의해 결정된다. 일반적으로 시간의 흐름을 비가 물통에 차는 것으로 표현한다. 흔히 이것을 '시간의 공간화', '공간의 시간화'라고도 하며 유동적인 시간에 따라 결정된다. 이렇게 할 수 있게 하는 것이 편집 또는 몽타주, 즉 영상을 일정한 창조적 순서에 의해 연결시키는 작업이다. 영상은 이 두 가지 기능에 의해 시각적인 특징을 가지는 것이다. 따라서 감독이 나타내려는 주제로 치달아갈 때 이 두 가지 요소가 주는 아름다움이나 힘이 얼마나 아름답고 강력하게 작용하는가를 느끼거나 찾아내게 되는 경우 시각적인 요소는 감상의 중요한 역할을 하게 된다(김동규 114-15).

아르도의 '감각에 의존한 구체화된 물리적 언어'를 강조한 것은 시각적 요소처럼 모든 비언어적 의사소통의 수단들을 통칭하며 이것은 영상의 미학적 특질이나 극적 힘이 영화전반의 질적 양태를 가름한다는 것이다. 이처럼 시각적 요소는 중요하며 그 자체만으로 사진적 효과가 아름답고 독립적인 강력한 영상으로 창작되어서는 안 되고 전체의 통일성을 기하는 수단이 되어야 한다. 감독의 독특한 연출에 따라서 이런 시각적 요소는 감독 자신의 영화적 표현의 세계, 즉 독특한 언어나 표현으로 소설가처럼 자기만의 스타일을 만들어낸다. 이런 시각적인 요소는 감독들의 나름의 독특한 연출에 따라 자신의 스타일을 잘 결정지어 준다. 예를 들어 롱 쇼트로 넓은 초원을 잡아 현대인의 고독하고 황폐한 마음을 표시하듯이, 감독은 얼마든지 자기의 문체, 즉 영화적 표현의 독특한 언어와 자기 세계를 나타낼 수 있다.

이런 시각적인 요소에는 영화가 본질적으로 가지는 영상·몽타주가 미술적인 요소, 즉 실내 장면일 때는 장치라든가 의상이, 실외 장면일 때는 인공적으로 지어놓은 세트나 서부영화에 흔히 나오는 미국의 자연풍경 등이 모두 중요한 요소로 등장하며 관객은 그 아름다움을 즐겨야 한다(김동규 115). 그리고 여러 가지 형태의 화면 내부 속에서 사람이나 사물의 상호갈등이 크게 작용하는 것이 시각적 요소임을 인식하고, 영화에서는 소설이나 연극적 감동인 줄거리나 플롯, 연기에 강도가 있는 것이 아니라 영화적 표현의 강도나 그 리듬에 있다는 것, 즉 시각적 요소와 음악적 요소 등에 의해 어떻게 이루어지는가에 달려 있다고 많은 영화이론가들은 주장한다. 배우의 강렬한 연기보다 어떻게 가속적으로 화면을 교차시켜 긴박감을 주느냐 하는 리듬의 추출(이것은 몽타주로 가능하지만) 등이 더욱 영화에 있어 드라마틱하다고 할 수 있는 것이다. 따라서 영화에 있어 감독의 연출력을 통해 관객이 감동하거나 즐거움을 느끼며 아름다움을 찾게 되는 것은 무대

위에서와 같은 연극적인 요소가 아닌 영화적 특성을 살린 드라마적 힘인 것이다.

3 청각적 감상

청각적 요소는 사운드의 도래가 큰 역할을 하였다. 1929년 토키영화 〈재즈 싱어〉Jazz singer의 등장 이후 사운드는 영화에서 이미지에 그저 덧붙인 것이 아니라, 사운드를 중심에 놓고 연출을 생각할 경우 이미지는 부차적이며 기이에 대한 기표에 불과하다. 이미지에 시점point of view이 있다면 사운드에는 청점point of decoute이 있다고까지 미셸 시옹은 말하였다.

영화에서 소리가 도입된 것은 영화의 현실감을 더욱 높여 주는 역할을 하게 되었다. 영화가 리얼리즘을 내재적 특성으로 갖고 있다고 보는 것은 19세기 리얼리즘 소설에 영화가 뿌리를 두고 있기 때문이다. 물론 연극과 오페라 공연 등에서 이러한 현실감은 가능했을지라도 유성영화의 도입으로 더욱 실현 가능하게 만든 것이다. 사운드의 도입은 기존의 많은 문학작품들을 영화화하는데 기폭제의 역할을 해준 것이다. 음향의 도래로 영화 속에 일상적인 대화체의 극적 대화가 가능해져서 현실을 반영하는 리얼리즘 서사가 더욱 손쉬워졌던 것이고 배경음악과 음향적 효과도 영화의 현실감 실현에 적극적인 도움을 주었다. 특히 영화의 음악은 분위기나 영화의 긴장, 이완, 리듬, 박진감, 사색 등 많은 부분에 기여한다. 예로 셰익스피어의 〈로미오와 줄리엣〉에 나오는 주제가 '젊음은 무엇인가'와 같은 음악은 아름다운 젊음도 끝내 허무하다는 생각을 가슴깊이 저리게 해주는 것처럼 감동을 주기도 한다. 이렇게 음향이나 음악이 영화적 표현에 얼마나 어떻게 사용되고 감동을 주는지를 느끼며 감상해보는 것도 영화 감상의 한 즐거움이 될 것이다.

3. 영화의 종류

1 SF 영화

시각매체로서의 영화는 그 시초에서부터 '현실을 기록하는 수단'이면서 '불가능한 일을 사실처럼 보여주는 눈속임'이라는 양면성을 지니고 있었다. SF는 이러한 양면성의 후자를 대표하는 장르이다. 따라서 SF영화는 우선 '상상력'으로부터 출발한다. 최근 〈해리 포터〉나 〈반지의 제왕〉 같은 판타지물이 범람하는 것도 이와 무관치 않다. 상상력은 또한 공포 영화의 원천이기도 하여 이러한 공통점 때문에 많은 영화들이 SF와 공포 양쪽에 걸쳐지는 현상이 생겨난다. 일반적으로는 공포 영화는 신화, 전설, 민담에서 소재를 구하는 면이 강하다면, SF의 주요대상은 과학기술 문명이다.

SF 영화 초기의 예는 조르쥬 멜리어스의 환상 여행에까지 거슬러 올라가는데, 그의 영화는 〈월세계 여행〉(1902)같이 달나라로의 여행을 묘사하는가 하면 4차원의 세계나 미지의 장소의 모험담을 중심으로 영화를 만들었다. 그러나 이 영화들은 이국적인 현상에 처하면서 겪는 모험을 그린 순진한 코미디 내러티브로서 일련의 모험에도 불구하고, 행복하게 결말이 난다. 즉 그들은 안전하게 지구로 귀환한다. 쥘 베른[1]의 작품에 근거한 멜리어스의 영화를 제외하면 50년대 이전에 만들어진 몇 안 되는 SF영화들은 대개 과학이 우리의 이해의 능력을 넘어서고 결국 우리를 지배한다는 미래주의적 비전을 제시한 작품들이 대부분이었다.

SF영화는 1950년대에 이르러서야 할리우드의 장르로 자리 잡는데, 50년 이래의 주된 경향은 인간이 외계인의 침입으로 위기에 처한다는 쪽으로 바뀌게 된다. 50년대 미국은 냉전이 그 절정에 달한 시기였고 매카시즘에 의

---

[1] 쥘 베른(1828-1905), 그의 작품으로는 〈해저 이만 리〉, 〈80일간의 세계일주〉, 〈15소년 표류기〉 등이 있다.

한 마녀사냥식 공산주의자 색출, 핵무기의 공포, 전체주의적 정권의 불안 등이 영화제작에 반영되면서 외계인이 날아와 미국의 스크린을 점유한 것이다.

SF영화의 역사는 장르에 고유한 관습의 축적, 즉 발전보다는 다른 장르와의 끊임없는 접합으로 특정 지워진다. 예를 들어 70년대 〈스타워즈〉(1977) 이후 계속 변종이 만들어지는 액션 - 모험 - SF 영화의 출현과 80년대 SF와 호러 장르의 결합 등이다. 이것은 장르 사이의 경계가 희미해지고 장르의 관습들이 변용, 재구성됨이 80년대 할리우드 영화의 큰 흐름이었으며 그러한 현상의 중심에 SF장르가 놓여 있었던 것이다.

장르 전체로 볼 때 SF는 테크놀로지에 대하여 두 가지 상반된 입장을 취한다. 첫째는, 과학 기술이 궁극적으로 문명의 진보를 보장할 것이라는 낙관적인 것이고, 둘째는, 과학 기술이 지닌 파괴적인 측면을 권고하는 입장이다. 전자를 유토피아적 비전이라 부른다면, 후자는 종말론, 세기말의 위기의식을 동반하는 묵시론적 비전이라 부를 수 있을 것이다. 그러나 이 두 가지 입장에 따라 SF영화들이 확연히 구분되지 않는다. 왜냐하면 SF영화 속에서 이 상반된 입장은 흔히 같은 영화 속에서 함께 나타나기 때문이며, 때로는 내러티브가 표면적으로 드러내는 입장과 텍스트의 심층적 의미가 각각 다른 입장을 취하기도 하기 때문이다. 한 영화 속에서의 유토피아적 비전과 묵시론적 비전의 공존은 〈메트로폴리스〉(1926)에서 〈타임머신〉(2002)에 이르기까지 대표적인 SF영화 텍스트에 줄기차게 나타난다.

2 역사 영화

역사영화는 대개 성서나 역사적 사실에 근거한 소재를 다루는 철저한 미국적 장르인데, 그 이유는 오직 할리우드만이 이를 만들 자본을 가지고 있었기 때문이다. 이 장르는 돈도 많이 들 뿐만 아니라 엄청난 세트와 수천 명의 캐스팅 그리고 대스타의 연기를 필요로 한다.

감독들은 대규모적인 세팅, 지진, 해일, 화산 폭발 등과 같은 볼거리를 잘 삽입시켜 만들고, 성서에서 주로 소재를 찾기 시작했는데, 제이 고든 에드워드의 〈시바의 여왕〉(1921)과 〈소돔과 고모라〉(1922), 〈삼손과 데릴라〉(1923)는 흥행에서 대성공을 거두었다. 특히 마이클 커티스가 연출한 작품 〈노아의 방주〉(1928)에서 바벨탑의 화려한 거울 장면과 라이브 액션의 중첩화면은 기술적인 면에서 매우 유명하다.

세실 B. 데밀(1881-1959)은 〈십계〉(1923) 〈왕 중 왕〉(1927) 등의 성서 스펙터클 영화를 만들었는데, 그가 비록 뛰어난 촬영, 우수한 특수효과, 기술 등으로 명성을 얻기는 했지만, 동시에 서사극을 천박하고 허위로 가득 찬 작품으로 저하시킨 커다란 책임이 있다. 성서의 역사라는 미명 하에 섹스파티, 죄악, 요염한 의상의 연인들을 화면 내에 가득 채워 천박한 멜로드라마로 그려냈기 때문이다. 이 시기에 가장 훌륭한 작품은 아마 〈벤허〉(1926)일 것이다. 〈십계〉와 〈벤허〉는 사운드의 도래 이후 각각 세실 B. 데밀과 윌리엄 와일러에 의해 다시 만들어졌는데, 백만 달러 이상의 제작비가 든 것으로도 놀라게 하였다.

60년대에 텔레비전의 급속한 확산과 함께 관객들은 극장에서 멀어지게 했는데, 그들을 끌어들이기 위해 스튜디오들은 텔레비전이 도저히 흉내 낼 수 없는 거창한 스펙터클을 필요로 했다. 그러므로 컬러, 와이드 스크린, 서사극은 관객들이 되찾을 수 있는 확실한 상품이라 판단되었다.

〈왕과 나〉(1956), 〈80일간의 세계일주〉(1956), 〈백경〉(1956) 등의 작품들과 함께 60년대에도 할리우드는 역사영화/서사극의 붐을 지속시켰는데, 데이비드 린의 〈아라비아의 로렌스〉(1962), 〈닥터 지바고〉(1965) 등이 그 대표작이다. 그 중에서도 특히 〈클레오파트라〉(1963)는 스크린 안팎의 엄청난 고비용, 감독, 촬영장소, 대본의 잇단 교체 및 변경, 엘리자베스 테일러와 리처드 버튼의 열애 등의 당시 분위기와는 어울리지 않는 하나의 과잉투자로 인해 할리우드를 위태롭게 했다. 1960년대 말에 이르러 대중 관객들은 서사극에 완전히 흥미를 잃었고 영화감독들은 규모가 작고 보다 개인적인 영화에 몰리기 시작하였다. 스튜디오들도 빅 스타들이 수익의 일정지분을 요구하기 시작하자 대작의 제작을 꺼리게 되었다.

역사 영화는 엄청난 비용이 든다. 더욱이 1952년 컬러가 완전히 도입된 이후부터는 세팅, 의상 등 모든 디테일 한 것에 이르기까지 진정한 실제적인 것으로 보여야 했기 때문에 더욱 그러했다. 전투 장면이라도 삽입될 경우, 수많은 엑스트라의 동원이나 그들의 의상, 소품 등을 고증에 맞게 갖추려고 했을 때 드는 비용은 만만치 않을 것이다.

역사영화는 대개 성경에 나오거나 아니면 사실에 근거한 것 등의 역사에서 소재를 취해온다. 대부분의 경우는 아주 먼 과거에서 취해오는데, 이는 국가적 위대성에 대한 이데올로기적 메시지가 별 문제 없이 통과될 수 있기 때문이다. 일반적으로 말해서 서구 사회에서 역사영화는 철저히 미국적인 장르이며, 오직 할리우드만이 이를 만들 자원을 가지고 있다.

3 전쟁 영화

전쟁은 인간이 만들어낸 가장 참혹한 것이다. 두 차례에 걸친 세계대전을 겪고 지금도 국가 간의 분쟁이 끊이지 않는 인간세계에서 '전쟁'은 영화의 곧잘 다루는 소재이다. 처음에 나온 전쟁 영화는 대부분 반전주의적 입장을 보였지만, 시간이 지나면서 전쟁의 참상보다는 단지 오락을 위한 영화로도 많이 만들어졌다. 사운드의 도래로 이미지에 전쟁의 소리를 첨가할 수 있게 되자 현실감은 배가되었고, 상업적 성향이 강한 할리우드는 즉시 이를 이용하여 전쟁 영화에 관객들을 흥분시키는 재미를 부가시켰다. 〈라이언 일병 구하기〉의 초반 장면에서 적지에 도착한 해병대원들이 귀가 찢어질 듯한 포성과 총탄 속에서 처참하게 죽어가며 상륙하는 장면이 15분 이상 계속되는 예를 볼 수 있다.

유럽 전쟁을 다룬 대부분의 할리우드 영화들은 등장인물의 행위가 별로 사실적이지 못했다. 전쟁 영화는 다른 장르보다 확실히 시대에 뒤떨어진 것이었는데, 나치, 학대받는 평민들, 다국적 연합부대는 현재까지도 제대로 잘 표현되고 있지 못하다. 또한 스튜디오로 된 정글세트에서 만들어진 포악한 일본인의 표현 역시 현실과 거리가 멀다는 것을 알 수 있다. 할리우드영화의 고전적 정전은 미국이라는 선과 대항하는 적으로 되어 있다. 잔인하고 비인간적인 독일군, 고문과 약탈, 강간을 일삼는 일본군이 대표적 적군이다. 이들은 인간적인 면이 없는 잔혹한 민족이고 미국은 그들과 전쟁을 한다. 이런 유형화된 할리우드영화가 자칫 관객들에게 적과 역사적 사실에 대한 왜곡된 시각을 줄 수도 있다. 베트남전을 다룬 〈플래툰〉, 〈지옥의 묵시록〉 등에서는 아시아인이나 베트남인이 배제된 백인의 시각으로 본 전쟁만을 묘사하고 있다

할리우드는 전쟁 영화를 일반대중이 좋아하는 양식과 그들의 기대를

충족시킬 수 있는 방향으로 만들었다. 대체로 전쟁 영화에서 스트레오 타입적인 것은 맹목주의적 애국주의, 전쟁에 대한 모호성, 순진무구함이 기묘하게 혼합되어 있는데, 특히 맹목적 애국주의 태도는 일본인들을 표현할 때 자주 나타난다. 일본인들은 승리를 위해서는 무슨 짓이든 하는 사악하고 가학적인 고문자로 루이 마일스톤[2]의 〈자줏빛 심장〉(1943) 등에서 잘 묘사된다. 이에 반해 독일인들은 사악한 나치 〈히틀러의 아이들〉(1942)이거나 선한 독일인 〈북극성〉(1943) 등으로 그려졌다. 사실 독일인들은 〈카사블랑카(마이클 커티스)〉(1942)에서 콘라드 바이트가 연기한 나치처럼 이 양자의 혼합일 수도 있다. 이런 영화에서 독일인이 애매모호하게 그려진 것은 미국에 독일 이민자와 2세대 독일인들이 많이 거주했기 때문으로 이해할 수도 있다. 그러나 일본인들에 대해 드러내 놓고 적대감을 드러낸 이유는 그들이 미국인들에게는 타자였고, 또 미국인들이 이해하려고도 하지 않았던 존재였기 때문일 것이라는 의견도 있다.

전쟁 영화에는 역시 몇 가지 변하지 않는 도상학이 있다. 거의 예외 없이 전투에는 점령해야 할 목표-고지, 다리 등-가 제시된다. 우리가 동일

시하는 군인들의 조직은 상호조화로우며 군인들은 각자 서로 다른 여러 가지 종류의 용기를 보여준다. 그 중 가장 우월하게 여기는 것이 '전우애'다. 물론 적은 예외 없이 비인간적인 타자로 나온다.

그러나 전쟁을 무비판적으로 영웅적인 관점에서만 재현하는 데도 예외는 있다. 계급 갈등이 전투력을 파괴시킨다는 것이 데이비드 린의 〈콰이강의 다리〉(1957)의 중심주제이다. 또한 장교들의 타락과

---

[2] Lewis Milestone(1895-1980): 러시아 출신의 미국감독으로 〈서부전선 이상 없다〉, 〈생쥐와 인간〉 등이 있다.

그들이 사병의 운명에 대해서 보이는 무관심이 스탠리 큐브릭의 영화 〈영광의 길〉에 잘 나타난다. 불행하게도 전체적으로 보았을 때 할리우드 전쟁영화는 왜곡된 영웅, 모조세트, 시간을 짜 맞추고 찍은 폭발장면 등으로 만들어진 가벼운 시나리오 작품들 이상은 드물었다. 하지만 갱 영화와는 달리, 전쟁영화는 쉽게 만들어질 수 없는 장르이기 때문에 다소 수준이 낮은 작품이 많다고 하여도 관객은 이 장르의 영화를 계속 선호해 오고 있는 것이다.

4 공포 영화

공포 영화는 관객에게 공포를 경험하도록 만든 것으로 문학에서 오래 전부터 신화나 전설, 괴담 등의 소재가 되었다. 공포 영화는 단일한 계보를 가지고 체계적으로 발전해온 장르가 아니다. 공포 영화의 연구 비평가들은 공포 영화 속에는 여러 나라의 영화 문화가 흘러 들어온 다양한 요소들이 혼합되어 있음을 지적한다. '드라큘라'로 대표되는 유럽 중세 이래 흡혈귀 문화의 전승과 그것이 소설화된 19세기 영국의 공포문학, 독일 표현주의 영화, 30년대 서유럽의 초현실주의 등이 할리우드 상업영화에 영향을 끼쳐

호러 영화의 장르로 성립하게 되었다. 로베르트 비네의 〈칼리박사의 밀실〉 이후 70년대 인기를 얻은 윌리엄 프리드킨의 〈엑소시스트〉 등이 있다.

어떤 비평가들은 공포 영화가 '공포'의 효과를 창출하기 위하여 동원되는 대상들인 괴물, 악마, 유령, 초자연적인 현상, 광기 등은 어떠한 문명에만 예속되지 않는 인류 공통의 문화요소라고 한다. 그래서 이들은 공포 영화가 특정한 사회·문화적 맥락을 뛰어넘어 인간의 '근원적'이고 '보편적'인

심성에 호소하는 영화임을 주장한다. 이들은 주로 정신분석학적 개념과 방법론으로 공포 영화의 내용을 분석한다. 이에 비하여 공포 영화가 생성, 소비되는 과정의 역사성에 주의를 기울이는 연구가들은 특정한 시기에 특정한 종류의 공포 영화들이 나타난 사실에 비추어 이런 영화들을 유행하게 한 사회적 조건과 공포 영화 사이의 감추어진 상호관계를 밝혀보려고 노력한다. 예를 들어 70년대에 만들어졌던 돌연변이 괴물영화는 미국사회에서 제2차 세계대전 후의 풍요한 사회 뒷면에 도사리고 있는 '진보를 추구하는 과학 기술의 발달이 문명 그 자체를 파괴할 수 있다는 가능성'에 대한 공포를 표현하는 것이고, 외계인의 지구침입에 대한 두려움은 냉전 이데올로기의 반영으로 해석하는 것들이 바로 그 예들이다.

또한 괴물이 우리의 외부에 있는 것이 아니라 우리 속에 억압되어 있음을 암시한 1960년대의 심리 스릴러 이전까지는 우리의 초자아, 우리 자신 속의 '타자'other가 우리 외부의 외계인 혹은 괴물의 형태를 취했다는 것은 의미하는 바가 크다. 이것은 관객들이 자신들의 눈앞에서 펼쳐지는 테러와 폭력에 의한 공포감과 스릴에도 매혹되지만, 그것 이상으로 장르 자체에서 암시하는 독특한 모호성, 즉 성적이고 심리적으로 비정상적인 것들을 어디에 위치시켜야 할지에 대한 모호한 감성들에도 매혹된다는 것을 나타내고 있다.

특히 20세기 말을 앞두고 공포 영화가 부활한 것은 자연스런 현상이다. 새로운 세기에 대한 다양한 계층의 사회에 대한 막연한 공포심들이 반영되었다고 본다. 근대의 합리성에 대한 반발로서 나왔다고 볼 수도 있다. 인간의 막연한 불안감, 욕망, 꿈, 상상력의 욕구가 증가하면서 합리성에 의해 억압된 내면의 욕구와 불안감이 필연적으로 강력히 표출되기 마련이기 때문이다. 웨스 크레이븐의 〈스크림〉, 〈나이트메어〉, 한국영화로는 박기형 감독의 〈여고괴담〉 등이 있다.

5 웨스턴 영화

신대륙에 도착한 초기 개척자들은 광활한 미지의 서부를 개척하려는 욕망은 가장 미국적이라고 볼 수 있다. 따라서 할리우드 영화의 여러 장르 중 웨스턴은 가장 먼저 장르의 틀을 갖추었다. 적어도, 60년대 후반까지 꾸준히 만들어졌던 긴 역사를 가지고 있다. 웨스턴 영화는 미국서부개척시대를 배경으로 만들어진 미국 고유의 영화라고 할 수 있다. 물론 뒤에 독일, 이태리 등에서 만들어지기도 하였다. 웨스턴은 단순히 '서부'라는 지리적 배경뿐 아니라 미국 역사의 특정한 사건들을 다루고 있다는 공통점도 있다. 웨스턴 영화의 시대적 배경은 대부분 19세기 후반, 1850년에서 1890년까지의 비교적 짧게 집중되어 있다. 실제로 이 시기에는 주민들의 정착이 완료되고 새로운 촌락과 도시가 세워져서 사람들이 소떼를 몰고 서부로 돌아다녀야 할 필요가 더 이상 없어진 때이기도 하였다. 문명화와 광활한 황야는 웨스턴 장르의 전형을 이루는 두 가지 요소였는데, 주인공은 언제나 이 상반되는 두 가지가 충돌하는 국면에 나타난다. 서부의 영웅인 총잡이는 서부의 황야에서 떠돌아다니기를 갈망하여 왕성한 에너지와 거칠고 완고한 개인주의로 뭉친 채, 미국적 개척정신의 신화를 서부에서 구체화시키려하는 것이다.

웨스턴의 전형적인 내용은 약탈과 추적, 보복, 무법, 그 속에 법의 회복 등이다. 이것은 세세한 묘사와 제스처에도 그대로 반영되는데, 공격은 서로 다른 방식으로 반복된다. 인디언의 포장마차의 공격과 열차 강도, 기병대의 진군 또는 악의 없는 서부 거주자들에 대한 인디언들의 급습은 역마차의 추격으로 이어진다. 애리조나 주에서 뉴멕시코 주로 가는 역마차가 인디언의 습격을 받는 내용의 포드 감독이 만든 〈역마차〉는 헤이콕스의 단편을 영화화한 작품인데 존 웨인이 열연한 작품이기도 하다. 또한 소몰이, 금광 채굴, 철도 건설 등은 영광스런 서부로의 행진을 환영하는 아이콘이며, 총싸움, 술집 문을 밀고 들어가 으스대며 걸어가는 모습 등은 웨스턴 장르를 떠올릴 때, 즉각적으로 연결시키는 이미지들이다. 하지만 이것들은 모두 서부가 자본주의의 이름으로 어떻게 식민화 되었는가에 대해 은폐하고 있는 코드들이라고 볼 수 있다.

사실 서부는 정복되는 대상이 아니다. 서부는 소수의 토지 투기꾼들이 인디언들로부터 약탈한 것이었으며, 인디언들이 갖고 있던 금광지역과 비옥한 토지를 빼앗아 각지에서 몰려온 개척자들에게 팔고 난 뒤에 남은 것이었다. 그러나 이런 식민화 과정은 항상 웨스턴의 신화 속에 묻혀버리기 일수이다. 이것은 서부의 개척을 문명의 건설, 전파라고 받아들이는 백인 우월주의적 세계관이었다. 한편으로는 법, 질서, 가족의 유지 및 수호에 최선의 가치를 두는 부르주아 이데올로기였다.

오육십 년대에 들어선 수정주의적 웨스턴은 이런 왜곡된 역사의식과 장르적 관습에 회의를 느끼고 나타난다. 적으로 간주되던 인디언들에 대한 동정적 해석부터 냉전시대의 정치적 불안을 반영하거나 매카시즘이라는 당시의 정치 상황에 대한 언급도 이런 비평의 한 부분으로 포함시킨다. 프레드 진네만의 〈하이 눈〉(1952), 조지 스티븐스의 〈셰인〉(1953)과 함께 델머 데이비스의 〈부러진 화살〉(1950), 앤소니 만의 〈악마의 문〉(1950), 존 포드의 〈샤이엔족의 최후〉(1964) 등이 대표작들이다. 그러나 이들 영화들도 전대의 웨스턴들에 비하여 상대적으로 역사를 덜 미화하거나 감추어졌던 사실들을 폭로하기는 했지만, 좀 더 역사적인 의식에 바탕을 두고 만들어졌다고 보기는 사실 어렵다.

6 범죄 영화(갱스터)

범죄 영화는 암흑가를 무대로 한 일련의 스릴러와 멜로드라마의 작품이다. 범죄자나 범죄 집단을 다룬 영화는 무성영화시대부터 나왔지만 범죄 영화(갱스터) 하나의 장르로 자리 잡은 것은 1920년대 할리우드에서인데, 두 가지의 중요한 사건이 계기가 되었다고 한다. 하나는 1920년대 발효된 금주령이요, 다른 하나는 토키 영화의 출현이다.

갱스터 영화는 일찍부터 미국식 장르 가운데 하나로 인식되어 왔지만, 그 최초의 작품은 프랑스 루이 포이야드 감독의 〈판토마〉(1914)이다. 프랑스에서 시작된 갱스터가 미국적 장르로 광범위하게 받아들여지게 된 것은 1920년대 미국 전역에 내려진 '금주령'이라는 시대적 배경과 관련이 있다. 주류의 제조와 유통이 불법화하자 술에 대한 수요에 부응하여 밀주의 생성, 배급망과 이를 조종하는 조직범죄 집단(갱스터)이 급성장했고, 일반 시민들이 '범죄'를 일상의 한 부분으로 자연스럽게 여기게 되는 사회 분위기의 변화가 일어났던 것이다. 즉 미국 금주령 이후 시민들의 사회적 불만을 묘사한 영화라고 볼 수 있다. 스턴버그 감독의 〈암흑가〉(1927)를 한 작품으로 들 수 있다. 1920년대 후반에 등장한 이 장르는 사운드의 도입으로 자신의 시대를 열었다. 화면에 생생한 현실의 소리와 무엇보다도 대사가 자막의 도움 없이 덧붙여짐으로서 '사실성'을 확보할 수 있었던 것이다. 이것은 뒤에 필름 느와르의 선구자적 역할을 하게 된다.

1920-30년대 초의 갱스터 영화들은 폭력적이고 야비하게 표현되지만 그들 범죄 집단이 사업과 조직을 꾸려나가는 방법은 미국사회를 지배하는 대기업들의 운영방식과 근본적으로 다르지 않다. 즉 '갱스터 = 악당'의 등식은 관객들에 의하여 '갱스터 = 자본가 = 악당'으로 읽혀질 수 있다. 그러나 갱스터 영화는 도덕적 공황 분위기에서 돌연 중단되었다. 무엇보다도 지나친

폭력묘사와 갱을 미화하는 범죄 영화를 겨냥해서 제정된 '제작 윤리 강령 (헤이스 코드)'[3]이 강제성을 가지고 영화에 대한 검열을 강화했었기 때문이다. 이것은 범죄영화의 잠재적인 불온한 경향을 제재하기 위한 도덕적 명분으로 볼 수 있다. 따라서 30년대 후반의 갱스터는 조직보다는 개인에 초점을 맞추었다. 그리고 사회의 모순에 희생된 자들의 집합소이자 그들을 순화하고 갱생시키는 기관으로서의 감옥을 배경으로 한 영화들이 갱스터의 아류로서 많이 만들어진다.

갱스터 영화는 도시의 웨스턴이라고 부르는데 규칙이 분명한 웨스턴과는 달리 갱스터 영화에는 죽음을 제외하고는 규칙이 없다. 출세욕과 사회 통제의 대립이 갱스터 영화의 중심적인 것이고 주인공 갱은 통제에 무릎 꿇기보다는 짧은 생을 선택하고 여기서 영화 전체를 관통하는 숙명론이 생겨난다. 그러나 관객들은 폭력이 폭력으로 응징되고 영화가 아무런 규칙도 없이 지속되는 동안, 즉 사회가 붕괴되기 직전까지 이르도록 구성된 내러티브를 쫓아가면서 도시의 악몽을 목격하게 된다. 갱스터 영화는 도시적인 세팅, 의상, 자동차, 총격, 폭력이라는 아이콘이 반복적으로 나타나는 고도로 스타일화한 장르이다. 내러티브는 갱스터의 출세와 몰락을 쫓아간다. 이 교훈적인 진행은 물론 관객의 이데올로기적 공감을 이끌어내지만, 그 같은 공감보다 먼저 이루어지는 것은 '영웅'의 무법성과 동일시함에서 오는 쾌감이다. 죽음을 향한 운명적 궤도 속에서 얻어지는 자기 인식은 관객에게 카타르시스의 기능을 한다. 우리는 그의 실수로 교훈을 얻는다. 하지만 주인공과의 로맨스에 빠졌다가 결국 자신의 품안에서 죽어 가는 주인공을 지켜

---

[3] 1930년 헤이즈(W.H. Hays)에 의해 고안되어 입법상정된 영화검열제도(Censorship/ Production Code)이다. 영화계 거물 모굴(Moguls)에 대한 의회조사 이후 헤이즈 코드 씰(Seal)을 부착토록 한다. 금지항목을 보면 성적유혹이나 강간을 암시하거나 묘사, 성도착 및 추리, 성병 등 성 건강 저해적인 것, 성적 은밀함과 과도한 노출, 비속한 언어, 종교적 신념을 조롱해서 안 되며 영화의 끝에 악한은 반드시 죄과를 받음 등이다.

보는 여성의 기용은 관객을 그녀의 위치에 서게 하여 갱에 대한 동정심과 때로는 이해심까지 불러일으킨다. 따라서 영화의 메시지는 관객에게 도덕적 정당성의 관념을 제공하도록 되어 있음에도 불구하고, 그 안에서는 결국 힘없는 자는 자기 좌절을 할 수밖에 없다는 미국사회에 대한 비판도 내재되어 있다고 볼 수 있다. 이러한 갱스터 영화는 1930년대 헤이스 코드에 의한 검열의 강화로 영웅의 역할을 갱에서 형사 또는 탐정으로 바뀌게 되고, 미국 현대도시의 혼탁하고 모호한 사회풍경을 헤쳐 나가는 하드보일 탐정 이야기로 바뀌면서 다음 필름 느와르의 토대가 된다. 아더 펜의 〈우리에게 내일은 없다〉, 코폴라의 〈대부〉 등이 우리에게 익숙한 작품들이다.

7 필름 느와르

필름 느와르 영화는 2차 세계대전 후 프랑스에서 소개되기 시작했던 일련의 할리우드 영화들 중 주로 적은 예산으로 제작된 B급 영화이면서 어두운 분위기의 범죄/스릴러물들로, 비평가들에 의해 인위적으로 분류되고 이름 지어진 장르다. 2차 세계대전 후 프랑스의 영화 평론가들은 전시에는 상영 금지되었던 40년대 초반의 미국 영화들이 한꺼번에 소개되었을 때, 그 어둡고 음울한 일련의 흑백 범죄영화들을 '필름 느와르'라고 불렀다. '필름 느와르'라는 용어는 당시 가리마르 출판사가 '세리 느와르'라는 이름 아래 미국의 탐정 소설 시리즈를 출판한 데서 차용하였고, 존 휴스턴의 〈말타의 매〉(1941)를 필름 느와르의 출발점으로 보고 있다.

필름 느와르가 이야기를 하드보일드 추리소설에서 차용하였다면, 시각적 스타일은 독일 표현주의와 프랑스 시적 리얼리즘의 영향을 받았다고 한다. 1930년대 말과 1940년대 초에 걸쳐 전쟁의 위협은 증대되고 유태인 학살이 계속되면서 수많은 유럽 영화감독들과 전문가들이 할리우드로 건너왔다. 이들 중 표현주의와 시적 리얼리즘에 심취된 감독들이 중요한 영향을 끼쳤을 것으로 본다.

필름 느와르 영화의 배경은 폭력과 범죄, 허무주의와 절망에 가득 찬 어두운 세계이다. 이 어둠의 세계는 필름 느와르의 시각적 모티브가 된다. 여기에는 빛과 그림자의 강렬한 대비, 불균형, 불안정한 구도, 문, 블라인드, 유리창 등을 사용한 중첩된 프레임인, 극단적 클로즈업이나 대담한 부감 촬영 등이 사용된다. 이러한 시각적 스타일은 필름 느와르 영화들에 공통적인 주제와 내러티브에 잘 어울리며 동시에 상업영화에서 드물게 허용되는 미학적 실험의 여지를 작가들에게 제공한다.

필름 느와르의 공간은 도시 지향적이며, 대개 도시의 뒷골목, 탐정 사무실, 담배연기 자욱한 술집, 가로등이 서 있는 비에 젖은 거리가 극단적인 카메라 앵글로 긴밀하게 프레임 된 쇼트들로 구성된다. 도시는 위험과 부패가 가득 차있는 곳이고, 중대한 사건들이 어두운 밤에 일어나며, 예정된 액션보다는 무엇인가 일어날듯 한 불길한 예감으로 영화의 긴장감을 유지시킨다. 인물들의 성격은 그들의 모습을 비추는 조명이나 프레임만큼이나 불분명하게 그려진다. 이런 것들은 전체적으로 악과 긴장에 대한 정서를 강조하면서 폐쇄공포증적인 효과를 만들어낸다. 주인공의 얼굴에는 측면 조명이 비춰짐으로써 얼굴의 한쪽은 강조되고 다른 한쪽은 여전히 어둠 속에서 남게 둠으로써 주인공의 도덕적 모호성을 시각화하고 있다. 또한 대부분 주인공은 자신의 여인에게는 함부로 대하거나 무시하다가 팜므 파탈 femme fatale에게 유혹 당한다. 또한 필름 느와르의 줄거리에는 음모와 발전의 곡선이 반드시 끼어 있기 마련이다. 그런 점에서 보통의 갱스터 영화보다 훨씬 복잡하고 다층적인 내러티브 구조를 지닌 지적 장르로 인식되기도 한다. 물론 이러한 평가는 어디까지나 '필름 느와르'라는 장르를 이름 붙이고 정의한 후대의 프랑스 비평가들에 의한 것이다. 그러나 동시대의 할리우드 평론가들은 이 싸구려 스릴러물을 항상 경멸의 눈으로 바라보며 진지한 영화 평론의 대상으로 여기려 들지 않았다. 그들은 이런 영화를 보는 관객들의 저급한 수준을 개탄하고 영화 속의 불륜이나 폭력 등의 비도덕성을 경고하였다. 빌리 와일러의 〈이중 면책〉, 마틴 스콜세스의 〈택시 드라이버〉가 이 장르에 속한다.

8 뮤지컬 영화

뮤지컬 영화는 유성영화의 등장으로 가능해진 장르이며 유럽의 오페레타, 미국의 보드빌, 뮤직홀에서 유래되었다. 초기에는 스토리가 결여된 측면이 있었지만 멜로드라마적 진지한 주제까지 다루면서 폭넓게 발전해왔다. 음악을 주제로 한 것이 뮤지컬이므로 음악적 연기와 노래와 춤을 다룬 영화를 들 수 있다. 뮤지컬을 구성하는 영화적 장치는 일반적으로 세팅, 도상학, 음악, 춤이다. 세팅의 핵심 테크닉은 서로 비교하기 위해서 그리고 성적 대립의 이중성을 강조하기 위해 '반복'을 사용하는 것이다. 따라서 직장과 가정의 공간들이 비슷한 세팅이나 실내 장식을 하거나 또는 주인공들이 활동하는 양 공간이 크게 늘어나는 것은 서로 비슷하다. 도상학의 측면에서는 듀엣과 솔로 쇼트가 지배적이다. 하지만 솔로 쇼트만 존재해도 관객은 주인공들의 상호짝짓기가 미리 정해져 있다는 것을 알기 때문에 자연스레 그 공백을 메우게 되며 듀엣과 소통한다. 이는 음악에서도 비슷한데 이중창은 긴장을 극대화하고 내러티브의 절정을 위해서 존재한다. 하지만 독창이 대부분 뮤지컬의 진행을 차지하며 이 경우에도 솔로 쇼트와 마찬가지로 관객은 빠져있는 또 다른 사람으로 그 공백을 메운다. 마지막으로 춤

이다. 카메라는 등장인물들과 함께 춤춘다. 카메라는 관객의 위치를 취함으로써 정적이거나 좌우로 패닝하기도 하지만 다른 한편으로는 트레킹이나 크레인 쇼트를 사용함으로써 유동적이기도 한다. 다른 핵심 기능들의 경우처럼 카메라는 솔로, 듀엣 혹은 그룹의 안무를 포착하며, 이들 쇼트들에 활동력을 주기 위해서, 특히 카메라가 정적일 때 발이나 손, 얼굴을 클로즈업으로 촬영해 분산하기도 한다. 영화화된 노래하고 춤추는 최초의 뮤지컬은 해리 보몽의 〈브로드웨이 멜로디〉(1929), 30년대 말 〈오즈의 마법사〉 등이 대표적이라고 본다.

뮤지컬은 극단적으로 자기기준적이다. 뮤지컬은 대부분의 시간을 자신의 존재를 정당화시키는데 할애한다. 백 스테이지 뮤지컬의 경우는 무대연기자 인물에 플롯을 두는 형식의 영화일 경우에는 더욱 그러하다. 프레드 아스테어의 뮤지컬이 대표적이다. 이러한 유형의 뮤지컬에는 이 장르가 지닌 자기애적이고 과시적인 특성을 나타낸다. 그러나 슬픈 결말의 뮤지컬들을 제외하면 대개 이 장르 영화는 오락의 형태를 통해 관객에게 오락이라는 유토피아를 제공하는 것이다.

9 코미디 영화

코미디는 영화 역사의 초기 장르 중의 하나이다. 왜냐하면 스크린에 등장한 최초의 배우들이 주로 보드빌Baudeville[4]과 뮤직홀 쇼 출신이었기 때문이다. 당시에는 영화가 대충 취향에 영합하려 했고 스크린 위의 유머도 대중적인 코미디를 반영하는 경향이 있었다. 코미디는 억압된 긴장감이 안전

---

[4] 일반적으로 미국풍의 노래, 춤, 토막극 등으로 꾸민 대중적 오락연예물. 영국에서는 버라이어티즈(Varieties)라고 한다.

한 방식으로 해소될 수 있는 장이거나 그러한 장을 제공한다는 점에서 사회적, 심리적으로 유용한 기능을 하는 장르이다. 프랑크 카프카의 〈어느 날 밤에 일어난 일〉같은 로맨틱 코미디, 윌리엄 와일러의 〈화니 걸〉의 뮤지컬 코미디 등이 있다. 코미디 장르는 의도적으로 리얼리즘에서 요구하는 바와는 배치된다. 이는 코미디 영화의 전통을 생각해보면 결코 놀라운 일이 아니다. 개그에 바탕을 둔 코믹 전통과는 별도로 코미디 영화의 또 다른 지배적인 스타일은 좀 더 세련된 '코믹 연극'의 전통인데, 플롯 전개는 초기 보드빌적 전통에 비해 무차별적이며 공격적인 면이 적다. 대신 성차를 비롯해 인종적, 민족적 편견 등을 포함한 다양성을 많이 띤다. 이러한 이유로 코미디 영화는 종종 풍자적인 경향을 가지며 은근히 사회의 모순을 다루기도 한다. 따라서 블랙 코미디라고 불리는 이런 코미디 영화들은 직설적이기보다는 은근히 비꼬는 듯한 어투나 행동으로 웃음을 유도하는데, 토니 리차든슨의 〈사랑스런 사람〉(1965)과 앨런 아킨의 〈가치 없는 살인〉(1971), 로버트 알트만의 〈매쉬〉, 우디 알렌의 〈애니 홀〉 등이 이에 해당한다. 코미디는 1920년대부터 슬랩스틱 코미디, 스크루볼 코미디, 센티멘탈 코미디, 로맨틱 섹스 코미디, 60년대 블랙 코미디, 우디 앨런 코미디 등으로 발전해나갔다.

미국에서 코미디는 예전과 같이 많은 관객들을 끌어들이는 장르가 아니다. 영화제작이 젊은 관객들을 목표로 삼는 경향이 있는데, 이는 곧 건방진 말투 같은 것들이 아니라 액션으로 가득 찬 내러티브를 만드는 것을 의미한다. 이런 이유 때문에 요즘 만들어지는 코미디는 보다 세련됐다고 하는데 대화 유머보다는 익살극과 개그적 전통을 계승하는 경향이 있다. 일부 감독, 특히 여성 감독들은 코미디 장르가 지니는 전복적인 잠재력을 탐구하기 위해 이 장르를 차용한다. 수잔 세이들먼의 〈애타게 수잔을 찾아서〉(1985)는 이런 측면에서 대표적인 예이다.

10 멜로드라마

멜로드라마를 사랑을 주제로 감성에 호소하는 값싼 통속소설로 저널리즘에서 쓰기 시작하였다. 그러나 영화 비평에서 멜로드라마는 다양한 형태의 영화를 가리키는 말로 폭넓게 쓰이게 되는데, 범죄 멜로드라마, 심리 멜로드라마, 가족 멜로드라마 등으로 구분되기도 하고, 여성이 주인공으로 나와서 애정관계를 다룬 영화를 모두 멜로드라마의 범주에 포함시켜 언급하기도 한다. 멜로드라마의 최초의 근원은 중세의 교훈극과 구전 민담에서 찾을 수 있다. 이 전통은 18-9세기 프랑스 로맨틱 드라마와 같은 시기의 영국과 프랑스의 감성 소설 등 보다 세련된 양식으로 전승되고, 도덕과 양심에 바탕을 둔 이런 유형의 드라마와 소설들은 가족 관계, 좌절된 사랑, 강제 결혼을 다루었다.

19세기가 막을 내릴 무렵 영화의 본격적인 시작과 함께 당시 소비문화의 주축이던 여성 관객을 끌어 모으기 위해 멜로드라마는 영화의 주된 메뉴로 등장하게 된다. 화려한 세트와 분장, 미남과 미녀들, 성과 육체 그리고 자본주의와 외면적인 화장을 다한 이 멜로드라마 영화들은 센티멘털리즘과 야합하여 대중들의 동경과 갈채를 모으는데 성공했다.

이러한 멜로드라마는 1, 2차 세계대전이라는 시대상황의 처절한 리얼리티를 경험한 사람들의 황폐한 마음을 달래주는 현실도피적인 감상 속으로 관객들을 몰입시켰다. 전후에 나타난 멜로드라마의 전형이라고 할 만한 머빈 르로이의 〈애수〉(1949)는 2차 대전 당시 처절한 전쟁 상황에서 만난 미국 군인과 영국인 발레리나와의 비련을 엮은 스토리인데, 멜로드라마의 정서를 대변하는 본보기로 자주 설명하는 영화이다. 〈카사블랑카〉, 〈남과 여〉도 대표적 멜로드라마이다.

1950년대 들어선 미국은 겉으로 모든 것이 풍요로워 보이지만, 아메리칸 드림의 환상은 미국 중산층 여성의 공허한 삶의 이면을 들여다볼 때 가차 없이 무너졌다. 이 시기의 멜로드라마는 동요하던 미국사회의 풍경을 여성의 입장에서 개인적이고 은밀한 방식으로 표현했는데, 여성 관객의 눈물을 쥐어짜게 만들었지만 은근히 여성의 사회적 지위에 대한 문제의식을 일깨우기도 했다.

그런 이유에서 당시 멜로드라마가 등장인물의 체념을 강조하여 기존 사회의 보수적 가치에 동조하게 하는 저질적인 것이라고 공격하는 의견도 많았다. 영국의 문화 이론가 레이몬드 윌리암스는 "멜로드라마는 악질적인 부르주아 미학이다. 멜로드라마가 급진적이었다고 말하는 것은 성급하다"고 말했다. 여성이 주로 보는 멜로드라마는 연인을 위해 자신의 행복을 포기하거나 거꾸로 자신의 행복을 위해 연인을 희생시키는 얘기가 많았다. 삼각관계에 휘말려 고통 받는 주인공이나 자식을 향한 모성 때문에 모든 것을 희생시키는 여인의 얘기도 곧잘 나왔다.

이렇게 이데올로기와 텍스트 비평 이론을 구축한 페미니스트 비평은 당연히 여성의 문제에 관심을 기울였는데, 멜로드라마 장르가 풍부하게 담고 있는 가부장제, 자본주의, 성, 계급, 부르주아 이데올로기에 대한 내용들을 분석하고 비판하게 되었다. 가부장제 가족 내에서 여성이 받는 억압으로부터 해방되어 가는 여성이 치러야할 대가에 대한 묘사에 이르기까지 멜로드라마는 페미니스트 비평에 풍부한 재료를 제공하였다. 한편 멜로드라마가 주류를 이루어 폭넓게 대중을 흡입하고 산업적, 상업적 기반을 확대하는데 큰 구실을 한 것은 분명하지만, 영화의 예술적 발전을 방해 한 것도 멜로드라마였다. 멜로드라마는 관객의 이성을 잠재우고 예술적 품성이나 소재를 심도 있게 추구하고 개척하려는 시도를 회피하려는 일종의 안이한 도피처가 되었다. 그런 의미에서 멜로드라마가 인간과 시대, 그리고 현실을 깊이 파고 들어가지 못한다면 영화의 예술적인 높은 목표를 결코 달성할 수 없을 것이라고 생각된다.

4. 영화 비평

영화를 평가하는 작업인 비평은 대개 신문, 잡지를 통하거나 전문 학술지를 통하여 이루어진다. 20세기 초엽까지 영화는 단순한 오락거리로 여겨졌다. 그러다가 1910년대 프랑스 리치오토 까뉴도와 루이 델릭에 의하여 영화의 예술적 독자성을 주장하며 비평이 본격적으로 싹트게 된다. 프랑스 영화기호학자 크리스찬 메츠가 『정신분석학과 영화』라는 책에서 영화를 보는 일은 "우리에게 나타나는 콤플렉스나 다양하게 얽혀진 상상의 상징적인 것들의 기능을 분석하는 것인데, 이것은 사회생활의 여러 과정 중 어느 하나에서 다른 형식 속으로 관찰하도록 요구하는 것이며, 이것이 표면적으로 작게 나타나는 현상이다"라고 분석했다(한국영화학교수협의회 305). 이 말은 영화를 보는 것은 투사과정이며 화면에 나타나는 장면들은 단순한 현실이 아니라 또 다른 현실 혹은 그 이상의 현실의 반영일 수 있고 영화 감상은 이런 기능과 영활을 가지고 있다고 볼 수 있다. 영화 비평은 영화라는 매체에 대해 일반적인 관심 이상을 가진 사람들을 대상으로 진지하고 세밀하게 분석하는 작업이다. 일부의 비평가들은 새로운 영화에 대해서 전체 예술의 맥락에 위치시켜 놓는다거나 분석에 대해 이론적인 토대를 강하게 나타낸 논문을 통해 평론가review와 비평가critic의 역할을 겸하기도 한다. 훌륭한 비평은 그 영화의 혁신적인 측면을 언급하면서 개별적인 작품을 전통적인 주제나 기술적 맥락에서 이해하여 작품이 성취한 바를 역사적으로 고찰한다. 이러한 비평은 영화 속 인물과 주제를 통해 영화의 주제가 어떤 방식으로 발전되었는지를 제시하여 그 작품의 의미와 가치를 인간의 가치와 경험의 관점에서 깨달을 수 있도록 설명하여 준다. 또한 영화 비평은 작품과 그 시대의 사회, 문화적 환경과의 연관성을 보여주며 영화를 관객에게 사회적, 문화적 충격을 주는 특정한 시공간을 담은 매개체로 받아들인다.

영화를 대중의 취향에 따라 대중 영화와 예술 영화로 나눌 수 있으며 비평 또한 그렇게 나눌 수 있다. 그러나 한 영화를 예술 영화냐, 오락 영화냐 단적으로 이야기하는 것은 예술지상주의와 오락상품최고주의의 극단적 사고의 대립으로 생각되므로, 다양성을 인정하는 유연한 태도가 필요하다. 따라서 일반대중의 영화애호가들이 할리우드를 위시한 오락 영화를 선호하는 것을 대중적 경박함이나 천박함으로 과소평가하지 말아야 하며, 마찬가지로 예술 영화 애호가들도 예술 영화의 진가를 감상할 줄 모르는 대중들을 무지하다고 개탄하지 말아야 할 것이다.

그런 의미에서 대중 영화와 예술 영화 어느 한쪽으로만 치우치는 양분화를 해서는 안 된다. 비평이 대중을 선도하는 것이 아니라 대중이 좋아해서 흥행에 성공한 영화만을 호평하는 중심 없는 대중 영화 호평이나 일반 사람들이 전혀 알 수 없는 난해한 영화들과 이론들만을 신봉하는 탈 대중주의적인 영화들 모두가 영화문화를 편협하게 만들기 때문이다. 영화가 대중예술로서 양면성을 갖고 있다는 점을 고려하여 평가방법을 선택할 필요가 있다. 즉 오락 영화를 다룰 때는 영화의 대중성과 오락적 기능이라는 측면에서 접근하는 것이 바람직할 것이고, 예술 영화의 경우는 영화와 대중 사이에 벌어진 거리감을 메워주는 가교역할로서의 평론이 필요할 것이다.

1 장르 비평

장르는 표현수단이나 형식, 표현의 대상이나 내용 또는 방법이나 목적

등에 따라 규정되는 공통적 특징을 가진 작품을 말한다. 영화에서 가장 흔한 영화형태로 장르 영화를 쉽게 머리에 떠올릴 수 있다. 장르 비평은 비슷한 특성과 성격을 지닌 영화들을 한꺼번에 묶어서 다른 종류의 영화들과 서로 구별 분류하여 감상하고 비평하는 접근법이다. 장르 영화에 대한 전통적 개념은 1930년대 할리우드의 영화체계가 자리를 잡아갈 무렵, 대중으로부터 사랑 받는 영화들이 연속적으로 만들고 소비됨으로써 등장한 웨스턴, 갱스터, 스크루볼 코미디, 뮤지컬, 멜로드라마로 거슬러 올라갈 수 있다. 장르 영화의 탄생은 바로 할리우드에서 비롯된 것이다. 세월이 흘러가면서 대중의 욕구도 변해하고 그에 따라 대중이 원하는 장르도 조금씩 변동된다.

웨스턴과 뮤지컬이 쇠퇴한 반면 액션과 스릴러라는 새로운 장르의 탄생도 있었다. 여기에서 바로 장르 영화의 특성을 찾아볼 수 있다. 영화 수용자가 어떤 한 영화에 굉장히 열광했고 이와 유사한 영화들을 계속적으로 보기를 원하는 한, 영화를 만드는 이는 몇 번이고 되풀이해서 처음 영화와 비슷한 줄거리에 동일한 내러티브 구조, 유사한 특성을 지닌 영화들을 끊임없이 제공할 것이다. 이렇게 해서 비슷한 유형의 영화들이 집단적으로 등장하게 되고 그러면 마침내 장르가 탄생하는 것이다. 제작자와 관객은 반복적인 관습으로 장르적 공식화된 구도를 이미 예감한다.

예를 들어 액션 영화에는 항상 히어로와 안티히어로의 대결로 이어지고, 히어로가 자기 개인의 이익보다는 사회 전체의 이익을 위해 싸우는 인물인 반면, 안티히어로는 자신의 비뚤어진 욕심을 채우고자 광분하는 악인으로 나타난다. 이 대결에서 항상 승자는 히어로라는 점은 모든 액션 영화에서 공통적으로 반복되는 장르적 특성이고 공식이다.

장르 비평은 장르의 기본적인 구조나 특성들을 밝히고 분석하고, 더 나아가 대중성을 기반으로 한 장르의 사회적, 문화적 의미와 현상, 기능까지도 연구한다(서인숙 37-8). 장르 비평은 영화텍스트성에 대한 면밀한 분석을 전제로 해서 영화의 미학적, 질적 수준을 평가하는 비평방식과는 다소 떨어져 있다고 할 수 있다. 그리고 장르 영화라고 하더라도 작품마다 작품의 질이나 완성도가 똑같다고 볼 수 없다는 것이다. 액션 영화라도 우수한 액션 영화가 있는가 하면 수준이 떨어진 하급 수준의 액션 영화가 있을 수 있다. 그러므로 장르 비평도 작품의 완성도를 가늠하는 평가 비평의 영역에서 완전히 벗어나기는 어렵다. 이렇게 우리가 익숙하게 접하고 구분하는 장르적 분석에 따라 비슷한 유형의 영화들을 자주 접하고 감상하다가 보면 따분하게 느껴질 수 있다. 즉 장르 영화처럼 같은 방식으로 유사한 영화체험을 전달하면서 관객들을 길들이는 영화들은 편안함을 줄지 몰라도 더 이상 신비한 작품으로 다가오지 않을 수 있는 것이다. 따라서 다른 영화와 차별화된 독특한 영화들을 찾게 되고 제작자의 개성이 이렇게 장르 법칙을 앞서가는 영화들을 예술 영화 혹은 실험 영화들로 부르기도 한다.

2 인물중심 비평

영화에서 주인공 인물이 차지하는 비중은 절대적이기 때문에 영화비평도 인물중심비평이 중요하게 대두된다. 주인공은 영화의 주제를 실행하는 인물이고 주인공이 행하는 '일'이 곧 줄거리를 형성하게 된다. 영화제작자의 생각을 구체화시키는 역할을 하는 것도 역시 주인공이다. 주인공은 항상 해결하거나 성취해야 할 목적이 있다. 그러나 항상 이 목적을 방해하는 장해 요인이 나타나서 갈등이 파생되고 이를 해결하려고 고민하고 부닥치는 과정을 다룸으로써 관객에게 흥미를 제공한다. 따라서 드라마적 기본 요소는 주인공의 목적과 이것을 방해하는 장애물과의 갈등이나 투쟁이라고 할 수 있다. 그런데 여기에서는 주인공을 중심으로 하는 극적 플롯이나 구성방식에 대한 관심과 함께 주인공 자체의 개성에 주안점을 두는 것이 필요하다. 다소 모호하게 들릴지라도 실제 구체적인 영화를 지칭하면 주인공이 영화에서 절대적 비중을 차지하는 영화들임을 금방 알 수 있을 것이다. 대부분 영화의 제목이 주인공의 이름이 나오는 영화나 뚜렷한 개성과 특징을 지닌 주인공들이 나오는 영화들이 이에 속한다. 이런 영화들에서는 주인공이 지닌 특성과 개성을 중점적으로 논의하며 분석하게 될 것이다. 예를 들면 〈포레스트 검프〉, 〈햄릿〉, 〈맥베스〉의 주인공들이 이런 부류에 속할 것이다.

3 감독 비평

영화감독은 최종적으로 영화의 양식이나 구조, 작품성 등에 대해 모든 책임을 지는 인물이다. 영화가 모든 분야가 상호 협동하는 종합예술이기 때문에 가끔 제작자나 주연배우가 실질적 권한을 행사하는 수도 있지만, 대개 감독을 맡은 인물이 영화의 형식이나 내용에 대한 극찬과 비난의 책임을 진다.

감독의 기능은 처음에는 세트 디자인, 연기, 촬영 등을 한 사람이 맡기도 하다가 19세기 말과 20세기 초에 프랑스의 샤를 파트라는 영화제작자가 최초로 영화를 감독할 보조원을 지명했다고 한다. 그러다가 1910년 영화산업의 급팽창으로 영화제작 업무를 통괄하는 누군가가 필요해졌고 1920년대부터는 영화의 성공과 실패가 감독에게 달릴 정도였다. 대형 영화사 시스템이 확립된 1930-40년대에는 강력한 감독들이 생산 공장과 같은 영화제작 상황 속에서 악전고투했다.

그러다가 감독론의 본격적 연구는 1950년대 프랑스 영화이론가들에 의해 제기된 '저작자 이론'인데, 대형 영화사 시대의 영화들을 연구·평가하는 훌륭한 방법의 하나였다. '저작자'라는 말은 1930년대 프랑스에서 예술 작품에 대한 권리를 두고 제기된 법정 투쟁에서 채용되었던 어구였다. 영화가 시나리오 작가, 감독, 제작자 가운데 누구에게 속하느냐 하는 문제가 제기된 이 법정 투쟁은, 영화의 가치에 대한 평가는 오로지 감독에게만 주어져야 한다는 여러 비평가나 이론가의 견해를 강화해 주게 되었다. 저작자 이론은 1960년대에 특히 큰 영향을 미쳤으며, 프랑스의 누벨바그나 영국과 미국의 비슷한 영화운동에 기여했다. 누벨바그 이전에는 영화에서 감독의 중요성을 그렇게 부각시키지 않았다. 왜냐하면 앞서 말했듯이 영화는 여러 분야들의 협동 작업으로 이뤄진다는 특성 때문에 감독 개인의 창작품이라고 할 수는 없다는 것이다. 그러나 누벨바그는 감독이 영화의 당당한 주인임을 주장하고, 감독을 예술가로 인정하고 그가 만든 영화는 응당 예술품일 수밖에 없다는 것이다. 누벨바그는 영화의 가치를 더 높게 올려놓았다.

영화의 고급화를 위해 감독은 뛰어난 예술인으로서 영화능력이 탁월해야함은 물론 언제나 변함없고 독특한 영화세계와 영화빛깔을 잃지 않은 일관성을 지닌 감독이라야 한다. 가끔 작가주의[5]와 상충되는 의미의 감독비평론이 대두되지만 포괄적으로 영화감독에 대하여 논의하는 것이 타당할 것이다.

4 작품 해석 및 평가 비평

비평은 포괄적으로 모두 작품 해석과 관련이 있다. 왜냐하면 영화의 두드러진 특징서부터 숨겨진 의미까지 객관적으로 파악하기 위해서는 일단

---

[5] 작가주의는 감독의 영화작품 전체를 관통하는 감독의 반복적이고 일관된 영화스타일에 초점을 맞추어 다른 감독들과는 구별되는 일관성과 독창성에 주목한다. 그러나 감독 비평론은 감독을 영화 중심으로 보는 것을 우선으로 한다. 작품 수에 관계없이 감독에 대한 포괄적이고 일반적인 선상에서 논의하며, 작가주의처럼 일관성과 독창성이라는 기준으로 감독을 평가하지는 않는다.

작품해석을 우선적으로 하게 된다. 그 다음에 작품의 장점이나 단점, 거시적이거나 미시적인 세계관 등에 관하여 작품의 가치를 평가한다. 작품 해석은 작품의 비평적 평가 이전에 반드시 거쳐야 하는 중간과정이며 독자적인 비평방식이라고 말하기 어렵겠지만 하나의 독립된 비평방법으로 분류한 이유는 이것이 비판적 평가방법과는 구별되기 때문이다. 대개의 경우 영화에 비판적 분석비평을 하지 않고 작품해석에 중점을 둔 평론일 경우에 분석하려는 영화가 풍부한 해석을 요구할 만큼 다층적 의미구조를 지니고 있다. 어느 정도 높은 완성도에 이르고 때에 따라서는 난해한 것도 내포하는 경우가 많다. 따라서 작품이 상당히 완성도가 높을수록 평가보다도 눈여겨 봐야할 것들, 해석해야 할 점에 대한 이해를 높이는 기능을 작품해석이 감당한다고 할 수 있겠다. 작품의 해석적 비평에 덧붙여 비판적 평가비평이 있다.

평가란 객관적 판단기준에 의하여 작품의 완성도를 가늠하는 활동이다. 그런데 그 평가방법이 비판적이라는 의미는 작품의 부족함, 결함, 단점을 들추어내어 지적한다는 얘기다. 작품의 완성도가 그리 훌륭하지 않을 때는 비판적 평가가 적용되게 마련이다. 그러나 지나친 주관적 판단에 치우치는 평가는 하지 않도록 해야 한다. 즉 주관적인 평가도 논증을 통하여 자신의 견해를 객관적으로 입증해야 한다. 만약 비평가가 작품을 평할 때 독자가 그러한 판단을 하는 이유를 알지 못한다면 그 비평가의 판단은 그다지 각광받지 못할 것이다. 그 작품에 대해 그런 평가를 하게 되었는지에 대한 정확한 판단의 기준과 근거를 명확히 진술할 수 있어야 독자도 비평가의 의견을 이해하게 되고, 더 나아가서는 비평가로서의 전문적 견해로 존중받을 수 있는 것이다.

5 사회문화 비평

영화의 사회문화 비평이란 영화를 사회문화적 요인들의 복합적인 상호 작용의 결과이자, 복합적인 문화적 객체로 보고, 문학작품을 생산한 환경이나 문화나 문명을 떠나서는 그것을 충분하고도 진실되게 이해할 수 없다는 입장에서 영화작품을 분석 평가하는 연구 방법이다. 즉 사회문화 비평은 영화를 사회적, 문화적 맥락 속에서 고찰하는 방법이다. 영화를 창조한 환경이나 문명, 문화를 떠나서는 영화를 진실로 이해할 수 없다는 관점에서 영화를 분석, 해석한다. 따라서 영화작품 하나에만 국한하지 않고 보다 넓은 사회적 문맥 속에서 작품과 현실적 삶과의 상호관계에 초점을 둔다. 사회문화 비평에서 영화는 시대와 사회의 산물이며, 그 시대와 사회의 반영이란 관점은 동서양 모두에 믿을 만한 비평적 근거가 되어 왔다. 정치와 사회의 변화가 극심하고 혼란한 가운데 능동적이고 적극적으로 개입하고 대처하는 현대에 와서는 이러한 관점이 더욱 주목 받고 있다. 사회 문화 비평은 영화를 작품 그 자체만으로 한정하지 않고, 사회적, 역사적 요인 및 환경과의 연관 속에 비추어 분석 연구하는데 주안점을 두고 있다.

영화가 그 시대와 사회의 반영물이라는 점은 잘 알고 있지만 영화를 사회, 문화의 맥락 속에서만 파악하려 할 때 영화의 창조적이고 미학적 인 면을 제대로 보지 못하는 점도 있다. 사회문화적 관점에서 잘된 작품이라도 예술적 완성도에서 뒤질 수 있다. 따라서 사회문화 비평은 영화의 질이나 미학적 평가와는 거리가 있을 수 있다는 것이다. 사회문화적 비평은 다른 문화 예술품과 마찬가지로 영화들이 한 사회의 정치적 구조, 사회의 다양한 관습들을 반영한다는 것을 전제로 한다. 또한 영화는 일정 기간 동안 그 사회의 집단의식을 충분히 알게 하는 통찰력을 제공하는 문화적 가공품으로 해석된다. 사회문화적 비평은 영화를 통해 그 사회의 무의식적인 메시지들을 찾는 구조주의와도 관련이 있다. 사회문화적 비평이 영화들이 제작된 사회를 잘 이해하기 위한 도구로 사용된다면 구조주의는 영화들이 주는 의미를 찾기 위해 사회의 가공된 구조들을 사용한다. 사회문화적 비평의 주요 관심사로는 영화내용과 그 내용에 영향을 미친 사회와의 인과성, 특정사회의 규범과 가치들에 대한 영화의 대표성 같은 문제 등이다.

6 주제 비평

영화의 주제 비평은 한 편의 영화가 무엇을 말하고 있는가를 논의의 중심 대상으로 삼는다. 그러나 단순히 한 영화의 주제가 무엇인가를 발견하는데 그치는 것이 아니라 그 주제가 어떻게 효과적으로 제시되고 있는가를 논하는 것이기도 한다. 한편의 영화에서 극적 완성도라는 것은 단순히 어떤 얘기를 하고 있는가 하는 것만으로 이루어지는 것은 아니기 때문이다. 따라서 주제 비평은 주제가 논의의 중심대상이지만 주제를 어떻게 다루고 있는가를 점검함으로써 평가를 내리는 방법이기도 한 것이다. 영화에서 주제의 완결성을 중요시하는 이유는 주제의 발견이 아니라 주제가 던져 주는 의미가 얼마나 감동적이며 얼마나 날카롭게 그려내는지의 표현의 완성도에 있다. 어떤 한 주제를 다룬 영화는 셀 수 없을 정도로 많지만 그 주제가 진정으로 가치 있게 표현되어 관객의 마음을 감동시켜 주는 영화는 흔치않다. 따라서 주제 비평은 주제가 논의의 중심이 되지만 주제를 어떻게 다루고 있는가를 분석하고 평가하는 방법이기도 하다.

7 형식주의 비평

영화의 형식주의 비평은 영화비평의 관점을 감독의 메시지가 얼마나 은유적으로 표현되었는지에 둔다. 주로 다양한 쇼트, 앵글, 미장센, 몽타주가 비평대상이 된다. 독일의 표현주의와 러시아 감독들이 주장한 몽타주 이론에 영향을 받은 형식주의의 대변자인 루돌프 아른하임은 『예술로서의 영화』(1933)라는 저서에서 영화의 조형성과 예술가가 우선되며 현실재현은 부차적인 요소임을 강조했다. 즉 영화는 단순한 현실을 재현하는 게 아니라 예술가에 손에 의해 변형, 강조되어 결정되는 인위적 예술 매체로 본 것이다. 또한 사운드와 편집, 구도 등 형식적 재료가 형식적으로 다루어지면서 시각적 형태의 예술을 창조한다고 주장했다. 영화의 형식비평은 문자 그대로 영화의 내용인 주제나 또는 스토리에 관심을 갖기보다는 내용을 형상화하기 위한 영화의 형태, 구조, 스타일 등 형식적 측면에 주목하고 분석하는 방법론을 말한다. 따라서 주제 비평과는 반대되는 경우로서, 주제 비평은 영화내용을 통해 영화가 던져 주는 의미들을 파악하는데 주력하지만 형식 비평은 의미보다는 우선적으로 구도, 조명, 앵글, 편집 등과 같은 영화 형식을 이루는 요소들에 집중하는 영화의 스타일 분석이다.

1920년대 러시아 형식주의는 소비에트 몽타주 영화 운동으로 발전한다. 사건의 연속성에 기반을 둔 할리우드 몽타주와 달리, 소비에트 몽타주는 숏들의 병치와 충돌을 통해 새로운 의미를 창출한다. 푸돕킨의 결합 몽타주, 에이젠슈테인의 충돌 몽타주, 베르토프의 다큐멘터리 기법 등이 그렇다. 디지털 영화에서 필름 몽타주는 디지털 콜라주로 변화한다. 형식주의는 예술 작품의 내용보다 형식을 강조한다. 형식주의자들은 무엇을 재현할까 보다 어떻게 표현할 것인가에 관심이 있다. 처음 러시아 형식주의운동은 문학 비평을 철학, 심리학, 사회학과 분리시키고, 문학 작품의 자율성을 옹호하며 내용보다 예술 기법을 강조하고, 일상 언어와 구별되는 문학 고유의 시적 언어와 형식을 분석하려했다. 예술의 자율성을 옹호하는 러시아 형식주의는 1960년대와 1970년대 구조주의와 기호학 등 영화 미학과 결합하면서 재평가된다. 영화의 고유한 형식과 구조, 기호와 의미 체계의 연구는 형식주의 미학에 새로운 동력을 부여하고, 1980년대 이래 미국의 데이비드 보드웰, 크리스틴 톰슨 등 신형식주의 영화비평으로 연결된다. 신형식주의는 역사적 맥락에서 텍스트 내부의 구조 분석에 몰두하는 러시아 형식주의의 한계를 극복하고, 영화의 형식과 기법, 영화 내러티브의 복합적 구조와 체계를 분석하려한다. 신형식주의는 추상적 이론에 의존하기보다는 경험주의와 인지 실증주의 관점에서 각 영화들의 스타일과 테크닉을 분석하고 있다. 형식주의 미학을 본격적으로 주창한 사람은 칸트인데 내용을 도외시하고 형식만을 중요시하면서 작품의 사회적, 역사적 맥락은 고려하지 않고 작품의 주관적 관념만을 분석하였다. 형식주의적 비평은 형식에 우위성을 두고 내용보다는 형식적 요소들에 더 관심을 둔 비평이다.

8 사실주의 비평

사실주의 비평은 영화의 본질이 현실세계를 충실히 재현하는 예술이라는 관점에서 영화를 분석하고 비평하는 방식을 말한다. 사실주의 비평은 영화의 스토리story나 내러티브narrative에 중점을 두고 시각적·심리적으로 개연성이 있거나 사실적으로 재현하는지에 대해 관심을 갖는다. 지그프리트 크라카우어는 자신의 저서인 『영화론』에서 사실주의는 형식보다는 내용을 우위에 둔다고 했다. 즉 영화의 본질은 인간 삶을 이미지로 재현하는 예술이라고 보는 것이다. 또한 앙드레 바쟁은 공간적 사실주의를 강조했다. 영화란 대상이 지닌 공간성과 그 대상이 위치하는 공간을 다룬다는 점에서 가장 현실적인 예술이라는 것이다. 또한 영화가 실제 현실이 아니라 영화 속에서 재현된 대상이 실제와 같다는 믿음을 주는 심리학적 사실주의의 문제로 여겼다. 사실주의 이론가들은 카메라 렌즈는 인간의 눈이 지각하지 못하는 것까지도 본다고 주장한다. 각색은 물론 여러 가지 촬영기법 중 딥

포커스deep focus, 롱 테이크long take, 와이드 스크린wide screen 등이 현실세계를 재현하는 중요한 형식으로 인정되었다. 영화는 커다란 현실세계의 한 단편을 보여주는 열린 형식으로 인생의 삶처럼 개방된 무한성을 주어야 한다고 주장하였다.

9 여성영화 비평

여성영화 비평은 여성의 과거와 현실, 그리고 미래의 이상에 관심을 두고 있다. 기존의 역사와 문화적으로 결정되고 묘사되어온 여성의 이미지와 역할에 관한 유형을 검토하고 비판하는데 관심을 둔다. 궁극적 논지는 남성적 우월주의든, 패권적 가부장제도이든 간에 여권신장을 목표로 하고 있다. 일반적으로 다음 세 가지에 관심을 두고 있다. 첫째, 오랫동안 여성들이 영화 속에서 취급되고 묘사되어온 방식이다. 둘째, 여성에 의해 만들어진 영화들의 수준과 그 관심 주제이며, 셋째, 영화 속 여성들의 성적 역할에 영향을 주고 영향을 받아온 사회의 제반 방식 등을 밝히고자 한다. 사실 여성주의 영화비평의 역사적 논지는 제국주의건, 자유주의건, 자본주의건, 가부장제건 그 모든 것을 합친 최종적 전제주의적 세계가 가해자로서 여성을 피해자로 만들었다는 것이 기존의 여성주의에 담겨 있다. 따라서 여성이기 때문에 피해자의 자리에 있지만 동시에 여성이기 때문에 찬양받고 보호받아야 한다. 여성을 이러한 바깥 전제주의적 세계의 이중 프레임에서 벗어나게 하는 것, 그것이 오늘날 여성영화비평 나아가 페미니즘의 화두 중 하나가 될 것이다. 그렇다고 여성은 순수하고, 가부장제가 만든 세계는 오염되었다는 원색적 이분법을 대입해서도 안 될 것이다.

요즘 등장하는 페미니즘 영화들이 여성영화임에도 불구하고 소위 여성해방이나 여성문제를 쉽게 연상시킬 수 없는 것은 단지 여성의 성을 상업

적으로 이용하기 때문이다. 여성영화를 도용한 에로틱한 인물의 여주인공
들이 이런 현상을 있게 한 책임이 있다. 여성의 성을 담보로 만든 영화들이
점차 없어지고 새로운 시각의 여주인공들이 진지한 여성적 담론을 갖고 관
객에게 다가서야 한다. 이때 여성영화에 대한 오해와 혼돈이 없는 본래의
순수한 의미로 시작할 수 있을 것이다.

여성비평의 시각은 주로 로라 멀비와 줄리아 크리스테바의 주장을 차
용한다. 멀비는 분석의 대상을 주로 남성적 장르, 즉 서부영화, 갱영화, 전
쟁영화 등에 두었다는 점에서 여성적 장르라고 할 수 있는 멜로드라마 쪽
으로 방향을 틀었다. 아울러 줄리아 크리스테바의 기호학적 정신분석방법
론에 의거한 정신분석학적 비평도 점차 호응을 얻고 있다. 이러한 성과에
힘입어 페미니즘 영화에 대한 인식과 의식을 그린 영화들이 만들어졌다.
대표적인 여성 영화인은 샹딸 아케르만, 이본느 라이너, 아네스 바르다, 마
르그리뜨 뒤라스 등이다. 페미니즘 비평가들은 남성 위주 이데올로기의 지
배를 거부하면서 남성에 의해 여성의 이미지가 재현될 수 없다는 점에 실
제적 초점을 두고 있다. 영화 속에서 페미니즘적인 접근은 기존 영화에 대
한 페미니스트적 시각의 분석을 통한 비평, 여성 감독들의 페미니스트적
시각으로 만든 영화에 대한 연구와 관심, 그리고 이들을 바탕으로 실천적
도구로써의 대안적 영화에 대한 시도로 요약한다. 여성영화하면 영화 속의
여성이 여성고유의 담화를 형성하면서 여성을 위한 영화로 기능해야 한다.
그것이 여성이 처한 현실에 대한 비판이든 여성적 의식의 고양이든 왜곡된
여성의 모습에 대한 항변이든 여성의 연대의식의 발현이든 무엇이든지간에
가부장적 중심사회에서 벗어나서 남녀평등 사회구현을 위한 것이라면 충분
할 것이다.

10 도덕적 비평

도덕적 비평은 작품의 정신적 도덕적 가치를 중시한다. 작품의 윤리적 의의를 중시하여 작품에 담긴 정신적 깊이를 해명하고 평가하는 데 치중하는 비평 유형이다. 그리고 도덕적 비평이 내용적으로 심화되어 작가의 세계관, 이념, 가치 의식 등으로까지 깊이 있는 성찰을 동반하게 되면 철학적 비평이라고도 한다. 그러나 도덕적 비평은 예술을 일정한 윤리 의식이나 이념의 도구로 여기게 되는 단점이 있다.

도덕적 비평에서 영화는 현실의 재현이라는 확고한 판단 아래 영화 속 인간의 존재와 삶을 실제 생활과의 상관관계 선상에서 고려한다. 영화가 실생활에 얼마만큼 영향을 미칠 수 있는지를 도덕적 기준으로 바라보는 시각이다. 영화가 감상자의 도덕적 행위에 얼마나 영향을 미칠 수 있는가는 확실하지 않다. 그래도 대중매체인 영화의 영향력이 감상자에게 어느 정도 영향은 줄 것이라고 생각된다. 그래서 나라마다 영화검열이 있는 것도 관객의 도덕관에 영향력을 끼칠 수 있다는 생각에서 근거한 것이다. 영화의 도덕적 검열을 폐기해야한다는 자유주의자들은 그것이 개인의 자유와 권리를 침해하고 예술의 가치를 고의적으로 손상시키거나 무시한다고 주장한다. 그럼에도 불구하고 도덕적 비평은 작품 그 자체 내에서만 주목하지 않는다. 보다 폭넓게 영화작품과 다른 것들과의 연관성 속에서 사회와 인간 존재의 조건에 영향을 얼마나 끼치고 있는지를 강조하는데 목적을 두고 있다. 따라서 도덕적 비평은 영화가 관객의 도덕관에 영향을 조금이라도 미칠 가능성이 존재한다면 관객의 올바른 도덕관을 바로 이끌어줄 수 있는데 그의 역할이 있다.

11 초현실주의 비평

초현실주의는 1차 세계대전 직후에 등장하였는데, 전쟁의 폐해로 인한 인간가치관의 혼란 속에서 새로이 등장한 예술사조이다. 초현실주의와 다다이즘은 모두 20세기를 대표하는 전위예술로서 이성을 거부하고 통제받지 않는 예술제작을 주창한다는 점에서 서로 공통된다. 다다이즘이 기존 전통에 반항적이라면 초현실주의는 잠재의식의 세계를 표현하려고 했다. 다다이즘의 파괴적인 태도에 만족할 수 없었던 작가들이 초현실주의 운동을 펼치면서 인간의 영감을 표현하려고 프로이트의 정신분석에서 출발한 이 운동이다. 꿈이 지니고 있는 여러 힘에 대한 찬양, 자동기술에 대한 깊은 신뢰, 초현실적 사실의 열렬한 탐구와 더불어 사회생활이 개인에게 강요하는 모든 압력을 지양한다. 혁명을 통한 자유를 꿈꾸고 모든 제약을 무너뜨리고 종교적, 정치적 신화를 타파하고, 사회의 제약과 요구로부터 해방된 개인을 보장하려 했다.

초현실주의는 인간의 잠재의식을 탐구하는 것으로 프로이트의 정신분석학에 근거를 두고 있다. 초현실주의는 실제로 현실 속에 발생한 실제적 행위가 아니다. 표현 이전의 인간심상에 초점을 두고 잠재된 생각들을 시각화하여 잠재의식세계가 표현의 대상이 된다. 반면 정신분석학은 현실적 세계를 대상으로 하고 현실세계에 실제 발생한 행위의 이면에 숨겨져 있는 심리적 배경에 초점을 둔다. 현실적 사건과 행동 뒤에 심리적 배경을 파헤치고 분석하는 것이 정신분석학이라면 실제적 행동 이전의 내적 충동이나 욕망을 다루는 것이 초현실주의이다(서인숙 137). 그래서 초현실주의 영화들은 현실적 사건들을 비껴나 있거나 실제 행동 이전의 내적 세계를 다루고 있다. 따라서 초현실주의는 인간 내부에 존재하는 사회적 성적 억압들을 프로이트적 상징들로 곧잘 표현한다.

12 포스트모더니즘 비평

시대사조는 리얼리즘 시대와 모더니즘을 거쳐 포스트모더니즘 시대에 이르렀다. 리얼리즘 시대에는 어떤 절대적 진리가 존재한다는 믿음이 있어서 작가가 진실이라고 믿는 것을 작품에 담고 이를 진실의 일부로 생각했다. 모더니즘 시대에는 진리도 절대적이 아니라 상대적이라는 것이다. 보고 생각하는 사람들의 관점에 따라 진리도 달라질 수 있다는 상대적 입장을 취한다. 그래도 모더니즘 시대까지는 진리를 얘기할 수 있었지만 포스트모더니즘 시대에 들어서는 절대적 진리란 것이 아예 없어져 버렸다. 어떤 구심점이나 확실성도 없는 현대에는 진실과 진리가 베일에 가려져 있고 포스트모더니즘은 이것을 가차 없이 그대로 나타내려 한다. 진리가 사라져 버린 현실은 꿈이나 다름없으며 결과적으로 현실과 허구 사이의 구별이 불가능하다. 따라서 포스트모더니즘 시대는 현실과 허구의 세계를 나누던 경계선이 허물어져 버린 시대이다. 낙관적인 리얼리즘과 귀족적인 모더니즘의 반발로 시작된 포스트모더니즘은 현실의 모습을 있는 그대로 인정하고 제시하며 포용한다. 그래서 포스트모더니스트들은 사회 밖에서 싸우는 것이 아니라 사회 속에서 저항하며 해체하고 재구성한다. 이런 전략은 패러디에서 곧잘 찾아볼 수 있다. 패러디는 기존에 존재하는 것에 대하여 깨닫지 못하고 있던 점이나 착각하고 있던 점을 비판하는 수법이다. 기존의 전통을 전면 부정하기보다는 그것의 스타일을 역이용해 스스로 해체시킨다(서인숙 143).

영화에서 포스트모더니즘은 이미 50년대 연출자들의 자기의식을 깊이 반영하고 영화매체의 본질을 추구하려고 했던 문예물과 예술 영화로 통칭되던 모더니즘 영화에서부터 시작되었다. 60년대 들어서 기존의 영화형식을 철저하게 거부하면서 서서히 세력을 확대하기 시작한 언더그라운드 장르 영화들이 포스트모더니즘 영화로 이끌어주었다. 포스트모더니즘 영화는 모방, 풍자, 자기반영성, 상호텍스트성, 장르의 혼합 또는 유희, 대서술의 파괴, 허구와 사실의 혼동, 관객참여나 인지를 중시하는 것이 특징이다. 이런 특성을 따른 많은 영화들이 포스트모더니즘의 특성을 띤다. 할리우드에서는 〈가위손〉, 〈터미네이터 2〉, 〈토탈 리콜〉 등이 포스트모더니즘의 전형을 보여주고 있는 영화들로 거론되어 주목받았다. 대체로 할리우드 포스트모더니즘 영화의 특징을 보면 외적으로는 인간의 형태를 취하면서도 실제로는 기계인간처럼 타율적 지배를 받는 주인공들이 등장한다. 촬영 방식에서 첨단 기술과 특수효과 등에 의존한다. 한때 저급한 장르로 여겨졌던 SF나 연예 멜로물에 자본주의의 상업성을 도입해 관객들을 신비롭고 환상적인 세계로 이끌어 상업으로 극대화를 노린다. 조명, 음악, 촬영 기법 등 시나리오 이외 부분에서 신선하고 파격적인 기법이 돋보이지만 전체 줄거리는 비논리적이고 결말을 제시하지 않는다. 이런 영화는 지나친 상업화를 부추기고 있다. 역사의식에 대한 회의와 문제의식의 결여, 대사보다는 시각효과에 비중을 쏟는다. 전체적으로 강대국의 문화 논리가 담겨 있어서 세계 관객들의 의식을 획일화시키고 있다.

13 한국영화 비평

한국영화 비평은 산업적으로 아직 안정적 기반을 갖고 있지 못하기 때문에 이들 영화계의 현실적인 현안들을 점검하고 영화작품 평보다는 우리 영화계를 점검하고 영화의 산업적 기반과 발전 가능성을 모색 한다. 우리 영화가 산업적으로 건강하게 뿌리내리기 위해 개선되어야 할 우리 영화제작 환경의 문제점들, 우리 영화 전체가 공통적으로 안고 있는 딜레마들, 그리고 이것들을 뛰어넘으려는 노력들에 관한 논의를 해야 한다.

일반적으로 한국의 영화는 인간의 내면을 소박하고 여유 있는 묘사로 영상화하는 데 장기를 지닌다. 사회문제를 다루되 가족 구성원 속의 개인의 심정을 통하여 그려 나간다는 데서 특성을 찾을 수 있다. 따라서 한국영화는 사회성이나 인간으로서의 주체성이 대체로 희박해지기 쉽다는 약점을 가지고 있다. 그러나 한국 특유의 정신풍토를 배경으로 정적인 감정과 분위기를 나타내는 데 뛰어나다고 볼 수 있다. 지난 한해 한국영화가 이룩한 성과는 눈부셨다. 〈명량〉과 〈님아, 그 강을 건너지 마오〉가 관객 천만 시대를 열었다. 올해 〈국제시장〉이 돌풍을 일으키며 부산국제영화제는 해가 갈수록 세계적 행사로 자리매김하고 있다. 한국영화는 해외에서 그 작품성을 인정받아 할리우드 유명배우들이 수시로 우리나라를 찾는 것도 우리 영화계의 높아진 위상을 실감케 한다. 그러나 이런 와중에 한국영화의 미래가 장밋빛으로 이어질 지에 대해서 우려하는 목소리가 나오고 있어 주목을 끈다.

한국영화 시장이 많이 커졌다는 건 사실이지만 속내를 들여다보면 외형만 커졌을 뿐 내실은 챙기지 못했다는 것을 볼 수 있다. 영화진흥위원회에서도 "한국영화가 외형적으로 성장했음에도 불구하고 투자자는 마이너스 수익률을 보이고 있다"고 분석한 바 있다. 편당 제작비는 늘고 있지만 관객은 그만큼 늘어나고 있지 않다. 영화 투자자들이 영화 시장을 외면할 수밖에 없는 가장 큰 원인으로 지적된다. 또한 외화의 경우 수입사와 극장 간에 수입을 6대 4로 나눠 갖는데 비해 한국영화는 투자 제작사와 극장간 수익을 절반씩 나눠 갖고 있다는 점도 부진한 투자수익률의 한 원인으로 지적됐다. 복합 상영관 등 극장은 한국영화 상영으로 적잖은 이익을 얻는다. 반면 투자 제작사는 정작 막대한 돈을 투자하고도 별다른 이익을 보지 못하고 있다는 점이다.

한국영화의 발전을 위해서는 국내 시장을 넘어 세계로 뻗어나가야 한다고 전문가들은 입을 모은다. 수출시장 개척은 한국영화계에 더 이상 선택이 아닌 필수조건이다. 특히 문화적 친밀성이 높은 중국이나 일본을 비롯해 필리핀이나 베트남 등 동남아 시장 개척이 시급하다. 실제로 해외에서 한국영화에 대한 관심은 폭발적이라 할 만한 정도는 아니다. 몇몇 영화제에서 선전한 한국영화들이 있긴 하지만 흥행이나 수익으로 이어지지는 않았다. 많은 영화계 관계자들은 중국을 대단한 잠재력을 가진 나라로 보고 있지만, 불법 DVD가 난무하는 중국영화 시장에서 한국영화로 돈을 버는 것은 매우 어려울 것이란 지적도 있다. 가장 성공한 사례로 꼽히는 〈엽기적인 그녀〉조차 해적판으로 수익성에 타격을 받았다. 케이블이나 위성방송 등 미디어 환경의 변화도 최근의 한류열풍에 한몫했다는 점을 생각해보면 한류와 한국영화의 해외 진출은 다른 차원의 문제라는 점은 더더욱 분명해진다. 할리우드 블록버스터나 일본 애니메이션처럼 절대적으로 질적 우위가 보장되지 않는다면 한국영화의 해외 진출은 요원하다. 우선 영화를 잘 만들고 해외에서 돈을 버는 건 다음 문제이다. 그런 정신으로 영화를 만든다면 한국영화는 분명 세계로 뻗어갈 수 있는 가능성이 있다.

5. 소설과 영화의 조우

소설과 영화가 상호 많은 공통점을 갖고 있다는 것은 잘 알려진 사실이다. 무엇보다 먼저 소설과 영화는 모두 서사적 예술이라는 특징이 있다. 소설은 신화나 서사시, 로망스로 이어져 내려오는 서사예술을 형성해 왔다. 18세기 중엽부터 일어난 산업기술혁명의 기틀 위에 등장한 영화라는 새로운 장르에 크게 영향을 미쳤다. 단적으로 소설은 문자매체를 대표하고 영화는 영상매체를 대신한다. 그럼에도 이 두 예술형식은 삶을 재현한다는 면에서 공통된 출발점을 갖는다. 소설과 영화는 현실 세계를 대상으로 인간의 행위를 재현하고 시공을 마음대로 넘나들며 표현할 수 있는 서술양식에서 유사한 측면이 많이 있다. 영화제작자들은 본격적인 소설의 출발시대인 19세기의 문학에서부터 여러 서술기법을 차용하기 시작하였다.

영화는 우리 시대에 가장 가까이 태동하여 새로운 예술로서 각광을 받아왔다. 영화의 첫 탄생은 프랑스 뤼미에르 형제가 발명한 시네마토그라프 Cinematograph의 등장으로 본다. 이것은 또한 획기적인 새로운 기계의 발명을 의미하기도 한다. 영화는 원래 기계, 광학, 화학의 기술로 태어났으므로, 초창기 영화들은 감히 예술로서 평가 받을 수가 없었다. 예술적이라기보다 영화는 오히려 기계적이고 기록적인 것이었다. 현실을 복제하는 과정에서 인간의 예술적 표현 행위나 양식들이 개입될 여지가 없었다. 따라서 영화가 단순히 기록물이나 오락물이 아닌 예술로 발전하여 가는 데는 영화라는 매체의 표현력의 발전과 필히 관련이 있다. 유럽에서 영화는 다양한 표현 방식을 실험하고 예술로서 성장하기 시작했다. 산업혁명의 발달과 경제성장으로 시민계급이 등장하여 소설이 대두되고 이런 양식이 사람들의 욕구를 잘 표출하고 충족시켜주었기에, 지금까지 명맥을 잘 유지해 오고 있다. 그 후에 영화 역시 당대의 인간의 삶을 잘 표현한 적절한 표현양식으로서 등장하여 상호 공통적 특징을 공유하였다.

현대적 형태의 극영화는 그리피스 감독[6]으로부터 내려왔으며 영화적 표현양식의 대부분은 소설에서 차용한 것이다. 그리피스가 클로즈업기법을 고안했을 때 영국 소설가 디킨스의 소설에서 착안했다고 말했듯이 초기에 영화는 소설적 기법과 양식을 적극적으로 받아들였다. 두 장르의 긴밀성은

---

[6] 미국의 영화감독. 기존의 단조로운 표현방법을 벗어나 접사 기법, 커트백 기법 등 변화 있는 표현방법을 구사함. 그의 공적은 1920년대 이후 프랑스를 비롯한 여러 나라의 영화계에 고전적 연출법의 출발점이 되었다.

토키장치와 칼라필름의 탄생으로 더욱 긴밀해졌다. 영화는 오락과 선전매체로 또는 매우 호소력 있는 예술 감각으로 영상문화의 중심매체가 되었다. 소설의 서사적 내용과 양식을 받아들여 소설의 영화화, 더 나아가서 영상문학을 창조하였다. 영상문학은 문학과 영화의 성격을 모두 지니고 있다. 따라서 이 두 영역의 상호텍스트성을 규명하여 더욱 나아가 한 작품마다 문학과 영화적 가치를 밝히고 파악해 보는 것이 필요할 것이다.

당대의 삶을 재현한다는 목적에서 문학과 영화는 동일한 특성을 지니면서 상호 차이점도 지니고 있다. 첫째, 본질적인 재현의 방식이다. 문학은 언어를 통하여 대상을 형상적으로 인식시키고, 영화는 영상을 통하여 구체적이고 직접적으로 대상을 표출시킨다. 문학은 시간이란 흐름에 따라 재현되는데 이것은 언어, 또는 문자의 매체 상의 특성 때문이기도 하다. 영화도 역시 시간의 흐름에 따른 재현되지만 영화는 영상과 음향이 총체적으로 함께 재현된다는 점에서 서로 다르다. 둘째, 문학은 작가와 독자가 개인적이고 사적인 관계로 상호 의사소통한다면, 영화는 제작자와 관객 사이에 보다 공적인 의사소통을 지향한다. 문학이 지금까지 문자를 통한 고급문화를 지향하여 왔지만 오늘날 대중성도 무시 못 하는 것처럼 영화도 대중성과 예술성을 동시에 추구해야 할 부담감을 함께 지니고 있다고 하겠다. 문학과 영화 모두 인간의 삶을 재현하고 삶의 양식을 다양하게 표현하여 주는 것이지만, 차이점은 각 매체의 재현방식에서 비롯된 것이다. 따라서 내용 접근이나 결론 도출에서 작품이 고급문화 지향적인지 대중문화 지향적 취향에 가까운지에 따라 작품의 차별성을 인식하고 감상할 수도 있을 것이다.

소설은 인물이나 행위, 배경 모든 것들이 언어의 힘에 의존하며 인간의 상상력을 동원하여 감흥을 일으킨다. 그러나 주관적 상상력에 호소하는 소설보다 영화는 직접 눈으로 보고 귀로 들으면서 모든 사람에게 어느 정도의 공감이 가는 인물과 배경을 요구한다. 따라서 영화의 경우 거대 자본이 투영된 대형 영화사들이 유사한 내용을 다루더라도 소재, 주제, 감독, 배우, 촬영기법 등을 동원한다. 이윤추구를 생명으로 하려는 영화 산업 속에서 흥행에 성공하기 위해 관객들의 기대를 보장한다. 위험성이 적은 특정 유형의 이야기와 시각적 관습을 유지하려는 의도에서 보다 색다른 장르 영화들을 만들고 있다. 장르 영화의 경우는 대중들을 영화에 관심을 갖도록 끌어들이고 영화 산업에 흥행을 담보해주는 중요한 수단이 될 수 있지만, 진지한 비평적 관심을 저해하는 장벽이 되기도 한다. 따라서 장르 영화는 모방에 근거한 영화로서 생명력이 없는 기계적 반복으로 정형화된 인물과 친숙한 배경, 해피엔딩 등의 특징을 갖으며, 예술성이 없는 단지 대중적, 상업적 호소력만 지니고 있다는 지적을 또한 피할 수 없다. 이러한 장르 영화의 한 예는 9장에서 다시 이야기하겠다.

영화매체는 대규모의 자본이 필요하다. 그렇기 때문에 영화를 제작하는 입장에서 투자한 자본을 적어도 회수하기 위하여 관객들의 취향을 고려하지 않을 수 없다. 그래서 대형 영화사들은 관객들을 사로잡기 위하여 관객의 요구와 관심사에 민감하지 않을 수 없을 것이다. 비슷한 시기에 여러 작품이 만들어져 나오는 것도 관객의 다양한 요구와 관심이 반영된 것이라 할 수 있을 것이다. 여름철이 되면 항상 나오는 납량특집, 공포 영화나 블록버스터Blockbuster 등이 그러하다. 때에 따라서 은근히 민족우월주의적이거나 국수주의적인 내용으로 바꾸거나, 비극적 결말을 해피엔딩으로 바꾸는 등, 할리우드적인 단면을 엿볼 수 있다. 따라서 문학의 제요소들이 영화에서 다르게 표현되거나 다른 결말짓게 되는 경우들이 흔히 나타나게 된 연유도 바로 이런 이유에서 어느 정도 비롯된다고 볼 수 있다.

사실 지금껏 만들어진 영화들이 거의 소설들을 각색하여 만들어진 것들이라고 해도 과언이 아니다. 유명한 고전 소설이나 베스트셀러 소설치고 영화로 만들어지지 않은 것은 없었기 때문이다. 오늘날 영화의 30퍼센트가 소설에서 소재를 가져왔고, 베스트셀러 작품의 80퍼센트가 영화로 각색되었다고 한다(Bluestone 199). 영화가 성공하면 소설도 동시에 출간되는 일들이 빈번하게 이루어진다. 따라서 영화가 탄생된 이래로 문학은 영화의 끊임없는 보고의 역할을 해왔다. 그러나 소설이 영화의 원작이 되어 왔다는 것은 마치 영화가 소설에 종속된 매체라는 잘못된 인식을 낳기도 했다. 영화와 소설에 대한 주장으로 영화가 확장된 문학 텍스트(김성곤 17–29)의 역할이라고 주장하는 한편, 문학작품의 감상과 교육을 영상으로 대체하는 시류를 비판하는 주장도 있다.

문학과 영화는 서로 각기 다른 매체임에도 불구하고 소설을 영화화했을 때, 영화가 원작에 얼마만큼 충실히 재현되었는가는 영화적 판단 기준은 영화매체의 독립성과 자율성을 제대로 인정받지 못함을 보여주는 것이다. 소설이란 재료로 어떤 작품을 만들어내는지는 전적으로 영화제작자의 몫이다. 문학작품을 어떤 식으로 해석하고 어떻게 형상화시키느냐는 전적으로 영화인이 결정할 문제인 것이다. 소설의 결말이 해피엔딩이라도 그 소설을 각색한 영화는 영화감독에 의하여 그러하지 않을 수도 있다. 단 원작과 다른 영화의 결말에 도달할 때 영화 속에서 논리적이고 설득력 있는 전개가 그려져야 할 것이다. 설사 논리의 부족이 있더라도 영화 자체에 대한 평가에서 논의되어야 한다. 원작 훼손이라는 시각에서만 접근해서는 안 된다. 원작을 수정하였을 경우 원작자가 불만을 표할 수는 있겠지만, 영화와 원작의 상관관계나 관객의 기대치를 언급할 것은 못 된다. 영화에서는 감독과 각색자가 새로운 시각과 색다른 개성을 불어넣어 원작을 새롭게 만들었을 때 오히려 창의적 영화로 호평을 받을 수도 있는 것이다.

영화를 통하여 소설을 공부한다는 것도 매우 효율적인 방법 중 하나이다. 영화를 보면서 고전 작품에 대한 흥미를 가질 수 있고 오랫동안 읽어야 할 훌륭한 소설들을 영화를 통하여 단번에 감상할 수 있는 즐거움도 있다. 영화는 문학 작품에 대한 심리적 기쁨을 일으켜 줌으로써 원작에 대한 접근을 쉽게 할 수 있게 한다. 따라서 영화를 문학과 완전히 분리된 개별의 예술로 분리할 필요가 없다고 주장하기도 한다. 허구로 꾸며진 이야기라는 공통점에서 영화나 소설 모두 동일한 목적을 지니고 있기 때문에, 소설이든 영화든 인간의 삶을 있는 그대로 나타내고 그린다는 점에서 예술의 넓은 범주에 속한다고 볼 수 있을 것이다.

마이클 클라인 교수는 「문학과 영화」라는 글에서 문학이 활자를 이용한 서술적 예술임에 반해서, 영화는 서술적인 문학과 시각적인 예술을 종합한 예술이라고 말했다. 영화는 픽션, 드라마, 시와 같은 문학적인 측면뿐만 아니라 회화, 건축, 음악, 사진술에 이르기까지 포용한 종합적인 예술이다. 소설이 긴 서술을 통하여 독자의 상상력을 자극하여 보여줄 수 있는 것을 영화는 카메라의 이동, 조명, 음향, 편집 등의 기술적 측면과 연기자의 표정, 의상 등 을 통한 시각적 편리함에 더불어 생동감을 불어넣어 주고 있다. 다른 한편으로 소설을 읽으면서 독자가 느끼며 체험할 수 있는 무한한 상상력의 활동을 영화는 저해할 수도 있다. 즉 영상매체인 영화가 활자매체인 소설이 줄 수 없는 생생한 이미지와 사실감을 줄 수 있는 장점도 있지만, 소설이라는 문학 장르가 독자에게 제공하는 무한한 상상력의 효과를 주는 데는 한계가 있는 것이다. 따라서 그저 영화 한 편을 보고 문학 작품 전체를 다 읽고 음미했다고 말하는 잘못된 감상 평가는 가져서는 안 될 것이다.

6. 문학과 영화의 서사성

오늘날 다중적 매체가 융합된 시대일지라도 그 문화의 핵심은 역시 서

사이다. 우리가 다루는 영화나 문학 모두 이야기에서 비롯되었으며, 다중매체시대에 서사의 비중은 더욱 확대되어가고 있다. 원래 인간은 태어나서 죽을 때까지 이야기와 더불어 산다고 볼 수 있다. 즉 인간은 이야기 없이 살아갈 수 없는 존재이며 인간의 존재론적 바탕이 이야기인 셈이다. 이런 관점에서 서사narrative는 인간의 보편적 문화이다. 문학이나 예술 모든 것이 인간존재방식을 서술하는데 서사를 본질적으로 공유한다는 것을 의미한다(카아터 콜웰 17-40). 이와 같이 모든 문화 내부의 코드를 전달하고 의미하는 것이 모든 '이야기하기'의 서사구조를 구축하여 서사학적 연구의 기틀을 만들고 있다(이상섭 282-86). 이런 연구가 영화를 비롯한 영상서사에도 적용하여 여러 가지 문제점들을 살펴볼 필요가 있을 것이다.

소설의 영상화는 대중과 소통공간의 확장을 의미한다. 영화가 처음 나올 때부터 소설은 영화에 많은 이야기꺼리를 제공해왔다. 소설을 영화화할 때 문학성의 저해라는 이야기가 나왔고 영화가 원작만 못하다는 등 영화의 각색에 불만을 표출하는 경우도 허다하였다. 그러나 소설을 영화화하는 것은 원작을 그대로 모사하는 것이 아니라 언어적인 표현을 영상으로 옮기는 작업이다. 따라서 영화가 소설적인 세부사항을 그릴 수는 있지만 인물의 미묘한 어조와 언어적 특성이 갖는 추상적 의미까지 옮기기는 어렵다고 할 수 있다. 소설을 원작으로 하여 만드는 영화작업은 원작의 일부 내용의 차용에서부터 전체적 서사의 내용 모두를 재현하는 수준에까지 다양하다. 소설 속에 존재하는 다양하고 이질적이고 복합적인 다성성을 영화감독은 모두 다 취할 수 없기 때문에 어느 하나를 선택하고 나머지는 생략 또는 축소시킬 수밖에 없다.

소설이 영화화될 때 장르의 전환에도 서사적 내용은 그대로 이며 서사의 형식만 변모한 것이다. 서사구조에서 스토리는 장르와 관계없이 유지되지만 양식과 전달표현은 변화한다. 소설이 인간내면의 심리를 문자언어로 표출한다면 영화는 다른 표현들을 사용한다. 카메라로 피사체의 움직임을 포착하고 조명이나 음향의 청각적 효과도 동원한다. 원작의 문학적 특수성을 영화 속에 잘 담아내기는 어려운 일이다. 그러나 영화는 소설의 문학적 요소들을 영화적인 것으로 변형시키고 각색할 수 있다. 영화를 제작하기 위하여 소설을 각색하는 것은 소설의 풍부한 상상력의 무한한 차용과 실험이다. 소설의 영화화는 영화의 영역을 확장하고 두텁게 해주는 실험과 탐색의 과정이라고 할 수 있다.

소설이 문자언어를 통하여 내용이 전달되고 독자는 글을 읽어 나가면서 상상력에 의존하여 어떤 이미지를 구현하게 되는 반면, 영화는 대상을 즉흥적이며 직접적으로 재현한다. 영화는 관객에게 순간적인 인식적 시각을 꾸밈없이 그대로 드러내 준다. 특히 영화는 또 음향과 영상을 통하여 이야기를 전달하는 방식을 많이 취한다. 소설과 영화가 장르적 표현 상 서로 다른 점이 있다. 소설은 언어로 서사를 구성하고 독자에게 심상을 투사한다. 반면 영화는 빛과 그림자, 음향을 통하여 관객에게 현실적 시각 이미지를 전달한다. 따라서 소설을 심상적이고 상징적이라고 한다면 영화를 감각적이고 도상적이라고 한다. 도상적 특징으로 리얼리즘을 들 수 있다. 리얼리즘은 영화의 기본적 미학이 된다. 객관적 세계를 사실적으로 포착하는 카메라의 눈은 영화가 언어로 도달할 수 없는 강력한 현실감을 자아내도록 하여준다. 비록 현실적 개연성이 떨어져도 그 이미지를 현실적이고 진실된 것으로 믿게 하는 힘이 있는 것이다. 소설이 이성적인 논리성을 요구한다면 정신적 상상력을 형상화하는 능력이 다소 뒤진 영화는 시각적이며 직접적인 대화와 분위기, 환경 속에서 관객에게 호응을 하게 한다(허만욱 148-149).

소설이 단일한 화자의 단조로운 인식적 시점이나 관점만을 나타내어 단조로움을 줄 수 있다. 반면에 영화와 TV 드라마들은 모든 장면을 시각화

하여 여러 상황을 다양하게 또한 구체적으로 표현할 수 있기 때문에 영상적 서술은 더욱 풍부해질 수 있다. 이렇게 볼 때 영화와 소설은 같은 이야기를 교환하고 사건과 플롯을 공유할 수 있지만 그들이 나타내는 표현까지도 공유하는 것은 아니다. 따라서 영상서사와 문자서사는 서로 독자적이고 독립적이다. 이처럼 어느 한 매체가 이야기의 소재를 전달하는 방법은 그 이야기의 시간이나 화법을 변형하는 무수한 선택을 할 수 있으며 이러한 선택들을 통하여 내용의 의미조차 달리할 수 있다. 이러한 이야기의 요소를 여러 표현형식을 빌어 전달하는 과정의 선택에서 의미가 상당한 부분 차이가 나고 달라질 수 있다(시모어 채트먼 49-175 이강화 5). 이렇게 볼 때 사람들이 문학작품을 영화화한 것을 보고 한편의 소설을 다 읽은 것처럼 속단해서는 안 된다. 문학작품을 영화화했을 때 장르상의 차이가 분명히 있기 때문에 두 작품은 동일하다고 생각할 수 없다. 왜냐면 소설이 영화로 각색될 경우 소설가의 뜻과 각색자의 뜻이 반드시 일치하지 않을 수 있다. 각각의 인생관이나 예술론이 얼마든지 다를 수 있기 때문이다. 이것은 문학작품이 영화화되기 위해서 거치는 시나리오 과정을 살펴보면 쉽게 알 수 있다.

시나리오는 문학작품을 영상화하기 위한 준비단계로서 흔히 각색이라 한다. 각색은 크게 문학작품에 충실한 것과 문학작품과 유사한 것 그리고 변형한 것이 있다. 문학작품은 각색의 과정을 거치면서 문학성보다는 영상미를 부각시키는 변화의 과정을 겪는다. 소설을 각색할 때 우선적으로 관심을 가져야할 것은, 소설가는 수많은 개인을 위해 글을 쓰는 반면 시나리오 작가는 대중적인 관객을 위해 글을 쓴다는 사실이다. 따라서 소설 상의 대화는 기록상 길고 산만한 경우가 많다. 반면에 영화상에서 이루어지는 대화는 짧고 강렬한 것이어야 한다. 왜냐하면 영상을 통해서 인물의 성격을 뚜렷하게 하거나 행위에 대한 동기를 부여하거나 플롯을 진전시켜야 하기 때문이다. 이러한 이유 때문에 소설을 영화로 각색하는 것은 소재의 세심한 선택과 기술적이고 극적인 배열을 필요로 한다.

장편소설과 단편소설은 그 특징에 따라 다르게 변화한다. 단편소설은 대체로 하나의 이야기라는 단선적 구조를 지닌다. 이러한 단순한 구조의 이야기에서 시나리오 작가는 제2의 플롯을 도입하고 등장인물의 대사를 통해 동기를 부여하거나 새로운 인물들을 더 많이 창조한다. 따라서 단편소설을 각색할 때는 원래의 이야기를 확대하거나 없는 사건을 만들어내는 경우가 많다. 반면에 장편소설의 경우 원작의 긴 내용을 전부 영화화할 수는 없기 때문에 가장 중심이 되는 부분에 초점을 맞추어 재배열하거나 축소시키는 작업이 필요하다. 시나리오는 극적 흥미를 위해 처음과 중간과 끝으로 이어지면서 각 단락의 후반부에 중심적 사건을 두어가면서 무엇보다도 긴장미를 잃지 않아야 한다.

이렇게 각색된 시나리오를 바탕으로 영화를 만드는 과정에서 감독의 시각이 첨가되기도 한다. 영화에서 감독의 시각이 중요한 이유는 영화는 전적으로 감독의 예술관을 담은 작품이기 때문이다. 이처럼 문학작품은 여러 번의 변화를 거치면서 영상매체인 영화로 다시 태어난다. 그리고 한 텍스트가 소설에서 시나리오로 바뀌고 다시 영화로 제작되어 궁극적으로 대중에게 제공되는 과정을 추적하여 그 의미와 효과를 밝히는 것이 영상 텍스트에 대한 문학 연구의 핵심일 것이다. 이렇게 볼 때 각색과정이 문학작품의 일차적 재창조라 한다면, 영화화과정은 이차적 재창조라 할 수 있다.

더구나 영화는 영상만 아니라 음향─인물들의 대사, 주제 및 배경음악, 소음, 기타 음향효과 등─이라는 또 다른 전달 방식을 가지고 있다. 물론 이 영상과 음향의 급격한 변화와 매순간 관객들에 제공되는 과잉의 정보가 가끔은 영상매체의 한계로, 즉 문자만이 가진 독특한 특징을 넘어서지 못하는 것처럼 비치기도 하지만, 영화적 표현에 익숙해진 관객들은 감독과의 암묵적 규약을 통해 이 모든 것을 받아들이는 것이다. 그러므로 소설의 영상화에 있어 영화나 TV 드라마에서 원작을 그대로 번역할 이유는 없다. 원작에 충실한 번역을 지향한다 하더라도 매체가 가진 개별적 특성들 때문에 의미는 조작되거나 다르게 이해될 수 있다. 각색 단계에서부터 디테일한 세부적 사항의 변형, 배역의 적절한 캐스팅과 표정이나 몸짓 등, 연기와 대사의 방식, 장소 물색을 통한 세트의 적절성, 연출자가 개별 장면을 어떤 방식으로 미장센 하는지, 어떠한 리듬으로 편집해내는지, 어떠한 음향을 사용하는지 등이 영상의 다양한 표현력을 결정한다.

7. 영화의 문학적 재창조

영화나 영상매체는 기존의 다른 예술들과는 달리 먼저 예술가의 영감이나 상상에 앞서 독특한 기술적 발명에 의해 생겨났다. 이렇게 역동적으로 공간과 시간을 창출하고 이끌어 갈 수 있는 이 새로운 매체의 독특한 가능성은 짧은 시간 안에 주도적인 서사방식으로 자리 잡았다. 기존의 매체들이 가진 표현의 한계를 극복하였다. 이렇게 영화나 영상매체가 개방적이고 기존 텍스트성을 초월한 것일 지라도 문학과의 위상이나 관련성은 쉽게 무너지지 않을 것이며 오히려 두 장르는 더 많은 것을 공유할 것이다.

전술하였듯 인간의 역사는 언어활동과 밀접한 관련이 있다. 그것이 구전되든 문자로 내려오든, 여러 가지의 설화나 전설, 민담, 고대와 중세의 서사시, 근대적 소설, 그리고 오늘날의 주도적 서사 방식으로 자리 잡은 영화나 영상매체에 이르기까지 다양한 매체적 발전이 있었다. 그러나 다양한 장르가 생성되었지만 이야기하기story telling의 본질적 기능은 변하지 않았

다. 하나의 이야기를 여러 가지 방식으로 전달하며 수용하지만 매체들이 전달하는 본질적 이야기는 다르지 않다. 따라서 영화와 문학을 연관시키려는 시도는 새로운 것이 아니며 오히려 당연한 일이다. 초기의 고전소설을 영화로 만들었던 시대로부터 오늘날까지 문학영화를 지향하는 영화작가들에 이르기까지 당연히 여러 면에서 영화가 문학에 빚지고 있음을 인식하였다. 이것은 단순히 소재적인 면에서 뿐만 아니라 형식과 기법적인 면에서도 다양한 관련되어 있다(이강화 2).

그리피스는 영화를 연출하는 초기부터 그의 몽타주 기법이 근대 문학적 서술의 전통, 특히 디킨스의 전통에 놓여 있다는 사실을 여러 번 지적하였다(패이 187). 그리피스에게 19세기 사실주의 소설에서 다양하게 시험되었던 이 구조는 20세기 초 인간의 현실적 상황을 서술하는데 매우 유용하였다. 이처럼 벌써 이전에 문학이 사회적 현실에 대한 독특한 서술 구조방식을 지니고 반응하였다. 영화제작자들은 이러한 서술구조에서 영화의 표현 기법을 차용했다. 이것은 이미 영화가 나오기 전에 문학이 서술방식에서 영화적인 요소를 지니고 있었다는 것을 의미한다(이강화 2-3).

사실 문자가 이야기의 표현수단이 된 것은 인류역사를 전체적으로 보았을 때 상당히 후기에 나온 현상이다. 문자가 이야기를 표현하기 이전부터 이야기는 존재했고 이야기들은 다양한 표현 양식, 즉 상징물, 제의, 도상기호, 조형물, 그림 등으로 표현되었다. 동굴벽화, 고인돌, 암각화 등이 좋은 예들이다. 물론 이러한 형상들에 대한 해석이 그렇게 쉬운 일은 아니다. 그러나 이러한 다양한 양식들이 문자 이전에 존재하였고 이를 통해서 이야기가 전달되었다는 것은 자명한 일이다. 이렇게 볼 때 과거의 매체들이 정태적이었다면 지금의 영상매체가 동태적이라는 차이가 있다. 그러나 영화를 비롯한 오늘날 영상물이 과거의 다양했던 표현양식의 재현에 불과하다는 것을 쉽게 알 수 있다. 이렇게 볼 때 영상문화시대가 문자시대의 독서문화를 위협하거나 소멸시킬 것이라는 예상은 기우에 불과하다. 문자가 발명되고 난 뒤에도 인류는 이전의 다양한 형상적 표현양식을 계속 이용하였다. 영상매체시대에도 문자적 매체 역시 그 매체 특유의 효용성을 계속해서 이어나갈 것이다.

영화가 소설과 차이점을 갖는 것은 수용방식에서 서로 다르다. 소설을 읽는 독자처럼 영화는 수용 방식에서 자율권이 관객에게 있지 않다. 영화는 감독의 의중에 따라 모든 장면을 편집하고 새로운 이미지를 창조한다. 몽타주 기법으로 사실을 변형하고 허구적인 것을 실제적인 것으로 만들기도 한다. 소설에서는 독자가 스스로 작품의 내용을 형상화하며 머리에서 상상력으로 재현한다. 반면에 영화는 카메라가 가시적인 영상을 만들도록 한다. 따라서 소설의 독자는 풍부한 상상력과 사고를 동원하지만 영화는 가시적인 장면을 통한 수용적이며 피동적 태도를 취할 수밖에 없다. 영화는 가시적 형상으로 표출하기 때문에 문학처럼 추상적이고 복잡한 내면 심리묘사와 섬세함을 나타내는 데는 취약하다. 그러나 구체적이고 시각적인 면은 더 잘 표출할 수 있는 것이다.

영화화된 소설들이 미학적으로뿐만 아니라 서사성까지 변형할 수밖에 없는 것은 소설과 영화 모두 지닌 본질적 특성과 서사적 담론 까지 영화가 규제하기 때문이다. 그러나 이런 현상은 영화가 문학적 요소를 받아들이며 소설의 영화적인 요소를 확대하고 새롭게 탐색하는 것은 더욱 그 영역을 폭넓게 확대하려는 노력으로 보아야 할 것이다. 세르게이 에이젠슈테인은 『디킨스, 그리피스 그리고 오늘날의 영화』라는 글에서 디킨스를 중심으로 영국소설이 미국초기 영화제작자들에 미친 중요성을 설명하고 있다. 여기에서 에이젠슈타인은 영화와 문학의 광범위한 연계성을 강조하면서 영화가 자립적이고 자족적이며 완전히 독립적인 예술이라는 생각하지 않는다. 오늘날의 영화의 근원이 에디슨과 다른 발명가뿐만 아니라, 디킨스와 셰익스피어, 거대한 문화적 전통에 근거하고 있음을 알 수 있다. 사실 문학은 영화에 많은 것을 기여했다. 문학이야말로 중요한 시각 예술의 원천인 것이다.

영화가 초기에는 연극이나 소설 등에서 주요 아이디어나 극중 줄거리를 차용해 왔다. 이렇게 다른 방식으로 이미 발표된 것을 재인용하는 작업이 본격적으로 나오게 되었다. 1908년 프랑스 영화사 필름 다르Film D'Art와 미국의 아돌프 쥬커가 설립한 페이모스 플레이어스 등이다. 이런 과정에서 미국 영화계의 아버지 격인 그리피스가 연극이나 문학소설을 영화적인 언어로 재창조하는 작업을 체계화시켰다. 그러나 소설이나 연극은 단어나 생각 등 언어적인 관점에서 사물의 상태나 본질을 전달하고 있는 것에 비하면 영화는 구체적이고 시각적인 것에 비중을 두고 사건을 해석하려 든다. 때문에 소설이나 연극을 영화형태에 맞게 각색하는데 상당한 감각이 필요하다.

에이젠슈테인은 자신의 영화적 감각은 사실상 문학적 상상력이 확장된 버전이라고 주장한다. 디킨스의 소설이 초기 영화에 미친 중요성과 그의 작품이 그리피스의 혁신적 기술로 인해 영화에 구현되었다고 강조하고 있다. 디킨스의 작품 속에 등장하는 인물들을 생생하게 묘사하는 디킨스의 재능과 그리피스 영화 간의 유사성을 강조한다. '디킨스가 이처럼 비범한 시각과 감각으로 영화에서 구현할 수 있는 캐릭터를 창조할 수 있었던 비결은 인물창조의 뛰어난 유연성이었다. 이러한 디킨스의 등장인물들은 오늘날의 영화 주인공들처럼 유연하면서도 과장되어 있다'라고 주장한다(에이젠슈테인 232-33). 따라서 에이젠슈테인은 "그리피스가 디킨스로부터 차용해 온 것 중 가장 유명한 것이 크로스 커팅, 즉 동시 진행 액션 기법으로 이를 통해 그리피스가 몽타주에 도달할 수 있었다"는 것을 지적하고 있다(이강화 3). 이처럼 산업 사회의 자본주의적 구조를 반영하는 시민소설에 근거한 미국의 영화를 특징짓는 것은 문학적 또는 영화적 서술 구조에서 그대로 묘사되고 있다. 이처럼 디킨스와 그리피스의 작품에서 그려진 문학적, 영화적 몽타주를 위한 공통의 토대로서의 자본주의 사회 형태를 강조한다.

물론 소설이 훌륭하다고 좋은 영화가 되지는 않는다. 영화로는 인기 있었지만 소설로는 평판이 좋지 않은 작품이 있고 소설작품으로는 훌륭하였지만 영화로는 별 인기가 없는 작품도 있다. 따라서 문학 연구는 각기 다른 장르들의 특질과 장점을 가진 독립된 형태로 보아야 한다. 그러나 시나리오와 문학 사이에 연관성이 없다고 생각하는 사람들은 영화뿐만 아니라 문학에 대해서도 잘못된 개념을 갖고 있다. 그들은 문학을 학문적이며 정확한 문법과 문장력으로 된 시대착오적이라고 취급한다. 그러나 좋은 글은 시각적이라고 말할 수 있다. 문학이 말로써 이미지를 전달하는 것이라면 이미지를 전달하여 마음속에서, 뇌 속에서, 움직이는 사물과 사건을 투사하는 것이야 말로 훌륭한 문학가와 시인들의 업적을 담은 이상적인 영화의 정의이기도 하다(허버트 리드 230-31).

따라서 리드는 상상력이 풍부한 예술성을 담은 영화는 시인이 스튜디오에 들어서기까지 도래할 수가 없다고 말한다. 그러면서 동시에 스탠리 카우프만은 베리만, 펠리니, 안토니오니 등이 "미국인을 포함한 다른 감독들과 함께 영화를 그동안 소설과 형이상학과 시의 영역이었던 은밀한 내면, 혹은 심지어 무의식의 영역에까지 확장시켰다"고 평가한다. 현대 소설의 서사를 사용하는 영화는 단순하고 순차적이며 일관된 서사진행에서 탈피하는 추세를 보여 왔으며 이런 방식은 오래전부터 내려왔다. 그밖에 현대 문학과 영화의 기법상의 비교를 논할 때 자주 언급되는 작가들인 헨리 제임스, 토마스 하디, 조셉 콘래드 그리고 보들레르, 월터 휘트먼 등이 있으며 영화는 이들의 소설과 시 등에도 광범위하게 뿌리를 두고 있다.

8. 문학의 영화화

캐나다의 문화인류학자 마샬 맥루언이 『미디어의 이해』(1963)라는 책에서 구텐베르크식 활자문화의 종말을 선언한 이후 영상문화는 현대문명 속에 급속히 번창해 왔다. 텔레비전과 비디오에서 컴퓨터와 캠코더는 현대적 삶에 필수품이 되었다. 오늘날엔 휴대폰을 통한 영상매체의 접속이 일상화되어 인터넷 게임과 SNS를 통한 정보의 공유와 소통, 더 나아가서 이들을 확장하고 즐기는 젊은이들의 문화가 멀티미디어 시대를 열었다. 산업혁명이 활자문화시대에 지식보급을 보급 확대시켜 주는 역할을 했다면, 인터넷을 통한 기술과 정보의 무한한 확산은 디지털시대와 함께 우리들에게 가상현실이라는 새로운 영역을 만들어 주게 된다. 가상현실은 가상의 것을 현실처럼 만들어 현실보다 더 현실감 있게 만들었다. 영상매체는 예전에 소설이 그러했듯이 가상의 현실을 창조하고 제시하여 시청자들로 하여금 실제 현실로 착각하게 만든다. 이것은 서사장르로 발전해온 문학 환경에 큰 변화를 주었다. 수많은 책들이 출판되어 서점가에 내놓았지만 예전만큼 구매가 이루어지지 않고 패업하는 서점과 출판사들이 속출하고 있다. 예전에는 책을 읽고 여가를 즐기던 시간에 이제는 텔레비전이나 컴퓨터 앞에 앉아서 스크린을 통한 영상들을 보고 즐긴다. 따라서 문학은 살아남기 위하여 그의 강력한 경쟁자인 영상매체와 경쟁하거나 제휴하지 않으면 안 된다는 인식을 하게 되었다.

이러한 영상시대에 문학이 살아남기 위한 방법으로, 스크린과 제휴해야 한다고 주장한 사람이 레슬리 피들러[7] 교수였다. 그는 벌써 60년대 초에 문

---

[7] 버팔로 뉴욕 주립대학교 영문과 교수. 비평서 『미국 소설에 나타난 사랑과 죽음』이 있다. 60년대 문단과 문화계를 지배한 모더니즘과 고급문화에 저항하는 포스트모더니즘의 산

학은 영상매체가 갖는 대중 문화적인 요소들을 적극 받아들일 것을 제안하였다. 원래 귀족들을 위한 시나 희곡과는 달리 소설은 일반 대중을 상대로 시작된 것이고, 때문에 소설이 모더니즘적인 귀족화, 고급화되어 가는 것은 오히려 독자를 잃고 소설 장르의 파멸을 초래할 것이라는 것이다(김성곤 17-8). 피들러의 통찰력은 오늘날에도 엄연한 현실로 정확히 예시되고 있다. 사람들은 서슴없이 서점에서 책을 고르듯 시디와 테이프를 고르고, 아니면 아예 휴대폰으로 다운로드 받아서 다양한 영화나 드라마를 감상하는 현실은 우리가 본격적으로 영상매체시대에 살아가고 있다는 느끼게 한다.

오늘날 우리들은 급속도로 변화하는 뉴 미디어 시대에 살고 있으며, 특히 영상매체는 젊은 세대들에게 큰 영향을 미치고 있다. 스크린을 통해서 모든 것을 배우는 이들에게 영상매체는 곧 삶의 텍스트가 되고 있다. 이러한 경향으로 인해 신세대는 두꺼운 소설들을 읽는 대신 그 내용을 요약한 영화를 즐겨보고, 영상적 표현을 통해 오히려 그 문학성을 인정하고 있다. 이처럼 영상매체가 오늘날 젊은 세대에게 매우 호소력 있는 문화 콘텐츠로 자리 잡는다면 문학과 관련하여 시대적 사회상과 문화, 당대의 지배이념의 관습과 영상매체를 읽는 법을 가르치면 좋을 것이다. 문자세대와의 공동 관심사와 시각을 확장시켜 나가는 것도 바람직한 문화교육이 될 것이다.

문학과 영화 텍스트에 관심을 가져야 할 또 다른 이유는 영화가 문학과 달리 작가의 절대적 권한을 초월하는 종합예술이라는 점이다(이강화 232–33). 종래의 문학연구에서 중요한 것은 언제나 저자의 상상력과 창조력이었다. 그러나 영화는 원작자, 시나리오 작가, 감독, 제작자, 배우, 촬영기사, 음향기사, 조명기사, 분장사, 세트기사, 스턴트맨들의 공동 작업으로서 예술의

파의 큰 역할을 하였다. 그는 전자매체의 등장과 함께 모더니즘적인 엘리트 문화의 시대가 끝나고 대중문화 시대가 도래할 것임을 예언하였다. 특히 난해한 모더니즘 소설의 죽음을 선언하여 많은 논란을 불렀다. 진보주의 문화의 기수, 반문화의 전초병, 포스트모더니즘의 창시자로 명명된다.

신비화를 벗어나게 된다. 더구나 영화는 판매되고 구매되는 상품인 것이다. 이처럼 영화가 하나의 사회적 생산물이라는 점에서 문화연구는 순수 문학작품보다 영화에 더 직접적인 관심을 기울인다. 영화가 당대의 문화와 사회상을 표출하는 텍스트로서 더 절실한 기능을 보여주기 때문이다. 이리하여 오늘날 문화연구는 영화를 하나의 사회적, 문화적 텍스트로 보고 그것을 해독한다. 그래서 오늘날 영상시대에는 문학연구를 보다 더 광범위한 문화연구로 확대시켜서, 문학작품과 함께 각종 미디어와 영상매체도 같이 연구해야 한다는 것을 의미하는 것이다.

이러한 문화 연구의 차원에서 활발한 영화비평을 시도하고 있는 비평가들로 프레드릭 제임슨, 더글러스 켈너, 로렌스 그로스버그, 엔토니 이스트호프와 버밍엄 학파들이 있다. 이들은 영화의 작품성이나 미학적 측면을 주로 보는 직업적 영화평론가들과는 달리, 영화를 당대의 문화와 사회를 반영하는 역사적 기록으로 간주한다. 그리고 정치적 이념이 상호 충돌하는 사회적 현상으로 보고 있다. 따라서 이들에게 영화는 문학 텍스트의 연장이라기보다는 일종의 확장된 문화 텍스트가 된다. 토니 베넷은 이와 관련하여 다음과 같이 말하고 있다(토니 베넷 서문).

> 지난 수십 년 동안 영화와 텔레비전 연구의 확산은 극적이었다. 독립된 영역의 연구로서든지 아니면 다른 분야 코스의 일부로든지 간에, 영화와 텔레비전은 대부분의 고등교육기관 교과과정의 핵심을 차지하고 있으며, 모든 종류의 중, 고등학교와 대학교에서도 점점 더 많이 교수되고 있다. 아마도 똑같이 중요한 것은, 영화와 텔레비전에 대한 연구가 50-60년대에 걸쳐서 그것을 더욱 확립된 분야-특히 문학-와 명백하게 접목시켜 오고 있다는 점이다.

따라서 미국의 경우, 영화 혹은 영상매체는 오래 전부터 문학학과를 중심으로 커리큘럼의 중요한 부분으로 자리 잡아왔다. 종합예술로서 한 나라의 문화를 집약적으로 표현하는 영화는 살아 있는 사람들의 생생한 언어로 다양한 삶을 보여준다. 때문에 언어공부뿐만 아니라, 문화공부의 중요한 텍스트로 활용할 수 있다. 영화화된 문학작품의 경우, 소설을 극영화로 각색할 때 생기는 변화, 문학과 영화라는 두 매체의 미학적 차이, 감독의 작품해석의 문제 등이 영상매체에 익숙한 학생들에게는 훨씬 구체적인 텍스트 이해방식으로 다가갈 수 있다. 또 다른 효과로 문학작품의 영화화는 관객들로 하여금 그 원작을 읽고 싶어 하도록 유도하여 문학의 보급과 확산에 기여하기도 한다.

문학의 독자적인 역사는 끝났고 이제 문학은 영화처럼 매체문화의 한 구성요소가 되어버렸다. 어떤 작가도 이제 자신의 문학적 생산물을 시청각 매체를 벗어난 순수한 문학시장에서 펼칠 수는 없다. 작가가 문학가의 역할에 가치를 두려고 할 경우, 그 역할을 지켜주는 것이 오히려 매체인 셈이다. 따라서 오늘날 작가상은 변했다. 이제 작가는 자신의 텍스트를 다중매체적으로 시장에 내놓아야만 한다. 그래서 소위 잊혀진 소설들이 영화예술의 기적적인 힘을 통해 문자에 얽매이고 고착화된 울타리에서 벗어나서 새롭고 찬란한 삶으로 깨어날 수 있는 것이다. 더구나 관객이 영상에서 본 것을 통해서 원작에 관심을 갖게 될 것이라는 희망에서, 그 소설들이 새롭고 찬란한 삶으로 깨어난다는 사실이 증명될 수 있다는 것이다(요하임 패이 265).

30년대 미국경제공황시기의 미국작가들은 암울한 현실을 떠나 화려한 꿈의 세계인 할리우드로 갔고 그때 그들은 본격적으로 할리우드와 손을 잡기 시작했다. 피츠제럴드와 포크너, 나다니엘 웨스트와 대니얼 폭스는 할리우드를 드나들며 영화 대본을 썼고, 헤밍웨이의 작품도 상당수가 영화로 만들어졌다. 피들러 교수는 당시의 상황을 이렇게 말하였다(김성곤 21).

1930년대는 다음에 올 30년 동안 더 깊어지고 더 정확해진 느낌, 혹 소설이 종말에 다다랐다는 느낌. 최초의 부르주아적 문자로서의 예술이 다른 것에 의해 대치될 것이라는 느낌, 그리고 미래의 소설은 살아남기 위해서는 스크린에 씌어져야 한다는 느낌을 주었다. 만일 순수작가들이 문자라는 억지로 부과된 제한을 초월해서 자신의 아이디어를 이 새로운 매체에 적용만 시킨다면 얼마나 더 많은 청중들을 확보할 수 있을 것인가?

이후 오늘날까지 많은 소설이 영화화되고 작가들이 영화제작에 꾸준히 관여하였다. 미국소설들로는 리처드 라이트의 『미국의 아들』, 루이자 메이 올콧의 『작은 아씨들』, 에디쓰 워튼의 『순수의 시대』, 윌리엄 스타이론의 『소피의 선택』, 노먼 메일러의 『벌거벗은 자와 죽은 자』, 트루먼 캐포티의 『냉혈』, 토니 모리슨의 『빌러비드』, 레이먼드 카버의 『숏 컷』, 하퍼 리의 『앵무새 죽이기』, 버나드 맬러머드의 『내추럴』, 필립 로스의 『컬럼버스여 안녕』, 커트 보네컷의 『제5도살장』, 저지 코진스키의 『정원사 챈스의 외출』, 존 바스의 『여로의 끝』, 엘리스 워커의 『칼라 퍼플』 등이 있다. 영미고전문학작품들도 꾸준히 영화화 되어 제인 오스틴의 『엠마』, 『센스 앤 센스빌리티』, 샬롯 브론테의 『제인 에어』, 에밀리 브론테의 『폭풍의 언덕』, 버지니아 울프의 『올란도』, 찰스 디킨스의 『위대한 유산』, 토머스 하디의 『테스』 등이 여러 번 영화화되었다. 멜 깁슨 주연의 〈햄릿〉과 제라르 드라르듀 주연의 〈제르미날〉, 마틴 쉰 주연의 〈삼총사〉, 대니얼 데이 루이스 주연의 〈라스트 모히칸〉, 데미무어 주연의 〈주홍글자〉, 헤밍웨이의 〈킬리만자로의 눈〉 등은 새로운 시각에서 만들어지곤 하였다(김성곤 21-22).

아직도 보수적인 작가들이 문학작품의 상업적인 영화화가 원작을 훼손하고 왜곡시킬 수 있다는 이유로 거부감을 표시하기도 한다. 그러나 동시에 원작만 이상으로 훌륭하게 만들어진 영화들도 많다는 사실을 보아야 한다. 물론 원작을 왜곡하고 훼손해서 작품의 품위를 망가뜨린 영화들도 있다. 그러나 주지해야 할 점은 과거 활자로 인쇄된 서적이 할 수 있었던 것보다 영화가 화면을 통해서 훨씬 더 빨리 더 많이 그리고 더 이해하기 쉽게 위대한 문학작품들을 많은 사람들에게 전달하고 있다는 것이다.

9. 소설의 영화각색과 장르화

소설을 각색한 영화에 대한 연구는, 소설 내용에 대한 충실도와 별개로, 영화예술의 독립성을 강조하는 방향과 소설에 중점을 두고 원작에 대한 독자의 반응과 비평을 대조 연구하는 경향을 띤다. 영화가 소설을 각색한 것이지만 소설에 종속된 것이 아니라 독립된 예술적 가치를 지니고 있다고 강조하며 영화를 하나의 자율적 생산물로 본다. 영화감독은 기존 소설가에 대한 단순한 해설자가 아니라 영화예술을 나름의 원칙으로 새로운 의미를 창출하는 작가이다. 그래서 영화감독이 영화의 소재를 담고 있는 소설에 얼마나 충실한가보다는 예술가로 감독의 시각을 얼마나 잘 나타내었는가를 이야기한다. 따라서 각색된 영화는 원작소설에 대한 비평적 역할을 한다고 볼 수 있다. 소설을 바탕으로 만든 영화가 그 자체로 예술이지만 원작에 대한 하나의 비평적 의의로 담고 있는 것이다. 영화제작자는 원작의 의미를 이해하고 이를 영상의 이미지로 관객에게 보여준다. 소설을 영화로 각색하는 과정에서 많은 내용들이 첨삭되는데 이는 소설을 보다 잘 이해하기 위한 하나의 방법이기도 하다. 영화에서 소설의 내용이 삭제되거나 첨가되는 것들을 자세히 검토하여 두 장르 간의 주제나 구조, 인물과 스타일 등을 살펴보며, 원작과의 대조로 장단점을 분석하며, 또 다른 하나의 비평적 시각을 볼 수 있을 것이다(이향만 13–18).

소설과 영화가 모두 현실세계를 모방한 꾸며낸 이야기로서 독자나 관객에게 즐거움과 심미적 만족을 준다는 공통점이 있다. 허구의 이야기를 통하여 소설은 문자를 통하여 심리적 상상을 하고 영화는 시각적 이미지를 이용한다. 그러나 보여주는 대상이 소설은 소규모 독자이지만 영화는 대규모의 대중이다.

영화는 넓은 의미의 인기를 염두에 두지 않을 수가 없다. 어느 영화를 막론하고 투자를 하여 이윤을 보려는 결과물인 것이다. 순수예술을 지향하여도 대중적 상업성을 생각하지 않을 수 없는 것이다. 따라서 영화제작에서 관객의 수준을 낮게 잡는다는 주장(아세임 268)도 이런 관점을 고려한 것이다. 그래서 영화에 대한 평판을 소설의 사생아라느니 저급한 예술형식이라느니 하는 식의 비난도 하게 된다(메인 137). 장르적 특성의 한 예로 할리우드 영화의 특징을 들어보면, 첫째, 장르적으로 그 영화를 잘 이해할 수 있도록 친밀하게 만든다. 그래서 관객은 동일 장르의 영화를 서로 비교하며 친숙하게 하고 특정한 주제와 등장인물을 영화 속에서 반복적으로 사용함으로써 특정한 표현방식에 대하여 친숙하게 되어간다. 인간은 다른 체험처럼 특정한 지각과정에 따라 장르적 체험을 한다. 이처럼 같은 유형의 체험을 반복해나감으로써 관객들은 계속적인 일관된 기대감을 갖게 되고 굳히게 된다. 특정한 주제가 장르의 주소재가 되고 집단적 문화표현으로서 장르 영화가 일관되게 가치를 반영하면서 상업성을 기반하고 있다. 관객들은 자신에게 익숙한 소재를 즐겨 찾게 되고 이런 습관적 관람행위가 영화제작자들이 요구하는 안정된 수입과 직결된다. 둘째, 관객과 영화를 정서적으로 일치시키는 뛰어난 동화력이다. 할리우드 영화는 서사와 플롯을 관객 수용이라는 관점에서 시작하여 관객을 익숙한 장르에 길들여서 전체적인 원인과 결과를 유추할 수 있게 한다. 영화 속 사건의 원인과 결과를 알고 있는 관객들은 이러한 플롯을 통해서 제시된 사실들에서 유추하여 구체적인 원인과 결과를 예상하면서 영화에 몰입하고 동화된다. 셋째, 핍진성이다. 핍진성이란 실제의 현실은 아니지만 영화 속에서의 사건들이 충분히 현실성 있게 느껴지는 것을 말한다. 서사의 원인과 결과가 맞아 떨어질 때 관객들은 그 사건이 충분히 현실성이 있음을 인정한다. 심지어는 그 사건을 실제 현실의 사건으로 착각하기도 한다. 영화 속의 비현실성은 관객들로 하여금 한순간이나마 경험하고 싶고 일어나기를 원하는 현상으로 데려다 준다. 이런 이야기들을 관객들은 현실적인 것으로 받아들이게 되며, 이렇게 왜곡된 현실에서 도피처를 찾고 즐길 수 있는 것이다.

이와 같이 장르적 특성의 대표적인 예로 본 할리우드 영화는 상품으로 생산, 제작하는 주체로서의 상업적인 본질적 속성에서 기존 사회체제를 옹호하기 위한 국가적 개입에까지 그 본질적 특성을 잘 보여준다. 그런 관점에서 할리우드 영화에 대한 비판적 논의는 기본적으로는 할리우드 영화가 세계적 시장을 확보하고 극장을 지배함으로써 자신들의 이데올로기를 전파하여 미국중심의 세계질서 유지에 기여하고 있다는 점이 있다. 제작과 기술적 문제를 제외하고도 영화를 보고 내용을 받아들이며 감명 받는 수용자 입장에서 관객이 갖추어야 할 최소한의 비판의식이 필요한 것이다.

허구의 이야기를 전달하는 임무를 맡은 소설과 영화는 문자매체와 시각매체, 작가의 글쓰기와 제작자의 흥행, 독자의 기대와 관객의 취향 등 서로 상반될 수 있는 조건들 가운데 있다. 두 장르가 서로 상보적인 관계를 유지하며 궁극적으로 작가와 독자, 영화감독과 관객 간의 심미적 상응관계가 이루어지고 전이될 수 있는 다양한 방안을 모색할 필요성이 꾸준히 제기되고 있다.

10. 영화 속에 문학

　언제까지나 작가들이 할리우드와 서로 좋은 관계를 유지한 것은 아니었고, 때때로 많은 기존의 작가들이 절망에 빠지기도 하였다. 그러나 이런 가운데서도 많은 작가나 문학이론가들은 초기 영화에서부터 문학적 표현을 인정하였다. 본격적인 영화로부터 소설의 표현기법을 영향 받은 일련의 영화소설의 등장을 이미 20세기에 들어서면서 보게 된다. 이때부터 영화를 보고 시적 감흥이나 영감을 얻은 시인과 작품의 소재를 얻는 소설가들이 등장하여 영화는 문학적 상상력의 형성에 새로운 역할을 하였다. 실제 문학이 영화로부터 영화적 상상력을 본격적으로 차용하기 시작한 것은 탈근대적 인식이 본격화된 1960년대부터라고 할 수 있다. 이 시기에 영화와 문학은 서로 광범위하게 영향을 주고 받았다. 영화는 세계를 받아들이는 새로운 차원으로 문학에 기여한 것이다. 실제 서사기법에서 문학이 영화에서 받아들인 대표적인 것이 카메라의 눈이다. 이는 알랑 로브 그리예나 나타리 샤로트 같은 누보로망 계열작가들이 사용하였는데 객관적 리얼리즘을 실현하려는 노력이라고 볼 수 있다. 우리나라에서도 곽재용의 〈비 오는 날의 수채화〉는 영화로 먼저 상연되고 뒤에 소설로 출간되었다. 영화 시나리오로 소설을 만든 것이다.

　작가들 가운데는 단순히 돈을 벌기 위해 할리우드식 소설을 쓰는 사람들이 있다. 미국 뉴욕주립대의 마크 셰크너 교수는 요즘은 영화화될 것을 미리 의식하고 쓴 소설, 즉 영화용 소설이라고 할 수 있는 '스튜디오 소설'을 쓰고 있다고 말한다. 그 대표적인 예로 토머스 해리스의 〈양들의 침묵〉을 든다. 그는 그 소설의 "공허하고도 스케치적인 언어는 마치 그 공백을 영화제작자가 채워주기를 기다리는 것처럼 보인다"라고 말한다. 오늘날 영화와 문학의 관계는 이처럼 상호 보존적이며 긍정적이라고 평가한다(아놀드 하우저 246).

그러나 아울러 독자들의 다양한 관심사 역시 계속 변모해 가고 있어 소설은 독자들의 변화된 취향을 충분히 고려해야 한다. 가세트가 소설의 비관적인 장래를 예견하고 있었던 그 즈음에, 이미 아놀드 하우저는 20세기를 아예 '영화의 시대'라고 규정하고 있었다(하우저 229). 그리고 무엇보다도 작가 역시 영화가 쏟아내는 다양하고 흥미로운 이야기들에 둘러싸여 있는 존재가 된 것이다(요하임 패히 182). 이리하여 소설 속에서 영화와 관련되는 인물이 등장하고 상황이나 사건이 영화로 인해 발생하거나 전환되기도 한다. 심지어 영화의 특정 장면이 그대로 삽입되어 표현되기도 한다.

지금까지 영화에게 이야기 재료를 빌려주던 소설 장르가 이제는 오히려 영화라는 매체를 이야기의 주 소재로 등장시키거나 영화에게서 이야기의 모티브를 얻어온다. 아니면 아예 영화 이야기 자체를 빌려오기도 한다. 기법 차원이 아닌 내용 - 주제 차원에서도 소설은 영화를 자신의 내부 깊숙이 들여놓고 있다. 이처럼 소설이 영화를 즐겨 이야기 소재로 삼고 있다는 것은 분명 최근 소설들이 보여주는 영화에 대한 새로운 관심과 인식의 뚜렷한 증거이다. 동시에 이제 영화를 위시한 영상매체를 배제하고서는 인간과 삶을 온전히 이해하기 어렵다는 것을 의미하기도 한다.

오늘날 많은 소설가들이 영화와 영화적 기법을 다양한 방법으로 이용하여 소설을 쓰는 경향이 있다. 영화와 문학은 주제, 구조, 형식, 등장인물, 플롯, 언어에 이르기까지 상호 영향을 많이 주고받는다. 특히 서사적 기법 측면에서 카메라의 눈을 들 수 있다. 누보로망 작가들이 객관성과 리얼리즘을 실현하려는 노력의 결과이자 작가를 배제한 마지막 수단으로서 삶의 파편을 전달하는 수단으로 쓰고 있다(프란츠 슈탄첼 336). 소설가들이 영화적 기법을 이용하는 경우는 형식과 내용 측면에서 몇 가지 들 수 있는데, 먼저 영화의 스타일과 구조를 모방하여 소설의 언어와 형태를 재현하든가 인지심리와 관찰에 관한 초점을 두고 영화를 이용한다. 다음은 다양한 현실사이의 관계를 토론하기 위한 철학적 현상학적 시금석으로 영화를 이용하거나, 역사, 사회 문화적 가치에 대한 토론전개의 매체로 영화를 활용한다(변재길 190).

기존의 틀 속에서 영화와 소설의 상관관계는 대체로 구분된 역할을 해왔다. 전통적으로 영화(이미지)는 소설(이야기)을 베껴 왔었다. 그러나 요즘은 소설이 더 적극적으로 영화를 차용하기 시작한다. 상상력과 이야기를 놓고 둘은 늘 경쟁관계에 있어왔다. 영화 한편이 만들어내는 상업적 이득이 보통 사람의 계산력을 넘어서는 수준이 된 시대에 어느 쪽이 정본이고 어느 쪽이 사본인지 두 장르 간 모방과 표절의 경계도 더욱 모호해지고 있다. 따라서 저작권을 놓고 법적 싸움으로까지 치닫기도 하였다(조선일보 문화 25888호).

실제로 오늘날의 소설가들은 영화와 텔레비전을 위하여 글을 쓰기도 하고 프랑스의 알랭 로브 그리예처럼 자기가 직접 영화감독이 되기도 한다. 소설과 영화 사이의 이러한 관계 변화는 지금의 소설이 과거 문자매체 전성기의 주체들과는 현저히 다른 수용자들을 상대하게 되었음을 의미하는 것이다. 이리하여 맥루언이 '쿨 미디어'라고 부르는 하이테크 시대에는 독자들의 책읽기뿐만 아니라, 작가들의 글쓰기마저도 엄청난 변화를 보여주고 있다. 이와 같은 변화는 앞으로 더욱 심화될 것처럼 보인다(맥루언 146).

20세기 문학 연구는 시, 희곡, 소설에 한정시켰다. 물론 허버트 리드가 지적했듯이 많은 사람들은 문학의 영역에 영화를 비롯한 다른 서사매체를 끌어들이는 시도에 반대하며, 오늘날 문학적인 작업은 이러한 견해를 아직도 고수하고 있다. 그러나 오늘날의 상황은 이러한 편협한 장르 연구에는 머무르는 것이 결코 문학을 위해서도 바람직하지 않음을 잘 보여주고 있다. 문학 연구가 어느 때보다 중요한 요즘에 문학 연구의 범위, 특히 현대 문학 연구의 범위는 확대되어야 한다. 이것은 시, 희곡, 소설뿐만 아니라 신학, 철학, 교육, 과학, 역사, 전기, 저널리즘, 관습, 도덕, 항해에 대한 저작을 문학의 대상에 포함시켰던 르네상스 시대의 문학연구가 잘 말해준다.

더구나 자주 언급되는 문학의 위기 역시 여러 학문분야의 매체학으로서 주변의 다양한 매체들을 문학적 분석의 대상으로 설정하여 극복할 수 있을 것이다. 따라서 이제 문학이 해야 할 일은 젊은이들에게 좋은 문학 서적을 소개하고 분석하는 것 이상으로 좋은 영화를 골라주고 영화 읽는 법을 가르쳐 주는 것이다. 물론 이 말은 문학작품을 원작으로 읽지 않고 영화로 보아도 좋다는 것을 의미하는 것도 아니다. 문학작품을 원작으로 해서 만든 예술 영화만이 예술적이고 문학적이라는 것을 의미하는 것도 아니다. 오히려 상업 영화나 오락 영화라고 간단히 매도하거나 무시하는 영화에서도 고도의 문학성과 예술성을 발견할 수 있다는 것을 의미한다. 만일 제대로 보는 눈만 가지고 있다면, 영상매체를 통해서도 활자매체 이상으로 이러한 문학성과 예술성을 찾을 수 있다는 것을 의미하는 것이다. 따라서 책은 계속 읽혀져야 하고 활자문학은 분명 소중히 보존되어야 한다. 그러나 날로 확산되는 영상매체의 파급력을 더 이상 무시할 수 없다. 나아가서 영상매체를 통한 연구와 수업이 문학의 생존을 위해서도 더욱 효과적이라는 사실을 확인한다. 문학은 이제 이전 전통의 영역에서 벗어나서 새로운 패러다임을 수용하고 이를 적극적으로 활용해야 할 것이다.

11. 영화를 빛낸 거장들

1 세르게이 미하일로비치 에이젠슈테인(러시아 1898-1948)

라트비아출신의 소련 영화감독이자 영화이론가이다. 건축을 배운 후 적군赤軍에 참가하여 선전반의 미술관계를 담당했다. 혁명 후는 무대 연출가가 되었다가 1923년 영화로 바꾸었고, 1925년 최초의 작품 〈스트라이크〉를 발표했다. 내전 후에는 프롤레타리아 문화협회의 극장에서 러시아 전위예술가집단의 영향을 폭넓게 받아들이면서 연출가로 활약하였다.

그는 몽타주montage 이론을 정립하고, 고전 영화이론의 기술적, 예술적 토대를 구축하여 작품에 실천적으로 적용함으로 현대 영화의 토대를 구축한 인물이다. 몽타주 이론은 1920-40년대까지 쿨레쇼프, 푸돕킨 등 구소련의 영화이론가들에 의해 본격적으로 이론화되고 발전하였다. 에이젠슈테인이 이들의 이론을 토대로 몽타주 이론을 영화의 미학원리로 확고하게 체계화하였다. 〈전함 포템킨〉(1926)은 뛰어난 몽타주 수법과 혁명적 내용을 담은 러시아의 새로운 영화 예술을 과시한 명작이다. 이 영화는 1905년 포템킨호의 수병들이 제정 러시아 장교들에게 저항하고 봉기했던 사건이다. 당시 러일전쟁에서 패한 제정 러시아 해군은 흑해로 귀환하면서 극도의 고생을 겪어야 했다. 급기야 음식에서 구더기가 나오자 화가 난 수병들이 봉기하고 우크라이나의 오데사 시민들이 동참하며 사태는 악화됐다. 이에 제정 러시아는 코사크 기병대를 파견해 이들을 진압했다. 이 사건은 1917년 소비에트 혁명 다음으로 작은 러시아 혁명이라 불린다. 소련 정부가 이 혁명 20주년을 기념하고 에이젠슈테인 감독이 만든 영화가 바로 〈전함 포템킨〉

이다. 이 작품은 소비에트 혁명을 선동한 훌륭한 작품이자 몽타주 기법의 극단적 대조로 두 개의 장면을 통한 새로운 또 다른 개념을 창조한 것으로 평가된다. 특히 오데사 계단에서 총을 쏘는 군인의 얼굴은 보이지 않고 다만 질서 정연하게 움직이는 그림자가 비친다. 반면 공포에 휩싸인 봉기한 군중이 흩어져 도망가고 공포에 질린 모습이 반복된다. 유모차를 끌던 어머니의 피격과 유모차가 계단을 굴러 떨어지는 장면은 두 개의 극단적인 대비의 쇼트shot로 새로운 개념을 창조하는 변증법적 몽타주의 개념이다. 대비되는 두 개 영상의 교차는 극의 긴장감을 더하거나 심리상태를 잘 표현하였다.

2 안드레이 타르콥스키(소련, 프랑스 1932-1986)

안드레이 타르콥스키는 어려서부터 체제와 억압에 타협하지 않고 자유의 신념을 위해 투쟁한 인물이다. 과묵하면서도 섬세하고 진지한 성품의 열정적 면모를 지닌 영화인으로서 끈기 있게 절망 속에서 희망을 이야기한 작가이다.

54세에 영화사의 거장으로서 생을 마감할 때까지 타르콥스키는 7편의 걸작을 남겼다. 살아생전에 영화 사조에 편승하거나 영합하지 않고 독자적 작품 세계를 일관되게 추구한 감독이기도 하다. 그러나 그의 인생은 그다지 순탄하지 못하였다. 그의 모든 작품이 각종 국제영화제에서 그랑프리를 받고 많은 관객들과 감독과 비평가들로부터 찬사를 받았지만 그의 인생은 고통과 외로움의 연속이었다. 영화감독 활동 24년 중에서 18년은 실직상태였고 자신이 가장 사랑했던 조국 러시아에서 박해를 받았다. 예술 활동의 자유를 찾아 서방으로 망명하여 죽을 때까지 고달픈 유랑생활을 해야 했다. 그에게 영화는 자신의 삶을 되돌아보며 성찰하는 작업이었다. 그의 작품은 소련 당국에 의해서 엄격한 검열과 통제를 받았으나 서방세계에서는 극찬을 받았다. 작품은 적으나 모두 문제작이며 특이한 작품으로 현대 러시아의 가장 역량 있는 감독 중 하나로 꼽히고 있다. 특히 영화가 종합예술이라는 관점을 배제하고 독립예술이며 시간의 흐름과 리듬을 강조하였다. 러시아의 유명 시인의 아들로 태어나 소련영화연구소에서 영화제작을 공부한 후 졸업 작품인 〈증기 롤러와 바이올린〉(1960)으로 뉴욕 영화제에서 상을 받았다. 그의 첫 작품인 전쟁고아소년의 경험을 그린 영화 〈이반의 유년 시절〉(1962), 〈안드레이 루블료프〉(1965) 등으로 찬사를 받았다. 이후 〈솔라리스〉(1971), 〈거울〉(1975), 〈밀렵꾼〉(1979) 등을 제작하였다. 그의 영화들은 두드러진 시각적 이미지와 상징적이고 환상적인 기풍이 스며있으며 전통적인 구성과 드라마 구조를 배제하고 있다. 1984년 이탈리아에서 〈향수〉(1983)를 촬영한 후 서방세계에 남기로 결심하였으며 〈희생〉(1986)이 그의 마지막 작품이다.

3 찰리 채플린(영국 1889~1977)

찰리 채플린은 할리우드 무성영화 시절 최고의 코미디 스타이었다. 그의 코미디는 우스꽝스런 마임 극에서 곧잘 나왔지만 그 속에는 통렬한 사회비판과 슬픔의 정서가 들어는 것을 볼 수 있다. 채플린은 판토마임 기술로 지나치게 큰 구두와 바지, 큰 수염에 중절모를 쓰고 지팡이를 흔들며 다니는 광대의 모습을 하였다. 세계인이 좋아하는 '트램프' 스타일의 캐릭터를 즉흥적으로 만들어서 연기하여 전 세계 관객들의 사랑을 받았다.

찰리 채플린은 문명과 독재의 폐해를 과감하게 고발한 영화 〈모던 타임즈〉(1936)와 〈위대한 독재자〉(1940)로 인기가 절정에 이르렀다. 그러나 그의 삶은 수많은 굴곡이 있었다. 어머니는 정신병원에 들어가고 여러 차례 결혼과 열정적인 연애로 많은 사람들에게 화제가 되었다. 그러나 제1차 세계대전 당시 영국인들로부터 비겁자라고 손가락질 받고 미국 정부에 의해서는 공산주의 동조자라는 비난을 받는 역경을 겪는다. 주변인들이 남을 웃기는 자신의 비결에 대해 물을 때 "나는 어디를 가든 남을 웃기는 비결을 묻는 사람들에게 둘러싸였을 때 슬그머니 그냥 빠져나온다. 우리의 성공은 모두 인간에 대한 이해에서 출발한 것이다. 그 사람이 장사꾼이든 가게주인이든 편집자든 연기자든 관계없이 말이다"라고 말한다. 이것은 또한 그의 마지막 연설 "우리에게는 기계보다 인류애가 더욱 절실하고 지식보다는 친절과 관용이 더욱 필요합니다. 그렇지 않으면 인생은 비참해지고 결국 모든 것을 잃게 될 것입니다"라는 말에서 참된 인간적인 면모를 볼 수 있는 것이다. 그는 자신이 각본과 주연, 감독을 하면서 영화사에 길이 남을 명화들을 쏟아냈다. 그는 유머와 페이소스, 눈물과 웃음, 그리고 사회적 풍자와 비판 등을 담은 영화들을 제작하였다.

그러나 1950년대 미국을 휩쓴 매카시즘으로 그의 영화 인생도 사실상 막을 내렸다. 공산주의자라는 누명을 쓰고 미국에서 추방되면서 할리우드를 떠나 스위스에서 여생을 보내다가 1977년 자택에서 세상을 떠났다. 포스터 속에서 광분하고 있는 그는 바로 제2차 세계대전을 일으킨 히틀러를 말하고 있다. 유태인 이발사의 연설장면은 찰리 채플린이 가지고 있던 기계화된 현대 문명에 대한 비판과 독재와 전쟁에 대한 비판, 그리고 평화를 바라는 메시지가 강하게 담겨있다.

4 미켈란젤로 안토니오니(이탈리아 1912-2007)

미켈란젤로 안토니오니는 현대의 고독하고 냉담한 인물들의 유형과 구조, 적막한 공간 설정으로 세계의 주목을 받았다.

그는 1950년 〈사랑의 연대기〉란 극영화로 데뷔한 후 50년대 중반부터 〈여자 친구들〉(1955), 〈외침〉(1957), 〈정사〉(1960), 〈밤〉(1961), 〈태양은 외로워〉(1962) 등 전통적인 극영화에서 중요시 하는 사건보다 환경을 중시하는 분위기의 영화를 만들었다. 〈정사〉에서처럼 그는 환경과 인물 사이에 정확한 상응관계를 찾으려고 노력한다. 〈정사〉의 배경인 바위투성이의 섬은 이곳을 방문한 인물들의 공허한 정신 상태를 잘 나타내고 있다. 1960년 칸영화제에서 미켈란젤로 안토니오니 감독의 〈정사〉를 두고 관객들의 반응은 서로 엇갈리기 시작했다. 일부 관객은 길게 늘어지는 이 영화의 화면에 야유를 보낸다. 외딴 섬에서 친구들과 야유회를 온 남자가 여자를 만나고 사라진 그녀를 찾는 과정이 전부이다. 영화에서 여주인공의 행방을 자신도 모른다고 말하여 관객이 모욕감을 받았다고 생각하기에 이른다. 그러나 곧 이런 관객의 반응들은 현대영화의 시작을 알리는 전주곡이었다. 뚜렷한 이야기도 없고 다음 줄거리가 어떻게 진행될지 기대하는 관객에게 끝내 결말을 말해주지 않는 영화에 분노했다. 그러나 안토니오니는 줄거리보다 다른 사람들과 서로 마음을 나누지 못하며 살아가는 현대인의 고독한 내면을, 영화의 배경인 섬의 황량한 풍경에다가 영화의 전체의 분위기를 비유시켜서, 종래 형식의 이야기의 한계를 벗어나려 시도하였다. 알랭 들롱과 모니카 비티 출연의 〈태양은 외로워〉는 증권시장에서 일하는 남자 주인공과 이혼한 여자 주인공이 서로 사랑을 나누지만 허탈한 심정으로 헤어지다가 늘 만나던 장소에서 다시 모두 나타나지 않을 때 마침 일식이 시작된다. 안토니오니는 거의 7분여 동안 이어지는 다음 장면 동안 사람이 한 명도 등장하지 않는 수십 개의 화면들을 끌고 간다. 영화의 분위기를 가장 자본주의적인 공간인 증권 회사의 활기와 소란스러움이 너무나도 적막한 일식장면으로 바뀌는 것은 현대인의 권태와 공허감을 과감하게 보여 주고 있다. 산업사회에서 정신적 혼란을 겪는 여성을 소재로 한 〈붉은 사막〉(1964)과 우연히 살인사건을 카메라에 포착한 사진작가의 허구와 현실의 모호한 상황을 담은 〈욕망〉(1966), 뒤이어 〈여행자〉(1975)와 〈보디 우먼〉(1981)을 발표한 이후 안토니오니는 거의 활동을 중단한다. 그 후 83세의 불편한 몸으로 〈구름 저편에〉(1995)를 빔 벤더스 감독과 함께 연출했다. 이 영화로 안토니오니는 아카데미 생애 공로상과 베니스영화제 심사위원 대상을 받았다. 〈구름 저편에〉 속의 극중 영화 감독의 말처럼 "존재하는 것은 이미지로밖에 표현할 수밖에 없다"는 것은 결국 뚜렷한 정의 없이 유사한 이미지만 좇는 자신의 고백일 것이다. 2007년 7월 30일 94세로 사망했다.

5 잉그마르 베리만(스웨덴 1918-2007)

1918년 스웨덴의 웁살라에서 목사의 아들로 태어난 베리만은 어려서 연극을 접했고 청년기에는 무대연출, 창작 희곡, 오페라와 라디오극 등의 창작활동을 하였다. 46년부터 영화를 만들기 시작하고 연극과 영화작업을 하게 된다.

초기작은 〈광대들의 밤〉(1953), 〈한 여름 밤의 미소〉(1955) 등이 있다. 그러나 베리만이 예술가로서 진정한 명성을 얻은 것은 〈제7의 봉인〉(1957) 때문이다. 중세의 십자군 기사가 죽음의 사자를 만나서 24시간의 시간을 유예하는 조건을 담은 내기장기를 둔다. 장기에서 이긴 기사는

24시간 동안 세상을 둘러보지만 세상은 별로 살만하지 않다는 결론을 내린다. 베리만은 영화가 신, 구원, 죽음 같은 형이상학적 문제를 다룰 수 없는 원시적 매체라고 여긴 지식인들에게 예술 영화의 경지를 새롭게 이끌어준 명감독이기도 하다. 이후에 후속 작들로 〈처녀의 샘〉, 〈산딸기〉와 〈어두운 유리를 통해〉(1962), 〈겨울 빛〉(1963), 〈침묵〉(1963)에서 신과 구원의 문제를 다룬 '3부작'은 신의 존재에 질문을 던지며 인간이 왜 고독하고 고통스럽게 살아가야 하는지의 실존주의적 물음표를 던지는 영화를 만들어 내었다. 60년대 초 베리만은 그의 명성과 달리 2차 대전, 원자폭탄, 베트남 전쟁으로 이어지는 현대사의 물결 가운데에서 정치적 문제를 외면한다는 좌파의 신랄한 비판도 받는다. 〈침묵〉, 〈늑대의 시간〉(1968)과 〈치욕〉(1968)은 이런 격랑의 현실 속에서 자기 내부의 망명정부로 퇴각한 예술가의 고통스런 자기 응시를 담은 또 다른 '3부작'이다. 이후 〈정열〉(1969), 〈접촉〉(1971), 〈외침과 속삭임〉(1973) 등의 작품을 통해 여성의 조건을 탐구했고 특히 잉그리드 버그만이 출연한 〈가을 소나타〉(1979)는 여성의 본능은 모성이라는 선입견을 사라지게 한 작품이다. 후기작 〈화니와 알렉산더〉(1983)에서 어린 소년이 현실과 환상을 구분하지 못하고 거짓말을 만드는 상상력이 바로 행복의 길이라는 메시지를 던진다. 어린 시절의 설레는 원초적 경험의 회귀로 상상력만이 구원이라는 깨달음을 남겼다. 또한 문학과 영화는 완전히 별개로 보고 의지와 지성을 잠시 내려놓고 환상의 문을 열어두도록 했다.

6 페데리코 펠리니(이탈리아 1920-1993)

페데리코 펠리니는 1920년 이탈리아의 리미니에서 태어났다. 리미니는 작은 마을이기는 했지만 해안가에 있어 카니발과 서커스, 그리고 순회 공연극단이 자주 공연을 하였다. 어릴 적부터 펠리니는 학교보다 공연을 보

는 것이 더 재미있어 하였다.

그는 다니던 학교도 그만두고 서커스 단원이 되고, 그 후에 만화가, 신문기자, 만평가, 작사가, 코미디 작가로도 활동하였다. 2차 세계대전 중 젊은 여배우 줄리에타 마시나와 열애 끝에 결혼을 하고 연합군에 의해 해방된 후 로베르토 롯셀리니 감독의 조감독으로 일하게 된다. 자신의 유랑극단 시절을 나타낸 〈청춘군상〉(1950)으로 데뷔하여 〈길〉(1954)로 일약 주목받는 감독이 된다. 이어 〈절벽〉(1955), 〈카비리아의 밤〉(1956)에서 하층계급의 영혼구원의 문제를 다루고, 칸영화제 황금종려상을 받은 〈달콤한 인생〉(1960)에서는 부패한 로마 부르주아 사회의 이면을 파헤치고, 〈8 1/2〉(1963)과 〈영혼의 줄리에타〉(1964)에서는 모더니즘의 신기원을 열었다. 펠리니 감독을 어떤 유형의 감독이라고 말하기는 매우 어렵다. 그만큼 그의 영화들이 다양한 스펙트럼으로 비추어지고 여러 차례 영화의 패러다임을 전환시킨 것을 보여줬기 때문이다. 그는 네오리얼리즘에서 출발했지만 한 가지 길로 가지 않고 끊임없이 새로운 영상언어의 길을 탐색했다. 그밖에도 〈사티리콘〉(1969), 〈아마코드〉(1973), 〈오케스트라 리허설〉(1979), 〈여자의 도시〉(1980), 〈진저와 프레드〉(1986), 〈인터비스타〉(1987), 〈달의 목소리〉(1990) 등이 있으며 1993년 심장마비로 사망하였다.

7 장 뤽 고다르(프랑스 1930-)

장 뤽 고다르는 현대 영화언어의 발전에 큰 공로를 남긴 감독이다. 고다르 이전과 이후라는 말이 나올 정도로 그는 고전적 스타일과 현대적 스타일을 가르는 경계에서 여러 가지 실험으로 영화의 영역을 효과적으로 넓히는데 크게 공헌하였다. 고다르는 파리 소르본 대학을 중퇴한 후 파리 시

네마테크 출신으로 독학으로 영화를 배웠다. 시네마테크의 친구들인 프랑소와 트뤼포, 클로드 샤브롤 등과 함께 영화 비평지『카이에 뒤 시네마』의 필자로 활동한다. 이들이 50년대 말 소위 '누벨바그(새로운 물결)'라는 사조를 이끄는 감독들이며, 영화 역사상 최초로 영화에 대한 폭넓은 이론적 지식으로 무장하고 영화를 찍은 세대이다. 그들 가운데 고다르는 가장 파격적인 영화 언어로 첫 작품을 찍었는데, 그것이 〈네 멋대로 해라〉(1959)라는 작품이다. 이 작품은 영화언어의 혁명을 몰고 온 고전으로 종래의 이야기의 관습적 방식을 무시한 채 제멋대로 진행되는 줄거리에, 등장인물의 행동을 논리적으로 설명하지도 않고 비약과 생략으로 편집하여 많은 비난도 받았지만 새로운 것으로 가득 차 있다. 고다르는 관습적 일상 이야기를 전혀 다른 방향에서 찍어서 내용을 뒷받침하는 스타일의 전통적인 수법대신 관객에게 이야기의 전통적인 경계를 깨는 작업을 한다. 영화는 인위적으로 만들어낸 허구이고 일상적 이야기를 규칙에 따라 꾸며낸 거짓말이지만, 관객은 진짜처럼 포장한 허구의 이야기를 즐긴다. 그러나 고다르에게 중요한 것은 영화가 그럴듯하게 얼마나 사실적으로 보이느냐가 아니라 감독이 영화로 무슨 말을 하는지를 관객이 자각하는 것이다. 관객에게 이런 자각력을 주기 위해 고다르는 영화의 형식적 메커니즘을 드러내는 스타일을 창안했다. 대부분의 상업영화는 그 메커니즘을 감추지만 고다르의 영화는 의도적으로 그 메커니즘을 드러냈다. 화면은 매끄럽게 연결되지 않고 배우는 화면을 쳐다보며 말하고 때로는 화면 밖에서 감독의 논평이 있기도 한다. 스타일을 통한 스토리의 인위성을 폭로한다는 점에서 브레히트와 비슷한 점이 있다. 60년대부터 정치적 좌파노선을 걸으며 지가 베르토프 집단을 만들고 노동자, 학생들과 같이 생활하며 토론하였다. 정치적 주제에 관한 것이 아닌 '정치적으로 만들어지는 영화'를 만들고자 했지만 그의 신

념은 좌절된다. 관객의 사고를 유도하려던 그의 실험적인 양식은 너무 어려워 오히려 노동자와 학생의 반발을 샀다. 이런 그의 어려움을 반영한 영화가 〈만사형통〉(1972)이다. 그 뒤 〈미녀 갱 카르멘〉(1983), 〈마리아께 경배를〉(1986), 〈누벨 바그〉(1988) 등의 영화를 통해 고다르는 영화와 더 나아가 예술과 종교에 이르기까지 형이상학적 질문을 던진다.

8 우디 앨런(미국 1935-)

우디 앨런은 〈환상의 그대〉(2010), 〈왓에버 웍스〉(2009), 〈내 남자의 아내도 좋아〉(2009), 〈스쿠프〉(2006), 〈에브리원 세즈 아이 러브 유〉(1996) 등 수많은 다양한 작품을 만든 미국의 영화감독이자 코미디언, 작가, 클라리넷 연주가, 전직 복서, 배우이다. 1935년 태생으로 십대부터 개그 작가로 돈을 벌고, 코미디언과 자신의 창작력을 쏟아낸 독특한 영화들을 감독하고 연기했다. 남다른 유머와 지적이고 예리한 풍자, 거기에 귀엽고 낭만적인 희극적 개성이 관객을 유혹하기에 충분한 거물 감독이다.

그의 영화는 50년대에서 70년대의 전반적 미국 대중문화와 밀접하게 연결된 이야기들, 웃음, 철학과 끝없는 인간과 세상사에 대한 관심과 질문 던진 최고의 익살꾼이자 천재 이야기꾼이다. 1977년에 제50회 아카데미 작품상, 감독상, 각본상, 여우주연상을 탄 〈애니 홀〉 등 감독 데뷔 이후 거의 매년 한 편씩 40여 편의 독창적이고 획기적인 장편영화들을 만들고 있다. 그의 끊임없는 창작력과 나이와 무관하게 시대를 읽어나가는 감각과 예술적 천재성은 감탄을 자아낸다. 앨런이 작품을 통해 우리들에게 말하고 자하는 것은 우리의 삶은 결국 허상에 지나지 않고 우리들이 끊임없이 갈

구하는 행복과 사랑도 한낱 허상에 불과하다는 것이다. 그래서 그의 코미디는 다분히 어둡고 우울하며 비극적인 면이 있다. 인간은 끊임없이 확고한 무언가를 추구하지만 결국 존재하지도 않는 해답을 얻으려는 바보들이라는 암시를 준다. 또한 앨런은 비극적인 삶의 양상 속에서 숨기고 싶은 인간의 단면과 본성을 드러내어 삶의 새로운 각성을 일으키고자 하였다.

9 프란시스 포드 코폴라(미국 1939-)

프란시스 포드 코폴라는 미국의 영화감독이다. 그는 호프스트라 대학과 UCLA에서 영화를 전공하고 로저 코만과 함께 현장에서 제작공부를 하며 영화계에 뛰어들었다.

데뷔작은 〈디멘시아 13〉(1963)이며 1969년 조지 루카스와 함께 인디 영화사인 'American Zoetrope'를 설립하였다. 이 기간 동안 코폴라는 루카스의 『THX-1138』을 영화로 제작하였다. 오스카상을 다섯 번, 황금종려상을 두 번 수상하였다. 영화감독 소피아 코폴라의 아버지이자 니콜라스 케이지의 삼촌이다. 디트로이트 교향악단의 플루트 연주자의 아들로 태어나 롱 아일랜드에서 자랐다. 10세 때 아버지의 8mm 카메라로 영화를 만들기 시작했다. 고등학교 졸업 후 연극을 공부했고, 캘리포니아 대학교 로스앤젤레스 영화학과에서 짐 모리슨을 만났다. 작품은 〈대부〉, 〈대부 2〉, 〈대부 3〉, 〈드라큘라〉, 〈지옥의 묵시록〉, 〈트윅스트〉, 〈테트로〉, 〈코튼클럽〉, 〈위대한 개츠비〉, 〈터커〉, 〈뉴욕스토리〉, 〈페기수 결혼하다〉 등이 있다. 다섯 차례나 아카데미상을 휩쓸고, 10번이나 아카데미상에 후보가 된 화려한 경력으로 더 이상 설명이 필요 없는 거물감독이다. 할리우드 영화계에서 가장 영향력 있는 감독이자 제작자로 통칭되기도 한다.

10 베르나르도 베르톨루치(이탈리아 1940-)

1940년 이탈리아의 파르마 태생의 베르나르도 베르톨루치는 이탈리아 영화사에서 가장 뛰어난 감독 중 한 사람으로 뽑힌다. 어려서 시 습작을 하고 12살에는 그의 작품이 정기 간행물에 수록되기도 했다.

로마 대학에 재학 중 마르크스주의자이며, 시인이자 언어학자였던 파졸리니의 조감독을 거쳐 〈냉혹한 학살자〉(1962)로 데뷔했다. 그러나 2년 뒤 만든 〈혁명전야〉(1964)를 통해 비로소 감독으로 태어났다. 이 작품은 부르주아 출신인 자기 존재와 마르크시즘 사상 사이에서 갈등하는 청년의 이야기이다. 프랑스의 장 뤽 고다르와 할리우드의 고전 대가 하워드 혹스의 영화에 이르기까지 무수한 영화들에서 따온 인용들로 가득 찬 작품이다. 1970년에 베르톨루치는 생애 최고의 걸작이라고 불릴 만한 〈거미의 계략〉과 〈순응자〉를 발표했다. 그리고 논란을 불러일으킨 〈파리에서의 마지막 탱고〉(1972)는 법정 분쟁 끝에 1988년에야 무죄선고가 내려졌는데 이 영화는 성과 파시즘, 신체적 커뮤니케이션, 모더니즘 이후 영화들의 정치적 방황을 표현한 에로티시즘의 논쟁을 일으킨 작품이다. 이후 82년 〈어리석은 남자〉를 끝으로 그는 이탈리아를 떠났다. 자신이 몸담았던 이탈리아를 비롯한 서구 사회의 파시즘의 잔재에 모멸감을 갖고 있던 그는 황제가 자연스럽게 평민이 되는 인생 유전에서 중국 공산당의 성공을 보고 〈마지막 황제〉(1986)를 찍었다. 중동의 오지에서 겪는 백인 여성의 성적, 정신적 모험을 담은 〈마지막 사랑〉, 부처의 젊은 시절을 다룬 〈리틀 부다〉(1993) 등으로 동양의 정신세계를 탐사하려 하였다. 그 뒤 〈미녀 훔치기〉(1996), 〈하나의 선택〉(1998), 〈몽상가들〉(2003)도 호평을 받았다. 베르나르도 베르톨루치는 현대영화의 살아 있는 거장이다. 마르크스를 신봉하고 프로이트를 읽으며 성 정치학을 넘어서 중국, 모로코, 네팔 등을 배경으로 동양의 이야기를 담아냈다. 90년대 중반에는 그의 미학을 얘기하였다. 마르크스, 프로이트, 동양을 거친 베르톨루치는 시대를 요약하는 영화의 이미지를 잡기 위해 부단히 분투한 현대 영화의 위대한 한 세대의 상징인 것이다.

11 압바스 키아로스타미(이란 1940-)

압바스 키아로스타미는 1940년 6월 22일 이란의 테헤란에서 태어났다. 그는 그림에 소질을 보여 18살에 테헤란대학교에서 회화와 그래픽을 전공했다. 영화에 관심이 있던 그는 틈만 나면 영화관에 다니곤 했다. 1969년에 아동 및 청소년 지능개발연구소에 들어가서 영화제작부를 설립했다. 이 연구소에서 서정적 단편영화 〈빵과 골목길〉(1970)로 감독으로 데뷔했다. 97년에는 〈체리 향기〉로 자신의 진가를 발휘하며 칸영화제 황금종려상을 수상하여 큰 화제를 불러일으키며 주목을 끌었지만 이란의 종교단체들로부터 비난을 받았다. 그는 즉흥적인 것을 좋아해서 대본도 완벽하게 쓰지 않고, 아마추어 배우를 기용하기도 했다. 반항적인 시골 소년을 다룬 〈나그네〉(1974), 다큐멘터리 〈1학년 학생들〉(1985)과 〈숙제〉(1989)는 이란 학생들의 문제를 잘 통찰하였다. 1997년 삶의 의지를 잃어버린 중년 지식인을 다룬 영화 〈체리 향기〉로 칸국제영화제에서 황금종려상을 받았다. 〈바람이 우리를 데려다 주리라〉(1999)로 베니스영화제 심사위원대상특별상을 수상하는 등 이란영화뿐만 아닌, 아시아 영화의 새로운 거장으로 인정받게 된다. 그 밖에 〈ABC 아프리카〉(2001), 〈텐 10〉(2002), 〈파이브〉(2003), 〈텐에 대한 10개의 강의〉(2004), 〈티켓〉(2005), 〈그들 각자의 영화관〉(2007),

〈쉬린〉(2008) 등이 있고, 〈사랑을 카피하다〉(2010) 작품으로 진실과 거짓의 경계에서 펼쳐지는 색다른 로맨스 영화를 선보이기도 했다.

키아로스타미는 변방에 머물렀던 이란 영화를 국제적인 무대로 끌어낸 감독이었다. 그의 영화는 현실과 영화를 넘나들며 인위적인 이야기보다는 자연스러운 삶의 모습과 진실을 담담하게 전한다. 그는 겉으로 드러난 현실 뒤에 가려진 현실, 카메라 앞에서 연출되는 사건보다 카메라 뒤의 현실에 더 관심을 기울이며 더욱 생생한 진실을 보여주려 하였다. 키아로스타미는 차츰 현실과 허구의 차이를 허물어가면서 극영화와 기록영화의 경계를 의도적으로 꾸준히 무너뜨리며 서구 모더니즘영화의 형식미와 기록영화 작가의 시각을 결합하여 개척한 영역은 영화계의 자산이라 할 수 있다.

12 루이스 부뉴엘(스페인 1900-1983)

루이스 부뉴엘 감독은 무신론자, 마르크스주의자, 프로이트주의자, 초현실주의자, 무정부주의자, 물신숭배주의자, 풍자가 등으로 다양하게 불리며 평생 가톨릭교회, 부르주아, 파시즘을 비꼬고 공격하는 영화를 만들었다. 그것도 육십이 넘은 나이에 위대한 걸작을 만든 특이한 감독이다. 스페인의 아라공에서 태어난 루이스 부뉴엘은 어려서부터 예수회에서 운영하는 학교에 다니며 일관된 엄격한 교육을 받게 되면서 평생 종교와 맞서 싸울 것을 다짐하게 된다.

25년에 부뉴엘은 마드리드를 떠나 파리로 가서 유명한 프랑스 감독 장 엡스탱의 조감독이 되었다. 엡스탱 밑에서 영화제작 기법을 배운 후 친구인 화가 살바도르 달리와 함께 데뷔작 〈안달루시아의 개〉(1928)를 찍었다. 이 영화에서처럼 그는 처음부터 끝까지 시제뿐만 아니라 줄거리도 연결되지 않는 영화를 만들었다. 부뉴엘이 인간의 모든 경험을 영화에 담겠다는 야심을 밝혔으니 줄거리가 잡히지 않는 것은 당연하였다. 인간의 무의식, 꿈, 광기를 통하여 비합리적인 연상을 자유자재로 이용하였다. 성욕과 교회 사이에서 고통을 겪는 한 남녀에 관한 이야기인 〈황금시대〉(1930)는 두 남녀의 꿈속의 기록영화처럼 시작하면서 예수가 난교파티에 참석하는 장면 때문에 여러 나라에서 상영금지를 당했다. 그러자 그는 스페인 서부의 끔찍한 빈곤의 실상을 너무나도 냉정하게 담으면서, 서민들이 이렇게 비참하게 사는 것은 교회와 정부 때문이라고 반박하며 기록영화 〈빵 없는 대지〉(1932)를 내놓았다. 〈비르디니아〉(1961)를 계기로 다시 유럽에서 영화를 찍기 시작한 부뉴엘의 후기작들은 늘 부르주아계층과 교회를 조롱하고 풍자하였다. 갓 수녀가 된 비르디니아가 모욕과 상처를 받고 타락해 가는 과정을 담은 〈비르디니아〉는 교회가 인간의 영혼을 어떻게 망치는가를 공박하고, 거지들이 먹고 마시는 잔치를 최후의 만찬으로 나타낸 장면 등으로 인하여 스페인 정부가 상영금지 조치를 내렸지만 이 작품은 칸영화제에서 황금종려상을 받았고 그의 후기 전성기를 맞는다. 〈추방당한 천사〉(1962), 〈시골하녀의 일기〉(1964), 〈세브린느〉(1967), 〈트리스티나〉(1970), 〈부르주아의 은밀한 매력〉(1972), 〈자유의 환영〉(1974), 〈욕망의 모호한 대상〉(1977) 등은 그의 영화의 내용과 형식이 기존의 사회와 문화의 범주를 넘어선 시도와 노력을 높이 평가하지 않을 수 없다.

13 올리버 스톤(미국 1946-)

1946년 9월 15일 미국 뉴욕에서 주식중개인인 유대계 아버지와 프랑스계 어머니 사이에서 태어났다. 1965년 예일 대학교를 중퇴하고 베트남으로 가 영어강사와 선원생활을 하며 떠돌다가 미국으로 돌아온 뒤 미 육군에

자원입대하여 베트남에서 복무하였다. 부상으로 제대한 뒤 현실적응에 어려움을 겪고 한동안 술과 마약으로 시간을 보내다가 뉴욕대학 영화과에 입학하면서 새로운 생활을 시작하였다.

1974년 감독 데뷔작인 〈강탈〉이 실패로 끝나자 감독직을 포기하였다. 시나리오로 눈을 돌려 앨런 파커의 〈미드나잇 익스프레스〉(1978)로 아카데미 각본상을 수상하였고 계속해서 존 밀리어스의 〈코난〉(1981), 브라이언 드 팔마의 〈스카페이스〉(1983), 마이클 치미노의 〈이어 오브 드래곤〉 등의 시나리오 작가로 명성을 얻었다. 이 기간 중 연출했던 공포 영화 〈손〉(1981)의 실패로 한동안 슬럼프에 빠졌던 스톤은 1986년 정치영화 〈살바도르〉의 성공으로 감독으로서의 능력을 인정받았다. 같은 해 〈플래툰〉으로 베를린영화제 감독상과, 작품상·감독상을 포함한 아카데미 4개 부문을 수상하였다. 스톤은 이후 두 번째로 아카데미 감독상을 수상한 〈7월 4일생〉(1989)과 〈하늘과 땅〉(1993)으로 '베트남 3부작'을 완성하였다. 이후 계속해서 〈월 스트리트〉(1987), 〈도어스〉(1991), 〈올리버 스톤의 킬러〉(1994), 〈닉슨〉(1995) 등을 발표하였다.

14 시드니 루멧(미국 1924-2011)

시드니 루멧은 1924년 유태인 연극배우의 아들로 태어났다. 어렸을 때 뉴욕 시의 이디시어 극단에서 처음 무대에 섰으며 1930년대 말부터 브로드웨이 연극에 출연하였다. 그는 20세기 후반 미국에서 가장 왕성한 작품활동을 한 명감독이다. 1950년 컬럼비아방송회사에 텔레비전 스탭 감독으로 채용되어 역량 있는 텔레비전 드라마 감독으로 두각을 나타냈다.

그가 감독한 최초의 영화 〈12명의 성난 사람들〉(1957)은 도시의 주변 환경과 범죄, 복잡한 개인들이 어려운 도덕적 갈등을 해결해가는 과정을 꾸준히 다루는 그의 일관된 영화 스타일을 예고해주었다. 〈도망자〉(1960), 〈다리 위에서 본 풍경〉(1962), 유진 오닐의 〈밤으로 가는 긴 여로〉(1962), 〈안전한 실패〉(1964), 〈전당포 주인〉(1965) 등의 심리극 영화와 〈앤더슨 테이프〉(1971), 〈서피코〉(1973), 〈뜨거운 오후〉(1975) 등의 도시를 중심으로 한 영화를 만들었다. 방송계를 풍자한 〈네트워크〉(1976)와 〈에쿠우스〉(1971), 〈말씀만 하세요〉(1980), 〈죽음의 덫〉(1982), 〈도시의 왕자〉(1981), 〈심판〉(1982) 등에서는 복잡한 인간심리를 파헤쳤다. 2011년 세상을 떠나기까지 70여 편의 영화를 연출하였고 2005년에는 아카데미 평생공로상을 수상하였다.

15 스탠리 큐브릭(미국 1928-1999)

스탠리 큐브릭은 현대 최고의 영화감독 중 한 사람이다. 큐브릭은 아무도 따라할 수 없는 완벽한 미학의 추구자이며 항상 새로운 기법과 기술을 선보이는 전문가이다. 그는 초기에 저널리스트로 시작하여 단편 기록 영화와 하급 장편 영화로 기술을 쌓았다.

〈살인〉(1956)에서 살벌하고 냉혹하며 잔인한 스타일을 구사하는 작가로, 반전영화 〈영광의 길〉(1958)로 자기 세계를 굳혔다. 〈스팔타커스〉(1960) 이후 〈롤리타〉(1962)를 내놓았는데 상반된 비평을 받았다. 〈닥터 스트레인지〉(1963)에서 핵폭발을 블랙 코미디로 묘사하였고 〈2001년 우주 오딧세이〉(1968)는 전통적인 시각적 형식과 구성을 무너뜨렸다. 앤드류 새리스는 이 작품을 혹평하였지만 오히려 세월이 흘러도 예리한 과학적 상상력과 찬란한 영화 기법이 깃든 독창적이고 실험적인 SF 영화의 대표작이 되었다.

그의 최대 걸작으로 꼽히는 〈시계 태엽장치의 오렌지〉(1971)는 살인과 강간, 절도를 일삼는 인간 알렉스의 교화로서 통제되는 기계 '시계태엽장치'와 자연의 과실 '오렌지'를 병치하고 있다. 제목은 전체주의 사회와 포악한 개인을 보여주면서 중요한 것은 인간의 자유의지라는 것을 암시한다. 이 영화는 뉴욕 영화평론가 협회에서 주는 작품상과 감독상을 받았다. 이후 〈배리 린든〉(1975), 〈샤이닝〉(1980)을 제작하고 공포 영화인 스티븐 킹의 소설을 영화로 만든 〈샤이닝〉을 내놓았다. 베트남전을 다룬 〈메탈 자켓〉(1987) 이후 96년 말부터 촬영한 〈아이즈 와이드 샷〉의 최종 편집을 앞두고 1999년 갑자기 사망함으로써 그의 신화는 마치게 된다.

16 비토리오 데시카(이탈리아 1902-1974)

비토리오 데시카는 이탈리아의 영화감독이며 로베르토 로셀리니, 루키노 비스콘티와 함께 이탈리아 네오리얼리즘을 이끈 거장이다. 그는 소년 시절 연극배우로 출발했다. 1930년대까지도 배우로 활동했으며 감독을 시작한 뒤에도 이탈리아를 대표하는 스타 배우로서의 활동을 계속하였다.

1957년의 〈무기여 잘 있거라〉로 아카데미 남우조연상 후보에까지 올랐다. 고학으로 공부하고 영화배우를 거쳐 1939년 〈홍장미〉로 네오리얼리즘의 선구자가 되었다. 날카로운 현실 응시의 눈을 가졌으며 희극으로 탁월한 재능을 발휘했다. 그는 감독으로서 멜로드라마에서 출발, 네오리얼리즘 대열에 합류, 후기에는 다시 멜로드라마적 관습으로 빠져든다. 대중 영화에 머물렀던 데시카가 네오리얼리즘의 대열에 합류하는 건 시나리오 작가 세자르 자바티니와 공동 작업한 〈아이들이 우리를 보고 있다〉(1943)부터였다. 이후 〈구두닦이〉(1946), 〈자전거 도둑〉, 〈밀라노의 기적〉(1951), 〈움베르토 D〉(1952) 등

데시카의 대표작은 대부분 그의 각본을 토대로 만든 것이다. 가톨릭신자였던 데시카 감독과 공산주의자였던 자바티니의 관계는 종종 영화에 묘한 긴장감을 주면서도, 하층계급의 일상을 날카롭게 파헤치며 인류에 대한 도덕적 호소를 잘 보여주었다. 〈구두닦이〉에서는 아동문제에 무관심한 성인들을 질타하며 절망에 처한 어린이들의 모습을 형상화했고, 〈자전거 도둑〉에서는 가난 속에 피어나는 부자간의 사랑을 단순한 형식에 담았다. 형식은 지극히 단순하지만 어떤 관습에도 매이지 않고 거리의 진실을 살아 움직이는 것으로 담아낸 이 작품들은 정교하고 화려한 형식의 영화보다도 강렬한 힘을 지니고 있다. 후기작으로 〈두 여인〉(1960), 〈보카치오 70〉(1962), 〈어제 오늘 그리고 내일〉(1963), 〈해바라기〉(1969), 〈핀지 콘티니스의 정원〉(1970) 등이 있다.

17 알프레드 히치콕(영국 1899-1980)

알프레드 히치콕은 영화사에서 가장 먼저 등장한 스타 감독이다. 서스펜스 스릴러 장르의 거장으로 평가받는 그는 처음에는 상업영화의 대가로서, 그리고 시간이 흐른 후에는 영화매체의 시청각적 본질을 가장 잘 이해하고 실천한 탁월한 형식주의자로 평가된다. 히치콕은 가장 상업적인 장르인 미스터리, 스릴러, 공포 영화 장르에서 작업했지만 절묘한 기법으로 관객의 도덕의식을 흔들어 놓는 장기를 보였다. 히치콕의 영화를 본 관객은 마음을 교묘하게 조종하는 그의 솜씨에 휘말려 재미와 공포를 함께 뒤섞인 감정을 맛본다. 히치콕의 영화답게 그는 서스펜스의 수많은 효과를 내는 아이디어를 개발했다. 그 중 한 가지가 '맥거핀'으로 속임수 장치를 말한다. 원래 히치콕은 소심하고 겁 많았던 아이였다. 그런 그가 관객과 비평가를 그의 손아귀에서 마음대로 쥐었다 놨다 하는 스릴러-공포 서스펜스 영화의 거장이 됐다는 것은 흥미 있는 일이다. 가톨릭계 학교에 다녔던 히치콕은 항상 어떤 나쁜 것에 관련되지는 않을까라는 소심한 생각에 질려 살았다고 한다.

1925년에 첫 장편영화를 만들었고 〈협박〉(1929) 때부터 영화감독의 재능을 인정받기 시작했다. 히치콕이 영국 시절에 만든 영화는 브제볼드 푸도프킨의 몽타주와 프리드리히 무르나우의 카메라 움직임을 결합한 가장 모범적인 영화로 평가받았다. 히치콕의 영국 영화에 주목한 〈바람과 함께 사라지다〉의 제작자 데이비드 O. 셀즈닉이 그를 할리우드에 불렀고, 1940년에 로렌스 올리비에와 조안 폰테인이 출연한 〈레베카〉의 감독으로 히치콕은 할리우드에 무사히 입성했다. 〈오명〉(1946), 〈의혹의 그림자〉(1943), 〈이창〉(1951), 〈현기증〉(1958), 〈사이코〉(1960), 〈새〉(1963) 등은 히치콕의 대표작일 뿐만 아니라 할리우드 영화의 대표작이고 현대 영화의 대표작이기도 하다. 〈사이코〉에서 관객은 처음에는 돈을 훔치고 도망을 치는 여주인공 마리온과 동화된 뒤에 마리온을 끔찍하게 살해하는 노만 베이츠에게 공감한다. 나중에는 마음속에 죽은 어머니의 영혼을 감추고 있는 노만의 또 다른 자아에 고개를 끄덕이게 된다. 보는 사람을 당혹스럽게 만드는 히치콕의 이 복합적인 도덕적 감수성은 선과 악이 상호 연관되어 있어서 사실상 분리될 수 없다는 주장을 함축하고 있다. 히치콕은 가장 대중적인 화법인 서스펜스 스릴러 장르의 어법으로 동시대의 도덕적 무의식을 파고들면서 편집과 카메라 움직임만으로 함축적인 의미와 감정을 축적하는 기교의 대가이다.

18 프랑코 제피렐리(이탈리아 1923-)

프랑코 제피렐리는 라디오 성우와 배우로 출발하여 영화감독 루치노

비스콘티의 조감독으로 영화계에 입문하게 된다. 15살의 올리비아 핫세를 세계적인 스타로 만든 〈로미오와 줄리엣〉과 〈햄릿〉, 〈제인 에어〉 등 주옥같은 명작들로 전 세계에서 주목받았다. 2004년 이탈리아인 최초로 영국 엘리자베스 2세 여왕으로부터 명예기사 작위를 받았다. 그는 또 〈라 트라비아타〉, 〈오셀로〉 등 오페라 영화를 만들기도 했으며 〈아이다〉, 〈토스카〉 등 화려하고 웅장한 오페라 연출로도 인정받았다.

1923년 2월 2일 이탈리아 피렌체에서 출생하였다. 피렌체 미술아카데미와 피렌체 대학 건축학부를 마친 뒤, 연극과 오페라의 무대 디자인을 맡아 일했다. 1946년 로마로 와서 영화 및 연극배우로도 활동했다. 그 후 루키노 비스콘티가 운영하는 극단의 조감독 겸 배우로 일하면서 〈욕망이라는 이름의 전차〉 같은 연극무대 디자인을 하기도 했다. 1953년에는 〈신데렐라〉의 오페라 연출가로 데뷔했으며 이때의 경험이 오페라 영화를 만드는데 큰 도움이 되었다. 이후 스카라좌나 메트로폴리탄, 코벤트 가든, 비엔나 등의 무대에서 오페라 연출가로 최고의 명성을 쌓았다. 1960년 〈로미오와 줄리엣〉 연출은 너무도 참신해서 연극계에 일대 선풍적 인기를 일으켰다. 이 연출력을 영화에 투입한 최초의 작품이 같은 셰익스피어 작품인 〈말괄량이 길들이기〉이다. 계속해서 이듬해에 만든 〈로미오와 줄리엣〉은 무대에서와 마찬가지로 대호평을 받았다. 그의 솜씨가 발휘된 것은 셰익스피어 원작을 영화로 옮긴 67년의 〈말괄량이 길들이기〉였다. 이후 제피렐리의 영화 패턴은 셰익스피어의 작품을 중심으로 센티멘털한 감정을 자극하는 영화들과 오페라 무대를 지휘했던 경험을 살린 오페라 영화들이다. 그리고 〈성 프란체스코〉와 같이 가톨릭 신앙에 입각한 작품들도 만들었다. 또한 할리우드에서 〈챔프〉와 〈끝없는 사랑〉 같은 상업성 짙은 영화도 만들었다.

19 데이비드 린(영국 1908-1991)

1908년 영국 크로이든에서 태어난 린은 27년 스튜디오 잡역부로 영화계에 입문했다. 30년대에는 꽤 촉망받는 편집기사로 이름을 날리고 전쟁 드라마 〈우리가 복무하는 곳〉(1942)의 감독으로 데뷔했다. 그 후 〈밀회〉(1945), 〈위대한 유산〉(1946), 〈올리버 트위스트〉(1948) 등의 영화를 찍으면서 영화의 고전적 미학과 영국문학의 위대한 유산을 섭렵하여 영화로 만들 줄 아는 인물이 되었다. 편집기사로 일하던 시절에 린은 주로 전쟁터에서 직접 공수된 필름을 편집해 뉴스릴로 만드는 작업을 했다. 영화 편집의 리듬감을 익혔기 때문에 그의 초기 전성기 영화들은 정확한 드라마의 페이스와 순조로운 리듬, 격한 감정적 순간의 날카롭고 단아한 편집과 촬영으로 명성이 높았다. 〈밀회〉, 〈위대한 유산〉 등 품격 높은 스타일을 유감없이 발휘하였다. 50년대 중반 그는 할리우드 자본을 축으로 한 다국적 대작영화의 연출을 맡아 〈섬머 타임〉(1955), 〈콰이강의 다리〉(1958), 〈아라비아의 로렌스〉(1962), 〈닥터 지바고〉(1965), 〈라이안의 처녀〉(1970) 등 그의 대작을 만들었다. 린은 〈아라비아의 로렌스〉에서 신기루처럼 나타났다가 사라지는 환몽처럼 연출하여 이상주의자이자 제국주의자였던 모험가의 삶의 자취를 추적하는데 매우 적합한 인물로 잘 나타냈다. 그는 대작영화로 기억되는 거장이자 1940-50년대 영국영화를 대표하는 고전적 영화의 거장이기도 하다.

20 로만 폴란스키(프랑스 1933-)

1933년 파리에서 유태계 폴란드인 부모 사이에서 태어난 로만 폴란스키는 3살 때 가족과 함께 고향 폴란드로 돌아갔다. 그러나 곧 2차 세계대전

의 발발로 그의 부모는 나치수용소로 끌려갔고 어머니는 그곳에서 죽게 된다.

가톨릭 집안에서 자란 그는 영화에 뜻을 두고, 안제이 바이다 감독의 〈세대〉(1954)에 출연한다. 이후 우츠 영화 학교에서 수학하고 1958년에 만든 단편영화 〈두 남자와 한 의상〉의 국제영화제 수상으로 이름을 알렸다. 첫 번째 장편영화 〈물속의 칼〉(1962)은 전후 폴란드 영화계에서 처음으로 전쟁의 테마를 벗어나, 물 위의 배와 단 세 명의 등장인물을 통해 폭력과 공포로 얼룩진 패쇄 공간 속의 인간이란 일관된 주제의식을 잘 보여주었다. 〈물속의 칼〉로 베니스영화제에서 수상하기 위해 서방세계로 나온 그는 폴란드로 돌아가지 않고 파리에 정착하려 하면서, 그곳에서 오랜 그의 영화 동반자가 되었던 극작가 제랄 브라크를 만난다. 〈혐오〉(1965), 〈막다른 골목〉(1966)에 잇달아 미국에서 아이라 레빈의 스릴러 소설을 영화로 옮긴 〈악마의 씨〉(1968)로 대성공을 거두었다. 배우였던 아내였던 샤론 테이트를 잃고 영국으로 돌아가 셰익스피어의 〈맥베스〉(1971)를 만들었다. 그는 1974년 할리우드로 와서 자신의 최고 걸작 중 하나로 평가받는 〈차이나타운〉을 완성하였으나 〈세입자〉(1976)를 완성한 뒤 미성년자 강간이라는 혐의로 미국에서 추방당한다. 오랜 공백 후 〈시고니 위버의 진실〉(1995)로 다시 그의 실력을 발휘하고 자전적인 영화인 〈피아니스트〉(2003)로 칸영화제 그랑프리를 수상하며 화려한 복귀를 했다.

FILM and 작품 편
LITERATURE

외국 문학

햄릿Hamlet

원작 윌리엄 셰익스피어 · 감독 프랑코 제피렐리

극작가 셰익스피어의 작품은 시대를 초월하여 널리 읽혀지고 공연되면서 크나큰 감동을 준다. 희곡 작품을 영화화 할 때는 대본을 따로 쓸 필요 없이 원작의 대사를 그대로 쓸 수 있고, 특히 셰익스피어 극의 영화들은 그의 특유한 시적 문체와 수려한 문장들로 당시 시대적 분위기를 잘 살려낼 수 있는 장점이 있다.

희곡 『햄릿』의 주인공 왕자 햄릿은 최근에 급사한 덴마크 왕 햄릿과 왕비 거트루드의 아들로 등장한다. 거투르드는 남편의 사후 곧 왕의 아우로서 왕위를 계승한 클로디어스와 결혼하였는데, 이것은 햄릿에 있어서 아버지의 죽음에 못지않은 큰 충격이다. 그때에 아버지의 유령이 나타나, 클로디어스야말로 거트루드를 유혹하고 자기를 독살한 장본인이라고 말한다. 숙부인 왕에게 복수하라고 하며 단 어머니에 대한 처벌은 하늘에 맡기라고 말한다. 감성이 예민하고 사색벽이 강한 햄릿은 그 유령이 자신의 마음을 어지럽히려는 악마의 소행일지도 모른다고 생각하고 복수의 실행을 주저한다. 그는 숙부의 의혹의 눈을 속이기 위하여, 미친 사람처럼 행세를 하고, 사랑하는 오필리어에 대하여서도 그녀를 알아보지 못하는 것처럼 꾸민다. 때마침 순회극단이 성을 방문해서 그는 숙부의 죄상을 표현한 극을 써서 상연시킨다. 그것을 본 클로디어스는 흥분하여 관람석에서 밖으로 뛰쳐나간다. 그 직후, 햄릿은 기도를 하고 있는 무방비의 숙부를 발견한다. 그제야 숙부의 죄를 확신했음에도 그를 살해할 좋은 기회를 놓치고 만다.

그는 또 어머니를 힐난하며, 금방이라도 그녀를 죽일 것처럼 덤벼들었기 때문에, 커튼 뒤에 숨어 말을 엿듣던 오필리어의 아버지 폴로니어스가 무의식적으로 놀라 소리를 내자, 그를 클로디어스로 오인하고 찔러 죽인다. 햄릿을 위험시하고 경계하기 시작한 클로디어스는 그를 영국으로 보내고, 영국 왕에게 그를 살해하도록 의뢰한다. 오필리어는 햄릿이 자기를 알아봐 주지 않는데다가, 아버지의 죽음이라는 충격으로 마침내 미쳐서 익사한다. 오필리어의 오빠 레아티즈는 아버지의 죽음을 복수하고자 프랑스로부터 돌아와서 클로디어스를 원망하지만, 클로디어스는 그를 교묘하게 설득시켜 그의 칼날을 햄릿에게로 돌리게 한다. 햄릿은 클로디어스의 음모를 알아차리고 영국으로 가는 도중에서 뱃길을 바꾸어 고국으로 돌아와 오필리어의 장례식을 본다. 그 후 클로디어스는 검술시합을 마련하여, 햄릿과 레아티즈를 싸우게 한다. 레아티즈는 독을 바른 칼을 사용하여 햄릿에게 상처를 입히지만, 햄릿은 그 칼을 빼앗아 레아티즈에게 치명상을 입히고 죽음직전 레아티즈는 국왕의 배신행위를 햄릿에게 고한다. 그 사이에 왕비는 국왕이 햄릿에게 주려고 준비해 두었던 독주를 마시고 죽는다. 햄릿은 클로디어스를 찌르고 억지로 그에게 독주를 마시게 한다. 그리고 친구인 호레이쇼가 같은 독주를 마시려는 것을 못 마시게 하고 숨을 거둔다.

햄릿이 왕좌에 올랐다면 유례없는 명군이 될 것으로 기대된 왕자였지만, 부왕의 급사와 어머니의 성급한 재혼으로 충격을 받고 어머니의 음란한 본성을 보게 됨에 큰 정신적 타격을 입는다. 사랑하고 있던 오필리어에 대하여서도 어머니와 같은 여성이기 때문에 그녀에 반발하고, 자기의 마음을 탐지하려는 숙부의 앞잡이가 아닌지 의심하며 복수를 오래 지연시킨다. 이런 햄릿의 지연에 대하여서는 종래 여러 가지 해석이 나오고 있다. 가장 잘 알려진 것으로는 불결단성 설로 지나치게 생각하고 따지기 때문에 좀처럼 실행으로 옮길 수 없다는 성격 해석이다. 이러한 해석에서 '햄릿형'이라는 말까지 나왔고 반대 뜻인 '돈키호테 형'과 비교되어 왔다. 그러나 오늘날 이 해석은 부정되고 있다. 재빠르게 판단하고 대담하게 실행하는 일면도 햄릿은 종종 보여주기 때문이다. 어머니에 대한 무의식적인 성적 사모가 모든 원인이라는 이른바 오이디푸스 콤플렉스 설이 주장된 일도 있다. 어쨌든 햄릿은 역사상의 인물이 아니라 극중 인물임으로 심리학 등에서 설명하기보다는 어디까지나 하나의 신비스러운 극적 환영으로서 다루어야 한다는 견해가 오늘날은 지배적이다.

1990년 프랑코 제피렐리 감독의 영화 〈햄릿〉은 현대적 속도감에 맞추어 빠른 템포로 보여주도록 원작의 많은 부분들을 잘라 내었고 박진감 있는 행동은 햄릿의 고뇌보다는 복수하려는 마음으로 이끌어 간다. 햄릿 역의 멜 깁슨은 사색형이 아니라 행동형 햄릿의 모습을 보여준다. 예로 그가 기도하는 클로디어스를 죽이지 않을 때, 그것은 연약한 망설임이라기보다는 오히려 그를 천국으로 보낼 수 있다는 나름의 냉혹한 계산 때문이다. 제피렐리는 햄릿을 고뇌하지만 복수를 계획하는 행동인으로 제시한다. 또 햄릿의 애인 오필리어에 비중을 둔 올리비에와는 달리 왕비에게 더 많은 비중을 둠으로써 셰익스피어 극의 현대적 분석을 더 다양하고 폭넓게 해준다.

로미오와 줄리엣Romeo and Juliet

원작 윌리엄 셰익스피어 • **감독** 프랑코 제피렐리

문학작품 속에 사랑과 죽음의 문제는 어느 시대에나 종종 다루어지며 시공을 초월하여 많은 사람들의 마음을 사로잡는 주제이기도 하다. 셰익스피어의 비극 『로미오와 줄리엣』 역시 청춘남녀의 사랑과 죽음을 애틋하게 담아서 모든 독자들을 감동시킨 작품이다. 베로나 시의 몬테그 가와 캐플릿 가는 오래 전부터 서로 반목하는 사이다. 몬테그 가의 아들 로미오는 친구를 따라 캐플릿 가의 가장무도회에 가서 그 집 외동딸 줄리엣을 보고 한눈에 반한다. 그날 밤 캐플릿 가의 정원에 몰래 들어간 로미오는, 줄리엣도 자기를 사랑하고 있다는 것을 알고 열렬한 사랑을 나눈 뒤, 결혼약속을 한다. 다음 날, 둘은 로렌스 수도사의 암자에서 비밀 결혼식을 올린다. 그 날 오후 로미오는 길에서 줄리엣의 사촌 오빠 티볼트를 만나 결투의 도전을 받는다. 로미오는 이를 거절하지만, 친구 머큐시오가 대신 이 결투에 응하여 싸우다가 죽음을 당하여 로미오는 마지못해 티볼트와 싸워서 그를 죽인다. 그 죄로 로미오는 시로부터 추방선고를 받고 비탄에 젖어 있는데, 로렌스의 격려로 그날 밤 줄리엣의 방에서 보내고, 다음날 아침 일찍 만츄아로 출발한다. 한편, 캐플릿은 줄리엣을 억지로 패리스 백작에게 결혼시키기로 하고 준비를 서두른다. 진퇴양난에 빠진 그녀는 로렌스 수사에게서 마흔 두 시간 죽었다 깨어나는 수면 약을 받아먹는다. 패리스와 결혼식을 올리기 전날 밤 그녀는 그 약을 먹고 죽은 것으로 간주되어 캐플릿 가의 묘소로 옮겨진다. 로렌스 수사는 줄리엣이 잠에서 깨어나는 것을 기다려 만츄아로

데리고 가려고 로미오한테 사자를 보내지만, 그 사자는 불의의 사고로 그곳에 도착하지 못한다. 줄리엣의 죽음을 안 로미오는 독약을 구하여 가지고 그날 밤 베로나로 돌아온다. 묘소에 들어가려고 하던 그는 그 곳에서 패리스를 만나 방해를 받자 부득이 그를 죽이고 줄리엣 곁에서 독을 마시고 죽는다. 줄리엣은 눈을 뜨자 죽어 있는 로미오를 보고 그 자리에서 로미오의 단검으로 자살한다. 양가는 죽은 아이들 앞에서 겨우 화해를 한다.

두 젊은이의 사랑은 처음부터 검은 그림자가 따르고, 결국 비참한 최후를 마치게 된 것도 극도의 불운이 따랐기 때문이며 그래서 더욱 애절하고 순수하며 열렬하고 아름답게 보인다. 이 불운은 극 중의 도처에서 언급되고 강조되고 있다. 두 사람이 원수 집안의 아들과 딸이면서 그런 줄을 모르고 서로 사랑하였다는 자체가 불운한 일이요, 로렌스의 사자가 예정대로 도착하지 못한 것도 불운이고, 묘소에 온 로미오가 줄리엣이 눈을 뜨기 전에 독을 마신 것도 불운이다. 이런 불운 속에서 두 사람이 서로의 사랑을 순수하게 그리고 열정적으로 관철한다는 점이 보다 깊은 비애와 비장감 속에 아름다움이 있다.

『로미오와 줄리엣』은 조지 쿠커 감독의 1936년작(레슬리 하워드, 존 배리모어 주연), 그리고 폴 토머스 감독의 1987년작(니나 하틀리, 제리 버틀러 주연) 등 여러 번 영화화되었다. 그러나 가장 유명한 것으로는 프랑코 제피렐리 감독의 1968년작(레너드 파이팅, 올리비아 하세 주연)인데 과감한 누드 러브신으로 대단한 화제를 일으켰다. 제피렐리 감독은 전통적 영화의 관행을 깨고 두 연인이 첫날밤 깨어난 장면에서 남성의 아름다움을 여성 못지않게 강조했다. 대개 할리우드 영화에서는 여성이 남성의 시선의 대상이 되지만 여기서는 여성보다 남성의 누드가 더 노출되어 욕망의 주체로서 여성의 모습이 강조된다. 줄리엣의 가슴은 순간적일 정도로 창가에 로미오의 누드가 세 개의 샷에서 17초 동안이나 노출되었다. 이렇게 제피렐리 감독은 이 작품을 현대적 감각으로 재해석해서 대중적 작품으로 성공시켰다. 올리비아 하세의 청순한 면모가 영화를 성공시켰고 제피렐리 감독 또한 셰익스피어의 문체의 시적인 감흥을 잘 투영시키고 그렸다. 때론 원작을 다소 상업화시켰다고 하지만 문학작품이 영화화 되어 감동을 줄 수 있다는 것은 영화화의 새로운 가능성을 보여준 셈이 된다. 또한 영화의 테마곡의 애절한 곡조도 낭만적 분위기를 높이는 역할을 하였다. 이 영화는 2시간 반의 연극 공연을 138분 영화로 만든 것을 보면 원작에 잘 따랐다고 볼 수 있다. 그러나 패리스와 로미오의 결투장면을 삭제한 것은 중요한 결점으로 들 수 있다. 왜냐하면 패리스의 죽음이 주제에 주는 충격이 크기 때문이다.

센스 앤 센서빌리티Sense and Sensibility

원작 제인 오스틴 ・ **감독** 앙리

 영국 여류작가 제인 오스틴의『센스 앤 센서빌리티』
도『오만과 편견』과 함께 가정과 가문 내에서 여자들
의 애정과 상호 성격을 다룬 가정소설들로 널리 잘 알
려져 있다. 이 작품에서 런던 여행을 제외하고는 대부
분 영국 남부의 대쉬우드 일가의 이야기들이다. 대부분 가정소설의 주인공
은 여자들인데, 이 작품에서도 아버지 헨리 대쉬우드가 죽으면서 그의 세
딸에 관한 이야기로 소설이 자연스럽게 시작된다. 첫 딸 엘리너를 분별력
이 뛰어난 재원이고, 둘째 딸 마리안은 감수성이 뛰어난 미인이며, 셋째 딸
마가렛은 말괄량이 어린 소녀이다. 따라서 분별력의 엘리너와 감수성의 마
리안의 이야기라고 볼 수 있다.

제인 오스틴의 주인공들은 모두 시련을 통해 현명해지고 성숙해진다.
예컨대 풍부한 감수성의 마리안은 젊고 멋진 존 윌러비에게 쉽게 마음을
빼앗겼다가 그에게 배반당하고 커다란 마음의 상처를 입는다. 실연 후 비
로소 분별력을 갖게 된 그녀는 나이가 많다는 이유로 그동안 냉대해 온 브
랜든 대령의 가치를 인정하고 그의 진실 한 사랑을 받아들이게 된다. 분별
력이 있고 침착한 언니 엘리너는 가난하지만 진실 된 젊은 목사 지망생 에
드워드 퍼라스를 좋아한다. 그녀는 에드워드가 다른 여자와 약혼한 적이
있다는 사실에 충격을 받지만, 그 시련을 통해 더욱 성숙한 분별력을 갖게
된다. 이 소설은 시련을 딛고 엘리너는 웨드워드 목사와, 마리안은 브랜든
대령과 결혼하여 해피엔딩을 맺는다. 소설의 제목의 센스sense는 이성, 이

지, 판단, 사려, 의식, 분별을 뜻하고 센서빌리티sensibility는 감수성, 민감, 감정 등으로 번역된다. 이 소설의 제목이 서로 대조되는 인간의 두 속성 이성과 감성을 의미하듯 두 여주인공인 엘리너와 마리안을 분별과 이성, 감성과 감수성의 소유자로 파악하는 것이 이 소설의 이해의 일반적 경향이다. 이는 『오만과 편견』에서 다아시와 엘리자베스가 편견을 함께 지닌 오만과 편견을 각각 지닌 인물로 단순화시킨 것과 유사하다. 그러나 다아시와 엘리자베스가 오만과 편견을 함께 지닌 복합적인 인물로 보는 것이 정확하듯이, 단순히 엘리너를 분별의 소유자로 마리안을 감수성의 소유자로 보는 것은 옳지 않다. 제인 오스틴은 이 소설에서 감수성sensibility보다 분별력sense을 강조했지만 오히려 분별력과 감수성이 조화를 이룰 때 이상적 결과를 가져 올 수 있다는 것을 암시한다. 오스틴은 단순히 감성은 버리고 분별력만 취하라는 것이 아니라 적당한 감성을 유지하면서 이지를 발휘하라는 것이다. 오스틴은 이 소설을 통하여 이지와 감성이 서로 결합하여 사회적인 공감을 바탕으로 한 개인의 조화된 인성을 추구하고자 하였다.

앙리 감독이 1996년 만든 〈센스 앤 센서빌리티〉는 당대의 영국의 아름다운 대지와 저택들, 의상과 감미로운 음악 등을 배경으로 그야말로 아름다운 장면들의 영화를 만들었다. 엘리너 역의 엠마 톰슨은 분별력과 이성의 화신인 듯 완벽하게 연기를 보여주었다. 마리안 역의 케이트 윈슬렛은 감수성과 낭만의 대명사처럼 훌륭하게 연기하였다. 피아노를 치는 마리안과 책을 읽는 엘리너의 모습을 대비시켜 등장함으로써 분별력과 감수성에 대한 자연스런 표출을 성공시켰다. 실제 영화 속의 대사들도 원작의 대사와 일치하도록 만든 점도 만족스럽게 느껴진다. 그러나 이 작품에 등장하는 남자들은 직업도 없으면서 안정된 수입이 있고 사냥과 스포츠와 오락을 즐기지만 여주인공들만큼 생생한 모습에 매력적이지 못하다. 여자들은 여행과 디너 댄스와 음악회, 그리고 신랑감 고르기가 주관심사인 영국의 중

상류층들이다. 그들 대부분은 부와 신분을 숭배하는 속물들로서 그런 설정을 통해 당시 영국사회의 속물근성을 제인 오스틴은 비판하고 싶었던 것이다. 또 행동의 제약을 받는 당시 여성들을 통해 나름대로의 페미니즘적 시각을 투영시켰다.

제인 에어Jane Eyre

원작 샬롯 브론테 · **감독** 프랑코 제피렐리

샬롯 브론테의 『제인 에어』(1847)는 빅토리아 시대의 억압적인 사회제도와 맞서 투쟁하며 자신의 의지에 따라 스스로 삶과 사랑을 선택하는 강인한 한 여인의 이야기를 그린 소설이다. 따라서 최근 페미니즘이나 탈식민주의 이론 속에 곧잘 다루어지는 작품이기도 하다.

태어나자 곧 양친을 여읜 제인 에어는 냉혹한 숙모 밑에서 어린 시절을 보내고 로우드의 기숙학교에 보내진다. 그러나 그 곳의 규칙에 얽매인 따분한 생활은 그녀를 몹시 힘들게 한다. 입학하여 곧 사귀게 된 헬렌이 그녀의 마음을 조금 달래주지만 그녀도 곧 병으로 죽고 만다. 이 학교에서 6년간을 배우고 나서 교사가 되어 2년을 이 학교에서 근무한 18세의 제인은 로체스터 가에 가정교사로 가게 된다. 거만한 추남인 이 집주인에게 마음이 끌린 그녀는 신분상의 차이를 무릅쓰고 결혼할 것을 약속한다. 그러나 결혼식 당일, 로체스터에게는 정신이상의 아내가 있으며, 남의 눈에 띄지 않게 집안에 감금되어 있다는 사실이 판명되자, 제인은 절망의 밑바닥으로 떨어지고 만다. 실의에 차 그 집을 나온 제인은 오갈 데 없이 길가에 쓰러지려는 참에 리버즈 일가에게 구원받게 되고, 종교적 정열에 불타는 목사 세인트 존으로부터 결혼 요구를 받는다. 결국 화재로 아내를 잃고 불구가 된 로체스터와 신에게 감사할 것을 깨달으며 서로 맺어지는 것으로 올바른 사랑을 모색하는 그녀의 정신적 편력은 끝이 난다.

제인 에어가 어린 시절을 보낸 빈민 기숙학교인 로우드 자선 학교의 교

장과 성장 후 가정교사로 일한 손필드 저택의 주인인 로체스터의 억압적인 가부장적인 태도 속에서 당시 사회관습이 여성의 재능과 개성을 제도적으로 억압하는 현상들을 목격하게 되고 이를 페미니즘적인 입장에서 많이 다루고 있다.『제인 에어』제12장을 보면 제인 에어는 "여성에게도 남성과 같은 감정이 있다. 여성들도 남성들에 못지않게 자신의 재능을 살려야 하고, 일하는 보람이 있는 직장을 구하지 않으면 안 된다. 종래의 관습에 얽매이지 않는 어떤 일을 해 보아야겠다. 더 배우고 싶다고 하는 여성을 비난하거나 조소하는 것은 마땅히 지탄을 받아야 한다"라고 말하였다. 또한 로체스터의 미친 아내인 버사 메이슨이 영국 여자가 아닌 서인도 제도 여자라는 사실도 식민지인에 대한 제국주의적 편견으로 보는 탈식민주의 비평도 나오고 있다.

제인 에어는 키가 작고 혈색이 좋지 않은데다가 못생긴 얼굴을 한 가정교사였으나, 진실한 의미에서의 사랑과 자유를 찾아 헤맨다. 이 사랑과 자유를 추구하는 자세는 "왜, 나는 이렇게 괴로워하지 않으면 안 되는가"라는 물음을 어린 시절부터 일관되게 묻고 있다. 로우드 시절의 그녀가 자기 주변의 세계를 유형지처럼 느끼고, 가정교사가 된 그녀가 한정된 세계의 피안까지를 바라보고 싶어 하는 욕구도 결국은 그와 같은 자세의 표현에 다름없을 것이다. 그런 가운데에도 그녀는 불타버린 손필드로 돌아와, 화재로 인하여 눈까지 멀게 된 로체스터를 자신의 반려자로 받아들임으로써 그 제도 속에서 승리한다.

프랑코 제피렐리 감독이 1996년 만든 영화〈제인 에어〉는 유부남과 가정교사 사이의 애틋한 로맨스에 초점을 맞춘 작품이다. 원작의 제반의 의미를 축소시키거나 왜곡시키고 있다는 인상을 주지만 이 영화는 무척 잘 만들어진 작품으로 평가된다. 어린 제인 에어 역에〈피아노〉의 아역 배우 애나 파킨, 성장한 제인 에어 역에는 미인은 아니지만 강인하게 보이는 샬롯 갱스브로가 역할을 잘 소화해냈고, 로체스터 역을 맡은 윌리엄 허트도 남성주인공의 독특한 연기를 잘해냈다. 그러나 1972년 조지 스콧이 주연한 〈제인 에어〉에서는 로체스터의 미친 아내 버사를 마치 귀신이나 짐승처럼 분장시켜 제인과 로체스터의 결합을 합리화 시켰다는 평이 있었지만 제피렐리는 버사를 깨끗하게 차려입은 가엾은 여인으로 제시함으로써, 그녀에 대한 그동안의 부정적인 이미지를 상당 부분 지우는 역할을 했다. 그것은 원작의 의도와는 다소 다를지라도 최근 페미니즘과 탈식민주의 관점에서 타자와 여성을 다락방에 갇힌 미친 여자로 취급하고 억압해온 생각을 바꾸어 보려는 시도로 볼 수 있다. 전반적으로 영화가 원작을 많이 개작하고 훼손한 부분들이 있다. 예로 제인이 손필드에서 도주한 후 고통스런 나날과 걸식의 생활은 신분이 낮고 돈 없는 빅토리아 여성이 집을 나설 때 겪게 되는 고초를 말해주는 부분인데 생략되어 있다. 제인이 시골 소녀들을 가르치고 세인 존의 청혼을 받는 부분은 19세기 영국제국주의가 기독교를 통해 어떻게 동양으로 침투되었고, 그들의 식민지 문명화란 것이 유럽 전제주의와 어떤 연관이 있는지 밝혀주는 주요한 부분인데 생략되었다. 로체스터와 제인 두 사람의 로맨스에만 집중시켜 제인의 자의식을 통찰해볼 수 있는 여지를 남겨 놓지 못한 아쉬움이 있다.

폭풍의 언덕Wuthering Heights

원작 에밀리 브론테 · **감독** 윌리엄 와일러

샬롯 브론테의 동생 에밀리 브론테의 『폭풍의 언덕』은 『제인 에어』와는 달리 자신보다 신분이 낮은 사람과의 사랑을 다룬 작품으로, 더욱 강렬하게 독자들의 마음을 사로잡고 영화로 감명을 준 명작이라고 할 수 있다. 1847년 발표된 이 작품은 요크셔의 황량한 산지에 사는 두 가족의 3대에 걸친 이야기를 히스클리프라는 악마적 정열을 가진 인물을 중심으로 전개된다.

1801년 어느 겨울날, 스러쉬크로스 그랜지에 집을 빌린 랙우드라는 남자가 집주인 히스클리프에게 인사하기 위해 폭풍의 언덕을 찾아온다. 눈보라가 심하게 몰아쳐 그곳에서 자고 가게 된 랙우드는 한밤중에 밖에서 들려오는 여자의 비통한 탄성에 놀라 잠이 깬다. 다음날 그랜지로 돌아간 그는 그 집 하녀 넬리 딘으로부터 폭풍의 언덕에 얽힌 비극적인 이야기를 듣는다. 끊임없이 불어대는 세찬 바람에 노출되어 있기 때문에 폭풍의 언덕이라고 부르는 요크셔의 농장주인 언쇼오 씨는 리버풀에서 한 고아를 데리고 온다. 그는 그 아이의 이름을 히스클리프라고 이름 지어주고 자신의 친자식 힌들리, 캐서린과 함께 키운다. 힌들리는 처음부터 히스클리프를 좋아하지 않고 사사건건 그를 학대하지만 캐서린과 히드클리프는 서로 사랑하는 사이가 된다. 언쇼오 씨가 죽자, 힌들리의 행포는 더욱 심해지지만 오히려 캐서린과 히스클리프의 사랑은 더욱 굳어진다. 힌들리는 결혼하여 헤아튼을 낳지만 그의 행포는 처자에게까지 미친다. 캐서린은 우연한 일로

부유한 지주 린턴 가와 알게 되고, 그 집을 출입하는데, 히스클리프를 사랑하면서도 힌들리가 지배하는 흙탕과 같은 생활에서 벗어나고자 그녀를 사랑하게 된 린턴 가의 아들 에드가의 구애를 받아들인다. 그 사실을 식모 넬리에게 말하는 것을 우연히 듣게 된 히스클리프는 캐서린이 곧 그 말을 부정하고 그에 대한 사랑을 고백했다는 사실을 모른 채 갑자기 모습을 감춰버린다. 캐서린은 필사적으로 그를 찾지만 끝내 발견하지 못하고, 결국은 에드가와 결혼한다.

3년 후 폭풍의 언덕에 돌아온 히스클리프는 부유한 신사로 변모하였으나 캐서린에 대한 사랑은 여전하여 힌들리를 비롯한 모든 사람들에 대한 복수를 불태우고 있었다. 그는 힌들리를 자포자기로 몰아넣고 도박을 하도록 꼬여 재산을 빼앗으며 힌들리의 아들 헤아튼을 학대하여 힌들리가 자기에게 가한 학대에 대한 보복을 한다. 그뿐만 아니라 그는 증오하는 마음에서 에드가의 누이동생 이자벨라를 유혹하여 자기의 아내로 삼고 캐서린에게 접근하여 에드가를 괴롭힌다. 캐서린은 가혹한 히스클리프의 행동에 마음을 가누지 못하고 방황하다 딸 캐시를 낳고 죽지만 히스클리프의 캐서린에 대한 애정은 조금도 변하지 않는다.

히스클리프의 증오 일념의 생활에 더 이상 견딜 수 없게 된 이자벨라는 집을 뛰쳐나와 린턴을 낳고 린턴이 12살 때에 죽는다. 또 힌들리도 실의 속에서 헤매다 죽는다. 히스클리프는 린턴 가의 재산을 손에 넣기 위해 린턴과 캐서린의 딸을 강제로 결혼시키고 린턴도 그 직후에 병사한다. 에드가도 뒤이어 죽어간다. 겨우 복수의 일념이 시들해진 히드클리프도 캐서린의 환영을 따라 죽는다. 마지막으로 언쇼오 가와 린턴 가에 남게 된 사람은 헤아튼과 어머니의 이름을 그대로 이어 받은 캐서린뿐이지만 둘 사이에는 어느 사이 사랑의 싹이 터서 곧 결혼한다. 이와 같이 하여, 3대에 걸친 폭풍의 언덕의 사랑과 복수의 이야기는 막을 내린다. 캐시는 힌들리의 아들 헤아튼과 결혼함으로써, 각기 다른 두 세계인 '폭풍의 언덕'과 '스러쉬크로스 그랜지'는 히스클리크가 죽은 후 다시 한 번 결합하게 된다.

브론테가 그린 세계는 구체적 현실세계인 동시에 그것을 초월한 정신적 세계이다. 여기에서 죽음이란 그 자체가 최후가 아닌 영혼이 열리는 것에 불과하고 죽은 자의 망령은 산자의 영혼과 신비롭게 상호 교류한다. 요크셔의 자연풍경과 작중인물들의 모순과 불합리성 등이 시적 진실성으로 잘 나타나고 있다.

옛날 관객들을 감동시켰던 윌리엄 와일러의 흑백영화 〈폭풍의 언덕〉(1939)은 영국배우들인 로렌스 올리비에(히스클리프), 멀 오베른(캐서린), 데이비드 니븐(에드가)이 열연해 아카데미 최우수작품상을 수상한 작품이다. 이 영화는 작품의 구성과 원작 대사 모두 그대로 사용하여 문학성을 잘 살려 성공하였다. 『폭풍의 언덕』은 1970년에 로버트 푸에스트가 감독하고 티모시 달튼(히스클리프)과 애나 콜더 마샬(캐서린)이 주연한 컬러영화로 리바이벌 되었으나 원작의 충실도나 감동 면에서 와일러의 작품에 못 미친다는 평을 받았다.

위대한 유산 Great Expectations

원작 찰스 디킨스 · **감독** 데이비드 린

영국의 대문호인 찰스 디킨스의 『위대한 유산』은 신분상승이라는 19세기 영국소설의 주요 주제를 복합적으로 잘 다루었다. 빅토리아시대 영국의 중 · 하류층 사람들에게 신분상승을 할 수 있는 유일한 기회는 오직 막대한 유산 상속뿐이었다. 디킨스는 이 작품에서 주인공에게 주어진 유산의 기증자가 사실은 흉악한 죄수였다는 소설의 가설을 설정하고 타인의 유산으로 신분상승을 꿈꾸는데 대한 심리적, 윤리적 문제를 제기하고 있다.

어려서 고아가 되어 누나와 대장장이 매형 조와 같이 사는 가난한 소년 핍(본명은 Philip Pirip)은 영국 켄트 지방의 해변가 늪지대에서 살고 있다. 어느 날 해변 가에서 탈옥수 에이블 맥위치를 만나고 핍은 배고픈 그 죄수에게 파이 한 조각과 족쇄를 끊을 수 있는 기구를 가져다준다. 그러나 맥위치는 다시 체포되어 끌려가고 핍은 곧 그 사건을 잊어버린다. 한편 핍은 근처에 살고 있는 갑부 해비샴 부인의 요청으로 그녀의 저택에서 부인의 양녀인 에스텔라의 친구 노릇을 해준다. 자신의 결혼식에 신랑이 나타나지 않아 망신을 당한 후 남자들에게 원한을 품고 있는 괴상한 성격의 해비샴 부인은 에스텔라를 시켜서 핍을 괴롭히는 것을 낙으로 삼는다. 도도하고 거만한 에스텔라는 단순히 핍을 놀리고 장난치는 데 그치지만, 핍은 점차 아름다운 소녀와의 결혼을 통한 신분상승을 꿈꾸며 가난과 무지한 자신의 환경을 증오한다.

그러던 어느 날 런던에서 온 재거스라는 변호사가 나타나, 이름을 밝히지 않은 어느 재력가가 핍을 런던으로 보내어 교육받게 해주고 신사로 만들어주기로 했다고 말한다. 핍은 그 재력가가 자신을 에스텔라와 결혼시키려는 하비샴 부인이라고 생각하고 기꺼이 그 제안을 수락한 후 런던으로 간다. 런던에서 신사들과 어울리며 출세한 핍은 자신의 과거를 부정하며 수치스럽게 여기게 된다. 그래서 시골에서 매형 조가 올라왔을 때도 그의 촌스러운 말투와 행동을 부끄럽게 여긴다. 에스텔라도 런던에 와서 살지만, 그녀는 핍이 아닌 벤틀리 드럼리라는 청년과 가까워져 결혼해 버린다.

　　핍이 21세 되는 해에 드디어 그 숨은 재력가가 핍을 찾아온다. 지금까지 핍을 교육시키고 출세시켰던 사람은 바로 핍이 어렸을 때 도와주었던 탈옥수 맥위치였던 것이다. 맥위치는 당시 영국정부의 방침에 따라 다른 중죄인들과 함께 호주로 추방되었는데, 그 곳에서 번 돈 전부를 핍을 위해 투자했었다. 자신이 그동안 죄수의 돈으로 신분상승을 했다는 사실을 알게 된 핍은 처음에는 충격과 고민에 빠지지만, 마침내 의리를 지켜 맥위치를 프랑스로 도피하도록 도와준다. 프랑스로 도피하려는 순간 맥위치의 원수인 콤페이슨이 나타나 격투가 벌어지고 맥위치는 콤페이슨을 죽이게 된다. 다시 체포된 맥위치는 사형선고를 받지만 형 집행 전에 쓰러져 죽는다. 해비샴 부인 역시 우발적인 화재로 인해 불에 타 죽는다.

　　여러 가지의 충격으로 핍은 자리에 누워 심하게 앓게 되는데, 그 때 착한 매형 조가 올라와 극진하게 간호해 주고 핍은 비로소 신분의 상승보다 더 소중한 것이 무엇인가를 깨닫게 된다. 시골로 내려가 해비샴 부인의 저택을 방문한 핍은 이혼한 에스텔라를 만나게 되고 그동안 인생의 쓰라린 경험을 한 두 사람은 서로의 상처를 달래주며 비로소 이해와 사랑으로 맺어지게 된다.

　　19세기 영국사회의 문제점과 윤리의식에 대한 비판을 담고 있는 이 작품은 동시에 몇 가지 문제점도 갖고 있다. 우선 이 소설은 지나치게 작위적이다. 예컨대 에스텔라의 아버지가 맥위치이고, 해비샴 부인을 배신한 남자가 맥위치의 원수인 콤페이슨이라는 등의 설정은 너무나 작위적으로 연결시키고 있다는 느낌을 준다. 또 다른 비판은 에드워드 사이드가 지적하듯이 이 소설에서 디킨스가 대영제국의 제국주의 이데올로기를 별 비판 없이 그대로 답습하고 있다는 점이다. 예컨대 당시 식민지(호주)는 중죄인들을 추방하는 곳이고 다시는 돌아올 수 없다. 그런데 그런 제국주의적 상황을 디킨스가 별 비판 없이 받아들여 소설에서 차용해 쓰고 있다. 또 이 소설에서 핍이 좌절 속에 동양에 가서 사업에 성공하는 데, 디킨스 역시 당시 동양을 좌절한 영국인들의 도피처나 돈을 버는 곳으로 묘사했던 것이다.

에산 호크가 주연한 영화 〈위대한 유산〉은 현대판으로 새롭게 각색하여 주인공의 이름이 핍이 아니라 핀(피네건의 애칭)으로, 영국 켄트가 아닌 미국 플로리다의 해변을 배경으로 하고 있다. 또 원작소설 속의 핍이 런던에 가서 교육을 받고 신사계급으로 신분상승을 하는데 반해, 핀은 뉴욕에 가서 화가로 데뷔해 성공한다. 그리고 맥위치가 에스텔라의 아버지라거나 콤페이슨이 해비샴의 옛 애인이었다거나 하는 소설 속의 작위적 설정도 영화에는 존재하지 않는다. 그러나 이 영화의 가장 치명적 약점은 자신의 출세를 가능하게 해 준 사람이 부자인 해비샴 부인이 아니라 탈옥수 중죄인이었다는 사실을 알게 된 후 주인공이 겪는 심리적 방황과 고뇌가 영화에서는 깨끗이 생략되었다는 점이다. 또 원작에서는 맥위치의 변호사가 범죄집단과 관련이 있다는 암시가 주어지지만 영화에서는 그런 암시가 전혀 없다. 그런 점들을 제외하면, 이 영화는 한 편의 잘 만들어진 영상 텍스트라고 할 수 있다.

올리버 트위스트Oliver Twist

원작 찰스 디킨스 · 감독 캐롤리드

영국의 소설가 찰스 디킨스는 『올리버 트위스트』(1838) 뿐만 아니라 『위대한 유산』(1861), 『데이비드 코퍼필드』(1850), 『크리스마스 캐롤』(1843) 등 많은 소설을 썼다. 『올리버 트위스트』는 찰스 디킨스의 대표적인 일종의 사회소설이다. 어린 올리버가 어떻게 태어나, 온갖 고초를 겪으며 성장해 가는 일대기를 그린 이야기이다. 올리버의 어머니는 어느 빈민 수용소에서 올리버를 낳고 죽는다. 의지할 곳 없는 그는 학대와 배고픔을 겪으면서 고아원에서 자란다. 소년이 된 올리버는 고아원에서 나와 장의사에게 일하게 되었으나 고달픈 생활을 견디지 못하고 뛰쳐나와 정처 없이 떠돌다가 런던으로 붙잡히게 되지만 어느 노신사의 도움으로 풀려난다. 그러나 낸시라는 여자 악당에게 다시 잡혀 악의 소굴로 들어가게 되고, 남의 집을 털다가 총에 맞는다. 올리버는 그 집주인 메일리 부인과 로즈의 보살핌으로 악의 무리에서 벗어나지만 악당들은 계속 그를 뒤따라 다닌다. 이복형인 몽크스는 아버지의 유산이 탐나서 올리버를 죽이려고 한다. 그러나 마음을 고쳐먹은 낸시의 활약으로 그 흉계가 탄로 나고 몽크스는 체포되며 악당들은 차례로 벌을 받아 죽는다. 드디어 자신의 친척을 찾아 입양되고 많은 유산을 받는다는 줄거리로 되어 있다. 이 소설 속에는 당시 19세기 영국사회제도의 전반적인 문제들, 즉 열악한 구빈원, 부패한 관리들, 미성년자 노동착취, 거리의 범죄, 퇴폐하고 타락한 인간들, 유산상속 다툼 등을 간파하여 신랄하게 비판하고 있다.

디킨즈가 창조한 등장인물들은 선악이 분명하게 나타나며, 그런 인물들로서 구빈원의 범블원장, 도둑인 주파긴과 빌 사익스, 유산을 노리고 올리버를 죽이려는 이복형제 몽크스 등은 전형적인 악한 인물들이며, 올리버의 이모 로즈, 올리버를 입양한 브라운 로우 씨, 친절한 마일리 부인 등은 착한 인물로 창조해냈다. 작가 디킨즈는 어려서부터 빈곤의 고통을 겪고 학교도 거의 다니지 못한 채 소규모의 공장 직공으로 일하면서 번영의 이면에 놓인 무서운 빈곤과 비인도적인 노동 등 사회의 모순과 부정을 직접 체험하고 목격했다. 변호사 사무실의 사환, 법원 속기사, 신문사 통신원 등을 겪으면서 사회의 밑바닥의 생활과 애환을 보고 들으면서 이들을 작품 속에 잘 묘사하여 비판하였다.

디킨즈의 소설들은 거의 연극 무대에 올라졌거나 영화화되었다. 프랑크 로이드 감독이 1922년 무성영화 〈올리버 트위스트〉를 제작한 이래 윌리암 코헨 감독의 1933년 작품, 데이비드 린 감독의 1948년 작품, 클라이브 도너 감독의 1982년 작품, 1968년 캐롤 리드 감독의 〈올리버〉라는 제목의 뮤지컬 영화 등이 있다. 이 뮤지컬 영화는 올리버 역의 소년배우 마크 레스터와 악당 역의 올리버 리드의 명연기, 라이오넬 바트의 재미있는 노래 등이 관객을 사로잡았다. 하지만 노래와 함께 빈민촌과 부유촌 간의 강렬한 시각적 대비도 있었지만, 원작소설의 긴박감과 감동은 뛰어넘기에는 역부족인 것으로 보였다. 어쨌든 자라나는 어린이에게 주위 환경이 중요하며 악의 구렁텅이에 빠져도 정직하고 올바른 마음씨로 살아간다면 올리버 소년처럼 행복한 삶을 종국에는 맞을 수 있다는 믿음이 독자들에게 깊은 감명을 주었다.

플로스강의 물방앗간The Mill on the Floss

원작 조지 엘리엇 · 감독 그레엄 틱스톤

1860년에 출판된 조지 엘리엇의 『플로스강의 물방앗간』은 그녀의 어린 시절을 그린 자서전적 작품이다. 그 이전 작품 『아담 비드』보다 더 나은 작품으로 긍정적인 평가를 받았다. 이 작품은 1829년에서 시작하여 약 8년간을 다루고 있으며, 배경은 워릭셔 지방의 성 오그즈 마을에 있는 플로스강 위쪽 돌코트 물방앗간과 그 주변을 중심으로 전개된다. 성 오그즈라는 마을 이름은 뱃사공 오그에 관한 전설에서 유래하는데, 이 전설은 과거 심한 홍수 때 아이를 안고 있는 여자의 간청대로 강을 건네주어 성모 마리아의 축복을 받고 수호성인이 된 오그라는 뱃사공에 관한 이야기다. 이 전설에서 과거의 성 오그즈 사회는 인간에 대한 따뜻한 인정이 살아있던 곳임이 암시된다. 홍수에 관한 이 전설은 강가에서 천방지축으로 뛰어 다니는 매기의 얌전하지 못한 행동에 걱정하는 털리버 부인의 반복되는 이야기와 물방앗간과 더불어 홍수 속에서 익사하는 탐과 매기의 죽음을 암시한다.

또한 이 작품의 주요 배경으로서 다드슨 가와 털리버 가의 대조적인 특성을 살펴볼 필요가 있다. 엘리엇은 다드슨 가와 털리버 가의 생활을 지켜볼 때 숨 막힐 듯 편협하다는 느낌을 받는다고 언급한다. 먼저 다드슨 가의 종교는 관습적이고 신분이 높은 것이라면 무엇이나 존중하는 것이라 말하며 편협하고 관습적인 면모가 드러난다. 그러나 그들은 실질적인 미덕도 지니고 있다. 가령 그들은 가문의 명예를 철저한 성실성과 인가된 규율에 충실한 것으로 자부심을 갖는다. 매기의 이모부와 이모들, 즉 젠틀맨 계층의 농부인 풀레 부부, 은퇴한 양털상인 글레그 부부, 새로운 산업자본주의 세계에서 재빠르게 출세하는 미래지향적 활동가인 딘 부부를 통해 암시하듯, 편협하지만 실질적인 미덕을 지닌 다드슨 가의 사람들은 대체로 현실에 잘 적응한다. 반면에 털리버 가는 너그럽고 따뜻한 애정을 지니고 있지만, 성급하고 충동적이며 신중하지 못한 다혈질적인 혈통 탓에 현실에 잘 적응하지 못한다. 비현실적인 성격 탓에 가난한 농부와 결혼하여 많은 자녀들의 양육과 가사노동의 짐을 짊어지고 있지만 따뜻한 마음씨를 지닌 매기의 고모 그리티 모스 역시 털리버 가의 특성을 잘 드러내 준다.

매기는 아버지 쪽 혈통을 이어받은 털리버 가의 사람으로서 천성적으로 따뜻한 마음씨를 갖고 있지만, 탐은 정직함과 부지런함, 검소함 등의 실질적 미덕과 전통적인 의무나 예의 등의 관습을 중시하는 어머니 쪽의 오만함을 물려받은 다드슨 가의 인물로서 각기 대조적인 특성을 반영한다. 소설의 서술구조는 작가가 플로스강 돌코트 물방앗간 의자에 앉아 약 30년 전 과거인 1829년을 회상하며 어린 시절부터 연대기 순으로 진행된다.

이 작품의 주제는 가족의 의무와 개인의 욕망 사이에서 갈등하는 19세기 여성에 관한 멜로드라마이다. 그레엄 틱스톤 감독이 1997년 만든 이 영화는 탐 역에 이판 메러디스가, 매기 역은 에밀리 왓슨이 주연을 맡아 열연하였다. 영화의 서사는 원작과는 달리 화자가 의자에 앉아 회고하는 장면을 생략한 채 매기가 배 위에 누워 있는 장면으로 시작된다. 홍수 속에 떠다니는 큰 나무 등을 보여주는 이 첫 장면은 매기가 익사하는 결말을 암시한다. 배를 탄 매기가 강가에 서 있는 주요 인물들에게 미안하다고 외칠 때 수차가 클로즈업된다. 이 장면으로부터 다시 어린 시절로 돌아가 홍수 속에서 익사하는 모습으로 돌아가서 첫 장면과 마지막 장면이 오버랩overlap되는 구조이다. 그러므로 첫 장면을 제외하면 영화는 원작과 같이 연대기적 순서로 진행되고 있다.

영화 속에서 한 가지 주목할 점은 중요한 변화와 고비의 순간마다 수차를 클로즈업시키는 기법이다. 가령 세월의 흐름을 표시할 때 수차를 보여주고, 털리버 가의 소유였던 물방앗간이 웨이컴에게 넘어가서 털리버 가가 물방앗간을 떠나야 할 때, 털리버 씨가 죽기 전에 정지된 수차를 보여준다. 이처럼 영화에서는 강과 더불어 중심적 상징인 물방앗간의 이미지를 잘 활용하고 있다.

영화에서는 또한 어린 시절의 중요 일화들이 대부분 짤막하게 충실히 재현되어 있다. 죽은 토끼 일화와 스텔링의 학교 장면, 일가친척들이 모인 자리에서 탐의 교육문제를 논의하는 장면, 매기가 충동적으로 머리를 자르는 장면, 스텔링의 학교에서 아버지의 적인 웨이컴의 아들이자 예민한 성격의 꼽추 필립과 만나는 장면 등을 통해 남매의 대조적 성격과 그로 인한 갈등, 그리고 남녀차별이 비교적 충실히 재현된다. 아쉬운 점으로 중산계급 남녀의 다른 역할을 강조하는 남녀차별이 충분히 부각되지 않은 점이다. 원작에서 상당한 비중을 갖고 다루어진 탐의 교육과 매기의 교육의 대조, 즉 여자애들이 피상적으로는 매우 영리하지만, 어느 것도 깊이 배우지는 못한다고 말하는 스텔링 선생의 남녀차별적인 발언도 생략되었다. 결말부에서 매기는 다시 청혼하는 스티븐의 편지를 불태운 뒤 노를 저어 탐을 구하러가 화해한 뒤, 물에 빠진 탐과 더불어 죽는다. 이 결말은 원작과는 다르다. 원작에서는 물방앗간에 혼자 있던 탐을 구하고 화해한 후, 루시를 구하러 가다 강에 떠다니는 거대한 목재 기계에 부딪쳐 남매가 손잡은 채 익사한다. 이 원작의 마지막 장면은 남매의 화해를 상징하는 중요한 장면이다. 그러나 영화에서는 남매가 손을 잡았다 놓은 채 익사한다.

테스Tess of the D'Urbervilles
원작 토마스 하디 · 감독 로만 폴란스키

토마스 하디의 작품 『테스』는 처음 원고를 출판사에 넘겼을 때 내용이 부도덕하다는 이유로 출판을 거부당하였다. 뒤에 다시 단행본으로 출간되었지만 비평가나 독자들의 반응은 극명하게 달랐다. 비극성 도덕적 진지성을 지닌 작품이란 찬사가 나온 반면, 빅토리아 시대에 가장 혐오스럽고 저급한 소설이라는 격렬한 공격을 동시에 받았다. 영국 남부 지방 웨섹스의 자그마한 마을에 사는 가난하고 우둔한 행상인인 죤 더버빌의 장녀 테스는 순진하고 어여쁜 시골 처녀이다. 아버지는 가문 있는 기사의 혈통을 이은 더버빌 가의 직계 후손이라는 말을 듣고 우쭐해서 더욱 나태하여 술로 세월을 보내고, 자식이 많은 집안은 점점 곤경에 빠지게 된다. 테스는 가까운 이웃에 사는 같은 선조의 후손이라는 가짜 친척의 집에 하녀로 가게 된다. 그리고는 그 집 아들 알렉의 꼬임에 빠져 임신을 하고 집으로 돌아오는데 태어난 아기는 곧 죽고 만다. 테스는 마음을 다잡고 다시 낙농장에 젖 짜는 인부로 가서 일하고 목가적인 자연 속에서 목사의 아들 에인절 클레아를 만나 서로 사랑하게 된다. 그러나 결혼식 날 밤에 과거의 불행한 일을 고백하자 클레아는 실의에 빠져 그녀를 버리고 브라질로 떠나버린다. 테스는 모진 고난을 무릅쓰고, 한결같이 그가 돌아오기를 기다리면서 열심히 살려고 애를 쓰나, 불운은 겹치고 마지막으로 클레아에게 한 호소도 허사가 되고, 아버지도 잃고 난 뒤 가족을 돌보기 위하여 또다시 알렉을 만나고 보호를 받지 않을 수 없게 된다. 그러나 스스로 비정을 뉘우

치고 돌아온 클레아를 보자, 테스는 발작적으로 알렉을 죽이고, 클레아와 도망하여 사랑을 되찾은 후 비로소 행복을 느끼지만 그것도 잠시 그녀는 곧 체포되고 형장의 이슬로 사라진다.

부제 〈순결한 여인〉처럼 하디는 테스가 몸을 버린 미혼모이지만 누구보다도 순결한 영혼의 소유자이다. 하디는 빅토리아조의 순결의 개념이 잘못된 것임을 거듭 강조한다. 하디에게 순결이란 자연적 품성으로 규정되어야지 사회가 설정한 도덕 기준에 따라 설정되는 것이 아니었다. 그런 테스의 순수함, 삶의 역경을 딛고 일어서는 강인한 생명력, 그녀의 애절한 사랑이 감동을 준다. 『테스』는 두 남성 간의 연애 소설로도 볼 수 있지만 단순한 멜로드라마식 삼각관계의 로맨스만은 아니다. 하디는 『테스』에서 자신이 가장 애착을 보였던 농촌 중간 계층의 몰락을 아쉽게 여긴다. 테스의 아버지가 속한 가난한 종신 자치농life holder 계층이 점차 몰락해 가는 현실을 안타깝게 생각한다. 테스의 아버지는 농업 노동자들에게 호감을 주며 그들보다 높은 계층에 해당되며 마을의 뼈대를 형성해 온 층이지만 차츰 소멸되어 간다. 아버지의 죽음으로 토지와 집을 잃고 갈 데 없어진 식구들을 보면서 결국 테스는 알렉에게 돌아갈 수밖에 없다. 하디는 사랑과 결혼을 단순히 남성은 가해자, 여성은 피해자라는 도식적인 차원에서 다룬 것이 아니라 농촌 공동체가 붕괴되면서 야기되는 계층 이동의 현상, 이러한 과도기에서 생겨나는 가치관들의 혼란 등과 밀접한 관련을 짓고 있다. 테스의 모습은 남자에게 당하기만 하는 희생자의 모습이 아니라 무능한 아버지와 어린애 같은 어머니를 대신하여 어려운 가계를 도맡고 끈기 있게 일하며 절망가운데서도 언제나 다시 일어나 용기를 내어 삶에 도전하는 모습으로 감동을 준다. 이런 테스에게서 집안의 천사라는 빅토리아조의 이상적 여성상을 넘어선 새로운 여성상을 찾아 볼 수 있다.

영화 〈테스〉는 로만 폴란스키 감독이 1979년 제작하여 프랑스에서 개봉되어 인기를 누렸다. 테스 역에 나스타샤 킨스키, 알렉 역에 레이 로슨, 에인절 역에 피터퍼스가 열연했다. 폴란스키는 『테스』 원작을 너무나 좋아하여 아름답고 비극적인 러브 스토리로 영화를 제작하였으며, 주로 테스의 사랑에 초점이 맞추어졌다. 사도프는 『테스』 원작소설이 연재를 감안해서 계속 개정하였듯이 영화도 시장성을 겨냥하여 원작소설을 각색하였다고 주장한다. 여성을 볼만한 상품거리로 희생당하고 고통 받는 여성으로 묘사하여 보는 즐거움을 관객들에게 제공하는 것이다. 원작에서 강조된 노동의 현실, 농촌 중간계급의 변천보다는 테스의 아름다움과 연애가 영화제작의 중요한 포인트가 되었다. 그래서 원작에서 강조된 성 이데올로기와 기독교 문화의 관계, 이를 통해 당시 이데올로기의 문제점을 고발하려는 하디의 의도는 영화에서는 크게 나타나지 못한다. 알렉이 에인절의 부친인 클레어 목사의 영향을 받아 개종하는 것, 테스가 자신의 어린아이에게 세례를 주는 장면 등은 역시 생략되어 있다. 영화에서 알렉은 더 로맨틱하고 언제나 테스를 좋아하며 도우려는 인물로 처리되고, 테스의 열렬한 사랑의 대상인 에인절은 테스의 아픈 체험을 제대로 이해하지 못하며 그녀를 어려운 지경에 내버려두는 인물로 처리되어 있다. 원작에서 강조된 그의 이상주의적인 면, 자신의 계급을 벗어나 당시의 선진적인 사고를 받아들인 점, 이러한 선진성에도 불구하고 성 이데올로기만은 전통적인 기독교 윤리를 벗어나지 못하는 한계점 등이 섬세하게 부각되지는 못하였다. 원작이 담고 있는 성 이데올로기 비판이나 영국농촌의 변화 과정보다는 로맨스 위주로 제작된 영화이지만 영화 〈테스〉는 원작의 서사나 세부적인 것들에 매우 충실한 편이다.

비운의 주드 Jude the Obscure

원작 토마스 하디 • 감독 마이클 윈터 바텀

1895년 토마스 하디가 출판한 『비운의 주드』는 당시 빅토리아니즘이나 전통적인 기독교신앙에 회의한다. 속물적 진보주의, 공리주의에 편승하지 않은 낭만적 반항이다. 당시 산업화로 농촌문화가 붕괴되는 시대적 배경에 기인한 염세주의적 시각과도 관련이 있다. 하디는 다윈론의 영향으로 어떤 문제를 근원적, 발생학적으로 성찰하게 되었고, 그 결과 우주의 내재적 의지Immanent Will같은 보편 의지를 자신의 작품 속에 상정하면서, 나아가 결혼이나 종교 같은 기존의 인습적 사고와 제도의 맹점을 비판했다. 바로 주드, 수우, 아라벨라는 그러한 사회적 인습에 피동적으로 굴복함으로써, 개인적 교양의지와 삶의 실현에 실패하고서 비극적 도탄에 빠지는 인물들이다. 자연의 의도와 법칙대로 본능을 좇아 쾌락적 생활을 했기 때문에 가문의 저주라는 운명의 복수를 피할 수 없었다고 생각하는 수우와, 자신의 헌신적인 사람의 윤리의식에도 불구하고 수우의 거절을 당한 후, 아라벨라로부터 완전하게 벗어나지 못한 채, 실의 속에 죽음을 맞는 주드의 삶은 그 자체가 하디의 희랍 비극적 세계관을 보여준다. 내재적 의지에 의해 원격 조정되는, 즉 자신의 운명적인 성격이 환경과 우연의 작용이라는 덫에 걸려 파멸하게 되고 마는 주드의 이야기는 희랍 비극적인 가문의 저주 같은 혈통의 암시를 함축하고 있다.

한겨울 하얀 눈이 쌓인 마당에서 겁에 질려 작업 도중에 일어나 가버리는 주드와는 달리 아라벨라가 억세게 돼지를 잡는 장면은 하얀 색과 붉은

색의 극명한 색깔 이미지로 인간의 상황을 이루고 있는 자연 환경의 초월적 자태를 보여준다. 말없는 자연은 그와 같은 극단적인 상황에서도 비정할 정도로 처연하다. 교회 종소리, 석공장, 푸른 숲길, 시냇가, 돼지 내장, 고전 학문에 심취한 청년 주드와 돼지의 이미지로 표현되는 아라벨라와의 속물적인 생물학적 관계, 그리고 그녀와의 결혼, 그로 인해 보류되어 멀어져 가는 학문의 세계, 알고 보니 가발이었던 아라벨라의 모발 등, 그런 현실의 허상은 하얀 눈밭의 돼지 도축장면에서 주드에게 생생한 삶의 두려움을 적나라하게 드러내고 내장을 씻다가 주드를 유혹하기 위해 주드에게 수돼지 성기를 내던지는 아라벨라를 하디는 암컷이라고 묘사하고, 주드의 웅대한 꿈이 돼지의 성기에 볼을 맞는 순간에 비속한 현실로 반전되어 가는 우스꽝스럽고도 순박한 주드의 생의 일면이 하디의 희극적 아이러니 속에 흐른다. 이상과 현실, 영혼과 육체 등으로 표현될 수 있는 주드의 인생 속의 대위법적인 갈등 요소는 한 마디로 아라벨라와 수우로 병치 은유된다. 꿈의 여인 수우의 유희하는 듯한 움직임은 19세기 유럽에서 암암리에 싹트던 고전적 문화와 전통의 속박으로부터 해방 운동을 상징하지만, 그것은 주드에겐 영혼의 상처와 희생을 요하는 잔인한 현실의 의미를 가질 뿐이다. 수우와의 결혼도 주드의 삶에 절망만 축적시킬 뿐, 삶의 모든 부조리들과 세상의 슬픔과 고통으로부터 그 순간을 통해서만 주드가 시대착오적인 희랍적 즐거움으로 돌아갈 수 있을 것이라고 하디가 소설에서 말했다면, 빅토리아 시대의 결혼과 계급제도에 대해서는 물론, 자신의 생활에 중대한 영향을 주고 있었던 당시의 영국 자본주의에 대해서, 하층 노동자 주드가 뚜렷한 비판의식도 없다는 것을 윈터바텀은 대책 없이 어두운 빗속에 모호한 이미지로 표출한 것 같다. 이런 부류의 숙명론자는 현실이나 미래보다 과거에 집착하는 경향이 있을 뿐이어서, 계급의식이 무모할 정도로 흐리며, 인생이 두렵고 늘 유령이 보인다고 수우에게 말할 수는 있어도 사회주의

사상에는 빠져들 수가 없는 것이다. 다른 작품 속에 등장하는 많은 작중인물들 중에서 유난히 작가 하디를 가장 많이 닮은 주드는 술과 여자에 약하고, 그리하여 신뢰받을 수 없는 가난한 노동자의 혈통을 벗어날 수가 없다.

또한 유명한 대학 도시인 크라이스트민스터는 주드와 수우에겐 근대적 지식인의 어디에도 뿌리내릴 수 없는homelessness 정신적 귀속처가 없는 상황을 부각시켜 준다. 주드와 수우가 정처 없이 기거할 보금자리를 찾아 헤매는 것은 현실에서 그들이 신뢰할 정신적 지주나 권위 같은 것이 없음을 의미한다. 옛 스승인 필롯슨이 사는 크라이스트민스터로 주드가 옮겨온 것은 그 곳의 대학 진학과 성직의 꿈을 실현하기 위한 것이었지만, 실제로 대학에서는 석공 주드를 받아 주지 않았다. 기독교 신앙을 배척하는 사촌 수우와 동거하게 된 후에는 모든 기독교 신학 서적을 불태워버리고, 주드의 학문과 성직의 추구가 현실적으로 좌절되면, 당대의 인습과 도덕적 위선에 대한 하디의 저항을 상징하는 수우가 일종의 법이 되어 주드를 사로잡아 버린다. 윈터바텀의 영화기법에서 아라벨라와 수우의 극단적 성격의 대조, 수우 자신의 성격에서 드러난 극단적 이중성, 이교적인 성격과 기독교적 신앙과의 대조, 주드와 아라벨리와의 성적인 관계, 주드와 수우와의 성적인 관계 그리고 경제적 교환관계를 전제로 한 남녀의 성적 관계인 수우와 필로슨과의 성적인 관계 등에서 드러난 리얼리즘과, 삼중의 살인을 행하는 리틀 파더 타임에서 발견되는 그로테스크한 상징주의는 인류의 실존적 부조리함을 통절히 느끼게 한다.

올란도Orlando

원작 버지니아 울프 · **감독** 샐리 포터

 현대 페미니즘의 선구자로 평가받는 버지니아 울프는 남성과 여성이 대립과 갈등을 하는 것보다 남성적인 면과 여성적인 면이 상호조화를 이루는 양성적 인간을 이상적인 인간으로 본 양성이론androgyny을 주장한 영국의 여류소설가이다. 버지니아 울프는 개인적으로 자신과 가장 가까운 관계에 있는 두 사람, 즉 남편인 레오나드와 동성애적 관계가 있었다고 전해지는 비타 사이에서 일반적인 결혼관계나 우정이 줄 수 없는 비관습적인 성역할을 관찰할 수 있었다. 따라서 양성론에 대한 자신의 입장을 드러내기에 훨씬 수월했을 것이다. 그런 자신의 신념을 1928년『올란도』라는 특이한 소설을 통해 표출하였다.

『올란도』는 친구인 비타의 오랜 가문을 모델로 하여 틀에 박힌 성 역할의 고정관념을 환상적인 발상으로 전복시키는 허구적 전기소설이다. 15세기에 남자아이로 태어난 올란도는 18세기 초에는 여자로 변신하여 20세기까지 살면서 사회 속에 성 역할의 역사를 희화적으로 보여주고 있다. 이전까지 그녀의 소설이 깊이 있게 다룬 것으로 그녀의 표현대로 농담처럼 쓰인 소설이다.

『올란도: 전기』라는 원제는 제대로 전기의 형식을 따라 서문, 색인, 각주, 사진 설명까지 붙여서 책의 허구성을 눈가림하였다. 이 책의 형식이나 발상에 덧붙여 우리 사회가 갖는 성 역할에 대한 관습적이고 인위적인 가설의 허구성을 울프가 우리에게 보여주려고 한 것이다. 울프는 남성에서 여성으로 성이 전환되는 경험뿐만 아니라 400년에 달하는 삶을 설정하여 환상적이고 코믹한 방법으로 그 허구성을 꼬집는다. 전기문이란 부재를 달았지만 어떤 장르에 속한다고 한마디로 말할 수 없다. 400년간의 부귀영화를 누리는 귀족이며 지성을 겸비한 시인으로, 16세의 남자이면서 여자, 노인이면서 아이인 그는 과연 누구일까라는 의문을 올란도라는 이름 속에서 찾을 수 있다. Orlando는 or와 and로 연결된 이름이고 그 사이의 l과 o는 1과 0의 숫자로 볼 수 있고, 숫자 1은 유일한 것, 중심, 남자, 숫자 0은 무한한 것, 없음, 바깥, 여자 등으로 해석(『들뢰즈와 문학기계』 212)하며, 이는 올란도가 남자이면서 여자인 존재 또는 여자이면서 남자인 존재로 하나일 수도 있고 모두일 수도 있다는 뜻을 내포하고 있다.

영화 〈올란도〉는 1600년 영국의 엘리자베스 여왕시대를 배경으로 시작하고 있다. 엘리자베스 시대의 젊은이들은 여성적인 외모를 동경했다. 당시 열여섯 살의 미소년이었던 올란도는 늙은 엘리자베스 여왕의 총애를 받아 저택을 하사 받게 된다. 엘리자베스 여왕이 서거한 후, 올란도는 약혼녀가 있는데도 러시아 대사의 딸인 쾌활하고 남성다운 여인 사샤에게 이끌린다. 올란도가 사샤에게 강렬한 느낌을 받은 것은 그녀가 남자처럼 빙판 위에서 자유롭게 스케이트를 탈 때이다. 엘리자베스 시대의 영국여인들은 당시의 복장이나 사회 관습상 스케이트를 타는 것과는 거리가 멀었다. 그러나 러시아 여인인 사샤는 남자처럼 털모자와 외투를 입었으며, 그러한 신체적 사회적 제약을 받지 않고 있었다. 올란도는 남성성과 여성성을 모두 갖고 있는 양성적 인간이다. 그리고 올란도가 사샤에게 이끌리는 이유 역시 그녀의 미모 때문이 아니라 그녀의 그러한 양성적인 매력 때문이다. 남성적 측면이 더 강한 올란도는 사샤를 소유하지만, 자유로운 양성적 인간인 사샤는 결국 올란도를 떠나버린다. 실연한 올란도는 6일간의 깊은 잠에 빠진 다음, 7일 만에 깨어나서 다시 태어난다. 이것은 물론 그의 상징적 죽음과 다시 태어남을 의미한다. 혼수상태에서 깨어난 올란도는 이번에는 여자 대신 여성적인 예술인 시에 심취하지만, 자신의 시 쓰기를 지도하는 시인의 물질주의적 속성에 크게 실망하고, 왕의 허락을 받아 대사의 직함으로 동방으로 간다. 동방에서 올란도는 그곳의 왕인 칸과의 형제애를 통해 마음의 상처를 달랜다. 그러나 그 남성적인 지역에서는 전쟁이 일어나고, 다시 한 번 정신적 상처를 받은 올란도는 또 다시 6일간의 깊은 잠에 빠져든다. 올란도는 이제 다시 여자로 태어나서 사교계에 나가지만, 당대의 석학이라는 조나산 스위프트나 알렉산더 포프의 남성우월주의에 실망해버린다.

여성의 옷을 입은 순간 올란도는 엘리자베스 여왕으로부터 하사 받은 저택을 압수당한다. 여성의 재산권을 인정하지 않는 당시의 법과 관습을 빌미로 해리 대공은 자신과 결혼해줌으로써 올란도를 구해주겠노라는 생색을 낸다. 그것은 남자였을 때 올란도가 샤사에게 했던 말과 매우 유사하다. 예전에 자신을 떠났던 사샤처럼 올란도는 해리 대공을 떠나고 또 다른 양성적 인간 셀머딘을 만난다. 자유를 찾아 아메리카로 가는 셀머딘은 남성의 전쟁과 여성의 속박을 싫어하는 올란도에게 죽음으로 쟁취할 자유와 여성의 친절 모두 무의미하다며 그녀를 매료시킨다. 올란도는 남성적 폭력세계를 상징하는 1차 세계대전을 겪은 후 셀머딘의 아이와 같이 초원에서 천사의 노래를 듣고서 양성인간인 그는 드디어 평화를 되찾게 된다. 4백년간 늙지 않은 올란도는 이상적 인간으로 나타나서 평소 울프가 주장하던 남녀의 조화롭고 완벽한 인간형으로 나타난다. 울프는 빅토리아 시대의 인습과 제도 속에 여성을 집안의 천사로 미화시키고 자유를 구속했던 현모양처상을 거부하고 적극적이고 능동적인 여성을 제시하며 당시의 사회상을 비판하고 여성을 속박하는 모든 인습과 제도들을 타파하고 자유롭고 조화로운 삶을 살아가는 양성적 인간의 하나의 전형으로 올란도를 등장시켰다.

암흑의 핵심Heart of Darkness / 지옥의 묵시록Apocalypse Now

원작 조셉 콘래드 · 감독 프랜시스 포드 코폴라

 폴란드계 영국작가 조셉 콘래드의 소설 『암흑의 핵심』(1899)은 서구제국주의를 예리하게 비판한 작품이다. 이 소설의 화자 말로는 어려서부터 세계지도를 펴놓고 미지의 세계로의 모험과 탐험을 동경해 오다가, 드디어 벨기에의 어느 식민지 교역회사 선박의 선장이 되어 아프리카 콩고로 떠난다. 그러나 유럽인들이 암흑의 대륙이라고 부른 아프리카로의 항해를 통해, 그는 모험과 탐험을 동경해온 자신의 꿈이 궁극적으로는 제국주의적 꿈의 허상이었음을 깨닫게 된다.

선장이 되기 위해 브뤼셀에 도착한 말로는 그 도시가 위선적인 회색무덤 같은 인상을 받는다. 브뤼셀이라는 깨끗하고 흰 도시는 탐욕스러운 식민주의가 조직화하는 장소이며, 운모의 표면처럼 빛나는 타락한 백인들의 눈과, 대리석 벽난로의 흰색도 차갑게 느껴져 가까이 하기 힘들고, 백인들이 숭배하는 물건인 상아는 탐욕, 부도덕한 행동, 타락과 부패로 나타난다. 상아는 백인들을 아프리카로 끌어들이고 백인들의 마음을 콩고와 교역과 문명화로부터 착취와 광란의 상태로 바꿔놓는다. 상아가 있는 곳마다 백인들은 약탈하고 적대행위를 일삼는다. 비록 침입자들의 피부는 흰색이지만, 말로우는 그들을 사악한 영혼을 가진 사람으로 묘사하고 반면에 억압을 받는 흑인은 순수한 흰색의 영혼을 가진 사람들이라고 묘사를 한다. 브러셀의 사무실에서 말로우는 검은 천을 짜고 있는 백인 여자들을, 아프리카에서는 하얀 천을 짜는 흑인 여성들과 굶주린 어린 흑인 소년의 목둘레에 걸

쳐진 흰 면실을 본다. 처음에는 무언가 도덕적 이념을 가지고 출발한 커츠마저도 마침내는 물질적인 욕망의 포로가 되어버린 것이다. 이와 같이 커츠가 자신의 본래의 이념에도 불구하고 욕망의 포로가 되어 파멸되어 가는 것은 문명인의 자제력, 즉 물욕에 대한 배제능력을 상실했기 때문이다. 백인들의 부도덕한 만행을 목도하고, 그는 비로소 백인들이 착취를 무역으로, 억압을 개화로, 그리고 살인을 훈육으로 미화시키고 있다는 것을 깨닫게 된다. 그런데도 백인들은 자신들을 문명의 횃불을 들고 암흑의 대륙을 밝히러 들어가는, 숭고한 사명감에 불타는 선교사로 착각하고 있는 것이다. 제국주의에 대한 백인들의 의도적인 미화를 비판한다.

말로의 항해 목적 가운데 하나는 커츠라는 인물을 만나는 것이다. 커츠는 회사에서 가장 유능한 사람으로 꼽힌 전문적 식민지 착취자이자 제국의 하수인이었다. 그러던 그가 어느 날 회사와 연락을 끊고 밀림의 오지로 잠적한 후, 지금은 원주민들의 신 같은 존재로 군림하며 산다. 말로는 그를 만나러 가장 원시적인 지역의 핵심으로 항해한다. 안개와 원주민들의 습격을 받은 후 마침내 말로는 암흑의 대륙의 핵심에서 커츠와 만난다. 그러나 이미 쇠약해진 커츠는 "그 공포! 그 공포!"라는 말을 남기고 죽는다. 커츠가 남긴 그 말이 아프리카에서 자행된 제국의 끔찍한 만행에 대한 회상과 반성일 것이라고 짐작하는 말로는 그 말이 곧 이 세상에서의 내 영혼의 모험의 심판이라고 생각한다. 바로 그 순간, 그는 커츠에게서 자기 자신의 또다른 모습을 본다. 암흑의 핵심으로의 여행은 결국 자기 자신의 어두운 내면세계로의 여행이었던 것이다.

프랜시스 포드 코폴라 감독의 영화 〈지옥의 묵시록〉은 배경을 아프리카에서 베트남으로 옮겨놓았다. 〈지옥의 묵시록〉에서 코폴라 감독은 콘래드처럼, 베트남전을 서구 제국주의의 식민전쟁으로 간주한다. 예컨대 〈지옥의 묵시록〉에서 미군 정보부는 『암흑의 핵심』의 벨기에 〈회사〉와 같은 역할을 한다. 또 영화에서도 가장 유능한 군인이었던 커츠라는 미군 특수 부대 대령이 갑자기 탈영해 밀림의 오지인 캄보디아 국경 근처로 잠적한 후, 원주민들의 신과 같은 존재로 군림하게 된다. 미군 정보부는 이제 쓸모 없어졌을 뿐 아니라, 다른 군인들에게 나쁜 영향을 끼칠지도 모르는 커츠 를 제거하기로 결정한다. 미군 정보부에 의해 선발된 사람은 역시 특수부 대 소속의 윌러드 대위이다. 마치 말로 선장처럼, 윌러드 대위는 커츠 대령 을 찾아 밀림의 오지로 간다. 여행 도중 그는 말로처럼 파견 부대들을 거쳐 가는데, 그 과정에서 원주민을 억압하고 착취하며, 이성과 도덕을 상실한 여러 백인 병사들을 만나게 된다. 보트를 수색하다가 죄 없는 원주민들을 다 죽이는 미군들, 헬기에 음악을 틀어놓고 마치 취미처럼 원주민을 학살 하는 킬고어 대령, 광란의 마약 파티와 위문공연들을 보면서 윌러드 대위 는 미국이 베트남에서 하고 있는 일에 회의감을 갖는다. 그런 한편 그는 점 점 커츠 대령에 대해 이끌리게 된다. 드디어 그는 커츠 대령과 대면하고 이 렇게 된 이유를 묻는 윌러드 대위에게, 커츠 대령은 과거에 저질렀던 전쟁 의 끔찍한 참상을 회상하며, "그 공포! 그 공포!"라고 부르짖는다. 바로 그 순간, 윌러드 대위는 커츠에게서 자기 자신의 모습을 보며 자신의 내면에 감추어진 암흑의 핵심을 찾아 긴 항해를 해온 것이다. 윌러드는 자기 자신 의 어두운 모습인 커츠를 보는 순간, 그를 죽이고 다시 태어나야 함을 느끼 고 커츠를 죽인다. 커츠의 죽음은 윌러드의 어두운 자아의 죽음이지만, 궁 극적으로는 서구 제국주의 문명의 죽음과 백인들의 도덕적 타락의 종말을 상징한다. 결국 암흑의 핵심은 지리적인 것이 아니라 서구제국주의 문명과 백인들의 내면에 존재하고 있는 것이다.

채털리 부인의 사랑Lady Chatterley's Lover

원작 D. H. 로렌스 · **감독** 저스트 잭킨

문학작품이 외설시비에 걸려 재판에 회부되고 판매금지가 된 경우는 종종 있어 왔다. 영국작가 D. H. 로렌스의『채털리 부인의 사랑』(1928) 역시 외설시비를 일으켰던 고전적인 작품이다. 이러한 작품들의 특징은 두 가지인데, 첫째는 자신의 조국에서 가장 배척을 받는다는 점이고, 둘째는 용기 있는 비평가들과 판사들의 도움으로 결국 명예를 회복한다는 점이다.『채털리 부인의 사랑』은 이탈리아에서 먼저 출간된 후 자국으로 역수입되었으며, 모두 재판에서 이겨 판금이 해제되었다. 그렇다면 예술과 외설의 차이는 과연 무엇인가? 로렌스에 의하면, 인간의 정신과 성을 모독하는 것은 외설이다. 우리가 에로물을 읽거나 본 후에 기분이 나빠지는 이유는, 그것이 인간의 정신과 성을 모독하기 때문이다. 로렌스는 성을 인간 사이의 솔직하고 아름다운 교감이자 가장 원초적인 생명력의 표현으로 본다. 그가 소설『채털리 부인의 사랑』에서 과감하게 성애 장면을 묘사했던 이유도 바로 거기에 있었던 것이다.

잉글랜드 중부 더비셔의 언덕에 데바셜 탄광이며 가난한 판자촌을 한눈에 내려다 볼 수 있는 고풍의 라구비 저택이 서 있다. 장남이 전사한 뒤를 이어, 이 집의 주인이 된 클리포드 채털리 준남작의 저택이다. 그는 1917년 유럽의 자유주의적인 예술적 분위기 속에서 교육을 받은 콘스턴스 리이드와 결혼하고, 한 달의 신혼여행 후, 다시 전쟁터로 돌아가지만, 그 후 6개월 뒤에 중상을 입어 본국으로 송환된다. 2년간의 투병 생활도 허사가

되어 그는 영원히 하반신 불구의 몸이 되어 상심 속에 집으로 돌아온다. 이 때에 클리포드의 나이는 29세, 아내 코니는 23세였다. 휠체어 인생은 클리포드를 관념적인 인간으로 만들어냈다. 서리가 내린 2월의 어느 날 아침, 저택 안의 숲 속을 산책하면서 클리포드는 코니가 다른 남자의 아이라도 낳아 주면 자기의 상속자로 하고 싶다고, 코니가 당황하는 모습도 아랑 곳 없이 진담으로 말을 하였다. 코니는 그와 같은 클리포드와의 정신생활 속에서 아내로서의 의무를 성심성의껏 다하지만, 그녀의 생명력은 하루하루 쇠퇴하여만 가는 것이었다. 코니의 쇠약한 모습을 보다 못한 언니 히르다가, 클리포드에게 그를 돌볼 간호원을 새로 고용할 것을 억지로 승인시킴으로써, 비로소 코니는 남편의 간호라는 벅찬 과로에서 몸과 마음이 다 같이 해방되었다. 어느 날 저녁, 코니가 여느 때처럼 저택 안에 있는 숲의 공터에 산책을 나서자, 산지기 멜라즈가 밤을 대비하여 새끼 꿩들을 광주리 안에 넣고 있는 것을 보았다. 코니는 광주리 앞에 쭈그리고 앉고, 새끼 꿩을 만지려고 손을 내밀자 어미 꿩이 쪼아대므로 겁을 먹고 손을 뺐다. 산지기가 웃으면서 새끼 꿩을 잡아 그녀에게 쥐어 주자, 새끼 꿩의 희미한 생명의 고동을 느끼고, 그녀는 어떤 그리움에 휩싸여 자신도 모르게 눈물을 흘린다. 아내가 다른 남자와 도망을 간 후부터는, 여자와 속세에서 손을 끊고 4년 동안을 산 속에서 파묻혀 살아온 산지기였지만, 그는 이미 꺼진 것으로만 알고 있던 불길이 자신의 체내에서 세차게 타오르는 것을 느끼고, 코니를 오두막 안으로 안고 들어간다. 코니는 따뜻하게 자기를 대접해 주는 산지기의 위로의 손길이 닿는 대로 자신을 내맡기고, 멜라즈의 전부를 받아들인다. 멜라즈와의 겹쳐지는 밀회를 통하여, 코니는 자기의 체내에 새로운 생명이 잉태되고 있음을 느끼고, 메마른 겨울과 같은 클리포드와의 정신생활과 결별하고, 멜라즈와의 새 생활을 시작하기에 앞서, 잠시 베니스로 떠난다. 멜라즈의 자식을 잉태하고 지금은 헤어져서 살고 있는 코니에게, 멜라즈는 지금은 휴식의 겨울철이지만, 몸을 정결히 하고 새로운 생명이 탄생하는 봄을 조용히 기다리자고 편지를 써 보낸다. 악의에 찬 멜라즈의 아내가 소문을 퍼뜨리고 다니자 결국 돌아와 남편에게 사실을 밝힌다. 이 소설은 채털리 부인과 멜라즈가 서로의 이혼을 기다리며 일시적으로 헤어지면서 끝난다.

1982년에 저스트 잭킨 감독에 의해 영화화된 〈채털리 부인의 사랑〉은 채털리 부인 역으로 〈엠마누엘〉의 실비아 크리스탈을 캐스팅한 것이 잘못이었다. 실비아의 이미지는 이미 관능적인 에로배우로 굳어져 있기 때문에 관객들은 이 영화 자체를 또 하나의 에로물로 기대했을 것이고, 실비아의 채털리 부인의 복합적인 내면세계를 표출하는 배우로서의 역량 역시 무리였다는 기분이 들기 때문이었다. 그 결과 영화 〈채털리 부인의 사랑〉은 흥미를 위한 단지 하나의 가벼운 포르노 영화로 전락해 버린 느낌을 준다. 로렌스는 뉴멕시코에서 영국으로 돌아와 기계문명에 의해 오염된 고향의 모습을 보고 이 작품을 쓰게 되었다고 밝히고 있다. 그렇다면 『채털리 부인의 사랑』은 로렌스의 반문명적 원시주의를 잘 드러내주고 있는 작품이라고 할 수 있다. 로렌스는 따뜻한 인간적인 접촉을 통해 가족이 생겨난다고 말한다. 채털리 부인 역시 멜라즈와의 사랑을 통해 아이를 갖게 된다. 로렌스에게 그것은 그녀의 불륜을 초월하는 원초적 생명력의 약동을 의미한다. 로렌스는 미리 소문이 나지 않도록 이 소설을 플로렌스에서 영어를 모르는 조판공을 시켜 출판했다. 그런데도 『채털리 부인의 사랑』은 외설적이지 않는 수준 높은 예술작품으로 인정받게 되었다

모히칸족의 최후The Last of The Mohicans

원작 제임스 페니모어 쿠퍼 · 감독 마이클 만

 대니얼 데이 루이스가 열연한 영화 〈라스트 모히칸〉은 19세기 미국작가 제임스 페니모어 쿠퍼 (1789-1851)의 소설『모히칸족의 마지막 전사』를 영화화한 것이다

1757년 5월에, '성스러운 호수' 홀리칸 요새가 프랑스군의 수중에 함락될 위험에 부딪치자 영국군 지휘관 만로는 구원대의 파견을 요청한다. 근처의 요새에서 1,500명의 구원 부대가 출발한 뒤, 만로의 딸 콜라와 알리스는 젊고 용감한 헤이워드 소령, 전도사인 갸마트와 함께 전령 마구아의 안내로 피난을 간다. 도중에 모히칸족의 추장 칭간츄크와 그의 아들 앙카스, 그리고 척후 호크 아이로부터 마구아의 정체를 알게 되자, 마구아는 산 속으로 도망한다.

그러나 마구의 퓨런족에게 글렌의 용동굴의 습격을 받고 4명은 납치된다. 추장 마구아는 평소 만로 등을 증오하고 있었는데, 콜라를 자기아내로 삼으려고 한다. 이때에 난을 피했던 3명이 와서 격투 끝에 콜라, 알리스, 헤이워드 등 4명을 구출한다. 그러나 아버지와 딸의 재회도 헛되고, 요새는 프랑스군의 수중으로 넘어가고, 철수하는 영국군 3,000명에게 퓨런족이 습격하여, 일대는 피투성이로 변한다. 마구아 일당은 콜라, 알리스 자매와 갸마트를 다시 납치한다.

5명의 추적대는 퓨런의 마을에서 3대로 나누어, 약사로 변장한 헤이워드 소령은 곰으로 변장한 척후 호크 아이의 도움을 빌어, 중풍의 부인을 치료 해주기 위하여 찾아간 동굴에서 알리스를 구출하여, 콜라가 있는 마을로 탈주한다. 다음 날 아침 레나비족의 마을에 마구아가 와서 간부회의를 열어 자기의 권리에 대한 인정을 받고 콜라를 데리고 떠난다. 가슴에 새긴 거북의 문신을 보고 앙카스가 옳은 혈통을 이은 자기들의 추장임을 안 레비나족은 퓨런족과 교전하여 적을 전멸시키지만, 콜라와 그녀를 사랑하는 '모히칸족의 마지막 사람' 아카스가 마구아에 잡혀 죽음을 당하자, 비극은 두 사람의 합동 장례로 막을 내린다.

주인공 호크 아이는 스스로 나사니엘이라고 자기 이름을 대듯이, 쿠퍼의 이른바 『레더 스타킹 이야기』 속의 주인공인 내티 범포이다. 그의 눈은 절대로 잘못 보는 일이 없으므로 모히칸족으로부터 '호크 아이(매의 눈)'이라는 별명을 얻었고, 적인 퓨런족에게서는 기가 막힌 사격 솜씨로 '긴 카빈총'이라 불리는 공포의 대상이 되었다. 이 작품에서는 칭카치국과 함께 30년 이상의 산 생활을 한 백인의 척후이자 사냥꾼으로서 활약하는 40살 전후 인물이다. 내티 범포의 모델은 유명한 개척자 다니엘 붐인데, 그는 항상 문명의 손길이 닿지 못하는 서부로 방랑하는 미국의 이상적 독신 남성상이다. 이 영화에선 백인 방랑자 내티 범포와 모히칸족 인디언 추장 칭카치국 사이의 모험과 우정을 그리고 있지만, 내면적으로는 초창기 미국역사의 모순과 문제점을 예리하게 비판하고 있는 수준 높은 영화이다. 우선 이 영화의 백인주인공 내티 범포와 인디언 칭가치국이 벌이는 모험에서 우리는 대부분의 미국영화들과 미국소설들에서 찾아볼 수 있는 백인과 유색인의 황야에서의 우정이라는 주제를 발견할 수 있다. 이것은 곧 남녀 간의 로맨스보다 인종간의 화합이 더 절실한 미국문화와 사회의 특성을 잘 보여준다. 따라서 내티 범포의 사랑은 결코 이루어지지 않는다. 그에게는 결혼해서 정착하는 것보다 광야에서의 모험과 유색인과의 우정이 더 절실한 명제이다. 이 작품은 또 미국역사와 백인문명에 대한 신랄한 비판을 한다. 예로 신대륙식민지화 과정에서 필연적으로 충돌했던 영국군과 프랑스군의 싸움과 갈등, 그리고 그 과정에서 이용당하는 미국원주민들의 모습이다. 역사의 기록은, 백인포로의 머리 가죽을 벗기는 미국 원주민들의 잔인한 습관은 원래 그들의 관습이 아니라, 사실은 당시 신대륙에서 주도권을 다투고 있었던 백인들의 사주에 의해 생겨났다고 적고 있다. 즉 영국군은 미국원주민들에게 프랑스군인의 머리 가죽을 벗겨오면 돈을 주겠다고 했고, 프랑스군 역시 똑같은 짓을 했다는 것이다. 정말 악랄하고 잔인한 집단은 야만인인 미국원주민들이 아니라, 그들을 사주해서 끔찍한 일을 시킨 문명인이라고 하는 백인들이었다. 그래서 『라스트 모히칸』의 주인공 내티는 비록 백인이지만 유럽인들의 편을 들지 않는다. 또 백인들에게 이용당하는 나쁜 미국원주민들의 편을 들지도 않는다. 그는 모든 제도와 사회와 문명의 억압으로부터 해방된 자유인이며 다만 대자연 속에서 모히칸족의 마지막 전사인 칭가치국과 우정을 나누며 광야에서의 모험을 계속한다.

마이클 만 감독의 〈라스트 모히칸〉(1992)은 다니엘 데이 루이스, 매들린 스토우가 주연하여 지금도 명작으로 상영되는 작품이다. 그런데 이 영화는 인디언과 백인의 공존을 모색했던 원작과 달리, 철저하게 영웅적인 백인 호크아이의 사랑과 전투에 포커스를 맞추었다. 인디언에 대한 묘사도 다소 공정하지 못해서, 영어를 배우며 백인의 방식에 어느 정도 교화된 모히칸 세 부자는 문명인으로 비추지만, 마구아의 휴런족은 머리 가죽이나 벗겨대고 옷을 거의 안 입는 야만인에 가까운 모습으로 등장시킨다. 또한 아들을 잃고 마지막 모히칸족임을 고백하는 칭카츠국의 옆에서 애정행각을 벌이는 호크아이와 코라를 보면서 씁쓸한 감정을 느끼기도 한다. 그러나 그들의 모습이 더없이 아름다워 보이는 것은 이 영화의 힘 때문이 아닐까하는 생각이 든다.

주홍글자 The Scarlet Letter

원작 나다니엘 호손 · **감독** 롤랑 조페

나다니엘 호손의 대표작 『주홍글자』가 1850년에 출판되었다. 미국의 실용주의와 더불어 청교도주의의 위선과 독선의 죄를 고발하고 신대륙에 세운 낙원이 무엇인가의 문제를 과감하게 파헤친 작품이었다.

이야기의 내용은 17세기 영국에서 미국으로 건너온 여주인공 헤스터 프린은 남편이 죽었다고 생각하고, 목사인 아서 딤스데일과 사랑에 빠져 펄이라는 딸을 낳는다. 청교도들은 그녀에게 간통녀Adulteress의 첫 글자인 주홍빛 A자를 평생 가슴에 달고 다니는 형벌을 부과한다. 하지만 헤스터는 독선적인 청교도 사회의 억압과 편견에 당당하게 맞서 떳떳하게 살아간다. 사랑과 증오의 근원은 하나의 원점에서 출발한다. 사랑의 마음이 생긴 다음에야 증오의 맘으로 변하기 때문이다. 칠링워드는 헤스터의 남편이었다. 하지만 칠링워드는 헤스터가 아이를 안고 처형대 위에 서 있는 모습을 보고 헤스터와 관계를 한 사람에게 분노를 느낀다. 칠링워드가 그랬던 것처럼 자신이 사랑하는 사람을 빼앗긴다면, 분노를 넘어서 증오에까지 다다른다. 사랑과 증오가 극에 달하면 인간의 본성으로 넘어가서 사랑은 마음속 깊은 곳에서 끓어오는 감동의 마음으로, 증오는 마음속에서 끓어오르는 분노로 나타난다고 할 수 있다. 하지만 사랑하는 대상이나 증오하는 대상이 사라지면 그 둘 다 삶의 의미를 잃게 되는 것이다. 사랑의 감정은 천사들의 노래처럼 달콤한 것이지만, 증오는 악마의 불처럼 이글이글 타오르는 것이다. 그러한 의미에서 보면, 딤즈데일과 칠링워드는 둘 다

같은 종류의 희생자라고 할 수 있다. 헤스터는 자신의 지은 죄를 회개하며 사람들에게 봉사하고 사랑을 베풀면서 자신에게 죄의 판결을 내린 청교도 사회에서 살아간다. 그녀의 삶은 펄이라는 또 다른 목적이 생겼기 때문이다. 그녀는 자신의 죄를 살아가면서 신에게 용서를 받고자 노력했고, 자신에게 고통을 주었던 청교도인과 같이 살아가는 모습을 보여준다. 딤즈데일은 죽기 직전 처형대에서 자기의 죄를 고백하기 전까지 7년 동안 숨기고 청교도 사회에서 자기가 차지하는 위치를 고수하며 산다. 그러나 7년이란 시간 동안 무수히 많은 고통과 용서의 목마름으로 일관하며 살아간다. 그는 처형대 위의 고백으로 자신의 죄를 용서받고 죽음으로 대가를 치른다. 여주인공 헤스터는 소설에서처럼 단순히 사랑만을 위해 고통을 견디는 소극적인 인물이 아니다. 그녀는 위선적인 사회제도와 법에 당당히 맞서 싸우는 용기 있는 열사로 그려지고 있다. A가 천사Angel, 예술가Artist, 능력 있는Able을 의미한다고 말한다. 그러나 궁극적으로 유럽적 유산인 청교주의를 극복하고 홀로서기에 성공하는 아메리카를 상징한다고 본다.

롤랑 조페 감독의 주홍글자는 완벽한 당시의 의상과 말투, 사실주의적인 음울한 풍경과 신대륙 처녀지의 아름다운 영상미, 그리고 유명 성격배우들의 뛰어난 연기(데미 무어, 게리 올드만)가 돋보이는 영화이다. 거기다 롤랑 조페 감독은 영화 속에서 늘 다루던 기독교인과 비기독교인(아시아인, 인디언)의 갈등, 그들을 교화시키려는 기독교인의 노력과 헌신을 보여준다. 그러나 롤랑 조페 특유의 센티멘털리즘과, 미국문학에 대한 그의 무지는 불행히도 원작의 의도를 (완벽하게) 훼손하고 있다. 우선 마녀재판, 인디언들의 습격과 전투, 헤스터의 남편 로저 칠링워드의 살인과 자살 같은 영화 속의 수많은 주요 사건들은 원작에는 아예 없는 것들이다. 호손의 작품을 감독은 자신의 사상과 빛깔을 불어넣어서 조페의 〈주홍글자〉로 새롭게 빚어 놓은 것이다. 그리고 이런 조페의 작업은 영화가 소설과는 별개의 독립적인 창작품임을 인식시키는데 절대적 공헌을 하고 있음은 틀림없다. 그러나 문제는 영화의 결말이다. 엔딩이 소설과 달라서가 아니라 영화 자체의 품격을 훼손시키는 엉뚱한 것이어서 문제가 된다. 헤스터 남편의 동기 없는 자살과 인디언의 공격에 의해 이루어진 해피엔딩은 과장된 영웅주의식 액션 영화와 다를 바 없다. 영화의 결말은 위대한 미국인의 승리를 위해 무리하게 짜 맞추어진 기색이 역력하고, 소설과는 다른 독립적 색깔을 지녔던 영화의 개성마저도 무너뜨리고 말았다. 원작에서 가장 중요하게 다룬 주제는 영화에서 암시하듯이 행복한 가족의 결성이 아니라, 강인한 한 여성의 홀로서기이다. 그러므로 해피엔딩은 관객들의 기대에 영합해 돈을 벌기 위한 발상이다. 원작은 의도적으로 주인공 남녀의 정열의 불꽃이 꺼진 후인 감옥 장면에서부터 시작되고 있다. 그것은 남녀 간의 애정보다는 인종간의 우정을 더 중요시하는 미국문학의 중요한 특징 가운데 하나이다. 그런데 조페는 원작자가 일부러 생략한 바로 그 러브신을 되살려놓음으로써 미국문학을 모독했고, 주홍글자를 감상적인 애정 영화로 전락시켰다.

이러한 상황에서 또 다른 한편, 영화가 영상으로 그려진 소설쯤으로 생각하는 사고에서 벗어나야 할 시기라고 말하고 싶다. 이런 취지에서 고전적 소설의 대표작, 주홍글자를 전혀 다르게 개작한 조페의 시도는 영화사적으로 볼 때는 뜻 깊은 도전이라 할 수 있다. 일단 문학과는 별개의, 그리고 소설 작가와는 다른, 영화와 영화감독의 독자성을 인식시키고자 하는 영화출발은 좋았으나 영화 결말은 할리우드라는 대중적 속성의 함정을 빠져나가는 데는 실패했다. 원작의 위엄과 권위의 그늘에서는 빠져 나왔으나 할리우드 장르 속성에서는 미처 발을 빼지 못한 한계성이 영화 역사에 길이 남을 작품으로 도약할 수도 있었던 영화의 발목을 결정적으로 잡은 셈이 되고 말았다.

허클베리 핀의 모험The Adventures of Huckleberry Finn

원작 마크 트웨인 · **감독** 스티븐 소머스

마크 트웨인이 1889년 발표한 『허클베리 핀의 모험』은 작가의 개인적인 경험과 생각이 투영된 작품이다. 헉이라는 어린 소년과 도망친 노예가 미시시피 강을 여행하는 구도 속에 지나간 젊은 날의 삶에 대한 작가의 복합적인 태도가 담겨 있다. 미시시피 강을 배경으로 한 서정적이고 목가적인 표현에서는 옛날 어린 시절에 대한 향수가 스며있고 현실문제에 부딪쳐 고민하는 주인공의 모습에서는 당시 미국사회에 대한 작가의 환멸과 비판적 시각이 베여 있다.

마크 트웨인은 나이가 들어가면서 산업화된 북부 사회를 싫어했다. 자본주의에 도금된 가치가 유행하는 현실에 환멸을 느끼고 옛날 미시시피 강변의 삶을 그리워했다. 그러나 남부 사회도 비인간적인 노예제도가 사회의 기틀을 이루고 있는 야만적인 사회로서 겉으로는 기독교 신앙을 내세우지만 내면에는 시대착오적인 봉건적 가치가 지배하고 있고 인간의 진정한 욕구에는 외면했기 때문에 그 체제 아래 고통당하는 흑인노예들뿐만 아니라 권력을 휘두르는 사람들까지 비인간적이었다.

이러한 시대가치가 지배하는 사회를 배경으로 이 책은 개인의 진정한 자유와 인간 본연의 모습에 대한 탐색을 해나간다. 『톰 소여의 모험』의 후속편으로, 의도한 특색을 잃지 않고도 기성사회의 제약 속에서 인간의 창의적인 독립 가능성을 추구하고 있는 점이 작품의 주제를 더 깊이 있게 하

고 있다. 또 근원적인 인간 문제를 중심으로 당시 미국사회의 다양한 경험을 포괄하고 있다. 어린이들을 대상으로 하는 흥미로운 모험에서부터 미국 사회에 대한 날카로운 진단, 사회 속에 개인의 자유에 이르기까지 도덕, 흑백을 초월한 우정과 인종문제, 기독교적 위선 등 실로 다양한 주제를 탐색할 수 있다. 따라서 이 작품을 각색한 영화가 수없이 나왔지만 각기 다른 맛을 내는 것은 바로 소재와 주제의 다원성 때문이다.

이야기는 헉의 일인칭 관점에서 전개되며 톰의 이야기의 후속편이라는 연관성을 지니면서 『톰 소녀의 모험』에 대한 헉의 언급으로부터 시작된다. 톰 소여의 이야기의 후반부에서 톰과 헉은 보물을 찾아 부자가 되었고, 왓슨 부인은 헉을 입양하여 건전한 시민으로 키운다. 문명사회의 구속을 받지 않고 자연 속에서 살던 헉, 그래서 톰의 부러움을 샀던 그는 이제 왓슨 부인이 마련해 준 교복을 입고 학교에 다니지만 이 모든 것에서 그에게는 언제라도 벗어나고 싶어 한다. 그는 수업을 빼먹고 친구들과 싸움질을 하고 양부모에게는 거짓말을 밥 먹듯 한다. 어느 날 그동안 소식이 없던 술주정뱅이 아버지가 돌아와 헉의 돈을 빼앗기 위해 협박을 한다. 헉은 아버지로부터 도망치는데 이때 흑인 노예 짐을 만나 미시시피 강을 항해하면서 남부에 있는 톰의 이모 샐리 아주머니의 농장에 이르러 짐은 자유를 얻고 헉은 또 다시 문명사회를 탈출한다.

스티븐 소머스 감독의 영화 〈허클베리 핀의 모험〉은 섬세한 유머감각과 인간본성에 대한 날카로운 통찰로 이전의 어떤 영화보다 원작의 여러 에피소드와 주제를 효과적으로 잘 압축시켰다. 그러나 후반의 상당 부분이 빠져있고 톰이 등장하지 않은 점이 아쉽다. 그 결과 영화는 소설 원작의 29장 윌크스 집안에서 왕과 공작 일당이 저지른 사기 행각이 발각되는 장면 이후부터 생략되고, 마지막 짐이 해방되며 헉이 문명사회에 교화되는 것을 거부하고 떠나는 43장의 이야기로 이어진다. 이처럼 영화가 원작으로부터의 변형을 꾀하고 있는 것은 흑인 노예 짐의 위상과 관계가 있다. 소설의 마지막 부분은 펠프스 농장에 붙들려 있는 짐을 구하기 위해 벌리는 헉과 톰의 장난스런 모험인데 짐이 백인 소년들의 장난의 노리개로 되는 것이 대중 영화의 정서상 용인되기 어렵다는 생각으로, 영화에서 헉과 짐이 윌 크스 집을 벗어나는 과정에서 겪는 위기, 즉 짐이 펠프스 농장에서 붙들려 린치를 당하는 상황을 연결시켰다. 이렇게 함으로써 짐의 인간적인 면모가 드러나고 헉과 대등한 위치의 주인공으로 부각되고 있다. 그러나 이 과정 에서 헉이 윌크스가 집을 나와서 짐의 문제를 놓고 고민하는 장면까지가 생략된 것은 원작의 정신을 상당히 훼손했다. 다음으로 많은 부분을 차지 하는 사기꾼 일당, '왕'과 '공작'에 관련된 에피소드들이 너무 압축, 각색되 어 원작을 읽었거나 주의 깊은 관객이 아니면 이해하지 못할 가능성이 많 다.

이 작품의 핵심 구도는 결국 헉과 짐이 자유를 찾아가는 과정이다. 이 런 점에서 짐을 제외한 왕과 공작 그리고 헉, 세 사람이 전면에 나서 남부 사회를 보여주는 장면이 빠진 것은 마크 트웨인의 사회 비평과 풍자를 빼 버린 흠도 있지만, 서사 구조를 헉과 짐의 자유로의 여정으로 좁혀주는 단 일 효과를 증대시키는 긍정적인 효과가 있다. 이런 각색의 압축은 마지막 장면에까지 이어진다. 즉 원작에서는 왕과 공작 일당이 자신들의 가짜 행 각이 발각된 후 헉과 다시 합류하여 짐을 톰의 이모 집에 팔아넘기고 뒤에 그들의 비행에 대해 망신당한다. 영화에서는 왕과 공작 일당이 윌크스 집 안에서 붙들리고, 헉과 짐은 도망치다가 헉이 부상당하는 바람에 짐이 붙 들리고 교수형의 위기에서 제인 윌크스가 구출하도록 하여 톰의 등장이 필 요 없도록 잘 마무리 지었다.

순수의 시대 The Age of Innocence
원작 에디쓰 워튼 ·· **감독** 마틴 스콜세지

 에디쓰 워튼의 소설『순수의 시대』는 1994년 아카데미 5개 부문상을 수상한 마틴 스콜세지 감독의 영화로도 유명한 작품이다. 작품의 내용은 뉴욕 사교계의 두 거목, 아쳐 가의 뉴랜드와 밍코트 가의 메이의 약혼 시기를 놓고 인습적인 격식에 얽매인 양가는 의견을 달리하고 있어서 뉴랜드를 안타깝게 한다. 그러던 중 유럽에 귀족과 결혼을 했던 메이의 사촌 엘렌이 결혼 생활의 파국을 안고 귀국한다. 이혼이 금기시 되어 있는 당시의 분위기에서 엘런은 늘 입방아에 오른다. 그러나 어렸을 적 소꿉친구인 뉴랜드의 가슴은 오랜만의 해후로 가슴이 설렌다. 밍코트 가의 가장격인 밍코트 부인의 용단으로 약혼 발표를 거쳐 결혼으로 발전하는 동안 뉴랜드는 자유분방한 엘렌에게 끌리고 어려움에 처한 그녀를 돕는 사이에 차츰 사랑이 싹튼다. 뉴랜드는 자신이 잘 아는 세상에서 살고 있는 메이와 그가 오랫동안 꿈꾸어 오던 세상에서 사는 엘런 사이에서 고민한다. 인습의 굴레를 감수하느냐, 아니면 자유로운 사랑을 선택 하느냐로 당시의 인습에 구속된 남녀의 모습에서 배타성, 인종차별과 편견, 여성이라는 성차의 문제 등을 잘 나타내준 작품이다.

인종적 관점에서 보면 이 소설은 동양인을 비롯한 외국인에 대한 인종주의가 사회적 관계의 기저에 깔린 19세기 후반에서 20세기 초반의 미국 주류 백인들의 인종주의적 신경증의 우화라 할 수 있다. 즉, 백인 가부장제 사회가 갈색 머리를 지닌 예술적이고, 비 인습적이며, 섹시한 이국적인 여

성 엘렌을 자신들만의 울타리에서 쫓아내는 이야기이다. 『순수의 시대』에서 배타적 인종주의가 작용하고 있다는 증거는 작품의 배경이 되고 있는 1870년대의 미국 뉴욕 사회가 놀랍게도 원시적 부족 사회의 원형을 유지하고 있다는 점이다. 워튼은 이 작품에서 '가문'이라는 용어 대신 '부족'tribes/clans이란 인류학적 용어를 자주 사용한다. 이 백인부족사회의 최고 우두머리로서 족장 역할을 하는 사람은 핸리 밴 더 리든이라는 남성인데 그의 가부장적 힘은 주위 사람들에게 뉴욕 사회를 통치하는 군주로 여겨진다. 그의 행동은 거의 성직자 같은 중대성을 띤다.

이처럼 견고한 부족의 성에 침입한 엘렌에 대해 이 부족의 구성원들은 그녀를 질서와 권위의 백인 가부장적 사회를 교란시키는 존재라고 생각한다. 그녀는 인습적이며, 순종적이며, 유아적인 뉴욕의 백인 여성들과는 달리 이국적이며, 예술적이며, 반사회적이며, 지적으로 성숙한 여성이다. 그녀는 어린 시절부터 겁 없이 남을 당혹케 하는 질문을 하고, 스페인 춤을 추고, 나폴리 연가를 부르는 등 이국적 예능에 소질이 있는 소녀였다. 이들은 모두 앵글로색슨계와 거리가 멀다. 그녀의 응접실은 이국적인 취향과 예술적 독창성과 재능을 잘 보여준다. 방안의 가구와 장식, 향수, 터키커피와 용연향 등 색다른 분위기로 바뀌어 있다. 엘렌의 방에서 이러한 동양적인 요소를 포착한 스콜세지 감독도 영화 속에서 그녀의 방을 유럽의 그림들과 더불어 아시아의 그림들로 장식한다. 이와 같이 다른 인종과 문화에 대해 열려있는 엘렌은 외형은 물론 사고와 행동에 있어서도 뉴욕 백인 가부장사회가 신성시하는 그들만의 취향과 형식을 위반하는 반항적인 정신을 소유하고 있다. 그녀는 옷차림에서도 뉴욕의 유행과 상관없는 야한 드레스를 입고, 파티에서는 남성들이 말을 걸기 전에 먼저 다가가며, 불명예스러운 과거를 지닌 벼락부자라 하여 주류 백인사회에 의해 거부된 스트리더 부인과 사귀며, 은행가인 바람둥이 쥴리어스 보포트와 공개적으로 교재하면서도 조금도 어떤 제약을 의식하지 않다. 엘렌이 사는 곳도 백인상류계층과 대조를 이룬다. 상류계급이면서도 엘렌은 옷 만드는 사람들, 박제 기술자들, 글 쓰는 사람들이 사는 뉴욕 방랑자거주지에서 살고 있다. 친척들과 동떨어져 이러한 곳에 거주하는 엘렌을 뉴랜드가 비난하자, 사람이 사는 장소가 무슨 문제가 되느냐며 인간을 계급이나 인종 등으로 구획 짓는 백인 상류 사회의 차별주의를 공격한다. 엘렌은 뉴욕 주류 백인사회의 권력의 최고 상층부인 밴 더 리든가의 권위에까지 과감히 도전함으로써 그들의 확고부동한 질서 체계를 교란시킨다. 엘렌은 또한 뉴욕 백인사회의 위선과 가식에 대해서도 공격을 멈추지 않는다. 엘렌은 뉴욕 사회는 불쾌한 것에 대해서는 귀를 막아 버림으로서 진실을 은폐하려고만 하는 사회이므로 겉으로는 친절하면서 실제로는 가식만 요구하는 뉴욕 사회의 위선적인 태도를 비판한다. 엘렌은 바로 이렇게 겉으로는 순수한 얼굴을 하고서 실제로는 잔인한 뉴욕 백인 부족들의 희생자가 된다.

결혼만이 인생의 유일한 목표로 훈련 받아온 메이는 약혼자인 뉴랜드를 엘렌에게서 떼어놓으려고 곧 아이가 태어날 것을 알리며 잔인한 술수를 부린다. 백인 부족 사회의 굳건한 질서와 권위를 뿌리째 뒤흔드는 국외자인 엘렌을 제거하기 위해서 메이와 전 부족이 공모한다. 그들은 엘렌을 위한 송별연을 여는데 실은 부족의 규율을 어기는 이단자를 제거하려는 부족회의나 다름없는 것이다. 이처럼 잔인한 행위를 유쾌한 방식으로 처리하는 전형적인 뉴욕식 행동양식에 의해 백인 부족사회의 질서를 위협하는 엘렌은 제거되고 그들은 본래의 질서를 다시 회복한다.

이 작품은 1920년의 시점에서 약 40여 년 전의 시대를 돌이켜 보는 워튼이 여전히 본질적 변화가 없는 백인주류사회의 인종주의를 찾아 이를 폭로 비판하는 것을 잘 보여주고 있다.

아메리카의 비극An American Tragedy
젊은이의 양지A Place in the Sun

원작 시어도르 드라이저 · 감독 조지 스티븐스

시어도르 드라이저는 20세기 초 미국의 자연주의 문학을 완성시킨 작가이다. 자연주의란 자연의 법칙과 환경에 인간이 지배를 받는다는 결정론적이고 비극적인 삶을 있는 그대로 묘사하는 사조라고 할 수 있다. 자연주의적 결정론에 의하면, 인간은 아무리 노력해도 결국은 정해진 환경의 굴레에서 벗어나지 못하고 파멸한다. 따라서 드라이저의 소설들은 대부분 비극으로 끝나고 만다.

가난하고 광신적인 전도사의 아들로 태어난 클라이드 그리피드스는, 미국 중서부 캔자스시티의 화려한 도회의 한 구석에서, 비참하고 굴욕적인 소년 시절을 보내고 있었다. 16살이 되어 호텔 보이로 일을 하게 된 클라이드는, 물질적이자 향락적인 생활의 맛을 알게 된다. 그러던 어느 날, 드라이브에서 돌아오는 길에 그가 운전하던 자동차가 한 소녀를 치여 죽이자, 아연실색한 그는 그 자리에서 도망, 행방을 감춘다. 그로부터 3년 후, 시카고에 있던 클라이드는 뉴욕의 라이카가스에서 제법 큰 셔츠 공장을 경영하고 있는 백부인 바뮤엘 그리피드스를 만나 백부의 공장에서 일하게 된다. 그리고 같은 직장에서 일을 하는 로버터 볼데이라는 가난한 여공을 알고, 곧 사랑하게 된다. 그러다가 얼마 되지 않아, 클라이드는 우연한 일로 상류 사회의 아름다운 처녀 존드러 핀칠레와 친하게 되고, 로버터의 존재를 귀찮게 여기게 된다. 바로 이 무렵에 로버터는 임신한 몸으로 있었다. 결혼을 강요하는 로버터와 부와 지위와 미를 모두 갖춘 존드러 사이에서 딜레마에 빠진 클라이드는, 로버터를 죽일 것을 계획하고, 그녀를 빅 비턴호수로 끌어내어 둘이서 보우트를 탄다. 그러나 마음이 약한 클라이드는 계획을 실행하지 못하고 번민한다. 그의 괴로워하는 모습을 보고 염려가 되어 로버터가 그에게 가까이 가려고 상체를 일으킨 순간, 머리가 혼란한 상태에 빠져 있던 클라이드는 그녀로부터 피하려고 팔을 내밀고, 손에 쥐고 있던 카메라로 로버터의 안면을 강타한다. 로버터는 쓰러지고 보우트는 크게 요동친다. 그리고 황급히 그가 일어서서 그녀를 일으키려고 하는 순간에 보우트는 전복하고 만다. 살려 달라고 외치는 로버터를 버려 둔 채, 이것은 "우연한 사고야"라고 혼자 중얼거리면서 클라이드는 호수가로 헤엄쳐 간다. 그러나 이 로버터의 익사 사건은 계획적인 살인사건으로 입건되어, 클라이드는 흉악범으로 체포된다. 정치적 야심을 가진 담당 검사는, 이 사건을 정치적으로 이용하여, 보수적인 대중의 지지를 획득한다. 변호사들의 노력도 보람 없이, 클라이드는 사형이 선고되고, 어머니나 목사의 종교적 위안도 헛되이, 클라이드는 전기의자로 끌려간다.

이 작품은 기회와 성공의 나라 미국에 있어서 비극적인 짧은 생애를 마치는 젊은 청년 크라이드 그리피드스를 통해 현대 물질세계의 기만과 모순을 예리하게 파헤친 것이다. 가난한 환경 속에서 '미국의 꿈'을 추구한 클라이드였으나, 그 앞에는 거대한 계급적 인습적 암벽이 가로 막혀 있었고, 결국은 감옥의 두터운 벽 속에서 압살하고 마는 것이다.

또한 클라이드의 감정이나 경험은 법률이나 도덕의 절대적 규범으로는 도저히 재어할 수 없을 만큼 복잡하고 애매한 것이다. 인생의 불가해성에 대하여 누구의 이해나 도움도 얻지 못하고 처형되고 마는 클라이드의 운명은 욕망의 소용돌이 속에 갇혀진 현대인의 깊은 비극성을 절실하게 표현하고 있다.

자연주의 소설은 사회 고발적인 요소가 강하여 문체가 거칠고 직선적이기 때문에 세련된 예술성이나 심미적인 요소와는 다소 거리가 있다. 그러나 조지 스티븐스 감독은 드라이저의 소설 『아메리카의 비극』을 영화화한 〈젊은이의 양지〉에서 작가의 투박하고 거친 산문을 훌륭한 영상언어로 바꾸어 놓는데 성공하고 있다.

　　국내에서도 개봉되어 대단한 인기를 끌었던 〈젊은이의 양지〉는 1951년 아카데미 감독상과 각색상을 받았으며 작품상, 남우주연상, 여우주연상 후보로도 지명되었다. 특히 몽고메리 클리프트(클라이드 역)의 고뇌에 찬 연기, 가엾은 여인 셜리 윈터스(로버타 역)의 열연, 그리고 엘리자베스 테일러(산드라 역)의 차가운 미모가 어우러져 만들어낸 뛰어난 영상미는 당시 영화계의 화제가 되었다. 〈젊은이의 양지〉는 비디오로도 출시되었고 국내 TV에서 곧잘 방영되는 작품이다.

　　소설과 영화의 상당 부분은 이때부터 클라이드의 체포와 재판 장면에 할애된다. 직접 로버타를 죽이지 않은 클라이드는 무죄를 주장하지만, 그는 살인이 계획적이었다고 주장하는 메이슨 검사의 증거 제시에 궁지에 빠지게 된다. 그는 자신을 찾아온 맥밀란 신부의 질문에 자신이 로버타를 구할 수 있었는데도 망설이다가 그녀를 구할 시기를 놓쳐버린 것으로 자백한다. 그러나 그가 직접 살인을 한 것은 아니었다. 저자는 여기에서 정신적인 유죄도 유죄라는 판결을 내린다. 클라이드는 사형선고를 받고 22세의 젊은 나이로 삶을 마감한다. 소설 『아메리카의 비극』과 영화 〈젊은이의 양지〉는 자본주의 사회에서 오로지 물질적 성공의 추구만으로 변질되어 버린 미국적 꿈의 실패와 비극적 종말을 그린 작품이다. 이 작품은 지난 수 십여 년 동안 한국사회를 지배해 온 황금만능주의로 인하여 올바른 가치관과 인간성을 상실하고 물질주의에 눈멀게 되어 버린 우리들에게도 절실한 교훈을 주는 작품이다.

바람과 함께 사라지다Gone with the Wind

원작 마가렛 미첼 · 감독 빅터 플레밍

『바람과 함께 사라지다』는 애틀란타 저널의 여기자였던 마가렛 미첼이 쓴 소설로, 아직도 미국인들의 마음속에 강력하게 남아 있는 불후의 명작이다. 마가렛 미첼이 1926년부터 10년 간 걸쳐 쓴 이 작품은 1936년 퓰리처상을 수상했다. 남북전쟁의 혼돈된 시대적 배경 하에서 강인하게 성숙해 가는 한 여인의 억척같은 삶을 서사시적으로 그린 대작이기도 하다. 남북전쟁의 패배로 미국의 남부는 하루아침에 부와 영광을 잿더미로 날려 버린다. 노예가 없는 농장의 지주들은 더 이상 농장을 경영할 수 없게 되고 그 와중에 북부인들이 남부로 몰려와 헐값으로 농토를 가로채버린다. 불타버린 저택과 몰락한 가문, 그리고 갑자기 찾아온 빈곤 속에서 남부인들은 그들의 문화와 자존심이 그야말로 바람과 함께 사라지는 모습을 목격해야 했다.

이 소설의 여주인공 스칼렛 오하라는 마치 전통적인 남부처럼 오만하고 제멋대로이며 콧대 높은 16세의 아름다운 대지주의 딸이다. 그녀는 이웃인 애슐리를 좋아하지만, 애슐리가 자신의 사촌인 멜라니와 결혼하려 하자, 복수심으로 애슐리 동생의 약혼자이자 멜라니의 오빠인 찰스와 결혼한다. 그러나 찰스가 전쟁에 나가 전사하고 북군들이 몰려오자, 스칼렛은 극도의 가난을 경험하게 된다. 온갖 고난 속에 전전하던 그녀는 동생의 약혼자인 프랭크와 결혼해 애틀랜타에서 사업을 시작하고, 그중 하나를 애슐리에게 맡긴다. 그러나 프랭크 역시 결투 중에 죽고 스칼렛은 다시 독신이 된다. 이제 스물일곱이 된 스칼렛은 자신의 성격과 비슷한 버틀러와 결혼하지만, 애슐리를 잊지 못하는 그녀의 태도 때문에 레트는 그녀를 떠나버린다. 사촌 멜라니가 죽은 후에도 애슐리가 자신을 거부할 때 스칼렛은 비로서 자신이 레트를 사랑하고 있음을 깨닫는다. 이런 실연 속에서도 성숙하고 강인해진 스칼렛은 타라라는 자신의 땅으로 새로운 삶을 개척하기 위해 떠난다. 이 부분에 대한 문장은 참으로 아름답고 힘찬 산문으로 쓰여 있다. 도합 63장 947페이지의 방대한 이 소설은 스칼렛 오하라의 파란만장한 이야기이다. "너는 너를 사랑하는 사람에 대해서 너무나 잔혹했어. 스칼렛, 너는 그 사람들의 사랑을 빼앗아 마치 채찍처럼 그 사람들의 머리 위에 그것을 휘둘렀어"라고 스칼렛의 마음이 그에게로 돌려지길 오랫동안 참고 살아온 레트의 비통한 말이다. 주요등장 인물에게 대조적인 성격이 고루 주어지고 있지만 스칼렛과 레트 버틀러에게는 시대를 초월하여 독자를 매혹시키는 그 무엇이 있는 것은 분명하다. 세계에서 가장 멋진 키스신을 뽑는 가운데 클라크 케이블과 비비안 리 이 둘의 키스신이 최고의 자리에 오른 것만 보더라도 길이 남을 영화가 된 것은 틀림없다.

1939년에 빅터 플레밍 감독의 〈바람과 함께 사라지다〉는 할리우드 영화 사상 불후의 명작으로 평가된다. 이 영화는 오랜 제작기간을 충분히 보상할 만큼 잘 만들어진 작품이다. 영국 배우 비비안 리는 스칼렛 오하라 역을 완벽하게 소화해내 아카데미 여우주연상을 받았다. 상영시간도 네 시간이 되는 대작으로, 아카데미 작품상, 감독상, 여우주연상, 각색상, 촬영상을 수상했고 남우주연상, 여우조연상 후보로 지명되는 화려한 갈채를 받았다. 이 영화는 전쟁에서 모든 것을 상실한 사람들의 허무감을 그렸지만 궁극적으로는 결코 좌절하지 않는 인간의 투혼을 그린 것이 그 주제라 할 수 있다. 이 소설은 여전히 잘 팔리고 있고 영화도 끊임없이 재상영되는 것을 보면 미국인들의 이 작품에 대한 변함없는 애정을 확인할 수 있다.

위대한 개츠비The Gret Gatsby

원작 F. 스콧 피츠제랄드 · **감독** 잭 클레이톤

미국 작가 피츠제랄드의 소설 『위대한 개츠비』(1925)는 1920년대 미국의 재즈시대 속에서 1차 대전 이후 정신적 가치를 상실한 길 잃은 세대의 방황하는 모습을 감수성 있게 잘 그린 작품이자, 부와 성공을 향한 아메리칸 드림의 문제점을 깊이 성찰하고 반영한 20세기 모더니즘을 대표하는 최고의 걸작 중 하나이다.

이야기는 소설 속의 내레이터 닉을 통해 전개되는 형식을 취한다. 닉은 중서부에서 뉴욕으로 와서, 교외에 자그마한 집을 빌려 산다. 그 이웃에 호화로운 대저택이 있는데, 제이 개츠비의 집이다. 큰 부자인 개츠비는 그 저택에서 밤마다 성대한 파티를 벌린다. 그 까닭은 개츠비가 옛날 가난한 소위 시절에 사랑했던 데이지를 만나기 위해서이다. 그가 1차 세계대전으로 유럽에 출전한 동안에, 데이지는 톰이라는 큰 부자와 결혼해 버렸던 것이다. 개츠비는 돈이 데이지의 마음을 변화시킨 것으로 생각하고 온갖 수단을 써서 큰 부자가 되어, 일부러 데이지의 집을 마주하는 만 건너편에 대저택을 사서 매일 밤 파티를 열어 그녀의 관심을 끌어 사랑을 되찾으려고 하고 있었던 것이다. 공교롭게도 이웃에 사는 닉이 데이지와 사촌 형제 관계여서 닉의 주선으로 개츠비와 데이지는 재회할 수 있었다. 단순한 개츠비는 그녀를 만나자, 그녀의 태도로 미루어 보아 그녀의 사랑을 다시 찾을 것으로 믿어 버린다. 그러자 데이지는 그에게 이끌리면서도 낭만적 모험보다는 현실 속의 안주할 것을 선택한다. 어느 날, 데이지는 개츠비와 차를 타

고 가다가 실수로 톰의 정부를 치어 죽인다. 개츠비는 사고차를 운전한 사람이 데이지였다는 사실을 발설하지 않지만, 데이지는 남편과 공모해 죽은 여자의 남편 윌슨에게 개츠비가 사고차를 운전했다고 거짓말을 한다. 개츠비는 자기 집 수영장에서 윌슨의 총에 맞아죽고 개츠비의 꿈은 사라진다. 그의 장례식장에는 아무도 나타나지 않는다. 데이지는 그의 장례식에는 얼굴을 비치지 않고, 남편과 여행을 떠나버린다. 개츠비의 사랑은 가엾고 허무한 것이었고, 닉은 이런 동부의 현실에 싫증을 느끼고 고향으로 다시 돌아간다.

『위대한 개츠비』가 인기를 받는 것은 작품의 대중성과 예술성을 성공적으로 결합시킨데 있다. 가난한 남자와 부유한 여자의 이루지 못한 사랑, 엄청난 부잣집 아들과 결혼한 애인, 그 여자를 되찾기 위해 수단, 방법을 가리지 않고 돈을 모아 여자를 되찾고자 하는 남자의 비밀스러운 생활, 남자와 여자의 재회와 다시 타오르는 사랑, 자동차 사고를 낸 여자와 그 사고의 책임을 뒤집어쓰는 남자, 여자의 남편의 계략으로 그를 죽이는 정부의 남편, 아무 일 없었다는 듯이 평온한 일상으로 돌아가는 여자와 그의 남편, 이런 극적인 이야기들이 대중의 흥미를 유발시키고 미국사회와 문화에 대한 통렬한 비판이 아름다운 예술작품으로 승화되었다. 이 작품은 기계주의의 상업성과 목가주의의 이상이 대립하여 마침내 좌절된 미국의 꿈을 그리고 있다. 피츠제럴드의 작품 세계를 관통하는 중요한 한 주제는 인생에서 꿈과 이상이 작용하는 양상이라고 할 수 있는데, 영화의 세계는 바로 이 꿈이 집약된 세계를 잘 나타낸다. 작품에는 영화적 형식이 많이 나타난다. 연대기적 순서를 따르지 않는 회상과 사건의 교차, 상반된 세계의 대조, 빠른 리듬과 느린 리듬의 교차, 노란 안경을 쓴 푸른 눈의 선전간판, 데이지의 집 방파제의 초록 불빛의 강렬한 시각적 이미지, 연속적 대화, 몸짓과 표정에 대한 지시문 등이다. 이처럼 피츠제럴드는 당대의 대중문화의 한 형식으로 자리 잡을 영화의 가능성과 상징적 의미, 영화적 기법에까지 관심을 가지고 그의 작품 속에 구체적으로 잘 반영시키고 있다.

1974년도 잭 클레이튼 감독의 〈위대한 개츠비〉는 원작의 이런 점들을 효과적인 전략으로 잘 선택하여 만든 영화이다. 영화의 도입부에 관객의 흥미를 위해 머틀이 소설에서보다 좀 더 빨리 등장하고, 개츠비와 데이지가 다시 재회하기까지의 기간이 소설에서는 5년인데 세월의 변화를 감안한 듯 영화에서는 8년으로 처리된 점 등, 약간의 변화는 있지만 배경, 플롯, 등장인물의 성격 등이 그대로 살아 있고 닉이라는 화자를 통한 서사구조 장치, 장면 속 등장인물의 동작과 대사들을 그대로 재현하려했다. 그러나 이러한 원전과 영화의 차이점이 작품의 전체적인 의미 구조에서 크게 증폭되는 면모도 또한 찾을 수 있다. 우선 영화에서는 닉의 화자로서의 역할이 축소되고 개츠비의 인생을 목격하고 이해하게 된 후의 그의 변화가 부각되지 않고 있다.

영화의 진행이 다소 느리지만 피츠제럴드가 세심하게 선택한 언어와 이미지들을 통해 공들여 표현하고 있는 의미들을 느린 리듬의 편집을 통해서 미장센의 의미를 읽어내도록 한다. 대저택의 소품들과 식기들, 금 세면용품들, 파티의 엄청난 양의 식료품들, 자동차들은 그 시대의 꿈의 상징이었다. 또한 윌슨의 집 앞 재의 계곡에 걸려 있는 안과의사의 선전 간판에서 노란 안경을 쓴 푸른 두 눈은 정신적 불모의 세계에서 신의 절대적 가치는 상실되고 상업적 선전물이 그 자리를 채우게 된 것을 상징한다. 이렇게 영화는 소설에 내재되어 있는 영화적 요소를 살려내어, 영화 고유의 즉각적인 시각적, 청각적 영역을 통해 작품의 의미에 새롭게 조명하였다.

바빌론 재방Babylon Revisited
내가 마지막 본 파리The Last Time I Saw Paris

원작 에프. 스콧 피츠제랄드 · **감독** 리처드 브룩스

미국작가 피츠제랄드가 쓴 중편소설 『바빌론 재방』(1931)을 영화화 한 것이 1954년 상영된 영화 〈내가 마지막 본 파리〉이다. 영화가 원작과 제목이 달라 별개의 작품처럼 보이지만, 소설을 읽는 사람이라면 영화가 원작에 매우 충실하게 제작되었다는 것을 알 수 있다.

소설이나 영화 모두 줄거리는 같다. 미국인 찰리(벤 존슨 역)가 파리를 찾아오는 것으로 시작되는데, 그가 예전에 잘 가던 술집에 들러서 바텐더에게 그의 옛 친구들의 소식을 묻는다. 2차 세계대전이 끝날 무렵 파리가 해방되던 날 연합군으로 파리에 돌아온 미군종군기자 찰리는 흥분하는 군중들 속에서 휩싸여 헬렌(엘리자베스 테일러 역)과 얼떨결에 키스를 하고 군중 속으로 떠밀리지만 그녀에 대한 여운은 길게 남는다. 찰리는 단골 카페에서 술을 마시던 중 친구 클로드를 만나며 마리온을 소개받는다. 첫눈에 마리온을 사랑해버리지만 그녀가 초대한 파티에서 그가 키스했던 미모의 여인 헬렌을 다시 만나게 되고 그녀가 마리온의 동생임을 알게 된다. 그러나 찰리는 그곳에 살고 있던 미국인 아가씨 헬렌과 사랑에 빠지게 되고 결국 결혼하게 된다. 파리라는 이국적 도시에서 찰리는 연일 여자와 술로서 방탕한 세월을 보낸다. 그러던 어느 날 남편 찰리에 대한 반발심으로 어느 파티에서 만난 청년 웹(로저 무어 역)에게 키스를 하게 되는데, 이에 찰리는 질투심에 혼자 집으로 돌아와 술에 취한 채 잠들고 만다. 뒤따라온 헬

렌은 2월의 폭설 속에서 문을 열어 달라고 애원하다가 결국 폐렴으로 죽고 만다. 헬렌의 언니 마리온(도나리드 역)은 찰리의 딸 비키의 양육권을 뺏어버린다. 그 뒤 찰리는 프라하로 가서 살다가 2년 만에 딸을 찾으려고 파리에 다시 돌아온다. 처음엔 마리온은 술과 옛 친구들을 청산했다는 찰리의 말에 비키를 돌려주려고 한다. 그러나 그가 돌아온다는 소식을 들은 로레인과 던컨 일당들이 마리온에게 가서 그의 과거사를 들추어내자 마리온은 찰리의 딸을 돌려주기를 거부한다. 일시에 기대와 희망이 수포로 돌아간 찰리는 혼자서 쓸쓸히 술집으로 돌아온다. 그는 마리온이 다음번에 딸을 돌려준다고 해도 그때는 이미 나이가 들어서 여력도 없을 뿐 아니라 비키 역시 아버지를 필요로 하지 않을 나이가 될 정도로 성장하게 될 것이고, 어쩌면 이제는 딸을 영원히 되찾을 수 없을 것이라는 생각을 하게 된다. 그러나 남편 클로드의 설득으로 헬렌은 아버지와 떠나도록 비키를 놓아준다.

우리가 영화와 문학작품 속에서 늘 간과해 버릴 수 있는 것들이 있다. 이 소설의 주제는 주인공을 끝까지 뒤쫓고 있는 과거의 악몽이다. 과거는 현재와 뒤섞여서 미래를 침울하게 만들고 시간의 흐름에 따라 미를 부식시키는 부정적 요인으로 받아들인 것이 당대 모더니즘시대 작가들의 견해였다. 그러나 그들은 시간을 초월하고 그런 속에서 신화적 공간을 찾으려 하고 그들의 과거 청산의 의지는 없었던 것이다. 이미 방탕과 회환의 도시이며 과거의 향수의 도시였던 파리를 찰리는 들르지 말았어야 했을지 모른다. 과거를 청산하지 못하고 과거의 향수 속에 방황하다가 모든 것을 상실하고 파멸하게 된다는 것이다. 딸을 다시 보지 못하게 된다는 것은 그의 미래를 잃는다는 것과 같다. 딸은 그의 미래를 상징할 수도 있기 때문이다. 이런 점들을 잘 음미하며 영화를 본다면 재미있는 감상이 될 것이다.

무기여 잘 있거라 A Farewell to Arms

원작 어니스트 헤밍웨이 · **감독** 찰스 비터

헤밍웨이는 1차 세계대전시 이탈리아의 의무부대에 근무하던 중 박격포탄을 맞아 다리에 무려 237개의 파편이 박히는 중상을 입고도 기적적으로 살아났다. 그래서 그의 작품 속에는 무수한 죽음이 나온다. 전쟁의 와중에서 일어나는 양민들의 죽음, 개인적인 원한은 없으나 적이기 때문에 죽고 죽여야 하는 죽음, 정치적 희생물로서의 죽음 등 시대적 상황이 빚어낸 비정한 죽음들이 이에 속하며, 이러한 죽음은 인간을 비인간화시키며 인간의 존엄성을 말살하는 황폐한 현대의 상황을 반영한다.

이런 체험을 몸소 겪은 헤밍웨이는 그의 작품 『무기여 잘 있거라』(1929)에서 인간을 감언이설로 전쟁터로 내보낸 정치가들을 비판한다. 헤밍웨이가 목격한 전장은 죽음의 존엄성마저도 박탈당한 처참한 살육현장이었다. 헤밍웨이처럼 포탄에 다리를 다친 미국인 프리데릭 헨리는 제1차 세계대전 때, 이탈리아 동북부의 전선에서 부상병 운반대의 중위中尉로 일한다. 오스트리아군의 공격이 시작되기 직전 헨리 중위가 휴가를 끝내고 일선으로 돌아오자, 친구인 이탈리아 군의관 리나르디 중위로부터 영국의 종군 간호원 캐서린 버클리를 소개받았다. 매우 아름다운 여성이었으므로, 헨리는 두 번째의 데이트 때 그녀에게 키스를 하려다 그녀로부터 뺨을 얻어맞는다. 비번의 간호원이 군인과 웃으며 장난을 치기엔 너무나 마음이 곧은 그녀였던 것이다. 그러나 이렇게 묘하게 출발한 두 사람의 관계도, 우정에서 연애로 차츰 탈바꿈해 간다. 그러다 헨리 중위가 적군의 박격포탄으로 흉부에

중상을 입고 미라노의 병원으로 후송되자, 그곳에 캐서린도 전임되어 온다. 두 사람의 마음은 한층 더 굳게 맺어지고, 헨리는 진실로 그녀를 사랑하게 된 것을 깨닫는다. 헨리의 외과 수술은 성공하고, 회복기간 동안 환자와 간호원 사이에 별실에서 벌어지는 격렬한 사랑의 행위는 스릴에 가득 찬 것이었다. 그러나 어느 비오는 밤, 그녀는 자기들 중 어느 하나가 언젠가는 빗속에서 죽는 것이 눈에 보이는 것 같다고 불길한 예언을 한다. 캐서린은 임신 3개월을 고백하지만, 이미 회복된 헨리는 다시 일선으로 떠난다. 그러나 독일 증원군이 도착하자 오스트리아군은 재차 활기를 띠고, 이탈리아군은 비참하게 패배하여 가보레트에서 철수하게 된다. 타리어멘트강에 이르자 이탈리아군은 아군 독전부대에 의해 차례로 사살된다. 헨리 중위는 강에 뛰어들어 위기를 벗어나기 위해 탈주한다. 미라노 행 기차에 몸을 싣고 병원을 찾았으나, 그 곳에 캐서린은 없었다. 그녀는 간호원 동료인 헬렌 파가슨과 함께 마죠레 호반의 스트레저로 휴가를 받고 떠났다. 헨리는 스트레저로 가서, 평소 잘 알고 있는 큰 호텔에 투숙하고, 캐서린을 찾아내어 자신의 방으로 부른다. 북부 이탈리아에서 가장 아름다운 호수가 내려다보이는 호화로운 호텔 방에서 두 사람의 사랑은 또다시 뜨겁게 불타오른다. 그러나 호텔의 친한 바텐더가 내일 아침 헌병이 그를 체포하러 온다는 정보를 알려줘, 두 사람은 보트에 몸을 싣고 스트레저에서 출발하여, 폭풍의 거친 호수를 노 저어 북으로 향한다. 필사적으로 배를 저어 곧 스위스 땅에 닿는다. 레만 호숫가에 있는 몬토르에 아담한 스위트 홈을 마련한다. 캐서린의 출산이 가까워져 산원의 시설이 좋은 로잔느로 옮겼으나, 난산으로 제왕절개를 한 결과 아기는 끝내 죽고, 산모도 과다출혈로 숨을 거둔다. 대리석 상처럼 침대에 누운 캐서린의 주검에 이별을 하고 헨리가 호텔에서 나오자 캐서린의 예언대로 밖에는 비가 내리고 있었다.

헤밍웨이의 작품은 대부분 전쟁과 관련이 있다. 그러나 전쟁의 죽음에서도 정치성이 대체로 완화된 것은 헤밍웨이가 죽음을 어떠한 정치적이기 이전에 인간적인 문제로 받아들이기 때문이다. 헤밍웨이는 한쪽에서 승리의 기치를 올리면 다른 쪽에서 누군가가 목숨을 잃거나 또는 치명적인 상처를 입는다는 사실, 즉 어떠한 행복도 결국은 불행이 될 수 있다는 운명적 진실을 암시하고 있다.

헤밍웨이의 생각은 이 세상은 생명의 탄생이 곧 죽음을 수반하는 허무한 곳이었다. 거트루드 스타인 여사의 말대로, 그와 그의 주인공들은 고독과 허무 속에서 방황하는 길 잃은 세대Lost Generation이였고, 가정이 없는 그들에게는 돌아갈 수 있는 곳이라고는 나그네들의 휴식처인 호텔밖에 없었다. 그런 상황에서 사랑의 행복과 출산의 기쁨은 오로지 불가능한 꿈이 될 뿐이다. 영화 〈무기여 잘 있거라〉는 1932년 프랭크 보르자즈 감독의 흑백 작품과 1957년 찰스 비더 감독의 컬러 작품이 있는데, 전자는 게리 쿠퍼와 헬렌 헤이스가, 후자는 록 허드슨과 제니퍼 존스가 각각 헨리 중위와 캐서린 역을 맡았다.

이 두 영화는 대단한 스펙터클이나 감동적인 연기가 돋보이는 뛰어난 영화도 아니었다. 왜냐하면 원작과는 달리, 영화에서는 두 남녀의 애틋한 로맨스에 너무 많은 비중이 주어졌고 전쟁 장면이나 다른 등장인물들은 상대적으로 가볍게 다루고 있기 때문이다. 또한 헤밍웨이의 작품에서 여성은 항상 남성을 파멸시키는 존재로 등장한다. 헤밍웨이에게는 사랑도 전쟁의 일부이기 때문에 영화는 두 사람 사이의 로맨스보다 전쟁과 사랑의 복합적인 대비와 파괴적인 결말에 더 잘 맞추어야 했다.

누구를 위하여 종은 울리나 For Whom the Bell Tolls

원작 어니스트 헤밍웨이 · **감독** 샘 우드

 1차 세계대전에 직접 참전하여 부상을 입고 전쟁의 참상을 경험한 어니스트 헤밍웨이는 주인공 자신이 소신을 갖고 직접 전쟁에 뛰어들고 난 후 쓰게 된 전쟁소설이 바로 『누구를 위하여 종은 울리나』이다.

이 소설의 주인공 로버트 조던은 1930년대에 스페인 내전이 벌어지자 몬태나 대학교 스페인어과 교수직을 사임하고 프랑코의 우파 파시스트 정권에 대항하는 좌파 공화파 군대에 자원입대해 스페인으로 간다. 당시 파시스트 정권에 반대했던 헤밍웨이의 생각이 그대로 잘 반영된 것이다. 1937년 5월 말의 토요일 오후에서, 다음 주의 화요일 낮까지의 짧은 기간에 일어난 사건을 다룬 것이다. 스페인 내란 시에 민주주의의 방위를 위하여 정부군을 원조하고자 참전한 미국의 청년 로버트 조던은 지금 소나무 숲의 산 중턱에 몸을 숨기고 길 안내를 하는 노인으로부터 눈 아래에 벌어지고 있는 지형 설명을 듣고 있다. 두 사람은 정부군의 명령으로 정부군의 공격 개시 직후에 혁명군의 후방에 있는 철교를 폭파하기 위하여 사전 조사차 왔다. 이 산 속에는 공화국에 충성을 맹세한 게릴라대가 여러 조로 잠복하고 있었다. 두 사람은 그 지도자의 한 사람인 파블로를 만나고, 그의 동료들이 있는 동굴로 안내되어, 거기에서 술과 음식을 대접을 받는다. 조던은 이 자리에서 마리아라고 하는 아름다운 스페인 처녀를 알게 되고, 격렬한 사랑에 빠진다. 이틀째인 일요일, 조던은 다른 게릴라대의 대장인 엘 소르드에게 원조를 청하러 간다. 삼 일째 아침, 엘 소르드는 적의 기병대의

습격을 받고, 그의 게릴라대대는 전멸한다. 조던은 이것을 멀리에서 바라보지만 구원하러 갈 수는 없다. 드디어 최후의 날 사전 계획대로 본대의 폭격 습격과 동시에 파블로는 혁명군의 주둔지를 습격하고, 조던은 마리아들과 합세하여 다이너마이트로 철교를 폭파하고 성공한다. 그러나 조던이 타고 있던 말은 적탄에 쓰러지고, 그는 말에서 떨어져 왼쪽 손이 골절되어 움직이지 못한다. 그는 닥쳐오는 적군에게 홀로 총을 겨눈다. 그리고 "난 지난 일 년 동안 내가 믿어온 신념을 위해 싸워왔다. 만일 우리가 여기서 이긴다면, 우리는 어디에서나 이길 것이다"라는 조던의 독백으로 끝난다. 그는 민중의 자유와 마리아에 대한 사랑을 위해 기꺼이 죽음을 택한다.

『누구를 위하여 종은 울리나』는 1943년에 샘 우드 감독에 의해 영화화되어 비평가들의 극찬 속에 아카데미 여우조연상을 수상했으며, 작품상, 남우주연상, 여우주연상, 남우조연상 후보에 추천되었다. 비교적 짧은 편의 소설을 세 시간 가까운 길이의 장편영화로 만들면서 샘 우드 감독은 원작의 세부 줄거리와 등장인물들의 성격묘사까지도 충실하게 영상으로 잘 옮겼다. 특히 전형적인 미국인 휴머니스트의 이미지를 가진 조던 역의 게리 쿠퍼와 머리를 짧게 깎은 청순하고 가련한 마리아 역의 잉그리드 버그만은 이 영화의 매력을 잘 살려 주었다. 책의 제목은 "인간은 상호 의존하며 살아간다. 그러므로 저 조종은 누구를 위하여 울리냐고 묻지 마라. 종은 그대를 위해 울리는 것이다"라는 17세기 영국시인 존 던의 글에서 차용한 것이다. 영화에서 시작과 끝에 종이 울리는 장면을 클로즈업시키면서 존 던의 그 구절을 삽입하여 헤밍웨이는 인간의 죽음을 알리는 조종에 긍정적인 의미를 부여하고 있다. 때로 인간의 희생적 죽음은 사랑하는 사람과 소중한 이념을 살릴 수 있기 때문이다. 그런 이유에서 주인공의 반파시즘적 실천이 청순한 소녀에 대한 사랑과 함께 이 작품 속에 잘 병치되고 있다.

킬리만자로의 눈The Snows of Kilimanjaro

원작 어니스트 헤밍웨이 • **감독** 헨리 킹

『킬리만자로의 눈』에서 주인공 해리는 돈 많은 미망인 헬런과 결혼해 유럽 여행과 아프리카 사파리를 즐기는 작가 지망생이다. 현실의 안락과 쾌락에 젖어 나태해진 그는 글 쓰는 일을 자꾸만 뒤로 미루다가 사냥 중 입은 다리의 상처가 희귀병으로 변하면서 킬리만자로의 산기슭에서 죽어간다. 그는 아직 가보지 못한 킬리만자로의 눈 덮인 정상을 바라보며 비로소 작가의 꿈을 꿔보지만, 죽음의 그림자는 점점 더 가까이 다가온다. 썩어가는 다리에서 죽음의 냄새를 맡으며, 그리고 자신의 예술을 망친 헬런을 원망하며 해리는 구조 비행기를 기다린다. 죽기 직전에 그는 구조 비행기가 자신을 싣고 킬리만자로의 눈 덮인 정상으로 날아가는 환상을 본다. 헤밍웨이는 부유함(돈)과 안락함(여자)을 예술가를 파멸시키는 가장 핵심적인 요인으로 보고 있다. 이 작품의 서두에는 다음과 같은 에피그라프가 있다—"킬리만자로의 눈 덮인 정상에는 메마르고 얼어붙은 표범의 시체가 있다. 표범은 그 높은 곳에서 무엇을 찾고 있었는지는 아무도 설명해 주지 않는다." 킬리만자로의 정상은 아마도 예술가가 도달하려고 하는 이상향일 것이다. 그러나 예술가는 끝내 거기에 오르지 못한다. 해리 역시 정상에 오르지 못하고 산기슭에서 죽는다. 그런 의미에서 그의 다리 부상은 매우 상징적이다.

헨리 킹 감독이 그레고리 펙(해리 역)과 수전 헤이워드(헬런 역), 그리고 에바 가드너 같은 당대의 명배우들을 동원해 만든 〈킬리만자로의 눈〉(1952)은 영화가 문학작품을 망칠 수 있는 대표적인 실 예가 된다. 중편

인 원작은 아무런 특색 없이 각색되었고 그 지루한 대본과 엉성한 구성은 당대 최고배우들의 연기까지도 완벽하게 망쳐놓았다. 그레고리 펙은 환자 역을 비교적 잘 해냈지만 내내 병상에 누워 신음하는 그의 모습은 관객들을 지루하고 짜증나게 했다. 정열적이고 야성적인 이미지의 수전 헤이워드 역시 환자를 간호하는 간호사의 이미지와는 처음부터 거리가 멀었다. 그러나 이 영화의 가장 치명적인 문제는 끝 부분에 가서 원작에서는 죽는 해리를 살려놓은 것이었다. 영화에서는 구조비행기가 해리를 싣고 눈 덮인 킬리만자로의 정상이 아니라 마을의 병원으로 가는데 이것은 원작의 모든 중요한 상징적 의미를 일시에 무효화시키는 가장 어리석은 행위였다. 해피엔딩을 바라는 관객들의 기호에 영합해 영화가 원작의 결말을 바꾸는 일은 종종 있었지만 이 작품에서처럼 심각하게 의미를 훼손시키는 경우는 별로 많지 않았다. 헤밍웨이는 이 영화를 보다가 도저히 참지 못하고 퇴장했다고 한다. 영화가 독립적인 예술 장르이지만 저자가 관람 도중 퇴장할 정도로 원작을 훼손해서는 안 된다는 것을 영화제작자들은 명심해야 할 것이다.

줄무늬 파자마를 입은 소년The Boy in the Striped Pajamas

원작 존 보인 · **감독** 마크 허만

아일랜드 작가 존 보인의 동명 베스트셀러 소설을 원작으로 하여 마크 허만 감독이 영화(2008)로 제작, 삼일 만에 미국에서만 170만 불의 수입을 올린 인기작이다.

2차 세계대전이 배경인 이 영화는 주인공 부루노가 친구들과 비행기 놀이를 하며 베를린 시내를 다니는 천진난만한 모습으로 시작한다. 집에 도착한 부루노는 갑자기 이사를 한다. 독일 나치 장교인 아버지가 베를린에서 폴란드로 전근가게 되어 그들도 같이 이사를 가게 된다는 이야기를 엄마로부터 듣게 되고 친구들과 헤어지게 됨을 몹시 섭섭해 한다. 농장이라 생각한 곳은 유대인들이 홀로코스트 학대를 받은 아우슈비츠이지만 부루노는 그곳이 어디인지 모르고 다만 놀거리가 없어 심심해하고 가끔 고약한 냄새가 풍기는 것을 이상하게 생각할 뿐이다. 밖에 나가 놀지 못하도록 하는 엄마와 항상 집주변을 지키는 병사들 때문에 꼼짝하지 못하는 그는 유대인은 나쁜 사람이라고 가르치는 가정교사가 이상할 뿐이며 독일만을 찬양하는 교육을 받는다. 그네를 타다가 다리를 다치게 된 그는 한 줄무늬 옷을 입은 유대인의 도움을 받게 된다. 어린 부루노는 전쟁과 노예의 개념도 모르며 의사였던 사람이 자기 집에서 노예처럼 학대받으며 감자 깎는 일을 하는지 이상할 뿐이며, 그들과 절대 가까이 하지 말라는 어른들의 말도 이해할 수 없다. 항상 호기심 많은 부루노는 가지 말라는 뒷마당 창고의 창문을 통해 우연히 숲으로 들어가게 되고 거기서 철조망 건너편에 힘없이 앉아있는 슈무엘이라는 동갑내기 유대인 소년을 만나게 된다. 그곳은 바로 유대인을 학살하기 위해 임시로 거처하도록 한 인간도살장이었지만 어린 부루노는 알지 못한다. 그는 항상 줄무늬 잠옷만 입고 있는 슈무엘이 이상하게 보인다. 그는 자신이 항상 집안에 갇혀 있다면서 불평하며 슈무엘처럼 밖에서 다른 사람들과 어울리기를 바란다. 부루노는 그의 꿈이 모험가이며 더 넓은 세상을 보고 싶어 한다고 영화 내내 심정을 밝힌다. 친구가 생긴 그는 매일 슈무엘을 만나러 가고 몰래 빵을 넣어서 배고픈 슈무엘에게 갖다 준다. 어느 날 슈무엘이 아빠와 함께 이곳에 왔는데 아빠가 수용소에서 학살당한 것도 모른 채 아빠가 갑자기 사라졌다고 몹시 슬퍼한다. 부루노는 친구를 위해 함께 아빠를 찾는 일에 나서겠다고 약속한다. 한편 부루노의 엄마는 저 멀리 언덕에서 나는 이상한 냄새의 원인을 알게 되고 아빠와 심하게 말다툼을 하며 괴물과 결혼했다고 후회하며 부루노와 누나를 다른 곳으로 데려가려고 한다. 다른 한편 부루노는 약속한 날이 되자 몰래 슈무엘에게 줄 빵과 삽을 준비하고 어른들이 이사로 분주한 틈을 타서 몰래 철조망으로 간다. 거기에 도착한 부루노는 슈무엘에게 빵을 주고 슈무엘은 이곳에 오려면 줄무늬 옷을 입어야 한다고 하면서 숨겨온 옷을 준다. 부루노는 그 옷을 갈아입고 철조망 밑의 흙을 삽으로 파서 경계선을 넘는다. "너의 아빠를 찾는 일은 신나는 모험이 될 거야"라고 말하며 둘은 손을 꼭 잡고 놀이하듯이 아빠를 찾아 수용소를 뒤지기 시작한다. 그러나 어른들이 떠밀려가듯이 어떤 방으로 밀려들게 되고 그들은 유대인들 틈에 끼어 가스실로 밀려들어간다. 마지막 죽기 전 두 소년은 손을 꼭 잡는다. 부루노가 없어진 것을 안 부루노 아빠는 수용소로 달려가지만 이미 가스실 아래에서 재가 되어버린 시신들이 떨어질 뿐이다. 아들의 이름을 부르며 울부짖는 아빠와 수용소 철조망 바깥에 걸린 부루노의 옷가지를 잡고 통곡하는 부루노의 엄마의 모습으로 영화는 끝난다.

마크 허만 감독이 만든 동명의 이 영화는 나치정권이 벌린 잔혹한 유대인 학살과 전쟁의 참상을 마지막의 반전을 통하여 비극적 장면을 나타냈다. 철조망 사이에서 우정을 나누던 두 어린이가 결국 전쟁과 학살이라는 의미조차 모른 채 어른들의 추악한 놀음에 비극적 희생이 되고 만다. 전쟁의 가해자가 결국 전쟁의 피해자임을 천진한 두 어린이를 통해 극적으로 강렬하게 그린 작품이다.

분노의 포도The Grapes of Wrath

원작 존 스타인벡 · 감독 존 포드

 〈분노의 포도〉는 존 스타인벡의 동명 소설을 영화로 만든 것이다. 1938년 소설이 출간되었을 때 미국 농민의 삶을 지나치게 참담하게 묘사했다는 이유에서 금서로 지정됐다. 그러니 존 포드 감독의 영화 〈분노의 포도〉가 개봉된 1940년 영화는 아카데미 작품상을, 소설은 퓰리처상을 나란히 받을 만큼 완성도나 그 주제의식에 있어 관객들과 전문가들의 높은 평가를 받은 작품이다. 이 작품에서는 경제 공황 후의 모든 것이 파산되어 낙후된 미국의 모습을 보여주었다. 영화는 사실주의적인 소설을 영상으로 옮긴 리얼리즘 계열의 영화라 할 수 있다. 스타인벡의 원작소설이 훨씬 암울하고 비관적이며 사실적으로 상황들을 그리고 있는 반면, 영화는 소설의 시정어린 문체는 영상으로 살리되 미래에 대해선 다소 낙관적인 편이었다.

톰 조드는 사람을 죽인 죄로 4년의 옥살이 끝에 출옥한 후 고향을 찾기 위해 히치하이크하는 데서 영화는 시작된다. 오클라호마에 돌아온 톰이 만난 것은 지옥과 같은 고향의 풍경이다. 땅은 모래 바람 때문에 비옥함을 잊은 지 오래였고, 이미 많은 사람들이 살 곳을 찾아 떠나고 있었다. 그나마 남아 있던 사람들도 집과 농장이 저당 잡혀서 트랙터에 의해 가정과 일을 잃는 것을 목격하게 되고 그의 가족 역시 아무리 농사를 지어도 밀린 빚을 갚지 못해 쩔쩔맬 뿐만 아니라 가진 땅마저도 빼앗기게 되었다. 그러던 어느 날 톰은 전단에서 읽은 캘리포니아에 농사일에 관한 많은 일자리가 있

다는 선전을 믿고 그곳으로 이주하기 위해 가재도구를 팔아 낡은 트럭을 구입하였다. 트럭은 조드 가족에겐 전 재산이나 다름없다. 자신의 땅을 두고 떠날 수 없다고 버티는 할아버지와 할머니를 달래서 톰의 가족 열두 명은 트럭에 몸을 싣는다. 어쩔 수 없이 살인을 저지르고 감옥에 갔다가 돌아온 톰은 미지의 땅으로 가족들을 선도해가는 가장 역할을 수행한다.

영화에서 조드 일가와 비슷한 처지의 농민들이 낡은 트럭에 식구들을 가득 태우고 먼지 자욱한 도로 위를 끝없이 차량 행렬을 이뤄 전진하는 모습은 이 영화의 대공황 시기의 미국 역사를 증명하는 장면이어서 가장 기억에 남았다. 낡은 트럭에 의지한 채 계속되는 먼 여행에 할아버지와 할머니는 심신에 지쳐 숨을 거두게 되고 톰의 동생은 도망가 버리고 만다. 또한 여정의 도중에 포도농장에서 일을 하고 임금을 받으려 하지만 임금은 처음 약속에 비해 터무니없이 싸거나 고정된 일꾼이 아니라는 이유로 떼먹기까지 하는 등 착취가 일어난다. 이는 유랑민은 많고 일자리는 적은 점을 이용해 갖은 부정과 술수가 난무하는 세상에서 이들 가족의 삶은 더욱 짓밟혀져 가고 있다.

이 작품이 남기는 감동은 다만 자본주의의 비정과 이주농민의 생활의 비참함뿐만 아니라 좀 더 원시적인 생명의 강인성과 서구기계문명의 격돌에 의하여 근대국가를 성립하게 한 미국을 가장 잘 표현한 점이다.

뻐꾸기 둥지 위로 날아간 새One Flew Over the Cuckoo's Nest

원작 켄 키지 · 감독 밀로스 포만

켄 키지의 대표작『뻐꾸기 둥지 위로 날아간 새』(1962)는 1975년 밀로스 포먼 감독에 의해 동일 제목으로 각색되었다. 이 작품은 주인공들의 남녀주연상, 각본상, 제작상, 촬영상 등 아카데미 5개 부문을 수상하기도 했다. 문학의 힘이란 대단해서 소설책 한 권이 인간의 제도를 바꿔 놓기도 하고 사회의 병폐를 고쳐 놓기도 한다. 미국작가 켄 키지의『뻐꾸기 둥지 위로 날아간 새』는 미국 정신병원 운영에 일대 개혁을 가져다 준 혁신적 작품으로 알려져 있다. 이 작품은 오레곤 주의 어느 정신병원에서 동료들과 함께 십 년 동안 갇혀 지내온 인디언 브룸 브롬덴 추장의 이야기로 진행된다.

하얀 회벽으로 둘러싸인 정신병원에 새로운 환자가 입원한다. 입원 첫날부터 조용하던 병원을 소란스럽게 만든 이 환자는 맥머피이다. 그는 폭행과 강간 등의 범죄를 저질러 교도소에 수감되어 있던 중 정신병이 발병하여 이 병원으로 옮겨 온 것이다. 그러나 사실은 얼마 남지 않는 형기를 좀 더 편하게 보내기 위해 위장 입원을 한 맥머피는 항상 싸움과 불만이 끊이지 않는 말썽꾸러기이다. 정신 병원이 감옥보다는 자유로울 것으로 생각했던 맥머피는 오래지 않아 전혀 그렇지 않다는 것을 깨닫는다. 병원에 수감되어 있는 하딩, 마티니, 체스윅, 빌리, 데버, 시멜로, 추장, 프레데릭슨 등과 생활하면서 맥머피는 그들이 겉으로는 전혀 문제가 없어 보이지만 병원내의 압력에 의해 짓눌려 죽은 듯 사는 인간들임을 간파한다. 그리고 그러한 압력의 주범이 레취드 간호사임을 알게 된다. 맥머피는 우선 자유롭고 편하게 지내기 위해 여러 가지를 요구한다. 레취드 간호사는 그의 요구를 한마디로 묵살하지만, 그는 스스로 "나는 식물처럼 가만히 있지" 못하기 때문에 미친 것인지 안 미친 것인지를 치료받으러 왔음을 강조하며, 환자들을 끌고 병원을 빠져나가 낚시를 다녀오거나 파티를 여는 등 의도적인 반항했다. 이러한 맥머피의 행동이 지금까지 죽은 것처럼 살아왔던 환자들에게 새로운 용기와 자신감을 가져 왔고 마침내 그들이 원하던 한 가지 소망, 월드시리즈를 환호 속에 시청할 수도 있었다. 그러나 레취드 간호사 또한 만만치 않은 인물이다.

맥머피의 저항에 대한 보복으로 그를 영원히 병원에 가두어 둘 계획으로 그를 진짜 정신병자로 만드는 확실한 방법을 세운다. 이를 눈치 챈 맥머피는 탈출하기로 마음먹었다. 영화 내내 한마디 말이 없어 벙어리인 줄로만 알았던 추장이 말문을 열었고 그와 함께 캐나다로 도망가려던 맥머피는 마지막 순간 빌리 때문에 망설이고 만다. 그를 유난히 따랐던 빌리는 어릴 적 어머니 때문에 여자를 가까이 한 적이 없었다. 성적인 압박감이 병이 되어 병원에 들어온 빌리에게 맥머피는 여자와 함께 밤을 보낼 수 있도록 도와주었다. 그 빌리의 죽음에 흥분한 맥머피는 레취드 간호사에게 덤벼들다가 전기 치료실로 끌려간다. 전기 치료실에서 나온 맥머피는 예전의 그가 아니었다. 맥머피 자신이 그렇게도 싫어했던 '식물 같은 인간'이 되어 있었다. 언제나 그랬던 것처럼 표정 없는 얼굴로 맥머피를 지켜보는 추장은 그날 밤 탈출을 시도한다. 친구였던 맥머피의 영혼을 자유롭게 만들고 예전에 맥머피가 그랬듯이 급수대를 이용해 창문을 깨고 탈출하는 데 성공을 한다.

영화 〈뻐꾸기 둥지 위로 날아간 새〉는 맥머피의 이야기를 추장의 입으로 듣는 듯하다. 그러나 추장은 영화가 끝날 때까지 몇 마디의 대사도 하지 않는다. 마지막 맥머피를 죽이고 추장이 탈출에 성공했을 때 관객들도 영혼의 자유를 느끼게 된다. 맥머피는 죽었지만 그의 체제 저항적인 정신은 살아남은 것이다.

영화 속에서 맥머피가 주요 인물이 되고 브롬덴 추장은 보조인물로 처리되어 인디언의 독특한 시각으로 보는 역사적 의미를 상당부분 간과하고 있는 아쉬움이 있다. 그러나 영화 〈뻐꾸기 둥지 위로 날아간 새〉는 뛰어난 연기와 작품성으로 문학작품이 성공적으로 영화화된 대표적인 경우이다. 이 작품의 제목은 "하나는 동쪽으로, 하나는 서쪽으로, 그리고 또 하나는 뻐꾸기 둥지 위로 날아갔네"라는 어린이 동요에서 따온 것인데, 뻐꾸기 둥지는 속어로 정신병원을 의미한다. 따라서 뻐꾸기 둥지 위로 날아간 새는 정신병원을 탈출한 사람을 상징한다. 작가의 견해로 이 세상은 하나의 거대한 정신병원이고 우리는 그 안에 갇혀 억압받고 있는 환자들이다. 그곳에는 우리를 교화시키고 순화시키는 전기충격기구와 의식을 흐릿하게 만드는 안개기계, 그들을 억압하고 조정하는 지배체제의 하수인인 수간호사가 있다. 맥머피는 거대한 세력에 대항하여 동료 죄수들로 하여금 그런 상황을 깨닫도록 하여 탈출시켜 주는 역할을 하여 억압과 폭력에 대항하는 인간의 위대한 저항정신을 고취시킨 작품이다.

포카혼타스Pocahontas

원작 존 데이비스 · **감독** 에릭 골드버그

어린이들에게 잘 알려진 〈포카혼타스〉는 미국의 월트 디즈니 사가 거의 매년 한 편씩 내놓아 대단한 상업적 성공을 거두고 있는 만화영화 작품 중 하나이다. 예를 들어 〈인어공주〉, 〈미녀와 야수〉, 〈알라딘〉, 〈라이온 킹〉 등은 디즈니사를 돈방석에 올려놓은 최근의 애니메이션 작품들이다. 그중 앞의 세 작품은 기존의 동화를 소재로 한 것들이고, 〈라이온 킹〉은 일본의 만화영화 〈레오〉에서 아이디어를 빌려왔다고 한다. 그러나 1995년에 제작된 〈포카혼타스〉는 실제 동화 이야기가 아닌 실화라는 점에서 독자들의 관심을 끈다. 미국 역사에 의하면 본명이 마토호카인 포카혼타스(1595-1617)는 추장 포와탄의 딸이었고, 미국 초기 역사에서 식민지 정착자들의 지도자로 유명한 존 스미스 선장의 목숨을 구해주었다고 기록되어 있다. 존 스미스 선장(1580-1631)은 북대서양의 탐험가이자, 미국 버지니아 주에 상륙했던 영국의 식민지 개척자이다. 포카혼타스가 오늘날의 버지니아 주 해변의 숲에서 스미스 선장을 처음 만났을 때는 기껏해야 열한 살이나 열두 살 정도였기 때문에, 실제로 그녀와 스미스 선장 사이에 로맨스가 존재했는지는 모르겠지만 두 사람 사이의 러브 스토리는 많은 작가들의 상상력을 자극하였다.

영화 〈포카혼타스〉는 지금까지 만들어진 디즈니 만화 중에서 가장 정치적인 애니메이션일수 있다. 동화 속의 인물들만을 그려온 디즈니가 처음

으로 실존했던 포카혼타스를 발탁한 출발에서부터 그녀가 사랑하는 남자를 거절하고 동족들과 남는 마지막의 반 낭만적 선택에 이르기까지 디즈니의 정치적 야심을 읽을 수 있기 때문이다. 인디언과 개척자 영국인들의 이야기를 통해 유토피아적 평화주의를 주장하는 디즈니의 시각이 여전히 현실적이기보다는 동화적이지만, 이 이면에는 기득권자(백인)의 합리화가 음험한 마력으로 존재한다. 순수한 동심의 세계를 보고 있다는 착각에 빠뜨리는 가장 큰 함정은 그 어느 때보다도 현란하고 탐미적인 〈포카혼타스〉의 영상화이다. 이미 아시아라는 보석 같은 흥행시장을 발견한 디즈니는 그들의 만화 캐릭터들과 함께 문화와 이데올로기를 더욱 자연스럽게 우리의 뇌리에 심어줄 것이며, 이제 애니메이션의 순수시대도 막을 내린 것이다.

〈포카혼타스〉를 영화로 만들어 디즈니사가 드디어 미국문화까지도 상업화시켜서 다른 나라들에 수출하기 시작했다고 비판하는 글들이 나왔다. 지금까지 애니메이션 영화들은 대부분 유럽적이었고 그런 데로 수용적이었지만 동심을 이용한 미국의 문화적 제국주의는 허용하기 어렵다는 것이다. 흔히 디즈니 만화영화는 순수한 동심이 세계를 그린다는 신념에 가까울 정도의 믿음을 가진 사람들이 많지만, 실제 그렇지 않다는 것이다. 그 어떤 할리우드 영화보다도 미국적 이데올로기를 은연중 영화 속에 깔아 놓고 자연스럽게 관객들의 의식을 세뇌시킨 성공작이라는 것이다. 디즈니 영화를 더욱 경계해야 할 점은 자신들의 만화영화 속에는 어떠한 정치적 야심이나 문화적 이데올로기도 숨겨 있지 않다고 믿게끔 영화를 포장시킨다는 것이다.

디즈니 만화왕국이 거의 몰락한 지경에 있다가 〈인어공주〉로 희생한 이후부터 디즈니의 영화들은 만화캐릭터들만 판매하는 것이 아니라 미국주의를 같이 보내 왔다. 〈포카혼타스〉는 그 정도가 가장 심한 경우이다. 미국인들이 인디언들을 학살하고 자기 땅에서 몰아낸 역사에 대한 합리화 전략

속에서 디즈니의 주장은 사랑으로 같이 살자는 것인데, 침략자는 바로 미국인이었다는 사실을 사랑이라는 로맨스로 가리고 있다. 따라서 영화 이면에 숨겨져 있는 이데올로기적 전략을 밝혀내 일반 관객이 못 보던 것을 자각시키는 것도 바로 영화비평 기능 중의 하나이다.

과연 이 영화는 미국 원주민들Native Americans(American Indians)을 대자연을 지키는 평화스러운 미국의 원래 주인으로 보고 유럽에서 온 백인 개척자들은 남의 땅을 빼앗는 잔인한 무법자들로 묘사하여 반 제국주의적인 시각으로 미국역사를 재조명하고 있다. 이 영화 속에서 포와탄 추장의 목소리를 맡은 사람은 미국의 백인 지배문화에 대항해 투쟁을 벌이고 있는 유명한 미국원주민 운동가인데, 그는 "내가 〈포카혼타스〉에 출연하게 된 것은 이 영화가 모처럼 소수인종의 시각에서 미국사를 다시 보고 있기 때문이다"(『라이프』지, 1995년 8월호)라고 말하고 있다. 포카혼타스는 〈장난꾸러기〉라는 인디언 이름처럼 대단히 개방적이고 모험을 좋아했으며 개화된 신여성이었다. 그녀는 스미스 선장이 영국으로 돌아간 후 1614년 영국상인 존 롤프와 결혼했는데, 당시 그것은 미국과 영국 모두에서 화제의 대상이 되었다. 포카혼타스는 남편과 함께 영국으로 건너갔는데, 롤프가 포카혼타스를 상업적 목적으로 이용하기 위해 그녀에게 유럽 여성의 의상을 입혀 데리고 다녔다고 한다. 그녀는 야만인도 문명인이 될 수 있다는 한 예로서 백인사회, 즉 서구사회에 보여진다. 그러나 백인사회에 적응하기 어려웠던지 포카혼타스는 영국에 간 지 불과 3년 후인 1617년 병사한다. 포카혼타스와 스미스 선장의 로맨스만을 그린 디즈니사의 이 영화에서 다만 피부 빛이 다른 두 남녀의 애틋한 사랑만이 그려져 역사의 또 다른 진실을 제시 못한 점은 있으나 미국의 형성과정이 유럽 제국주의자들의 땅 빼앗기였다는 사실을 나름 인정한 것은 높이 평가할 수 있다.

앵무새 죽이기To Kill a Mocking Bird

원작 하퍼 리 · 감독 로버트 멀리건

 1960년 하퍼 리가 『앵무새 죽이기』를 출간하자마자 미국 전역에 커다란 반향을 일으키며 퓰리처상을 수상했으며, 1962년에는 그 해의 최고 베스트셀러상을 받았다.

이 소설은 크게는 인종차별문제를, 작게는 이웃사랑과 어린이의 세상 눈뜨기를 다루고 있다. 이 소설은 미국 남부 알라바마 주의 시공에 사는 진 루이스 핀치(스카웃)라는 여성이 일곱 살 때부터 열 살까지의 어린 시절을 회상하는 식으로 진행된다. 스카웃은 두 살 때 엄마를 잃고 아빠 애티커스와 오빠 잼과 같이 살고 있다. 변호사인 아빠 애티커스가 백인 여자 성폭행 혐의를 쓰고 억울하게 구속된 흑인 로빈스의 변호를 맡고 그를 변호함으로 인하여 마을 백인으로부터 비난을 받게 된다. 그러나 로빈스의 무죄를 믿고 있는 애티커스는 변호사로서 자신의 경력이 위태로워짐에도 불구하고 로빈슨을 백인들의 편견과 집단린치로부터 구해내려고 노력한다. 법정에서 애티커스는 로빈슨의 무리를 입증하는 증거를 제시한다. 그러나 백인들로만 구성된 배심원들은 유죄 평결을 내리고 절망한 로빈슨은 이송 도중 도망치다가 사살되고 만다.

이 소설에서 가장 큰 주제는 인종차별 문제이다. 이야기를 끌고 가는 '나'라는 주인공 스카웃은 오빠 잼과 변호사인 아버지, 그 외 많은 사람들과 평범하게 일상 속에서 살아가는 세상에 대한 식견을 넓혀간다. 그러다가 단지 흑인이라는 이유 하나만으로 강간범으로 몰린 로빈슨을 스카웃의 아버지 애티커스가 변호해 주고 로빈슨의 결백에는 명백하게 주장했음에도 불구하고 백인 배심원들이 유죄를 선고한 것은 아이들에게 정신적인 커다란 영향을 끼치게 된다. 두 번째 주제는 이웃사랑이다. 이웃과의 사귐을 피하고 집에서 틀어박혀 살며 사람들이 정신병자라고 무서워하는 부래들리는 아이들을 통하여 점진적인 우정을 쌓으면서 이웃에 대한 자신들의 두려움이 얼마나 근거가 없는가를 깨닫게 된다. 다양한 이웃들의 삶에서 여러 가지 교훈과 감동을 느낄 수 있다는 것이다. 또 하나의 주제는 애티커스의 민주적인 아버지 상이다. 애티커스는 아이들에게 자신의 이름을 부르게 하며 모든 것을 대화와 설득을 통해서 해결하려고 한다. 새 사냥을 하고 싶다는 아이들에게 아무런 해도 끼치지 않는 앵무새를 쏘는 것은 나쁜 짓이라고 이야기한다. 불만스러워 하는 아이들은 비폭력적이고 민주적인 아버지를 나약하고 비겁하다고 오해하지만 곧 아버지가 마을에서 최고의 명사수이고 진정으로 용기 있는 자라는 것을 깨닫는다. 앵무새는 유색인, 가난한 사람 같은 죄 없는 타자를 상징한다.

영화 〈앵무새 죽이기〉는 1962년 로버트 멀리건 감독이 제작하여 그 해 아카데미 주연상과 각색상을 탄 수작으로, 원작의 주제를 잘 그려낸 작품이라는 호평을 받았다. 우리나라에 처음 개봉될 때 이 영화는 〈알라바마에서 생긴 일〉이라는 제목으로 상영되었다. 일부러 흑백으로 제작된 이 영화는 애티커스 역의 그레고리 팩, 스카웃 역의 메리 베드 햄, 엄마 없는 집안의 맏아들 역을 한 오빠 잼 역에 필립 알포드, 부 아저씨 역의 로버트 듀발 등의 연기 등은 놀랄 만큼 섬세한 완벽한 인상적 연기를 펼쳤다. 이 작품은 편견으로 가득 찬 어른들의 세계를 천진난만한 어린아이들의 시각으로 들여다보았다는 점이 강한 설득력을 갖게 한다는 것이 인상 깊다.

러브 스토리Love story

원작 에릭 시걸 · **감독** 아서 힐러

 『러브 스토리』는 예일대 영문과 교수인 에릭 시걸
이 1960년대 말 출간하여 전 세계인의 마음을 울렸던
감동적인 사랑이야기이다. 당시 비평가들은 극도의
물질주의적 가치관에 염증을 느낀 사람들이 예전의
순수한 사랑에 대한 그리움에서 감동을 받았기 때문이라고 말하였다. 그러
나 당시 진보주의의 물결이 거세던 시대적 상황이 단순한 사랑이야기가 아
닌 진보와 보수의 대립을 이 소설의 주제로 보고 있다. 주인공 올리버와 제
니의 사랑뿐만 아니라 진보와 보수의 화해가 심층에 담긴 주제 때문에 이
소설은 단순한 감상적인 통속 소설과는 다르다.

하바드 대학생이며 부유한 집 아들인 올리버는 도서관에서 우연히 레
드 클리프 대학에 다니는 똑똑한 여대생 제니를 만난다. 올리버는 고집 세
지만 똑똑하고 당찬 제니에게 호감을 느끼고 곧 둘은 사랑에 빠진다. 아버
지에게 반항하던 올리버로서는 제니라는 자유로운 분위기의 여성을 만나자
자신의 인생에 눈을 뜨게 된 셈이다. 그녀를 선택한 것이 처음으로 자신의
인생을 결단하는 일이었다. 제니의 집안이 진보 내지 자유주의자를 대표하
는 것은 제니의 아버지 필을 통해서 잘 나타난다. 그는 딸과 사위에게 자신
의 이름을 부르라고 할 만큼 권위와는 거리가 먼 인물이다. 하지만 제니는
가난한 이탈리아 이민자 출신으로 둘 사이의 신분과 격차가 너무 심해서
주위의 반대에 부딪히는데, 특히 올리버의 아버지는 절대 제니를 인정하지
않으려 한다. 그러나 둘은 결혼을 강행하고 모든 이들의 냉대에도 불구하

고 행복하게 지낸다. 올리버는 고생 끝에 대학을 졸업하여 변호사가 되어 어려운 생활에서 벗어난다. 하지만 생활이 나아진지 얼마 되지 않아 제니는 아프기 시작하고 백혈병으로 죽음을 맞이한다. 여기에서 제니의 죽음은 1960년에는 진보와 개혁의 이상이 죽음을 맞이하고 70년대에 미국의 보수가 다시 도래함을 상징한다. 그래서 제니가 올리버에게 "사랑은 미안하단 말을 하는 게 아니야"Love means never having to say you're sorry라는 유명한 대사를 제니가 'say'라는 말을 강조했다는 입장에서 말로만 용서해달라고 할 것이 아니라 행동으로 보여 달라는 적극적 해석으로 보기도 한다. 베트남 전을 반대하는 시위와 히피의 삶에서 그들이 추구한 것이 행동하는 지성이며 이것이 60년대 미국젊은이들의 강령이었으니까 70년에 와서 힐러 감독에 의해 만들어진 영화 〈러브 스토리〉는 소설의 바로 그와 같은 주제를 잘 파악하고 충실히 영상에 담아서 통속적인 사랑이야기가 아닌 드물게 잘 만들어진 영화로 기억되고 있다.

에릭 시걸이 직접 각색하고, 라이언 오닐(올리버 역)과 알리 맥그로(제니 역)가 열연한 이 영화는 그해 아카데미 작품상, 감독상, 남우주연상, 여우주연상, 남우조연상 다섯 개 부문에 추천되었으며, 프랜시스 레이가 작곡한 아름다운 주제곡은 현재까지도 사랑받는 영화음악이다. 바하와 비틀즈를 사랑했던 제니는 죽는다. 제니의 죽음은 결국 올리버와 아버지의 보다 더 심각한 단절을 초래한다. 진보와 보수의 화해는 끝내 이루어지지 않는다. 영화의 마지막 장면에 올리버는 아버지와 헤어져 병원을 떠난다. 미안하다고 말하려는 아버지에게, 올리버는 제니에게 배운 말인 사랑한다면 미안하다고 말하지 않는 것이라고 말한다. 그러나 어쨌든 이 영화는 이런 배경 이상으로 관객의 눈물을 쏟게 한 멜로드라마였고 쓰러져 가는 시대정신의 배반을 잘 잡아낸 할리우드의 힘이었다. 당시 미국인들은 제니의 죽음 앞에서 연인들의 이별을 안타까워하며 자유로움을 꿈꾸던 자신들의 시대가 죽어가고 있다는 감정을 애절하게 느꼈을 것이다. 1979년에는 제니가 죽은 후 재혼한 올리버의 이야기를 다룬 속편이 만들어졌다. 변호사가 된 올리버는 여전히 진보와 보수라는 갈등을 겪는다는 내용으로 국내에는 〈올리버 스토리〉라는 제목으로 소개됐으나 큰 인기를 얻지는 못했다.

쇼생크 탈출Rita Hayworth and the Shawshank Redemption

원작 스티븐 킹 · 감독 프랑크 대러본트

 미국 작가 스티븐 킹은 인간의 가장 근원 속에 숨어 있는 공포 의식을 탐색하여 공포 추리소설의 애드가 앨런 포의 후계자라고 할 정도로 인간의 마음을 사로잡은 작품들을 많이 썼다.

스티븐 킹의 중편 소설 『리타 헤이워스와 쇼생크의 구원』은 교도소라는 공간 설정을 해두고 특이한 공포를 다룬 작품이다. 촉망받는 은행간부 앤디 듀프레인은 부인과 그녀의 정부를 살해했다는 누명을 쓰고 종신형을 선고받는다. 그는 악당들만 모여 있는 쇼생크 교도소에 수감되는데 거기서 동료 죄수들에게 강간을 당하는 등 야만적인 행위들이 이뤄진다. 그는 이런 상황 속에서도 나름대로 생존방식을 습득해가고 그 속에서 역시 종신형을 받은 레드와 친구가 된다. 그러던 중 우연히 간수장의 세금 문제를 해결해 주면서 다른 모든 간수들에게도 상담을 해주고 해결함으로써 감옥에서 나름대로의 특혜를 누린다. 앤디는 뒤에 교도소 소장의 돈까지 세탁하여 늘려준다. 그러다가 어느 날 새로 들어온 토미가 앤디의 부인과 정부를 살해한 진범을 안다고 이야기한다. 이 이야기를 들은 앤디는 교도소장에게 이 이야기를 하면서 결백을 주장한다. 그러나 앤디가 석방되면 자신의 돈 세탁에 대해서 입을 열까봐 두려워한 소장은 토미를 무참히 살해해 버리고 만다. 토미의 죽음을 전해들은 앤디는 절망하게 되고 그 뒤에 무언가 굳게 결심한다. 그는 모든 것을 철저히 준비하여 감옥을 탈출할 계획을 세운다. 그를 영원히 감옥에 가두어 두려는 교도소장의 음모를 눈치 채고 19년 간

살아온 감옥을 탈출한다. 교도소장의 돈은 모두 앤디의 소유가 되고 부정축재 사실이 언론에 공개된 교도소장은 뒤에 파멸한다. 뒤에 가석방된 레드는 앤디를 찾아가고, 그들은 새로운 생활을 시작한다.

교도소는 인생의 장벽을 상징한다. 인간은 누구에게나 자기 자신의 벽이 있다. 그 벽은 자신이 스스로 쌓은 것도 있고 물리적으로 만든 벽도 있다. 그런 벽 속에 어쩌면 우리는 갇혀 있는 셈이 된다. 항상 닫혀 있는 곳에 익숙해진 우리는 닫힌 곳에서의 안락에 마비되어 새로운 자유의 탈출을 두려워하거나 단념하고 있는지도 모른다. 종신형을 받고 쇼생크 감옥에 거의 일생을 보낸 브룩스가 가석방된 후 50년 만에 보는 사회에서 적응하지 못하고 끝내 자살하는 것도 어쩌면 우리는 닫힌 곳에 길들여져 있어, 열린 곳에는 적응하지도 살 수도 없게 된 것이리라.

프랑크 대러본트 감독은 이런 주제를 잘 담은 영화 〈쇼생크 탈출〉을 수준 높은 영상 작품으로 만들었다. 이 영화에서 종신형을 선고받은 앤드를, 역시 종신형을 받은 레드가 시종 주의 깊게 관찰하다 각별한 우정이 싹트면서 이야기를 해나가는 레드의 시선으로 진행된다. 교도소에서 탈옥하는 진부한 소재를 매우 신선하고 박진감 있게 제작한 영화이다. 프랑크 대러본트 감독은 스티븐 킹의 원작소설을 가장 잘 영화화한 것으로 인정받았다. 짜임새 있고 노련한 앤디의 연기력은 단연 돋보이고 특히 탈옥 후 비가쏟아지는 들판에서 자유를 만끽하고 하늘을 향해 두 팔을 벌리며 울부짖는 장면은 매우 인상적이다. 인간의 타고난 본능과 같은 자유에 환호하는 가슴속에 우러나오는 연기는 대단하다. 흑인 명배우 모건 프리먼(레드 역)의 잔잔한 연기도 압권이다. 뒤에 앤디가 레드에게 하는 말 가운데 "기억해요, 레드, 희망은 좋은 것이고 아마도 최고라고 할 수 있을 거요. 그리고 좋은 것은 사라지지 않아요."라는 대사 속에서 언제나 인간은 희망을 가질 수 있을 때 자유인이 될 수 있을 거라는 암시를 받는다.

양들의 침묵The Silence of the Lambs

원작 토머스 해리스 · 감독 조나단 뎀

토머스 해리스의 『양들의 침묵』(1988)은 그가 영문학을 전공하고 경찰출입기자와 AP통신 사회부 기자를 지내면서 엽기적인 사건들을 다루어 온 경험을 토대로 쓴 작품이다. 이 작품은 출간되자 엄청난 부수로 판매되었고 1991년에 한국어판이 나왔다.

클라리스 스탈링은 어릴 적 아버지를 사랑했지만 일찍 돌아가시고 어머니는 세탁부로 일하지만 형편이 어려워 목장을 하는 어머니의 사촌 집에 보내진다. 그 목장은 양과 말을 도살하는 곳으로 어느 날 밤 스탈링은 양들의 비명소리를 듣고 양들이 도살되는 장면을 목격하게 된다. 어린 스탈링은 놀라 그 목장에서 도망치고 양들을 구출한 죄책감으로 심리적 충격을 받는다. 그 후 고아원을 전전하며 친구들에게 따돌림을 당하고, 부모를 그리워하며 이런 서러움을 가슴에 묻고 자란다. 스탈링은 어른이 된 후에도 밤에 양의 비명소리를 듣는 악몽에 시달린다. 불우한 어린 시절 가슴 속 분노를 스탈링은 학교에서 열심히 공부하는 것으로써 극복한다. 그러나 양들의 비명소리의 악몽에 시달리지만 제임 검브로부터 캐더린을 구출한 후 양들의 비명소리에서 벗어나게 된다. 곧 스탈링은 양들이 침묵하면서 어린 시절의 충격에서 벗어나지 못하고 스스로를 억압해 온 자신 속의 또 다른 자신으로부터 벗어나게 된 것이다.

한니발 렉터 박사 역시 정신이상자이다. 정신분석심리학자이며 정신과 의사이고 뛰어난 독심술사이지만 사람을 죽여 인육을 먹는 미치광이로 특수감옥에 투옥된다. 일상에는 예의바른 신사이지만 자신이 모욕을 받으면 그 사람을 반드시 죽여 인육을 먹는다.

렉터의 이런 이상심리가 어디에서 나온 것인지 나타나 있지 않지만 렉터 한 사람 속에 있는 두 개의 인격을 극복하지 못한 병리적 현상으로 파악된다. 이처럼 어린 시절에 받은 충격을 주위의 돌보는 사람이나 중요한 사람들이 달래주고 회복시켜 주는 경험을 갖지 못했을 때 그 충격이 심리 장애로 굳어진 것이다. 아동이 의지할 만한 사람이 없었다는 것이 주요 원인이 된다. 스스로 자신을 만족시키는 능력이 불충분할 때는 자신이 무조건 믿고 돌보는 대상이 있다는 것이 심리적 충격을 극복하는 데 가장 중요한 요인이 된다. 어린 시절 자신을 돌보아주고 신뢰할 수 있는 어른이 없을 때 자기 스스로를 또는 자기 분신들을 자기의 위로의 대상으로 사용할 수밖에 없으며 이것이 심리적으로 고착되어 잘못된 결과로 나타난다. 마크 셰크너 교수는 이 소설이 마치 영화화하기 위하여 쓰인 것처럼 느껴진다고 하였는데, 그것은 요즈음 소설들이 영화와 매우 긴밀한 관계를 갖고 있으며 영상 시대에 새로운 서술기법의 창출이자 활자매체와 영상매체의 상호보완적이고 포용적인 특징을 나타내고 있다고 본다.

1991년 조나단 뎀 감독이 영화화한 〈양들의 침묵〉은 아카데미 5개상을 수상했다. 영화 속에서 식인종 한니발이라는 별명을 가진 인육을 먹는 정신과 의사 렉터(엔소니 흡킨스 분)와, 여자를 죽인 다음 가죽을 벗겨 자신의 옷을 만드는 버펄로 빌은 독자들과 관객들을 공포 분위기로 몰아간다. 특히 앤소니 흡킨스의 소름끼치는 연기가 돋보인다. 그의 눈에서 뿜어내는 전율을 느끼게 하는 눈빛은 관객을 긴장 속에 몰아넣는다. 잭 크로모드는 스탈링에게 아버지 같은 존재인데, 그의 명령으로 정신병원에 있는 렉터 박사를 만나고 그녀의 영리한 분석으로 범인을 검거할 수 있는 결정적 단서를 알아낸다. 그러나 그녀의 무의식 속에 잠재한 양들의 비명의 악몽의 근원적 문제점을 깨닫게 된다. FBI 견습요원인 스탈링은 양들의 비명의 악몽에 시달리지만 여자들을 살해하는 연쇄 살인범을 잡아야 그 악몽에서 벗어날 거라고 렉터의 조언을 받는다. 비명을 지르고 꼼짝없이 쩔쩔매는 양들은 여성을 상징하고 스탈링은 어둠 속에서 범인과 싸워 처치하고 여성을 구한다. 이제 그녀는 다른 사람의 보호 없이 살아갈 수 있고 그런 의미에서 이 영화는 페미니즘적 성격을 띤다. 영화의 문제점을 보면 영화에서는 제임 검브의 여자가 되고 싶은 욕구만 나타날 뿐 왜 여자가 되고 싶어 하는지에 대한 심리 묘사가 없어 제임 검브를 정신이상자로만 여겨질 뿐 이상심리에 부분적으로라도 공감할 수가 없다. 짧은 시간 내 영화 속에서 소설이 의미하고 설명하는 내용을 다 나타낼 수 없다는 점 또한 영화의 한계이기도 하다. 특히 인간의 복잡한 심리적 내용은 그저 암시적으로 나타낼 수밖에 없다는 점에서 영화만 보고 그 작품을 다 이해한다고 해서는 안 될 것이다.

롤리타 Lolita

원작 블라디미어 나보코브 • **감독** 애드리언 라인

『롤리타』는 1955년 프랑스 파리에서 출판되어 화제가 되었으나 다음해에 판매금지가 된다. 1958년에는 미국에서 발간되어 베스트셀러가 된 러시아 망명 작가 블라디미르 나보코프의 소설이다. 처음엔 미국뿐만 아니라 프랑스에서 출판금지 처분을 받았고 영국의회에서까지 논쟁이 일었다. 이 소설의 주인공은 지적인 중년의 험버트 험버트라는 이름의 남성인데 자신이 롤리타라고 부르는 열두 살의 달러레즈 헤이즈에게 첫눈에 반해 그녀의 엄마와 마음에도 없는 결혼을 한 후 롤리타와의 사랑을 이루기 위해 엄마를 죽음으로까지 내몬다. 이후 롤리타와 사랑의 도피를 하지만 롤리타는 도중에 달아나고, 험버트는 롤리타를 가로채간 남자를 찾아서 사살하고 투옥된다. 성적도착증을 다룬 소설로 피도필리아pedophilia 또는 미성년 포르노그라피라는 용어의 소위 롤리타 콤플렉스라는 말이 생겨나게 됐다. 이 말은 어린이를 성적 대상으로 삼고 이를 즐기거나 소아에 대한 이상 성욕을 갖는 증상을 말한다. 소설은 감옥에 있는 동안 험버트가 쓴 비망록의 고백적 수기 형식을 취한다.

영화 〈롤리타〉를 스탠리 큐브릭 감독이 처음 만들어 1962년 발표했을 때 영화 상영 허가를 얻기 위해 큰 어려움을 겪었다. 특히 피도필리아라는 비판을 극복하고 검열을 통과하기 위해 성적 묘사부분을 모두 삭제하기도 했다. 1997년 애드리언 라인 감독도 〈롤리타〉를 영화화 했을 때 영화 배급업자들의 거부로 일 년 후 상영할 수 있었다. 영화에 대한 평은 다양하여 뉴욕 타임즈에 라인감독의 〈롤리타〉의 비평을 기고한 카린 제임스는 이 영

화의 주제를 순수하고도 비극적인 사랑으로 해석하였다. 카린은 라인감독이 예술적인 변형력을 가진 나보코브의 시각을 충분히 반영해서 험버트의 광기를 훌륭한 예술로 승화시켰다고 평하였다. 다른 한편 알렌 스톤은 나보코프의 소설을 본질적으로 비극적인 사랑이야기가 아니라 사랑과 예술적 가치의 신화에 대한, 독자들의 성적 관심에 대한, 프로이드적인 정신분석에 대한 작가의 신랄한 풍자로 보았다. 이 영화는 위대한 풍자 소설의 명성을 이용해서 관객에게 비극적 연인의 피도필리아를 다룬 사이코드라마라고 혹평했다.

나보코프의 서술 기법은 험버트로 하여금 자신의 이야기를 참회적이며 자기 변론적인 고백의 형식을 통해서 독자에게 전달한다. 그 결과 독자들은 그에 대해 반감과 동정심을 동시에 느끼게 된다. 그러나 라인의 영화는 소설이 지닌 이런 양면성 중 표면적으로 나타나는 비극적인 면만을 부각하고 그 저변의 블랙 코미디적인 요소를 빠뜨려 나보코프의 문학적 통찰력과 스타일의 중요한 부분을 놓치고 있다. 소설에서 험버트는 정신과 치료 전력이 있고, 알코올 중독증과 성적으로 편집된 피도필리아 증세와 철저한 나르시시스트로서 내면에 지적 교만함이 차있는 동시에 궁극적으로 순수한 열정을 가진 복합적 인물이다. 그러나 라인의 영화에서 험버트는 모순적이고 실현할 수 없는 열정에 사로잡혀 괴로워하는 자기 자신의 열정과 양심의 희생자로 나타난다. 또한 나보코프의 험버트가 자신의 피도필리아와 성적 편집증에 대한 정신분석적 이해를 풍자적으로 비꼬는데 반해서, 라인이 해석한 험버트는 자신이 어린 시절에 겪은 애너벨과의 이루지 못한 사랑의 환상을 현재의 심적 갈등으로 합리화하는 프로이드적 정신분석을 한다.

그러나 소설을 통해서 구현된 나보코프의 예술과 삶에 대한 이러한 견해가 전혀 다른 전달매체인 영화를 통해서 시각적·청각적 감각으로 재창조될 때 그것은 또 다른 하나의 새로운 예술작품이 된다. 지적 상상력을 바탕으로 이미지를 나타내는 소설이 영상매체의 시각적 이미지로 완벽하게 번역될 수는 없다. 왜냐하면 영상매체의 기표 언어나 활자매체의 기표언어는 각기 독특한 방식으로 우리의 정서적·지적 바탕에 호소하기 때문이다. 영화적 특성을 살리려는 쉬프와 라인은 비록 그의 혐오스런 행위에도 불구하고 영화에서 험버트를 관객으로부터 동정심을 받도록 하여 성적 묘사의 장면에서도 소설이 독자의 성적 감각을 결코 직접 자극하지 않고 상상력을 통해서 에로틱한 긴장감을 유지하도록 묘사와 절제의 놀라운 균형을 이루어 자극과 절제의 미묘한 균형을 유지한다.

『롤리타』를 피도필리아 작품이라고 단정 지을 수 없는 것은 그 소설의 진정한 예술적 가치는 나보코프가 창조하는 견고하고 매혹적인 언어 세계에 있기 때문이다. 나보코프 자신이 그 책을 영어라는 언어에 대한 자신의 사랑이야기라고 말했다. 소설 『롤리타』가 나보코브의 언어에 대한 통찰, 마술적 언어의 유희, 정교한 언어의 퍼즐게임, 자기 반영적 태도, 메타픽션적 경향, 패러디, 픽션과 리얼리티의 성찰 등의 특징들을 지니고 있는 점들로 보면 문학사적으로 포스트모더니즘적 전환의 선도적 역할을 하고 있다고 보겠다. 또한 에로티시즘 전통에서 시적 문체의 소설을 균형 있게 긴장감을 유지시킨 영상예술로 바꾸어 놓았다는 평가에서 라인 감독의 영화가 더욱 돋보인다.

노틀담의 곱추The Hunchack of Notre Dame
파리의 노틀담Notre Dame de Paris

원작 빅토르 위고 · 감독 게리 트라우스데일

『노틀담의 곱추』라고 우리에게 잘 알려진 빅토르 위고의 『파리의 노틀담』은 곱추 콰지모도와 집시 여인 에스메랄다의 이루어질 수 없는 숭고한 사랑이야기이다

이 소설의 배경은 1487년 파리의 노틀담 사원이다. 출생을 알 수 없는 노틀담 사원의 종지기인 콰지모도는 인간사회와 격리된 채 살아간다. 흉측한 얼굴과 곱추인 그는 종소리로 인해 귀까지 멀었다. 그의 보호자이며 압제자인 클로드 프롤로는 그를 괴물로 취급하며 사원 밖으로 나가지 못하도록 한다. 집시의 도시를 없애버리려는 프롤로는 콰지모도의 집시 어머니를 죽인 장본인이며 자신의 악행에 대한 속죄로 그녀의 아기를 떠맡아 돌보게 된 것이다. 그리고 20년의 세월이 지났다. 파리의 시민들과 어울려 놀고 싶은 콰지모도는 세 명의 석상 친구들(빅토르, 위고, 라베르네)에게 조언을 구하고, 가장행렬이 성대히 펼쳐지는 만우제날 용기를 내어 종탑 아래에서 벌어지는 축제에 몰래 참가하는데, 그만 축제의 아수라장 속에 휩쓸리게 된다. 거기에서 그는 아름다운 집시 무희 에스메랄다와 프롤로의 신임 호위대장인 용감한 피버스를 만나게 된다. 남들에게 들키지 않고 축제 구경을 하려던 콰지모도는 얼떨결에 만우제의 왕으로 뽑혀 사람들로부터 주목을 받는다. 콰지모도의 얼굴이 우스꽝스런 가면인 줄 착각한 사람들은 그것이 진짜 얼굴임이 밝혀지면서 다시 놀라게 되고 즐겁던 분위기가 분노로 바뀌고 그들은 무리를 지어 콰지모도를 공격한다. 이때 에스메랄다가 콰지모도를 구하려 하고 프롤로는 격분하여 호위대장

피버스에게 그녀를 체포하라는 명령을 내린다. 에스메랄다는 자신을 쫓는 병사들을 재치 있게 따돌리고 사원 안으로 도망가서 프롤로의 분노로부터 피신한다. 당시 성당은 죄인들의 피난처로서 정치적 권력이 미치지 못하는 곳이었다. 프롤로는 예쁘고 자유분방한 집시 여인 에스메랄다에게 욕정을 느끼면서도 집시를 미워해 그녀를 마녀로 몰아 처단하려고 한다. 그러나 에스메랄다를 좋아하는 콰지모도는 주인의 명령을 거역하고, 양심적인 피버스도 상관의 명령이 부당하다고 거부해 버린다. 그리하여 압제자에 대한 집시들과 서민들의 민중봉기가 시작된다. 마지막에 에스메랄다의 주검 곁에서 부여잡고 슬퍼하는 콰지모도의 애절한 짝사랑은 매우 감동적이다.

영화 〈노틀담의 곱추〉로는 월러스 위슬리가 감독하고 론 채니가 주연한 1923년 무성영화부터, 윌리엄 디털리가 감독하고 찰스 로톤과 모린 오하라가 주연한 1939년 영화, 장들라 노이가 감독하고 앤소니 퀸과 지나 롤로 브리지다가 주연한 1957년 영화, 앨런 쿡이 감독하고 워렌 클라크와 미셸 뉴웰이 주연한 영국 BBC의 1977년 TV 영화, 마이클 터크너가 감독하고 앤소니 홉킨스와 레슬리 앤 다운이 주연한 1982년 TV 영화, 탐헐스, 데미무어, 케빈 클라인이 성우로 나오고 게리트라우스데일과 커크 와이스가 감독한 1996년 월드 디즈니사의 애니메이션 영화 등이 있다. 거의 모든 영화에서 콰지모도는 흉측한 모습이지만 1996년 월트 디즈니 사의 영화는 자신에게 주어진 운명을 극복하고 남을 도와주는 긍정적 인물로 그렸다.

실제로 빅토르 위고는 노트르담의 종탑 벽에 그리스어로 새겨진 '운명'이라는 글자를 우연히 보고 이 소설을 쓰기 시작했다고 한다. 위고에 의하면 노트르담은 천상의 낙원과 탐욕의 도시 파리 그 중간에 존재한다고 보았다. 이 영화에서 소외되고 억눌린 계층의 콰지모도가 프롤로 같은 지배계급의 억압에 저항하여 가장 숭고하고 순수한 사랑을 실천하는 상징적 인물로 잘 그려놓은 점을 높이 평가할 만하다.

레 미제라블Les Miserables

원작 빅토르 위고 · **감독** 로버트 허슨

 문학작품이 그 시대의 역사와 사회적 산물이라고 한 다면 프랑스 문호 빅토르 위고의 『레 미제라블』도 단순 한 빵 절도 전과자의 이야기가 아니라, 19세기 프랑스의 사회상을 역사적 시각으로 바라본 훌륭한 서사시적 장 편 소설이라고 볼 수 있다. 미국독립전쟁에 고무된 프랑 스인들은 1789년 혁명을 일으켜 왕정을 폐지하고 공화제를 수립하고 이때 프랑스의 영웅인 나폴레옹이 등장하게 된다. 그러나 나폴레옹이 워털루 전 투에서 패하고 프랑스는 다시 루이 필립 왕의 왕정으로 되돌아가게 되자 새로운 사회를 원하는 공화파들이 제2의 혁명을 시도한다. 『레 미제라블』 은 바로 프랑스에 두 번째 혁명의 기운이 감돌던 1815년부터 1830년대까지 정치적 · 사회적 격변기를 살았던 서민들의 이야기를 담고 있는 대작 소설 이다. 제목의 『레 미제라블』은 비참한 사람들이라는 뜻이며 비참한 사람들 을 만들어내고 있는 사회에 대한 작가의 분노를 표현하였다.

굶주림에 우는 조카들을 위하여, 한 조각의 빵을 훔친 것이 죄가 되어 19년을 감옥에서 보내고 46살이 되어서야 겨우 석방된 장 발장은 아무도 거들떠보지 않는 비참한 몰골을 한 신상불명의 떠돌이인 자신에게 인간적 인 대접을 해주는 밀리에르 신부를 만난다. 그러나 감옥생활을 하면서 악 이 몸에 밴 장은 신부의 은촛대를 훔치지만 신부는 그를 용서하고 도리어 그것을 선물로 준다. 이것을 계기로 장은 새로운 삶을 살아가며 선과 덕의 길을 걷게 된다. 장은 마들레느 씨로 이름을 바꾸고, 북부 프랑스에 정주하

면서 마을의 발전을 위하여 노력을 한 결과, 신망을 얻어서 시장이 된다. 그러나 전과자는 사회 복귀가 허용되지 않는 사회에서 과거의 그를 알고 있는 냉혹한 경감 자베르가 그에 대하여 의심을 품는다. 때마침, 장 발장으로 오인되어 붙잡힌 사내가 있었는데, 장은 하룻밤 고민 끝에 스스로 자기의 정체를 고백하고 그 사내를 구해 준다. 자기의 온 재산을 숨긴 후, 다시 체포되어 징역살이를 하다가 장은 탈옥한다. 그리고는 자기가 시장일 때, 불우한 여성 판치이느의 임종 시에 그녀에게 한 약속을 지키려고 비정한 데나르디에 부인 밑에서 비참한 생활을 하던 어린 소녀 코제트를 구출한다. 코제트와 함께 파리에 거처를 정한 장은, 처음으로 사랑하는 딸을 얻어 그의 마음은 한 인간으로서 다시 성장한다. 그러나 자베르의 추적이 가까이까지 오자, 둘은 어느 수도원에 은신하고 거기서 코제트는 아름다운 처녀로 자란다. 그러다가 수도원을 나와 파리의 한 구석에서 숨어 사는 두 사람이 산책길에서 자주 만나는 청년 마리우스와 코제트는 사랑하는 마음을 갖게 된다. 때마침 1832년 6월에 공화파 반란이 일어나고, 마리우스도 반란에 가담한다. 장도 그것을 알고 현장으로 달려가게 되고 스파이의 혐의로 체포되고 있던 자베르를 도망가게 해주고, 부상당한 마리우스를 코제트를 지하도를 통하여 구출한다. 지하도 출구에서 다시 만난 자베르는 두 사람을 집까지 데려다 주고는 세느강에 몸을 던져 자살한다. 상처가 아문 마리우스는 코제트와 결혼을 하고, 혼자 남은 장은 차츰 몸이 쇠약해 간다. 장의 정의와 자애심을 안 마리우스는 코제트와 함께 장을 방문하여 두 남녀의 사랑에 싸여 숨을 거둔다. 그의 머리맡에는 밀리에르 신부가 준 은촛대가 놓여 있었다.

이 소설에서 등장인물들은 비록 비참하게 살지만 절망하지는 않는다. 그들에게 살아갈 용기를 주는 것은 사랑과 희망이다. 예컨대 장 발장은 미리엘 주교의 지고한 사랑으로 인해 새사람이 되며, 코제트는 장 발장의 헌신적 사랑으로 새 삶을 찾는다. 심지어는 냉혈한 자베르 경감까지도 장 발장의 변함없는 사랑의 힘으로 변화된다. 한편, 코제트의 연인 마리우스를 지탱해 주는 것은 보다 나은 사회를 기원하는 그의 강렬한 희망이다. 늙은 장 발장을 지탱해 주는 것 역시 코제트와 마리우스의 행복한 미래에 대한 낭만적인 희망이다.

많은 영화들이 만들어졌지만 로버트 허슨 감독의 니노 벤추라가 주연한 프랑스 영화는 원작의 줄거리를 거의 잘 살린 작품으로 유명하다. 3시간 7분의 이 장편영화는 책처럼 구성되어 〈프롤로그 1815년〉, 〈제1권 1820년 몽크레유 쉬르메르 시〉, 〈제2권 1830년 파리〉, 〈제3권 1832년 파리〉, 〈에필로그 1835년 파리〉로 되어 있다. 그리고 이 영화에는 〈1815-1830년의 연대기〉라는 부제도 있어, 관객들로 하여금 이 작품을 장 발장의 개인사라기보다는 19세기 프랑스의 혼란스런 격변기를 보게 만들었다. 장 발장은 죽으면서 "이 세상에서 사랑보다 더 귀한 것은 없다"라고 심지어 그를 괴롭힌 적까지도 포용할 수 있는 인간애에 넘치는 말을 한다. 이 작품을 통하여 낭만주의와 인도주의적 사상을 절실히 느끼면서 감상할 수 있다.

대장 불리바Taras Bulva

원작 니콜라이 고골 • 감독 제이 리 톰슨

『대장 불리바』는 러시아 작가 니콜라이 고골 (1805~1852)이 러시아 남부 유목민인 까자끄족들의 삶을 그린 작품이다. 까자끄족들은 원래 몽골족의 침입으로 지리적으로 러시아 남부 우크라이나 대평원에 거주하며 거친 환경과 맞서고 호전적인 성향을 띠며, 춤과 노래의 낭만을 즐기면서 유달리 조국애와 민족 자존심을 갖고 자유분방하게 살아가는 민족들이다.

고골은 이 작품을 통하여 16세기 우크라이나를 배경으로 자유와 민족을 사랑하고 이를 위해 죽음도 두려워하지 않는 까자끄족의 투혼을 잘 묘사하였다. 까자끄와 폴란드 귀족 간의 치열한 전투 속에서 폴란드 사령관의 딸과 사랑에 빠진 아들 안드리가 끝내 민족을 배반하게 되고 그런 아들을 자기 손으로 처단해야 하는 지도자 아버지 부리바의 이야기이다. 까자끄의 기병대장 타라스 불리바는 안드리와 오스타프라는 두 아들을 선진화된 폴란드 교육까지 시켜서 훌륭한 까자끄 전사로 키운다. 오스타프가 전형적인 까자끄 전사의 모습이라면 안드리는 예민하고 감수성 많은 기질이다. 그때 까자끄와 폴란드 사이에 전쟁이 일어나고 불리바와 아들들은 전투에 참가하여 용맹을 떨친다. 그러나 그들이 포위한 성의 사령관의 딸이 그가 예전에 좋아했던 폴란드 여자이라는 것을 알게 된 안드리는 성안으로 들어가서 폴란드군이 되어 화려한 적군복장을 하고 성 밖으로 나온다. 아들 안드리를 맞은 불리바는 내가 준 생명이므로 이제 다시 가져가겠다며 쏘아 죽인다. 뒤에 13만 명의 까자끄 군대를 이끌고 불리바는 폴란드를 침공하여 마을과 도시를 초토화시키지만, 그도 끝내 포로가 되어 죽는다.

1962년 제이 리 톰슨 감독이 동명의 영화를 내놓았다. 원래〈타라스 불리바〉였지만 국내에서 개봉할 때〈대장 불리바〉로 명명하였다. 호탕하며 유머러스한 타라스 불리바 역에 집시 후예인 율 브리너, 안드리 역에 토니 커티스, 폴란드 사령관 딸에 크리스티 카우프만 등이 열연하고 치열한 혈전의 장엄한 영상들이 잘 기억나는 작품이다. 타라스에게는 오직 조국을 위한 길만이 있다. 따라서 그에게는 협상이란 없다. 사랑보다 명예와 조국이 우선한다는 것이 까자끄 인들의 의무이며 윤리인 것이다. 이 영화에서 오스타프의 역할이 축소되고 두 남녀의 로맨스에 비중을 많이 둔 것은 관객의 흥미를 끌기 위한 수단이기도 하겠지만, 사랑은 국경과 이념도 초월할 수 있다는 논리에서 왜곡되고 변형된 민족주의에 대한 각성의 역할을 일면 볼 수도 있을 것이다. 하여튼 우크라이나의 전설적 영웅 타라스 불리바를 스크린에 옮겨 높은 이 영화는 죽음보다 강한 사랑, 천하보다 귀한 자식이라도 민족의 앞날에 장애물로 여겨지면 단호하게 처단하는 지도자이자 아버지로서의 모습이 감동을 준다.

닥터 지바고Dr. Zhivago

원작 보리스 파스테르 나크 · **감독** 데이비드 린

러시아의 노벨 문학상 수상자 보리스 파스테르나크의 장편소설 『닥터 지바고』는 볼셰비키 혁명으로 러시아 전역이 격동과 변혁 속에 뒤흔들릴 때 어느 한 시인이자 의사의 사랑과 죽음을 다룬 대작이다. 1917년 3월의 볼셰비키 혁명은 러시아 전역을 뒤흔들었고 러시아인들은 그런 혁명의 흐름 속에서 무수히 목숨과 사랑을 내놓아야 했다. 이런 역사의 거친 소용돌이 속에서 희롱 당하는 지바고와 라라의 비극적인 사랑을 이 작품은 주제로 담고 있다.

주인공 유리 지바고는, 시베리아 부유한 실업가의 가정으로 태어났으나, 10살 때 어머니를 여읜다. 이미 아버지도 고인이 되어 있었던 지바고 집안은 자연히 몰락한다. 고아가 된 지바고는 모스크바의 상류 계급의 지식인의 가정에 입양된다. 그것은 바로 혁명의 물결이 러시아를 휩쓸기 시작할 무렵으로, 곧 철도 노동자들의 파업이 일어나고, 1905년에는 모스크바의 프레스냐 지구에서는 무장 봉기가 발생한다. 지바고는 의학을 배웠고 이어 결혼한다. 1차 세계대전이 일어나자 종군 의사가 되어 일선에 나간다. 전쟁에서 부상한 지바고는 간호원으로 일하던 라라를 알게 된다. 라라는 소녀 시절에 지바고 가를 파산시킨 변호사 마코로프스키에게 능욕당하고, 그 후 줄곧 육체관계를 맺어 왔으며, 한때는 마코로프스키를 사살하려고 했었다. 지금 라라는 마코로프스키와 헤어지고 다른 남자와 결혼했는데, 그 남편도 전쟁으로 행방불명이 되었다. 자연히 지바고와 라라 사이에는

숙명적인 사랑이 싹튼다. 곧 전쟁은 혁명으로 옮겨지고, 1917년의 러시아 혁명은 전국으로 번진다. 지바고는 처자가 있는 모스크바로 3년 만에 돌아오지만 혁명 직후의 혼란한 모스크바의 생활에 싫증을 느끼고, 지바고는 가족과 함께 멀리 우랄의 시골로 피난 간다. 그러나 그 지방도 평온하지는 않았다. 시를 쓰고 싶어 하던 지바고는 도서관이 있는 이웃 동네에서 우연히 라라를 만나고 두 사람의 사랑은 또 다시 불타오른다. 지바고는 아내 몰래 라라의 집을 다니다가 빨치산의 포로가 되어 강제로 의사로 징용되어 시베리아 각지를 돌아다니고 처자는 전란을 피하여 파리로 간다. 빨치산에서 탈출한 지바고는 다시 라라의 집으로 돌아와 애정에 불타는 동거 생활을 시작하지만, 그것도 오래 가지는 못한다. 혁명군의 지도자가 되어 있던 라라의 남편이 군법 회의에 회부될 것 같아 탈출하다가 총살된 사건이 일어나고, 라라도 위험한 상태에 빠져서 이르크쯔크로 도망간다. 라라와 헤어져 외톨박이가 된 지바고는 도보로 모스크바로 돌아오지만, 지병인 심장 발작을 일으켜 외롭게 숨을 거둔다.

러시아 혁명은 차르의 절대 왕정과 레닌의 공산주의, 백군과 적군파, 우파와 좌파, 귀족과 평민, 지주와 노동자의 싸움이었다. 혁명은 보다 나은 세상을 만드는 목표를 내세우지만 그 과정에 개인의 삶과 사랑은 고통 받는다. 지바고에게는 그 속에서 자신의 자유를 찾지 않을 수 있는 길은 라라와의 사랑 그 자체인 것이다. 파스테르나크는 정치를 일시적인 외적 요인으로 보고 인간의 정신, 감정, 창조성을 본질적인 요인으로 보았다. 따라서 정치, 혁명, 폭력 등을 극복할 수 있는 방법은 지바고에게 오직 문학과 예술에 대한 열정뿐이다. 순박한 그의 아내가 현실세계를 상징한다면, 정열적인 그의 애인 라라는 자유로운 예술세계를 의미한다. 그는 라라와 설원에 은거하며 시를 쓰며 행복을 경험하지만, 그 행복은 오래 가지 못한다. 작가는 결코 사회적 정치적 영향으로부터 자유스럽지 못하며 예술 역시 역사적 맥락으로부터 단절될 수 없기 때문이다. 지바고가 라라와 헤어지게 되는 것은 시인이 끊임없이 추구하지만 결코 성취할 수는 없는 예술의 혼을 상징한다고 볼 수 있다.

1965년에 데이비드 린 감독이 『닥터 지바고』를 영화로 만들어 아카데미 각색상과 촬영상을 수상했다. 이 영화에서는 이집트 출신 배우인 오마 샤리프가 지바고 역을, 영국배우 줄리 크리스티가 라라 역을, 그리고 찰리 채플린의 딸인 제럴딘 채플린이 지바고 부인 역을 맡았다. 영화 〈닥터 지바고〉는 역시 대형화면에 펼치는 거대하고 아름다운 러시아의 경치들이 매우 인상적이다. 광활하고 웅장한 대형풍경과 배경에만 과도하게 의존하여 원작의 잘 짜인 구성과 스토리 전개를 다소 산만하게 한 점도 있지만, 린 감독은 이 작품을 통해 오히려 러시아 문학의 독특한 대륙적 특성과 기질을 너무도 잘 살려냈다고 본다. 또한 린 감독은 〈닥터 지바고〉 속에서 서사시 같은 구성과 문학적 상징성을 잘 조화시켜 놓았다. 기차의 레일이 파손되어 정지된 지바고의 피난 열차는 힘차게 달리는 혁명군 사령관의 열차와 대비되어, 격변기의 시인 지바고의 좌절과 무력함을 은유적으로 잘 보여준다. 영화 끝부분에 모스크바의 전차를 타고가다 길을 걸어가고 있는 라라를 우연히 발견하고 쫓아가려다가 심장마비로 길에 쓰러져 죽는 지바고의 모습은 라라라는 예술의 혼을 좇다가 결국 죽음을 맞이하는 작가의 모습을 상징한다고 볼 수 있다.

참을 수 없는 존재의 가벼움The Umbearable Lightness of Being
프라하의 봄

원작 밀란 쿤데라 · **감독** 필립 카우프만

체코의 망명 작가 밀란 쿤데라가 1984에 쓴 이 작품은 인간의 사랑과 성, 영혼과 육체, 삶과 죽음의 문제들을 존재론적으로 잘 성찰하였다.

이 작품의 배경을 시간과 공간으로 구분하여 본다면, 시간상으로는 소련의 침공으로 체코의 인간적 사회주의를 주장하는 두브체크 정권이 무너진 1968년 '프라하의 봄'과 그 후이고, 공간적으로는 프라하와 그 주변의 온천장, 시골집단 농장, 주인공들이 망명생활을 하던 쥬리히 등이다.

주된 내용은 체코의 민주화 과정이 소련군의 개입으로 좌절되고 난 후, 주인공들이 존재의 위기감 가운데 섹스와 사랑, 영혼과 육체의 갈등 속에 살아가는 삶의 모습을 담고 있다. 소설은 작가의 철학적 고찰로서, 니체의 '영원한 반복'의 역설과 그리스 철학자 파르메니데스의 '무거움과 가벼움', 즉 가벼움은 긍정성(+)이며 무거움은 부정성(-)이라는 이론에서 출발한다. 소설의 주요인물은 두 쌍의 남녀인데, 체코슬로바키아가 소련군의 침공으로 혼돈에 빠지듯이 사랑과 성, 그리고 존재 자체의 문제가 제대로 풀리지 않아 그들은 일종의 딜레마에 빠져든다. 돈 쥬앙 형의 인물 토마스는 유능한 외과 의사였으나 그가 발표한 논문 때문에 소련군 입성 후에 일할 권리를 박탈당하고 유리창 닦이, 집단 농장 트랙터 운전자로 일한다. 어느 날 시골출장에서 호텔여급인 테레사를 만나 사랑을 하게 되는데, 테레사는 남

편의 애인 사비나 덕택에 잡지사 사진작가로 활동하나 남편의 수많은 외도 때문에 고민한다. 한편 자유분방한 인텔리 여류화가인 사비나는 제네바, 파리, 뉴욕 등지를 전전하며 망명생활을 한다. 그 과정에 만난 스위스인 프란츠 교수는 유럽사회주의 운동에 관심이 깊은 지식인으로 사비나를 사랑하게 되자, 아내와 헤어지고 사비나에게 청혼을 하다가 캄보디아 국경 행진에 참여하여 불의의 사고로 죽는다. 토마스는 끊임없이 새로운 여자를 찾아 나서지만 결국 절대적인 진정한 의미를 찾지 못한다. 테레사도 다른 여자주인공들처럼 영혼과 육체라는 존재의 이중성을 깨닫게 되지만 그것 또한 별개의 문제일 뿐이다. 육체는 단지 거짓이요 영혼을 가두는 무게에 지나지 않는다고 느낀 그녀는 토마스의 외도경험을 자신도 직접 겪어보고자 건장한 사나이를 찾아 나선다. 토마스는 테레사에게서 삶의 무거움을, 사비나에게서 삶의 가벼움을 배우게 되고, 이 양극은 떨어져 서로 합치될 수 없지만 나름대로 아름답다고 쿤데라는 말한다. 쿤데라는 이런 주인공들의 사랑과 성의 문제를 철학적으로 풀어보려고 한다. 사랑과 성은 별개이고, 따라서 사랑이란 존재론적 자유 개념으로서 성과는 아무런 관련이 없다고 그는 말한다. 성과 사랑을 당시의 정치적 배경 속에서 잘 구성하여 흥미와 철학적 사색을 동시에 하도록 한 작품이다. 또한 회상 장면을 자주 사용해서 한 사건을 주인공 각자의 관점에서 바라보는 다성적 구성과 초현실주의적인 묘사 장면들은 포스트 모더니즘기법을 실험한 작품이기도 하다.

이 작품은 1988년 서유럽과 뉴욕 등지의 망명 체코인들이 중심이 되어 영화로 만들어지게 되고 국내에서는 〈프라하의 봄〉이란 제목으로 상영되었다. 영화 속에서는 원작의 정치적 무게와 역사적 인식 등이 상당히 축소되어 있다. 원작 속에서 상당히 길고 비중 깊게 다뤄진 토마스에 대한 당국의 비열한 협박, 저항세력의 서명 강요 등 아예 빠졌고 원작에서 죽는 주인공들이 영화에서는 살아남는다. 또 영화에서는 철학적 탐구를 빼고 정치적 문제와 사랑, 섹스만을 부각시켰다는 비난도 받는다. 노골적인 성행위 장면이 많이 나오지만 토마스 역의 다니얼 데이 루이스, 테레사 역의 줄리엣 비노쉬, 사비나 역의 리나 올린 등의 뛰어난 연기력은 영화를 한층 예술화시켰다. 그런 의미에서 이 영화는 프라하의 봄이라는 사건이 한 시대의 개인에게 정치적 역사적 무거움과 개인적 사적인 가벼움 사이에서 갈등하며 죽고, 상처받고, 고민하며 살아가는 모습을 잘 보여 주었다.

장미의 이름The Name of the Rose

원작 움베르트 에코 • 감독 장 자크 아노

이탈리아의 기호학자인 움베르토 에코가 쓴 소설『장미의 이름』(1980)은 14세기 중세 어느 수도원에서 일어난 연쇄살인 사건을 해결하는 윌리엄 신부와 그와 동행하여 모든 사실을 지켜보는 어린 수도승 아드소의 이야기를 담고 있다.

추리와 역사를 잘 패러디한 이 소설은 독자들의 흥미를 자아내게 하여 40개 국어로 번역되어 발간되자 2천만 부 이상 판매된 성공작이다. 이 작품은 아리스토텔레스의 논리학과 토마스 아퀴나스의 신학, 프랜시스 베이컨의 경험주의 철학뿐만 아니라 현대의 기호학 이론이 무르녹아 있는 생생한 지적 보고로서, 새로운 의미의 현대적 고전으로 평가된다. 특히 작가의 해박한 인류학적 지식과 기호학적 추리력이 빈틈없는 구성과 조화를 이루어 출간과 동시에 세계적인 주목을 받았다. 이 소설은 절대적 진리의 열림과 해체를 지향하는 포스트모더니즘적 이론을 담고 있으며 추리소설처럼 기호를 해독해서 사건을 해결하려는 윌리엄 사부의 실패와 이제는 늙은 그의 시종인 수도승 아드소의 희미한 기억을 통하여 기록함으로써 절대적 진실성을 주장하는 역사소설을 패러디하고 있다. 중세 이탈리아의 한 수도원에서 일어난 의문의 살인사건을 해결해나가는 과정이 중심을 이루고 있다. 외형상 추리소설의 성격을 띠고 있지만 중세의 신학과 철학 등 서양고전을 다양하게 원용한 탁월한 역사소설이기도 하다.

이 소설의 처음 제목은 '수도원의 범죄사건'이었는데, 결국 역사적으로 거론된 '장미'의 상징성을 염두에 두고 『장미의 이름』으로 바꾸었다고 한다. 수도원은 닫힌 세계를 대표하여 독선, 동성애, 음모, 억압, 살인 등 모든 병폐들이 일어나는 곳이다. 이곳에서 발생한 살인사건을 수사하는 도중에 윌리엄 신부와 아드소 수도승은 피해자들이 모두 장서관의 금서에 접근하려다가 살해당한다는 것을 밝힌다. 미로의 장서관을 헤매다가 그들은 모든 살인이 금단의 지식을 지키려는 장님 장서관장인 호르헤 노인에 의한 것을 알게 된다. 특권층 지식층의 상징인 장님 호르테는 자신이 진리의 수호자라고 자만하며 자신이 저지른 살인조차 신의 뜻이라고 착각 한다. 또 한사람은 교황의 조사관 베리나르커인데 그는 고문을 가하여 이단을 조작하고 무고한 사람을 적그리스도로 몰아 처단한다. 이들을 통하여 아드소는 비로소 잘못된 절대적 진리의 억압과 횡포를 깨닫는다. 그래서 그는 이제 교회와 이단, 진리와 비 진리, 성모 마리아와 창녀 마리아 사이의 차이를 더 이상 발견하지 못한다. 따라서 아드소는 수도원 주방에 먹을 것을 찾아 들어온 가난한 어느 소녀에게서 성모마리아의 아름다움을 보고 수도승의 계율을 깬다. 그는 그 이름 모를 소녀와 육체적 사랑을 나누어 새로운 열린 세계를 경험한다. 14세기의 교회는 베네딕트파와 프란체스코파로 나뉘어져서 서로가 진리라고 다투던 이분법적 시대였다. 수도원도 성안의 특권계층과 성 밖의 가난한 서민들로 나뉘어 대립하고 있다. 이런 상황에서 아드소는 십자가와 장미의 중요성을 깨닫는다. 십자가를 중세의 신본주의의 상징이라면 장미는 르네상스시대의 인본주의의 상징이다. 장미는 또한 비밀을 의미하며, 교회의 절대적 진리 앞에 비밀은 이단이지만, 이름 모를 소녀와의 관계는 아름다운 비밀로 아드소에게 간직되며, 이는 그에게 열림의 세계의 경험을 이끌어 주고 있다. 이분법적인 닫힌 세계에 있는 우리들에게 경고의 메시지를 작가는 주고 있다.

이 소설이 흥미를 주는 이유들로서 몇 가지를 짚어보면 먼저 추리소설의 재미이다. 아델모, 베난티오, 베렝가리오, 세베리노 등이 죽어 가는 상황은 요한 묵시록의 예언처럼 추리소설 속 미스터리한 긴장감을 더해준다. 둘째, 중세 종교소설이 주는 흥미이다. 암흑시기 중세에는 최후 심판의 날의 예언을 믿고 세계 종말과 최후 심판의 도래를 준비해야 했고, 동시에 암흑기에 태동한 계몽주의의 인간성 회복으로부터 기독교의 전통을 지켜야했다. 이 책은 각 교단의 이단 논쟁, 종교 재판, 흑백논리 속에서 당시 생활상, 종교관, 세계관을 엿 볼 수 있고 경직된 교조주의와 병적인 흑백논리를 성찰하도록 한다. 광적인 교조주의는 언제든지 악마로 돌변될 수 있다는 점을 암시한다. 셋째, 에코는 기호학자로서도 유명하기 때문에 문학의 의미 요소로서 기호가 어떻게 전달되고 소통되는지와 비언어적 기호를 소설에 응용한 점들을 살펴볼 수 있다는 점이다. 장 자크 아노 감독은 소설과 동명의 영화 〈장미의 이름〉을 1986년에 만들었는데 소설 속에 나타난 여러 주제들을 시각적으로 잘 표현해준 점에서 문학을 영화화하는데 성공적이었다는 평을 받았다. 윌리엄 신부 역의 숀 코너리와 도제 아드소 역의 크리스천 슬레이터, 사악한 조사관 역의 머리 에이브러험 등의 연기력과 세상과 차단된 중세 수도원의 독특한 분위기 연출이 훌륭한 영화가 되도록 만들어주었다. 그러나 소설 속 이단으로 몰려 화형 당하는 소녀가 영화에서는 살아남은 점은 아쉽다.

천사와 악마Angels & Demons

원작 댄 브라운 · **감독** 론 하워드

 이 영화는 『다빈치 코드』로 유명한 댄 브라운의 동명 원작소설을 토대로 만들어졌다. 미스터리한 사건의 비밀 을 해결해 나가는 과정과 바티칸의 건축물이나 문화 행 사 등이 영화의 재미를 더하여준 작품이다.

개략적 줄거리는 세계 최대의 과학 연구소 CERN에서 비토리아와 동료 실바노는 실험을 통해 강력한 에너지원이자 폭발물인 반물질의 개발에 성 공한다. 그러나 그 기쁨도 잠시뿐이고 실바노가 살해당하고 반물질은 도난 당한다. 한편 하버드대의 종교기호학 교수인 로버트 랭던은 교황청으로부 터 의문의 사건과 관련된 암호해독을 의뢰받는다. 사건은 다름 아닌 새로 운 교황을 선출하는 의식인 콘클라베가 집행되기 전 유력한 네 명의 교황 후보자들이 납치되고 교황청 일루미나티의 상징인 앰비그램이 나타난다. 일루미나티는 과거 지동설을 주장했던 과학자들이 모여 결성했지만 가톨릭 교단의 탄압으로 사라진 비밀 결사대이다. 이렇게 사라졌던 일루미나티가 500년 만에 부활하여 네 명의 교황 후보들을 한 시간에 한명씩 살해하고 마지막에는 도난당한 반물질을 사용하여 바티칸을 폭파하겠다고 위협한다. 이 사건을 해결하려고 로마 바티칸에 도착한 로버트 랭던과 비토리아는 바 티칸 곳곳에 숨겨진 일루미나티의 단서를 따라 그들의 근거지로 향하는 '계 몽의 길' 추적에 나선다. 이들이 추리와 분석, 추적을 통하여 교황 후보들의 위치를 추적하나 간발의 차이로 교황 후보들은 한 명씩 살해당하고 세 번 째 교황 후보마저 코앞에서 살해당한다. 이렇게 되자 바티칸에서는 콘클라베를 주관하던 추기경을 교황에 봉하려고 하지만 궁무처장이 일루미나티의 위협을 받게 되고 현장에서 정황적으로 일루미나티의 암살자로 의심받는 이들이 죽게 된다. 마침내 베드로의 무덤에서 반물질을 발견한 랭던 교수와 궁무처장 일행은 반물질 보관용기가 수명이 다되어서 곧 폭발될 상황을 알게 되자 궁무처장이 먼저 헬기로 먼저 하늘로 올라가 인명피해를 막고 신의 사도처럼 낙하산을 타고 살아 내려온다. 이로서 궁무처장은 교황으로 추대의 명분을 얻게 되지만 이때 랭던 교수는 소장에서 증거물을 통해 그가 모든 사건의 범인임을 밝히게 된다. 결국 궁무처장은 자살을 하게 되고 납치되었다가 유일하게 살아남은 네 번째 교황 후보가 교황으로 등극하게 된다.

원작과 다소 다른 부분들을 살펴볼 수 있다. 원작에서는 반물질 개발이 비토리아와 그의 양아버지에 의하여 몰래 개발된다. 네 명의 교황 후보가 스물 네 시간 동안 모두 살해되어 콘클라베를 주관하던 추기경이 교황이 된다. 궁무처장의 배경과 행동이 좀 더 치밀하고 극적으로 나타내었고 마지막에 랭던 교수와 비토리아가 결혼하게 된다. 그러나 영화에서는 반물질이 대형연구기관에서 개발되고 한 시간마다 한 명의 교황 후보가 살해되다가 마지막 후보가 살아서 교황이 되고, 궁무처장의 배경이나 극적 행동의 묘사가 다소 축소되어 표현된 것을 볼 수 있으며, 랭던 교수와 비토리아의 결혼 내용은 나오지 않는다. 이는 상당한 양의 소설을 영화로 제작하는 과정에서 생겨난 문제가 아닌가 생각된다.

진주 귀걸이를 한 소녀Girl with a Pearl Earring

원작 트레이시 슈발리에 • **감독** 피터 웨버

트레이시 슈발리에의 〈진주 귀걸이를 한 소녀〉는 요하네스 베르메르가 그린 동명의 작품에서 따온 것이다. 영화의 각본은 올리비아 헤트리드가 맡았다. 영화에서 그리트를 연기한 여주인공 스칼렛 요한슨이 그림 속 소녀와 무척 닮았다는 것이 인상적이다. 그림 속 소녀는 빨간 입술이며 누군가를 애잔하게 바라보고 있는 것 같기도 하고, 때로는 알 수 없는 신비로운 눈빛이 거의 흡사하며 두 주인공 그리트와 베르메르의 서로를 바라보는 눈빛과 미묘한 감정이 깃든 장면들은 점차 영화 속으로 빠져들게 한다.

집안 사정이 어려워진 그리트는 베르메르 집에 하녀로 들어가게 된다. 베르메르의 작업실을 청소하기 위해 방에 들어선 순간 그리트는 다른 세상에 온 것만 같은 감동을 느끼게 된다. 그런 그녀를 본 베르메르는 그리트에게 관심을 가지게 된다. 베르메르는 그리트에게 색을 보는 법과 만드는 방법을 가르쳐 주면서 가까워진다. 탐욕스런 아내, 장모와 함께 살면서 여섯 명의 아이들을 건사해야 하는 베르메르는 안타까운 시선 이상의 관심을 그리트에게 표현할 수가 없다. 베르메르의 마음을 눈치 챈 그의 아내와 딸은 이들의 시선조차 감시하고, 베르메르의 후원자인 라이벤은 청순한 그리트를 보고선 음흉한 웃음을 지으며 그녀를 모델로 해서 그림을 그리라고 베르메르에게 종용한다. 그리트를 지키기 위해 필사적으로 애쓰는 베르메르와 하녀라는 신분 때문에 안타까운 눈빛만 보낼 수밖에 없는 그리트였

다. 직접적으로 드러나는 않았지만 물감을 섞을 때 닿을 듯 말 듯 한 두 사람의 손이라든지, 묘하게 마주치는 두 사람의 눈빛 하나하나를 통해 이루어질 수 없는 안타까운, 서로를 향한 간절한 마음을 더 잘 느낄 수 있다. 결국 베르메르는 그녀의 그림을 그리게 되고 그림을 그리기 전 진주 귀걸이를 하기 위해 그는 직접 그녀에게 귀를 뚫어 준다. 귓불 깊숙이 찔러 들어간 바늘 끝에 피가 흐르고, 그리트가 흘리는 눈물을 닦아주는 베르메르의 손짓은 두 사람의 절정이자 이 영화의 절정이다. 나중에 카타리나가 그림을 보고 음란하다고 말한 것은 그림의 전반에 깔려 있는 그들의 감정을 읽었기 때문일지도 모른다. 또한 그리트가 작업을 끝낸 후 바로 푸줏간 아들 피터에게로 달려가 성관계를 맺는 것 역시 그동안 억눌러왔던 모든 감정들을 현실에서 피터에게 푸는 것이다. 그리트가 저택을 떠나면서 영화는 끝을 맺는다. 그러나 얼마 후, 그녀의 손에 쥐어진 진주 귀걸이는 베르메르의 사랑이 끝나지 않았음을 의미한다.

반면, 소설은 영화보다 훨씬 현실적이다. 소설은 10년 후, 피터와 결혼하여 푸줏간에서 일하는 그리트가 베르메르가 죽게 되자, 그가 남긴 귀걸이를 팔아버리는 것으로 묘사한다. 그리고 그 돈의 대부분은 푸줏간에 남아있던 외상값으로 쓰인다. 그녀에게는 가난한 부모님을 부양할 수 있는 피터라는 남편과 아이, 손톱 밑에 낀 핏물과 같은 현실이 있기 때문이다. 그리고 그 현실에 진주 귀걸이는 이룰 수 없는 사랑만큼이나 자신과 어울리지 않는 물건이라는 걸 알고 있기 때문이다. 소설 속의 그리트는 더 이상 구름의 색을 헤아리거나 누군가의 그림을 보며 넋을 잃지도 않았을 것이며, 진주 귀걸이의 의미는 열망하지만 결국 가질 수 없는 것과 같을 것이다. 그러나 비현실적이지만 여전히 아름답고 가슴 저린 영화의 결말이 감명을 주는 것은 겉으로 드러나고, 완성된 사랑만이 아름답고 의미 있는 사랑은 아니기 때문이다. 그림을 그리는 동안 그리트가 걸고 있던 진주 귀걸이는 베

르메르의 사랑이었다면 그녀가 저택을 나온 후 받게 되는 귀걸이는 이루어
지지 못한 사랑인 것이다. 이루어지지 못한 사랑은 그런대로 아름답게 남
는 것이다. 굳이 말하고 행동하지 않아도 마음으로 느낌으로 전해지는 사
랑, 상대의 영혼까지 이해하고 교감하는 듯이 묵묵히 서로를 보호하고 감
싸려는 그런 간절한 사랑이 느껴지는 사랑이기 때문일 것이다.

향수Perfume

원작 파트리크 쥐스킨트 · 감독 톰 티크베어

파크리크 쥐스킨트 작가의 원작소설『향수 – 어느 살인자의 이야기』를 2006년 톰 티크베어 감독이 영화화 했다. 주인공 장 바티스트 그르누이는 1738년 한 여름 파리의 음습하고 악취 나는 생선 좌판대 밑에서 매독에 걸린 젊은 여인의 사생아로 태어난다. 태어나자 그는 생선 내장과 함께 쓰레기 더미에 버려지나 악착같은 생명력으로 살아남고, 그의 어머니는 영아 살인죄로 교수형에 처해진다. 그로부터 그르누이의 떠돌이 생활이 시작된다. 그는 여러 유모의 손을 치고 지나치리만큼 탐욕스럽게 젖을 빨며 무엇보다도 사람이라면 누구나 지녀야 할 냄새가 없다는 이유로 모두가 그 아이를 꺼린다. 더욱이 기이한 것은 그르누이 자신은 아무런 냄새가 없으면서도 이 세상 온갖 냄새에 비상한 반응을 보인다는 점이다. 심지어 그는 어두운 곳에서 냄새만을 추적하여 목표물을 정확히 찾아내기도 한다. 그는 어느 날, 미세한 향기에 이끌려 그 황홀한 향기의 진원인 한 처녀를 찾아낸다. 그는 그녀를 목 졸라 죽이고는 그 향기를 자신의 것으로 취한다. 그의 첫 번째 살인이다. 그 후 그는 파리의 향수 제조의 발디니의 도제로 들어간다. 그곳에서 그는 자신의 인생 최대 목표가 세상 최고의 향수를 만드는 일임을 깨닫고, 끊임없는 매혹적인 향수를 개발해내는 탁월한 능력을 발휘한다. 그러나 곧 그는 그 일에 한계를 느끼고 아취로 가득한 도시 파리를 떠나 산속의 외진 동굴로 간다. 그곳에서 자신만의 왕국을 꿈꾸며 살던 그는 어느 날 문득 자신에게서 아무런 냄새가 나지 않는다는 사실을 깨닫고는 경악을 금치 못한다. 7년 만에 그는 다시 인간 세상으로 나와서 향수 제조인이라면 누구나 꿈꾸는 도시 그리스로 간 그는 이제 인간의 냄새를 만드는 일에 전념한다. 물론 그의 목표는 지상 최고의 향수, 즉 사람들의 사랑을 불러일으켜 그들을 지배할 수 있는 그러한 향기를 만들어 내는 데 있다. 그로부터 그라스에서는 원인 모를 연속 살인 사건이 발생한다. 죽은 이들은 한결같이 아름다운 여자들로 모두 머리칼이 잘린 채 나신으로 발견된다. 온 도시는 공포의 도가니가 된다. 스물다섯 번째 목표인 세상에서 가장 매혹적인 향기가 나는 소녀를 취하고 나서 결국 그는 체포된다. 그의 처형이 이루어지는 날 놀라운 일이 벌어진다. 그가 광장에 나타나자마자 광폭해져 있던 사람들이 갑자기 무아지경에 빠져든다. 그르누이가 지금껏 죽였던 스물다섯 명의 연인에게서 채취한 향기로 만든 향수를 바르고 나타났기 때문이다. 죽음은 면했지만 순간 그는 절망에 빠진다. 자신이 만든 향수로 인해 욕정에 사로잡혀 살인광인 자신에게 사랑과 바보 같은 존경을 보내는 사람들에게 증오를 느꼈기 때문이다. 그는 그 도시를 떠나 그가 살았던 파리의 이노센 묘지의 납골당으로 간다. 부랑자들은 그르누이에게 달려들어 알 수 없는 사랑의 향기에 취해 그의 육신을 모두 먹어 버린 것이다. 가장 감명 깊은 장면은 마지막 장면부분으로 그가 남은 향수를 자신의 머리에 쏟아 붓고 사람들에게 찢겨죽는 장면인데, 그르누이가 사람들에게 찢겨죽으면서 나왔던 내레이션 '그는 처음으로 온몸으로 사랑을 한 셈이었다'라는 말이다.

이 영화는 궁극의 향수를 만들기 위한 한 남자의 이야기를 소재로 한 영화이지만 관객으로부터 많은 생각을 하게 하는 것이 이 영화의 장르인 스릴러의 묘미이다. 이 영화에서 순간순간 등장하는 충격적인 영상들은 영화를 본 후에도 기억에서 맴돈다. 여러 여인들의 체취를 얻기 위해 살인을 일삼는 장면들이나 마지막에 자신의 몸에 향수를 뿌리면서 육신이 먹히는 장면 등 인상 깊은 장면들이 많다. 순간의 사랑의 본질은 영원히 지속될 순 없고 그 순간의 실수로 사랑을 잃는다면 그 사랑은 돌이켜지지 않을 것이다. 순간의 향에 취해 자신의 의지와는 상관없는 사랑을 나누고 그 향이 사라지면 수치심으로 사로잡혀 잘못을 덮기 급급한 군중들의 모습에서 동정어린 아픔을 느끼며 인간사가 이렇게 간사하고 순간적인 것을 다시 한 번 느끼게 한다. 핏덩이 그루누이의 삶에 대한 집착이 결론적으로 자아에 대한 깨달음조차 없이 완벽한 향수에 대한 집착으로 인간 본연의 아름다움을 없애가며 만든 향수가 사람들을 순간 향에 가둬 둘 순 있었다. 그 향이 사라지면 현실의 진실한 아름다움과 존경과 숭배가 아닌 착각과 환상 속의 모습이라는 것을 나중에 깨닫는 그루누이를 볼 수 있다. 어떤 것을 숭배하고 어떤 향에 취해 본질을 왜곡하며 어떻게 삶을 살아가고 어떤 사랑을 해야 하는지 다시 한 번 생각하게 해주는 영화이다.

포레스트 검프Forrest Gump

원작 윈스톤 그룸 · 감독 로버트 저메키즈

 영화 〈포레스트 검프〉는 윈스톤 그룸의 1986년 소설에 기반을 둔다. 영화나 소설 모두 포레스트 검프라는 인물에 대해 이야기한다. 포레스트 검프(톰 행크스 분)는 아이큐가 75이다. 그러나 그의 어머니는 아들의 교육에 대단히 열성적이며 다리마저 불편했던 포레스트에게 다른 아이들과 똑같은 교육의 기회를 주기위해 무엇이든 희생하는 여인이다. 포레스트는 좀 모자라는 자신에게 친절하고, 나중에 동반자까지 된 친구 제니(로빈 라이트 분)를 만나 학교를 무사히 다닌다. 어느 날 악동들의 장난을 피해 도망치던 그는 바람처럼 달리는 소질을 보이고, 그로 인해 고등학교도 미식축구 선수로 가게 되며 대학에까지 축구 선수로서 입학할 수 있게 된다. 한편 어릴 때부터 아버지에게 학대를 받아온 제니는 자신의 꿈인 포크송 가수가 되기 위해 애쓰다가 대학까지 제적당하고 히피 그룹에 끼어 떠돌아다닌다. 청년이 된 포레스트는 대학 졸업 후 군에 입대하여 베트남전에서 빠른 다리 덕분에 전우들을 구하는 공로를 세우고 훈장까지 받는다. 제대한 포레스트는 전장에서 죽은 동료의 꿈을 좇아 새우잡이 어선의 선주가 되어 군대 상관이었던 댄 중위와 함께 새우를 잡아 큰돈을 모은다. 어머니가 위독하여 포레스트는 고향으로 돌아오고, 댄 중위가 애플사(포레스트는 과일 회사로 알고 있음)에 투자해 큰돈을 벌게 되자 병원과 교회 그리고 죽은 전우의 유가족에게 돈을 나눠주고 혼자 살며 제니를 기다린다. 오랜 기다림 끝에 그를 찾아온 제니, 그러나 제니는 다시 떠나고 포

레스트는 전국을 3년 동안 헤매다가 집으로 돌아온다. TV에서 포레스트를 본 제니는 그에게 연락해 아들이 있다는 것과 자신이 에이즈에 걸렸다는 걸 알리고 둘은 결혼을 한다. 제니가 죽은 뒤 아들과 함께 사는 포레스트는 정상인 남자보다 제니를 더 감싸주고 사랑해주었으며 각박한 세상에서 현대인들에게 순수한 눈으로 세상을 보게 하고 사랑이란 의미를 다시 찾게 하여준다.

〈포레스트 검프〉는 1994년 개봉하여 아카데미 작품상, 감독상, 남우주연상 등 큰 상을 수상하고 흥행에도 성공한 작품이다. 원작에는 없지만 검프의 엄마가 한 말인 "인생은 초콜릿 상자와 같단다"라는 말은 여운을 남겨주는 말이다. 또 '스마일' 캐릭터의 시초가 영화에서 등장한다든가 제니 큐란과의 결말 등은 원작과 다른 점들이지만 대체로 원작을 잘 반영하였다. 또 영화는 주로 소설의 처음 11개의 장에 초점을 맞추고 있고 버바 검프 새우회사Bubba Gump Shrimp Co. 설립과 포레스트 주니어를 만나는 일의 소설 앞뒤를 무시해버렸다. 원작의 일부분을 생략하고 소설에 없는 검프의 삶을 몇 가지 추가하였다. 이를테면 그가 아이였을 때 다리를 고정시켰다든지 나라를 일주하였다든지 등이다. 또 검프의 인성 문제도 소설과 다르다. 무엇보다도 그는 서번트 신드롬을 겪는다. 대학교에서 미식축구를 하는 동안 그는 재능과 체육관에서 낙제하지만 고등 체육 수업에서 만점을 받게 되며 학교가 요구하는 사항을 모두 만족시키는 인물이 된다. 원작소설은 또 검프를 우주비행사, 프로 레슬링 선수, 체스 선수로 나타내기도 했다.

세일즈맨의 죽음Death of a Salesman

원작 아더 밀러 · 감독 폴커 슐렌도르프

 아서 밀러의 대표작『세일즈맨의 죽음』은 1949년 브로드웨이에서 초연되자마자 아서 밀러를 단숨에 현대 문학을 대표하는 작가로 끌어올렸다. 이후 오늘날까지 전 세계적으로 가장 널리 공연되고 사랑받는 미국의 대표적인 희곡 중 하나로 손꼽힌다.

『세일즈맨의 죽음』은 과거와 현재를 넘나들며 인간 소외와 가치관의 붕괴라는 혁신적인 기법으로 미국 현대극에 새로운 지표를 제시했다. 초연 후 2년간 장기 공연되며 연극계 3대 상인 퓰리처상, 토니상, 뉴욕연극비평가상을 휩쓸었고 영화로도 제작되어 호평을 받았다.

작품 속에 주인공 윌리 로먼은 예순 살이 넘은 나이에 와그너 상사에서 삼십 년 넘게 일한 세일즈맨이다. 대공황이 오기 전까지 그는 누구보다 행복한 사람이었다. 그에게는 번쩍이는 차와 새 집, 새 가구가 있었고, 세일즈맨으로서 차곡차곡 쌓아가는 실적과 앞날이 유망한 두 아들이 있었다. 그러나 불황은 서서히 윌리의 입지를 잠식해 들어오고, 아들들은 그를 실망시킨다. 이제 늙고 지친 윌리는 두 아들 비프와 해피가 그의 이상을 실현하지 못하고 낙오자가 되자 과거로 도피한다. 가장 행복했던 시절을 맴돌던 윌리의 기억은 어느새 가족과 함께 마차로 유랑하면서 정착지를 찾던 유년기까지 거슬러 올라가는 미국 역사의 한 단면을 그려 본다. 현실이 가혹해질수록 윌리의 현실 도피 역시 심해지고, 결국 그는 30년 이상 헌신한 회사에서 무자비하게 해고당한 뒤 파국을 향해 곤두박질친다. 아들들이 자신의 보험금으로 새로운 삶을 시작할 수 있기를 바라며 자살을 준비하던 윌리는 아프리카에서 다이아몬드 광산을 발견하여 대성공한 형 벤의 환영을 쫓아 환상 속에서 정신없이 자동차를 몰고 나간다. 생전에 그가 거래하고 알아 왔던 수많은 사람들이 참석할 거라는 윌리 자신의 기대와 달리 아내 린다와 두 아들, 그리고 옆집에 사는 친구 찰리와 그의 아들 버나드만이 참석한 가운데 윌리의 장례식이 치러진다.

주인공 윌리 로먼이 사로잡혀 계속 되돌아가는 과거는 1929년 대공황 직전으로 제1차 세계대전 이후 미국이 세계의 자본가로 득세하던 시절이기도 했다. 사회적으로 활발히 이루어지는 물자 생산은 그것을 수요자와 연결하는 세일즈맨을 필요로 했고 그 당시 윌리는 세일즈맨으로서 주당 커미션만 170달러가 넘게 받았고, 아들들은 그의 빨간 셰비 자동차를 반짝반짝하게 닦아 놓았으며, 집에 가면 가족들은 그를 깍듯이 섬기었다. 무엇보다 첫째 아들 비프는 장래가 촉망되는 미식축구 선수로 아무 대학이나 고르기만 하면 갈 수 있을 것 같았다. 그러나 대공황으로 인한 불황과 급변하는 사회체제는 윌리의 입지를 점차 축소시키고 그는 자본주의 사회가 요구하는 성공의 법칙을 제대로 파악하지 못한 채 도태되어 간다. 그는 빠듯한 수입으로 주택 할부금과 냉장고를 비롯한 가구의 월부금, 그리고 보험료를 내느라 병들고 지친 몸으로 일을 계속한다. 윌리의 파멸은 자본주의 기업 윤리를 대표하는 하워드에 의해 가속화되는데, 윌리는 그의 선친 와그너 회장과의 친분과 34년간 회사를 위해 일한 것 등을 이유로 일자리를 달라고 간청하지만 하워드에게 중요한 것은 이런 인간관계가 아니다. 자본주의적 관점에서 볼 때 윌리는 더 이상 투자 가치가 있는 사람이 아니므로 하워드는 비즈니스는 비즈니스"라고 잘라 말하며 윌리를 해고한다. 인간성마저도 물질적인 가치로밖에 평가되지 않는 냉혹한 현실에 분노한 윌리는 다음과 같이 항의하지만 그것은 그저 공허한 울림으로 남을 뿐이다.

1981년의 영화 〈세일즈맨의 죽음〉은 더스틴 호프만의 영화라고 할 수 있다. 배우가 연기력으로 작품 전체를 관통하는 메시아적인 존재로 등장하는 것은 드문 경우이다. 그런 점에서 그의 연기의 파급력은 대단하다. 사회와 가족에게 버림받은 남자의 자화상, 슬픈 기운에 못 이겨 미쳐버린 남자의 체념, 감정의 심포니를 가뿐히 뛰어넘는 그의 호흡에 관객은 솟아오르는 감정을 추스르기 힘들 정도이다. 그가 〈졸업〉에서 혈기왕성한 남자로, 〈투씨〉의 여장남자, 〈크레이머 대 크레이머〉의 이혼한 아버지의 모습 등에서 훌륭한 연기력을 보여주었지만, 이 영화에서 그는 그의 영향력을 가감 없이 보여주었다. 원작에 충실한 작품을 잘 만든 폴카 슐렌도르프 감독은 연극을 영화적 기법으로 잘 표현하였다. 예를 들면 문을 이용한 과거로의 소통공간의 마련이다. 문과 문을 통해 이어지는 시공간의 변화는 이 영화의 특이한 점이다. 컴퓨터 그래픽 기술이 발달하면서 점점 사라져버린 연극적 기법인데 매우 신선하게 다가온다. 미쳐버린 아버지의 자아와 적절하게 연계되며 이어지는 이야기의 흐름의 기술적 한계를 오늘날 젊은 감독들이 적절히 차용할만한 기법이다. TV 영화답게 돈을 최대한 적게 쓰면서 배우의 힘으로 영화를 걸작으로 만든 감독의 솜씨가 빛나는 작품이다.

악마는 프라다를 입는다The Devil Wears Prada

원작 로렌 와이스버거 · **감독** 데이빗 프랭클

영화 〈악마는 프라다를 입는다〉는 본래 소설책으로 먼저 출판되었다. 저자는 로렌 와이스버거라는 미국여성이다. 실제 유명 여성 패션 지『보그』에서 편집장의 어시스턴트로 일했던 경험을 살려 픽션을 더한 것이 이 소설이다. 이 소설을 동명으로 출판한 영화는 한정된 시간에 감독이 전달하고자 하는 것을 다 전달해야 해서 인지 제법 많은 부분이 축약되어 있었고, 부분적으로 다르기도 하다. 소설의 첫 부분은 이렇게 시작된다. 뉴욕 도심 중에서도 혼잡한 브로드웨이 거리에서 한 여자가 서투른 운전을 하면서 주위 차로부터 욕지걸이를 듣고 있다. 그 때 그녀에게 공포를 느끼게 하는 그녀의 상사 미란다 프리스틀리로부터 이름을 부르며 다급하게 다그치는 전화가 들려온다. 여기서 주인공인 앤드리아는 상사의 전화를 받으면서 여러 가지의 생각을 한다. 그 생각은 자신이 하는 일, 그녀의 상사에 대한 일로서 온통 짜증 일색이다. 처음 도입부 끝 부분에서는 가혹한 상황에서 보이는 정신분열증의 미친 사람 같은 내면을 보이면서 그녀는 상사를 저주한다. 면접을 보는 날 앤드리아는 화려한 명품 옷차림의 미녀, 미남이 넘치는 엘리아스 클라크 빌딩으로 향한다. 런웨이의 편집장 미란다 프리스틀리의 수습 어시스턴트가 된 미란다는 곧 자신이 있는 자리가 수백만 명의 어느 여성이나 원하는 자리라는 것을 알게 되지만, 또한 지옥과 같은 어시스턴트 생활이 눈앞에 있음을 깨닫게 된다. 자신의 상사 미란다 프리스틀리는 전 세계의 유명 인사들로부터

크리스마스 선물을 256개나 받는 여자, 엄청나고 극단적인 카리스마와 변덕스러운 새디스트 같은 성격으로 부하직원들을 공포로 떨게 하는 성공한 커리어우먼이다. 대부분의 사람들이 전화벨을 반가워 하지만 미란다의 수습 어시스턴트가 된 후로 앤드리아에게 전화벨은 두려움과 심각한 정서불안을 일으키는 소리이다. 시간, 장소를 막론하고 부하직원을 모욕하고 명령하며 고마워하거나 미안해 할 줄 모르는 미란다는 에밀리에게도 마찬가지이다.

뉴욕에서 앤드리아에게 유일한 위안이 되는 것은, 대학시절부터 사귀어 온 바른 생활 사나이 남자친구 알렉스와 오랜 단짝친구 릴리이다. 알렉스는 곧고 자상한 성격의 소유자로 브롱스에 있는 학교에서 아이들을 가르치고 있으며, 앤드리아가 일에 몸과 마음이 지쳐 있을 때 따뜻하게 감싸주고 챙겨준다. 릴리는 현재 온갖 아르바이트와 석사공부에 시달려 술과 남자로 스트레스를 해소하며 결국 이것이 병적으로 발전되지만 앤드리아의 어릴 적 친구로 그 존재 자체만으로도 앤드리아에게 큰 버팀목이 된다. 그러나 자신의 꿈을 쫓아가는 앤드리아와 이 두 사람과의 관계는 갈수록 틈이 생기게 되고 이것은 결국 에밀리의 단구증가증monocytosis에도 앤드리아의 파리 패션쇼 동행 결정으로 극에 치닫게 된다. 앤드리아는 파리로 떠나기 전, 알렉스로부터 릴리의 알코올 중독의 이상한 모습에 충고를 듣지만 바쁘다는 핑계로 절친한 친구의 문제를 크게 신경 쓰지 않는다. 알렉스가 자기를 위해 준비한 동창회 파티도, 조카의 출산도 자신의 일과 꿈을 위해 뒤로 접고 파리로 향하게 된다. 그러나 파리에서의 계획은 뜻밖의 문제로 인해 가장 큰 결정을 필요로 하게 되는데 그것은 바로 릴리의 사고소식이다. 즉시 귀국해서 의식불명인 소중한 친구에게 최선을 다하라는 부모님과 알렉스의 충고로 큰 압박감을 느끼지만 일단 자신의 파리계획을 지키기로 한다. 하지만 이 결정은 앤드리아를 더욱 압박하는데 미란다와의 대화를 통해 이

팽창된 긴장은 폭발하게 된다. 앤드리아가 사고로 의식불명인 친구보다 꿈을 택하여 파리에 남을 것임을 미란다에게 강조할 때, 미란다가 그녀에게 하는 한마디는 "당신을 보니 그 나이 때 내가 생각나는군"이란 말 한마디는 메아리가 되어 그녀의 머릿속에서 마지막 남은 우정과 양심, 인간성을 자극한다. 한껏 편집장에게 욕을 퍼붓고 집으로 향하는 그녀는 비록 자신의 꿈을 위한 지름길은 잃어버렸지만 그동안 자신을 억누르던 압박과 주변사람들에 대한 자책으로부터의 해방감을 나타낸 것이리라.

영화와 책에서의 내용 차이는 영화에서는 한정된 시간의 제약과 극적인 상황연출 그리고 감독의 성향이 반영되기 때문이라고 생각한다. 릴리는 책에서 자유연애주의자로 나오지만, 영화에서는 그녀의 친구 앤드리아와 잘생기고 섹시한 미남인 크리스천과의 가벼운 키스장면을 보고 앤드리아에게 화를 낸다. 또한 책에서는 상당부분을 에밀리와 앤드리아의 대화로 그들의 미란다란 캐릭터를 간접적인 방법으로 분명히 파악할 수 있게 하였으나, 영화에서는 이 부분들이 거의 빠져 있다. 영화를 보면서 감독이 책의 저자와 가장 다르게 다룬 점은 미란다의 성격이 가혹할 정도의 차이가 난다는 것이다. 우선 영화를 살펴보면 파리 패션쇼로의 동행에서 미란다는 자신의 삶에 대한 넋두리를 처음으로 앤드리아에게 늘어놓고, 자신의 두 번째 이혼이 쌍둥이 아이들에게 얼마나 실망과 낙담을 줄지 걱정한다. 또한 앤드리아가 자기 마음대로 일을 그만 두었음에도 불구하고 다시 취직 면접을 넣은 곳에 미란다가 '가장 유능한 비서'였다고 추천함으로써 처음으로 본인의 내면을 보이며 차갑기만 한 미란다를 보다 인간적으로 만들었다. 이것은 관객들로부터의 호응을 얻기 위한 감독의 전략일 것이다. 영화는 관객에게 시각적 방법으로 전달됨으로써 책보다는 이해와 받아들임이 확실하고 빠를 뿐만 아니라 책이 하지 못하는 부분까지 전달하는데, 이 영화에서도 더욱 그렇다. 가령 관객은 등장인물들이 입고 나오는 각종 명품 옷들과 패션을 보면서 평소에 자신이 바라던, 그러나 이루기 힘든 욕구를 대리만족하게 된다. 이런 욕구는 미적추구에 보다 갈망하는 여자에게 더욱 그러한데 이는 이 영화의 관객 중 여자가 많은 이유이기도 하다. 전체적으로 봤을 때, 책은 여러 비슷한 에피소드를 너무 많이 나열함으로써 스토리가 질질 끌려 독자로 하여금 긴장감을 떨어지게 하였다. 영화에서처럼 몇 개의 에피소드에서 바로 하이라이트 부분인 파리 패션쇼 여행으로 이어졌으면 한다. 결국 '악마는 프라다를 입는다'의 제목이 뜻하는 것은 악마는 작게 봤을 때, 무엇보다도 자신의 일과 출세가 중요하며, 그것을 위해서는 수단과 방법을 안 가리는 미란다 프리스틀리를 지칭한다고 볼 수 있다. 그리고 악마를 보다 크게 사회 특정다수로 본다면 자기 분수에 맞지 않게 허영을 따라 과소비와 자기 뽐내기에 열중하는 사람들로 볼 수 있을 것이다.

눈먼 자들의 도시 Blindness

원작 주제 사라마구 · 감독 페르난도 메일레스

 『눈먼 자들의 도시』는 주제 사라마구의 작품이
며 페르난도 메일레스 감독이 영화로 만들었다. 우
리들의 일상생활에서 만약 세상 모든 사람의 눈에
어둠만이 보인다면 어떨 것인지 생각해보며 독특하
게도 이 영화는 우리의 관점을 처음부터 송두리째 뒤집어엎으며 생각하게
한다. 이 영화는 빛이 사라졌을 때 인간이 만든 문명이 어떻게 작용할 것인
지 인간의 감춰지고 제어되었던 본능들이 이런 극한의 상황에서 과연 존엄
스럽게 존재할 수 있을 지에 대한 메시지를 담고 있다. 인간만이 가진 옷
문화에서 나오는 수치심이란 복선에서 눈이 먼 상태에서 인간이 본능적으
로 나타내는 야만성과 폭력성을 보게 된다.

일상적인 어느 날 오후, 어떤 남자가 차를 타고 가다가 갑자기 눈이 멀
어 버려서 차도 한 가운데에서 차를 세우게 된다. 허둥대는 그 남자를 어떤
다른 남자가 도와서 집까지 데려다 준다. 그 후 그를 집에 데려다 준 남자
도, 그를 간호한 아내도, 남자가 치료받기 위해 들른 병원의 환자들도, 그를
치료한 안과 의사도 모두가 눈이 멀어버린다. 시야가 뿌옇게 흐려져 앞이
보이지 않는 정체불명의 이상 현상(백색증)으로 눈먼 자들의 수가 기하급
수적으로 늘어난다. 정부는 전염을 우려하여 눈먼 사람들을 정신병동에 격
리시키고 군인들을 무장시켜 병원 앞을 지키게 하고 격리수용한다. 세상의
앞 못 보는 자들이 모두 한 장소에 모이게 된다. 이곳에서 남편을 지키기
위해 눈먼 자처럼 행동하는 앞을 볼 수 있는 한 여인(줄리안 무어)이 등장

한다. 온통 아수라장이 된 병동에서 오직 그녀만이 충격의 현장을 목격한다. 차를 타고 가다가 갑자기 눈먼 남자, 그 남자를 도와준 남자, 검은 색안경을 낀 여자, 사팔뜨기 소년, 안과 의사, 안과 의사의 아내, 한쪽 눈에 안대를 한 노인 등 점점 숫자가 불어나기 시작하면서 병동은 무질서하고 더러워지기 시작한다. 안과 의사의 아내는 눈이 멀지 않았다. 남편을 도우려고 그녀는 눈이 멀지 않았다는 사실을 숨기고 사람들을 돕고 남편을 돕는다. 병동 밖으로 나가려다가 군인의 총에 맞아 연이어 많은 사람이 죽는다. 군인들은 자신들도 눈이 멀게 될까봐 가까이 오면 무조건 쏘아버린다. 그러다가 한 무리의 눈먼 무뢰배들이 병동으로 와서 총과 곤봉으로 위협하며, 하루에 세 번씩 군인들이 주는 음식을 강탈하고 음식을 먹고 싶으면 값비싼 물건들을 다 가져오라고 한다. 그들의 횡포는 더욱 심하여 자신들의 성욕을 채우기 위해 여자들까지 보내라고 요구한다. 그들의 더러운 행동을 그냥 참고 있을 수 없었던 의사의 아내는 대장격인 한 남자를 몰래 죽인다. 그 사건으로 인해 사람들은 용기를 내게 되고 어느 날 한 여자가 병동에 불을 지른다. 사람들이 불에 타죽지 않으려고 병동 밖으로 뛰쳐나오지만 군인들은 모두 사라지고 없다. 그들도 모두 눈이 멀었던 것이다. 도시 사람들은 모두 눈이 멀어서 음식을 찾으러 길거리를 돌아다니고 아무데나 배설을 한다. 개들은 길거리에서 죽은 사람들의 시체를 뜯어먹는다. 눈이 보이는 의사의 아내는 눈먼 남자, 색안경 낀 여자, 소년, 자신의 남편, 노인 등을 데리고 자신의 집으로 온다. 거기서 그들은 음식을 찾아 먹고, 몸을 씻고 잠을 청한다. 그런 날들이 이어지던 어느 날 사람들의 눈이 다시 보이기 시작하고, 안과 의사의 아내는 시야가 하얗게 보이며 눈이 멀게 된다.

인간은 모이면 또 결국 사회를 이루고, 힘을 가진 자가 많은 것을 차지하며 통제하려 들며 이것에 대해 약자들은 저항한다. 인간의 역사를 한편으로 보여주며 결국 독재자를 자신의 보이는 눈으로 살해하고 살기 위해 죽여야 하는 인간의 본성을 드러낸다. 차츰 눈이 보이게 되는 감염자들은 단지 눈만을 보는 것이 아니라 진정한 사랑, 사회, 문화, 더 나아가 인간 모두가 느끼고 감동하는 눈을 뜨는 것이 진정 인류가 필요로 하는 것이리다.

페르난도 메일레스 감독의 영화 〈눈먼 자들의 도시〉(2008) 역시 그렇게 유쾌하지 않은 영화임에는 틀림없다. 그러나 무언가 복잡하고 심오하며 자극적이면서도 왠지 불편하며 불쾌하지만, 영화를 보고난 후에는 많은 생각을 하게 하는 작품이다. 한마디로 정의하기 어려운 영화인 것이다. 따라서 영화평도 극과 극으로 갈린다. 그래도 영화의 작품성에 칭찬을 하지 않을 수 없다. 스크린이라는 한계 속에도 인간의 본성을 너무나도 적나라하고 사실적으로, 또한 신랄하게 잘 표현하였기 때문이다. 아쉬운 점은 줄리안 무어의 연기력으로만 영화의 내용을 이끌어가려고 한 것이다.

아이덴티티|Identity

원작 아가사 크리스티 · **감독** 제임스 맨골드

〈아이덴티티〉는 2003년에 개봉되어 세계적으로 호평 받은 영화로, 종종 케이블 방송에서 상영되기도 한다. 영화는 복잡, 미묘한 공포추리스릴러물이며 여러 반전을 한 번에 모두 이해하기란 다소 어려운 작품이다. 추리작가인 아가사 크리스티의 소설 『그리고 아무도 없었다/열 개의 인디언 인형』을 원작으로 만들어진 작품이다.

먼저 소설의 전체 스토리 전개는 열 개의 인디언 인형의 노래 가사를 따라서 이끌어간다. 익명의 편지를 받은 8명의 손님들이 인디언 섬에 오게 되고 하인 부부를 포함해서 총 10명의 사람들이 폭풍후가 몰아치고 전화도 끊긴 채 섬에 갇혀서 '10명의 인디언 소년'이라는 동요에 맞추어 차례대로 살해당한다는 내용이다. 아무도 나갈 수 없는 인디언 섬이라는 단절된 공간속에서 등장인물들은 사람들이 한명씩 죽어 갈 때마다 범인이 자신과 함께 있다는 공포에 시달리게 된다. 이는 일종의 예고된 살인이다. 아가사 크리스티는 다음에 죽을 사람에 대한 단서를 던지고 살인이 행해질 때마다 인디언 인형이 사람 수에 맞추어 하나씩 사라진다. 여기에 모인 10명의 사람은 각기 다른 직업, 다른 지역 사람이지만 한 가지 공통점이 있는데 모두 드러나지 않은 죄가 있다는 것이다. 벽에 적혀 있는 노래 말처럼 사람들이 죽어가고 인디언 인형은 줄어들면서 작중인물들은 서로 의심하게 된다. 범인은 조용히 그 가운데에서 살인을 행하고 결국은 마지막 남은 한명이 자살함으로써 10명 모두 죽게 된다. 여기서 큰 반전은 범인이 누구인지 모른

다는 것이며 마지막에 남은 한명도 범인이 아니다. 이것은 독자들에게 의문을 주게 되고 4번째 죽은 판사가 범인이라는 또 다른 반전이 나온다. 극적 배경과 잘 짜인 시나리오, 작은 소재 하나라도 치밀하게 연결시키면서 10명의 죽음을 이끌어 나가면서 엄청난 긴장감을 주게 된다.

제임스 맨골드의 영화 〈아이덴티티〉(2002)의 내용은 소설 〈그리고 아무도 없었다〉와 비슷한 내용이 매우 많다. 쏟아지는 빗길에 갑작스러운 사고, 우연히 계속 만나는 사람들, 그리고 결국 그들은 '모텔'이라는 특정장소에서 고립된다. 폭풍우가 몰아치던 어느 날 밤, 사막에 위치한 외딴 모텔에 10명의 사람들이 우연히 모여든다. 첫 번째로 리무진 운전사와 그가 태우고 가던 유명 여배우, 두 번째로 리무진 운전사가 한 여성을 사고로 차로 치게 되고 그 여자를 포함한 3명의 가족(남편과 아들)이, 세 번째로 자동차가 고장 난 라스베이거스의 매춘부, 네 번째로 휴대폰을 빌리려던 신혼부부, 다섯 번째 이들이 모텔로 모이게 되고 그곳의 모텔주인, 여섯 번째로 살인범을 호송하던 경찰과 살인범, 이렇게 총 11명, 밀실살인사건이 일어난다. 소설에서 인디언 인형이 사라지듯이 살인현장에는 모텔 룸 번호 열쇠가 하나씩 10, 9, 8 … 카운트다운을 알리면서 예고된 살인임을 암시해준다. 이 영화의 가장 어려운 점 중 하나는 두 가지의 이야기가 동시에 진행되고 있는데 하나는 박사(의사)들이 다중인격으로 인한 사형유보 문제를 결정짓기 위해서 기다리고 있고, 또 다른 이야기에서도 역시 살인범을 호송중이라는 설정으로 관객에게 매우 혼란을 준다. 이는 동시에 호기심도 자아낸다. 겉으로 보면 이들 11명은 아무런 공통점이 없지만 마지막 부분에서 그 연결고리가 밝혀지는데 이들의 이름은 모두 미국 주의 이름을 따서 만든 것이며 생일도 5월 10일로 일치한다. 결론적으로는 11명 모두 한 사람의 자아이기 때문에 생일이 일치한다는 것이다.

이 영화의 첫 번째 반전은 11명의 살인사건이 밀실살인이 아니라 '말콤'

이라는 한 명의 머릿속에서 만들어낸 환상이다. 영화 속 장면 중에 호송중인 살인범이 탈출을 시도해 모텔을 빠져나가서 옆 마을로 달려가지만 결국 그곳으로 돌아와 버린다. 또 방안의 시체들이 증발해버리는 미스터리한 현상도 일어난다. 이 모든 상황들이 현실 속에서는 일어날 수 없는 환상이라는 것을 암시해준다. 그렇다면 어떻게 주인공들은 이 많은 인물들을 자기 내면에 넣을 수 있었을까 하는 의문이 생긴다. 모든 자아가 처음으로 서로를 대면하는 요법인데 그렇게 함으로써 자아를 지울 수 있다는 것이다. 이 영화에서 주인공은 모텔 열쇠의 방 번호로 카운트다운을 하면서 자기 내면 속의 자아를 하나씩 지워나간다. 죽어가는 사람들이 지워지는 자아들이고 그 많은 자아중의 하나가 살인자의 자아인데, 실제로 과거에 일어난 6명의 살인사건을 일으킨 범인이라고 말한다. 의사는 사형이 24시간 남은 말콤에게 살인자의 자아를 없애버리면 무혐의가 될 수 있다고 그 자아를 죽이라고 말한다. 영화 속 주인공인 에드워드는 리무진 운전사의 자아가 살인자의 자아라고 생각하고 그를 죽이고 주인공의 자아는 시골로 돌아가 오렌지 나무를 가꾸고 살고 싶어 하는 창녀여자만 남아있다고 생각한다. 박사와 판사 역시 주인공의 내면에 살인자가 사라진 것이라고 생각하고 그를 치료하기 위해 병원으로 호송시킨다. 하지만 병원으로 호송하는 중 그 속에 또 다른 자아가 있다는 것을 알게 된다. 이것이 이 영화의 두 번째 반전이다. 그 또 다른 자아는 3명의 가족 아내, 남편, 그리고 아들인 꼬마 티미이다. 작품 속에서 티미는 엄마, 계부와 함께 살고 있었다. 티미의 엄마는 우연히 리무진 운전사에 의해 사고가 나게 되고 계부와 티미는 친하지 않은 사이이다. 티미는 말이 없고 조용하며 밀실살인이라는 상황 속에서도 아무렇지도 않게 행동하거나, 엄마가 피를 흘리며 죽어가고 있는데도 울음을 보이거나 약한 모습을 보이지도 않는 감정이 메마른 꼬마아이이다. 그리고 영화 속에서 티미는 신혼여행을 떠나던 여자와 함께 차를 타고 달아나려다 자동차가 폭발함과 동시에 2개의 모텔 숫자 키가 발견되고 시체는 흔적도 없이 사라져버려서 그 자아가 사라졌다고 생각했다. 그리고 리무진 운전사를 의심한 이유도 그가 이 두 사람에게 자동차를 타고 도망가라고 권유했기 때문에 그렇게 확신을 했었는데, 사실은 티미로 인해 그 자동차가 폭발한 것이다. 결국 박사와 차를 타고 가는 길에 창녀는 꿈에 그리던 시골로 돌아가 오렌지 나무를 가꾸고 행복하게 살아가는 것을 상상한다. 주인공의 상상 속에서 티미의 자아가 갑자기 나타나서는 그 창녀를 죽임으로서 티미, 즉 살인범의 자아만 남게 되고 그와 동시에 박사도 죽을 맞이한다. 이처럼 이 영화는 반전에 반전을 거듭하였다. 아가사 크리스티의 소설에서의 반전은 범인이 밝혀지지 않았다는 것이었지만, 이것이 다중인격이라는 소재에 접목시킴으로서 영화가 주는 반전을 극적으로 표면화시켰다. 범인이 죽었고 모든 사건이 끝났다라고 긴장을 풀고 있는 관객들에게 엄청난 섬뜩함을 준다. 〈아이덴티티〉라는 영화는 유명하지만 그만큼 어려운 내용 때문에 보고도 이해하지 못하는 관객이 많다는 평이 있다. 그러나 엄청난 반전이 존재한다는 것과 치밀하게 짜인 시나리오 자체로도 충분히 흥미로운 작품이다.

더 로드The Road

원작 코맥 매카시 · 감독 존 힐코트

 영화 〈더 로드〉는 작가 코맥 매카시의 베스트셀러 『더 로드』를 영화화한 작품이다. 원작자 코맥 매카시는 현대 미국작가로, 서부 장르 소설을 고급 문학으로 끌어올렸다는 찬사를 받은 작가이다. 독특한 인물 묘사, 시적인 문체, 대담한 상상력으로 유명하다.

존 힐코트 감독을 맡고 주인공은 〈반지의 제왕〉으로 유명한 비고 모르텐슨이 남자 역을 맡았으며 〈몬스터〉로 아카데미 여우주연상을 받은 샤를리즈 테론이 여자 역을 맡았다. 작품의 배경은 종말이 된 지구에서 살아남은 사람들을 다루고 있다. 어떤 이유로 종말이 왔는지는 분명하지 않지만 영화 초반에 흔들리는 땅에서 자연재해로 인한 것임을 짐작할 수 있다. 지금까지 영화들은 종말이 어떻게 왔는지를 중심으로 풀어가지만 이 영화는 종말 이후에 아버지와 아들의 생존을 다룬 암울한 상황을 표현한다. 남자의 부인의 유언에 따라 불확실하지만 희망으로 삼아 그와 아들은 이런 상황을 피하기 위하여 남쪽으로 끊임없이 걷는다. 상황은 매우 심각하지고 사람을 사냥하는 무리를 만나 목숨이 위태롭지만 그는 아들을 살리려는 의지 하나로 고난의 길을 걷는다. 영화 중간마다 과거 아내와의 즐거웠던 기억을 떠올릴 때 밝은 화면을 제외하고는 대부분 어두운 색상의 배경을 띤다. 건물과 나무 모든 것이 무너지고 쓰러진 상황에서 남자와 아들이 살아남으려고 죽은 짐승이나 종말 전에 인간이 만들어놓은 통조림을 찾지만 그마져 여의치 않아 대부분은 굶는다. 길을 가다가 다른 사람을 만나

면 반가운 것이 아니라 사람을 잡아먹는 인간들인지 아닌지를 파악해야 한다. 지구의 종말로 인해 더 이상 먹을 것을 것이 없자 살아남은 자들 가운데 일부는 생존자들을 양식으로 삼아 목숨을 연명하고 있다. 그들에게 죽음은 일상의 일이자, 자신이 살아남기 위한 수단이다. 남자와 아들이 사람 사냥꾼들을 피해서 숨어 다니다가 배고픔에 지친 가운데 한 창고를 발견하게 되고 배를 채울 수 있었지만 한곳에 머무르게 되면 위험함으로 다시 그들은 길을 걷게 된다. 걷던 중에 어떤 사람이 배고픔에 아들을 공격하려할 때 남자는 아들을 지키기 위해서 총을 꺼내들었다. 그러나 아들의 만류로 남자는 상처를 입게 되고 살이 썩어가면서 서서히 죽게 된다. 자신은 죽어가면서도 아들에게 총 쏘는 법과 함께 총을 건네주고 남으로 가라면서 죽어간다. 아들은 운 좋게 온전한 무리들에 속하게 되고 다시 길을 걷는다. 이 영화는 화려한 볼거리와 이야기를 제공하지 않지만 처참한 모습들을 사실적으로 묘사하여 절망 속에서 희망을 보여준다. 작가 매카시는 열 살 된 아들이 있었는데 어느 날 마을을 내려다보다가 모든 것이 불타버린 이미지에서 소설의 소재로 구상하게 되었다고 한다. 그의 작품에 아들에 대한 사랑이 그대로 녹아 있는 것이 이 이유일 것이다.

영화에서 아쉬움이 있다면 소설 속에서 나오는 남자와 소년과의 대사들이 영화에서는 잘 살려내지 못한 것 같다. 소설에서 아버지와 아들은 많은 이야기를 하며 대화도 하나하나 감동을 준다. 또한 아역의 소년 연기도 작품 속에서 중요한 비중을 차지한다는 면에서 보면 다소 미흡하게 보인다. 그러나 긴장감은 영화가 훨씬 뛰어나고 아버지로서 연기는 죽음에 이르기까지 잘 표현한 것으로 평가할 수 있다.

오페라의 유령The Phantom of the Opera

원작 가스통 르루 • 감독 조엘 수마허

프랑스 작가 가스통 르루는 1910년 소설 『오페라의 유령』을 발간했고 이것은 곧 그의 대표작이 되었다. 뮤지컬이나 영화와는 또 다른 매력을 지닌 작품이기도 하다.

줄거리는 영화와 뮤지컬과 크게 다르지 않지만 그렇다고 같지도 않다. 뮤지컬과 영화가 열린 결말이라면 원작은 닫힌 결말이다. 에릭이란 이름이 자주 등장하는 것도 원작소설에서이고 뮤지컬과 영화에서는 팬텀의 이름이 그렇게 강조되지 않는다. 소설에서 결말은 의심의 여지없이 에릭은 결국 죽음을 맞는 것이다. 그리고 라울이 매우 병약한 외모의 청년이며 감수성이 예민한 것으로 등장한다. 크리스틴을 구하겠다고 나서지만 사실은 자기가 크리스틴보다 먼저 미쳐버리기도 한다. 아마 동행하던 페르시아인이 아니었으면 라울은 크리스틴을 다시는 만나지 못하고 동굴에서 죽었을 것이다. 또한 에릭의 인간적 면모가 아주 잘 드러나 있으면서도 그의 예술가적 기질이 천사와 맞먹을 정도로 아름답게 표현되어 있다. 몰골은 흉측하게 묘사되지만 그의 천재적 기질이 어디에서 나온 것인지 잘 나타나있고 크리스틴을 향한 열정적 사랑이 잘 그려져 있다. 그리고 에릭이 정말 원했던 것이 무엇인지를 원작소설에서는 글로 명확하게 잘 표현하였다.

영화에서는 제라드 버틀러가 에릭 역을 맡고 칠 세부터 오페라 무대에 서기 시작한 크리스틴 역을 맡아 화제가 된 에미 로섬과 매력적 귀족인 라울 역에 연극배우이자 뮤지컬 배우 출신인 패트릭 윌슨이 연기했다. 영화의 줄거리는 원작과 다소 다른 결말이다. 아마 그것은 소설『오페라의 유령』을 염두에 두었다기보다도 뮤지컬 〈오페라의 유령〉을 모티브로 만들었기 때문일 것이다. 영화에서는 팬텀이 죽은 것이 아니라 어디론가 사라졌다고 한 것은 어딘가에 살아 있을 지도 모른다는 의미로 해석될 수 있다. 마지막 장면에서 묘비 옆에 놓은 한 송이 장미꽃은 아직도 어디에선가 크리스틴을 지켜보고 있을 것 같은 팬텀을 연상시킨다. 다만 영화에서 팬텀은 흉측하다기보다 멋있는 쪽에 가까워서 감정이입이 잘 안될 수도 있다. 원작에서는 코가 없어 외출 시에는 종이로 만든 가짜코를 달고 다녔다고 표현되어 있다.

소설『오페라의 유령』에서 페르시아인이 등장하는데 팬텀의 과거를 알고 있는 비밀스런 인물로 영화나 뮤지컬에서는 이 역할이 마담지리에게 돌아간다. 이 영화에서 흥미를 주는 것은 먼저 음악이다. The Phantom of Opera와 Think of me 같은 음악이 함께 진행되어 액션 영화처럼 빠르고 스릴 있게 진행되지는 않지만 영화음악이 영화의 속도를 자연스레 조절해주는 역할을 한다. 빠르게 진행되어야 할 때는 웅장하고 빠른 음악을, 느리게 진행해야할 때는 감미롭고 잔잔한 음악을 들려줌으로써, 영화에서 굉장히 비중이 큰 요소가 되었다. 두 번째는 팬텀의 모습이다. 원작이나 뮤지컬에서는 팬텀이 항상 전지전능한 신처럼 나타나지만 영화에서는 팬텀의 인간적 면모가 나타난다. 아마 팬텀이 신적인 존재였다면 라울백작은 크리스틴을 지킬 수 없었을 것이다.

또 뮤지컬에서는 팬텀의 반쪽 얼굴을 괴물의 형상처럼 만들었고 사람들이 뮤지컬을 보는 도중 지절하기까지 했다고 한다. 그러나 영화에서는 괴물이라기보다는 오히려 인간적 느낌이 더 가깝게 닿아 온다. 세 번째는 배우들이 자신의 색을 잘 살렸다. 영화의 주연 중 한 명인 제라드 버틀러처럼 야수의 이미지가 잘 어울린 배우는 드물다. 또 에미 로섬은 크리스틴 역을 맡아 가냘픈 이미지를 잘 소화했다. 라울 역의 패트릭 윌슨은 백작의 수려한 외모와 말투, 행동을 고급스럽고 품격 있게 표현해냈다. 끝으로 이 영화에서는 노래를 배우들이 실제로 불렀다고 한다. 제라드 버틀러는 영화를 촬영하면서 최고의 터너라는 극찬을 받았고 에미 로섬은 어려서부터 노래를 배웠으며 패트릭 윌슨은 실제 뮤지컬 배우이기도 하다.

연을 쫓는 아이 The Kite Runner

원작 할레드 호세이니 • **감독** 마르크 포르스터

〈연을 쫓는 아이〉는 마르크 포르스터가 할레드 호세이니의 소설 『연을 쫓는 아이』를 토대로 2007년 만든 영화다. 아프칸을 배경으로 구성된 작품임에도 안전 때문에 대부분 중국 카슈가르에서 제작되었다. 대부분의 대사가 다리어이지만 영어가 나머지 부분을 보충시킨다. 아역배우는 다리어가 모국어이지만 몇몇 성인배역을 맡은 배우들은 다리어를 배워야만 했다. 이 영화는 2007년 골든글로브상을 받았지만 아프칸 정부는 강간장면 등을 이유로 상영금지 조치를 내렸다.

부유한 집안에서 태어난 아미르와 집안하인의 아들 하산은 옷도, 하는 일도 다르지만 둘은 모든 제약을 뛰어넘어 둘도 없는 친구가 된다. 약한 아미르와 달리 운동을 잘하던 하산은 아미르를 항상 곁에서 지켜준다. 12살이 되던 해 겨울 이들 둘은 손꼽아 기다리던 연 싸움대회에 참여한다. 대회에서 우승하여 아버지의 칭찬을 받고 싶던 아미르는 하산의 도움으로 우승을 하게 되고 하산은 네가 원하면 천 번이라도 연을 찾아올 수 있다면서 떨어진 연을 쫓아 거리를 나간다. 그러나 최고로 행복하던 날 두 소년은 커다란 사건에 직면한다. 언제나 자신을 지켜주던 하산과는 달리 자신은 친구를 모른척했다는 죄책감에 괴로워하던 아미르는 하산과 거리를 두기 시작하고 결국 그에게 도둑 누명을 씌워 집에서 내쫓아 버린다. 세월이 흐르고 소설가로 성공한 아미르에게 한 통의 전화가 걸려온다. 하산과의 우정이 끝났다고 생각했던 것과는 달리 하산은 언제나 자신을 친구로 생각하며 뒤

에서 지켜봐 주었다는 사실을 알게 된 아미르는 하산과 우정을 되찾기 위해서 화해와 용서를 구하려고 놀랄만한 용기를 발휘한다. 원작의 감동을 완벽하게 옮긴 작품이라는 평을 받고 있는 이 영화는 성공적인 작업이 가능했던 것은 원작이 출판되기 전 단계부터 영화화 작업을 시작했기 때문이다. 우연히 완성되지 않은 소설의 초고를 보게 된 제작진이 이 소설에 매료되어 영화제작 판권을 확보하고 영화촬영을 확정했던 것이다. 영화제작을 맡은 로리 맥도널드는 "전 세계를 감동시킬 수 있는 사실은 의심의 여지가 없다"고 평하기도 했다. 특히 단순히 베스트셀러 작품을 영화화 시킨 다른 작품들과는 달리, 초고 단계에서부터 영화화 작업을 시작한 이 작품은 각 장면과 대사 하나하나가 작가 호세이니의 도움을 받아 더욱 깊이 있는 영상으로 스크린에 옮겨졌다고 한다.

이 영화에서 매력은 단연 우정과 용기에 대한 것이며 이를 따뜻하고 섬세하게 잘 묘사하였다는 점이다. 연은 어린 시절 친구를 모른척했던 죄책감을 가슴에 안고 있던 아미르가 간절히 찾고 싶어 했던 우정을 상징한다. 그리고 깨어진 우정을 되찾으려는 용기의 상징이기도 하다. 연을 쫓아 힘껏 달리는 아이처럼 어떤 어려움과 난간이 있어도 우정과 용기로서 극복할 수 있다는 메시지를 이 작품은 던져주고 있다.

한국 문학

갯마을

원작 오영수 · 감독 김수용

『갯마을』은 오영수가 1953년『문예』지에 발표한 단편 소설이다. 바닷가 조그만 마을에서 가난하지만 소박하게 살아가는 어민들의 삶을 서정적으로 그렸다. 어촌의 향토적 풍경과 바다에 대한 애환을 숙명처럼 받아들이고 살아가는 서민들의 모습을 애틋하게 낭만적으로 잘 그렸다.

이 작품은 동해의 작은 갯마을에 해순이라는 젊은 과부의 삶을 그렸다. 그녀는 해녀의 딸로서 어머니를 따라 바다 바람에 그슬리고 조개껍질을 따면서 바닷가 냄새를 맡으며 성장한다. 열아홉 살에 성구에게 시집을 가게 되자 어머니는 자신의 고향 제주도로 간다. 그러나 성구가 칠성네 배를 타고 원양어선을 타고 바다로 나가서는 소식이 없자, 해순은 시어머니와 시동생을 부양하려고 물질 옷을 입고 바다로 가서 일한다. 어느 날 해순은 잠결에 한 사내에게 몸을 빼앗기는데 상수라는 남자로서 2년 전 상처하고 돌아다니다 자신의 이모 집인 후리막에 와서 일을 도와주고 있었다. 그들의 관계가 소문이 나고 더 이상 성구의 소식이 없자 시어머니는 성구의 제사를 지내고 해순이를 상수에게 개가시킨다. 성구의 두 번째 제사를 앞두고 해순이가 시어머니를 찾아오는데, 상수가 징용으로 끌려간 뒤 산골생활을 견디지 못한 해순이가 바다를 그리워하다가 매구 혼이 들렸다고 무당굿을 하는 틈에 마을을 빠져 도망친 것이다. 『갯마을』은 사회와 단절된 공간과 향토적이고 낭만적인 분위기에 치우쳐 가난한 어촌의 현실적 어려움과 절박성을 잘 나타내지 못하였다는 평도 있지만 자연과 인간의 융화적인 모습을 잘 인식시켰다고 볼 수 있다.

김수용 감독이 1965년 오영수의 원작 『갯마을』을 영화화한 것은 당시 풍족하지 못한 영화대본시절에 소설 장르에 관심을 돌려서 문예 영화의 시발점을 만들어준 작품이다. 영화와 원작의 몇 다른 점들을 살펴본다면 원작에서 남편 성구의 죽음은 모호한 표현으로 처리되었지만 영화에서는 형과 함께 일을 나갔던 동생 성칠이 겨우 살다 돌아와 형의 죽음을 전한다든지, 해순과 시어머니의 선상 진혼굿을 펼치는 모습 등 보다 구체적으로 나타내고 있다. 동생 성칠이도 원작에서는 거의 전면에 등장하지 않지만 영화에서는 처음부터 등장하여 중요인물로 역할을 한다. 또한 원작에서는 해순이가 산골에 들어가서 바다를 못 잊어 상수가 징용으로 끌려가자 갯마을로 돌아온다고만 언급하지만, 영화에서는 상수가 채석장과 산골에서 살인을 한다는 등의 해순의 산골 생활 이야기를 덧붙인다. 영화는 인물간의 갈등 양상을 훨씬 잘 부각시키고 있다. 원작에서 찾아볼 수 없는 인물간의 갈등과 대립이 부각되면서 원작의 평면적 이야기가 극적 양상으로 달라지고 있다. 이것은 영화라는 장르가 갖는 대중매체적 속성 때문일 것이다. 또한 원작은 바다에서 남편을 잃은 과부들의 이야기라는 점에서 인간 본연의 성적 욕망을 어느 정도 담고 있다. 하지만 오히려 남편을 잃은 후 억척같이 살아가는 여인들의 삶에 초점을 두고 있다. 그러나 영화는 성 혹은 성적 행위 묘사를 비교적 직접적으로 여러 차례 담았다. 남편 성구와의 성애장면, 여인네들의 걸쭉한 성적농담, 상수와 해순의 정사, 사냥꾼이 해순을 겁탈하려는 장면 등이 담겨있다. 그러나 원작의 서정성을 훼손시키지 않고 그대로 지켜주며 영화의 클로즈업 쇼트를 최대한 배제하고 롱쇼트로 피사체의 거리 두어 관객을 관조적이고 명상적 태도로 이끌어 주고 있다.

사랑방 손님과 어머니

원작 주요섭 · **감독** 신상옥

　　작가 주요섭이 1948년 발표한 『사랑손님과 어머니』
는 옥희라는 어린 소녀의 눈을 통해 과부인 어머니와
사랑손님과의 사랑, 미묘한 애정 심리를 잘 다룬 작품
이다. 여섯 살 난 옥희는 과부인 어머니와 중학교에 다
니는 외삼촌, 이렇게 셋이서 단란하게 살아간다. 사랑
채에 아버지의 친구가 큰외삼촌의 소개로 하숙을 들게
된다. 나는 매우 기뻐한다. 아저씨가 달걀을 좋아하는 바람에 나도 실컷 먹
을 수 있게 되고, 같이 놀러갈 수 있어 좋았다. 어제 어머니한테 잘못한 것
을 사과하려고 유치원에서 몰래 꽃을 가져오고서는 그만 아저씨가 주었다
고 말한다. 어머니의 얼굴이 붉게 타오르더니 아무에게도 말하지 말라고
이른다. 지금까지 한 번도 치지 않던 풍금을 오늘따라 연주를 하면서 줄줄
눈물을 흘린다. 그러면서 너 하나면 된다고 말한다. 아저씨가 준 봉투를 어
머니께 드리니 어머니는 어쩔 줄 몰라 하신다. 내가 밥값이라고 말하자 약
간 웃음을 머금더니 다시 안에서 무엇을 꺼내 보고는 입술을 바르르 떤다.
그 날 밤 자다 깨니 어머니는 아버지가 입던 옷가지를 매만지면서 혼자서
기도를 한다. 잠자리에 들면서 기도할 때도 역시 어머니는 더듬거리기만
한다. 어느 날 어머니가 아저씨에게 손수건을 갖다 드리라고 한다. 그 속에
무슨 종이 같은 것이 들어있는데, 아저씨는 그걸 받고는 얼굴이 파래진다.
어머니는 구슬픈 곡조로 풍금을 친다. 여러 날 뒤 아저씨는 짐을 챙겨 떠난
다. 다시 오느냐는 물음에 답하지 않는다. 어머니는 있는 달걀을 모두 삶아

서 아저씨께 전하라고 한다. 오후 산에 올라가서 아저씨가 탄 기차를 바라본다. 어머니는 기차가 완전히 사라질 때까지 가만히 바라본다. 산에서 내려온 어머니는 지금까지 열어두었던 풍금을 닫고 열쇠를 채우고, 내가 꽃을 끼워두었던 찬송가책에서 꽃송이를 꺼내 버리라고 한다. 달걀 장수 아주머니가 오니 "이젠 우리 달걀 안사요. 달걀 먹는 사람이 없어요"라고 말한다.

　이 소설은 작가 주요섭의 서정성이 강한 휴머니즘 색채를 띤다. 사랑손님과 어머니가 서로 간에 나누는 절제의 미학과 함께 개인의 자유를 지나치게 억압하는 유교적 인습에 대한 고발을 동시에 보여준다. 귀엽고 앙증맞은 옥희의 눈에 비친 삶의 일면이 동화적 순수성과 신비성으로 독자에게 다가오고, 애욕의 감정을 속으로 감추고 내면적으로 승화시켜 보편적 사랑의 감정을 잘 처리하는 문화적 특징을 제대로 구현시키고 있다고 보겠다. 어린 소녀를 내레이터로 선정한 것은 다분히 의도적이다. 과부인 어머니와 사랑손님의 사랑을 순수하고 격조 높게 반영시키고, 젊은 과부인 어머니에게 아저씨의 등장은 이성에 대한 관심을 분명히 일으켰다. 그러나 본연의 자세로 돌아감으로써 도덕적 의무감을 넘어선 품격과 아름다움을 나타낸다. 어린 옥희의 행동이 두 어른 사이의 심리적 거리를 조절하는 역할을 하고 어른들 마음속에 숨겨진 어렴풋한 그리움과 망설임을 어린아이다운 감각과 직관으로 선명하게 포착하였다. 어머니와 사랑손님의 감정을 어느 정도 알 수 있는 장면에서 '모르겠다'는 말을 반복한다든지, 자연 효과를 노린다든지 하는 것은 해당 장면이 암시하는 바를 드러내면서 동시에 감추는 고도의 예술적 기법이다. 소설에서 작가는 화자가 당연히 모르는 것을 개입하여 예술성의 극대화를 꾀하였다. 이런 시점을 신빙성 없는 화자 unreliable narrator의 시점이라고 하며 독자가 전체 상황을 수집하여 올바른 판단을 하도록 하는 경우를 말한다. 또한 이 소설은 어머니의 감정의 흐름을 객관적 상관물의 적절한 사용으로 잘 나타내고 있다. 꽃, 풍금, 흰 봉투, 손수건 등의 소재가 순결하고 신선한 이미지를 심어 주기에 충분하다.

영화 〈사랑방 손님과 어머니〉는 신상옥 감독이 당대에 걸출한 스타들인 김진규와 최은희를 주인공으로 하여 1961년에 제작한 작품이다. 영화는 사랑방 손님의 '방'이라는 단어를 하나 더 추가하였다. 이 영화는 동적인 카메라에 익숙해진 요즘 사람들에게 자칫 지루하게 보이는 정적인 모습들이 오히려 관객들이 생각할 수 있는 여백의 미를 제공하면서 조금도 손색이 없다. 영화는 원작에서는 다룰 수 없는 몇 가지들을 첨부하여 영화로서의 장점을 잘 살려내었다. 먼저 언어적 서술로서만 그쳐야 하는 소설과는 달리 영화에서는 음악과 음향의 사용을 잘 배합시켰다. 또한 영화적 재미를 더하기 위하여 시대적 배경을 원작의 1930년대보다는 늦은 1950-60년대로 잡고 있다. 원작의 풍금이 이 영화에서 피아노로 바뀌었다. 그리고 계란 장수와 식모, 점쟁이 등을 등장시켜서 자칫 단조로울 수 있는 인물 관계로 작품에 영화적 재미를 더하고 있다. 신상옥 감독은 원작이 너무 유명하기 때문에 자칫 뻔해 보일 수 있는 내러티브 구조와 원작의 충실에 대한 강박관념을 버리고 밝은 화면과 화면의 미술적 감각 등을 설정하여 원작의 명성에 뒤지지 않는 수작을 만들어냈다.

별들의 고향

원작 최인호 · 감독 이장호

이 작품은 조선일보에 연재된 신문소설로, 간결한 문장, 감각적인 문체로 베스트셀러를 기록한 작품이다. 작가 최인호는 이 작품 속에서 산업사회로 접어들면서 나타나는 이른바 소비사회의 현실을 배경으로 여성의 개방적인 성의식을 그린다. 감각적인 문체, 지적인 재치와 언어구사로 대중적 호흡을 지님으로서 대중사회와 대중문학이라는 문제로 여러 방향에서 토론의 대상이 되기도 했다. 그러나 이런 논의가 그의 소설세계의 문학적 의미를 제대로 평가했다고 볼 수 없다. 삶의 상징적 수단으로서 성의 개방은 욕정인 성의 소비와는 엄연히 구별되어야 한다. 성에 대한 사회의 수용 양상을 통해 우리의 삶이 어떤 것인지 그 정체성을 파악하는데 기여하기 때문이다. 이런 폭넓은 검토가 있지 않고 성급한 도덕적 비난만이 난무하다. 어쨌든 이 작품은 성의 개방을 삶의 하나의 상징적 의식으로 삼는 대중소설로서 젊은이들을 사로잡았던 소설이다. 일인칭 주인공의 시점으로 서울을 배경으로 한 산업사회 속에서의 성개방의식과 인간성 탐구를 주제로 한다. 작품의 내용은 이러하다.

주인공 '나'는 대학 미술과 강사이며 독신이다. 간밤에 심하게 술을 마신 탓에 깊은 잠에 빠져 있다가 날카로운 전화 벨 소리에 잠을 깨고 말았다. 경찰서에서 걸려온 전화였다. 경찰서에서 '나'는 3년 전 1년 간 동거했던 오경아가 죽었다는 충격적인 사실을 알게 된다. 시체 인수를 위해 병원에 들렀으나 차마 시체를 볼 수가 없어서 그냥 나와 버렸다. 오경아는 간이 역의 역무인 아버지와 양조장집 셋째 딸이었던 어머니 사이에서 태어난 맏딸로서, 남동생과 더불어 행복한 가정에서 자라난 작고 예쁜 여자였다. 그러나 아버지가 갑자기 돌아가자 그녀는 학업을 포기한 채 취직을 한다. 알뜰한 직장 생활을 해오던 그녀는 강영석과 사랑에 빠지고 결국 임신을 하게 된다. 하지만 소파 수술에 뒤이은 강영석의 변심과 어머니의 반대로 인해 그녀는 버림을 받게 된다. 이후 새로 만중이라는 사내를 만나 결혼하게 되지만 유달리 결벽증이 심한 만중에게 경아의 과거가 발각되고 둘은 헤어지게 된다. '나'가 그녀를 만난 것은 어느 술집에서였다. 늘 술독에 파묻혀 지내던 '나'는 그 날도 혼자 마시는 무료함을 달래기 위해 당번 아가씨를 불렀고, 그때 나온 아가씨가 바로 경아였다. 그 후, 경하가 술집을 옮기는 바람에 만나지 못하다가 서너 달이 지난 어느 날 밤거리에서 우연히 만나게 되었고 그때부터 그들은 동거를 시작한다. 그녀와 살면서 '나'는 그녀를 모델로 창작 의욕을 불태웠고, 그녀는 신접살림처럼 집안을 꾸몄다. 그러던 어느 날, 그녀는 자신을 쫓아다니는 남자를 피해 술집을 그만두고 하루 종일 집에만 있게 되자, 그녀는 점점 게을러지고 미워져갔다. 동거한 지 1년이 지난 후 어느 봄날, 대학 친구인 혜정이와 만났을 때 '나'는 평소에 생각해 왔던 경아와의 헤어짐을 결심하게 된다. 그녀와 헤어진 1년 후, 어느 술집에서 외모가 많이 변해 버린 경아를 다시 만나게 된다. 그날 밤 '나'는 경아의 방에서 마지막 밤을 보낸다. 그날, 그녀는 한때 그녀를 스쳐간 모든 사람들이 사랑스럽다고 말한다. 그리고 별나라의 별난 일이라면서, 어릴 때 자신을 보고 땅을 밟고 살지 않을 거란 점쟁이의 말도 들려주었다. 또다시 그로부터 1년 후 겨울, 경아는 술에 취한 채 심한 기침을 하며 거리를 방황하고 있었다. 좀 전에 먹은 수면제의 약기운이 몸에 퍼지자 잠을 이기지 못한 채 흰 눈 속에 파묻히고 만 것이다. 경아의 장례식은 정말 쓸쓸하였다. 그녀의 모든 것은 불길 속에서 타올라 한 줌의 재로 남았다. 그녀의 뼛가루를 한강에 뿌리면서 '나'는 그녀의 넋이 자유롭게 날아가기를 기원한다. 그녀의 고향은 어디에 있는지, 그녀는 늘 돌아갈 고향이 있는 것을 부러워하였다.

대개 연재소설들이 그러하듯 이 소설도 독자의 흥미유발을 위한 스토리의 전개를 다소 질질 끌고 간다는 느낌과 경아의 죽음을 너무 무리하게 몰고 간다는 독자의 불만도 잇따랐다. 영화 〈별들의 고향〉은 화천공사 작품으로 최인호의 동명소설을 이희우가 각색하고 이장호가 감독을 맡았고, 안인숙과 신성일이 주연을 맡았다. 대체로 스토리에 충실하게 제작되었다. 티 없이 맑은 처녀 경아(안인숙)가 사회에 발을 들여놓고 여러 남자들에게 버림받고 알코올 중독자가 되어 눈 내리는 밤에 거리에서 생애를 마감하는 비극적인 결말로 이어진다. 영화 음악과 함께 소설 못지않은 관객 50만 명 동원이라는 영화의 흥행성을 기록한 작품으로서, 이장호 감독의 데뷔 성공작이기도 하다.

난장이가 쏘아올린 작은 공

원작 조세희 · **감독** 이원세

조세희의 베스트셀러 작품인『난장이가 쏘아 올린 공』은 1975년 발표된 도시빈민의 애환을 담은 작품이다. 이 작품이 나오기 4년 전인 1971년 8월 10일 일어난 광주대단지 사건은 70년대 도시화의 곡절을 상징하는 사건으로 언론들이 '민란'(동아일보 기사)이라는 표현을 쓸 정도로 한국사회를 떠들썩하게 한 도시빈민들이 대거 일어났다는 점에서 사회적 양극화를 적나라하게 드러낸 일이기도 했다. 이런 시대와 사회적 배경을 작품에 작가는 투영시켰다. 증조부가 노비였던 난장이는 서울 낙원구 행복동 무허가 주택에서 아내와 삼남매를 데리고 힘겹게 살아간다. 아내는 인쇄소 제본공장에 나가고 큰아들 영수는 인쇄소 공무부 조역으로 일했지만 차남 영호와 막내딸 영희는 학업을 더 이을 수 없었다. 어느 날 집을 철거하겠다는 철거통지서가 날아들고 며칠 후 쇠망치를 든 철거반원들이 들이닥친다. 난쟁이 가족은 수대에 걸친 삶의 보금자리였던 집을 잃고 '아파트 딱지'를 손에 쥐지만 투기업자들 농간으로 입주권 값이 뛰어오르자 입주권을 팔아버린다. 하지만 전세금을 갚고 나니 남는 게 없다. 가출한 딸 영희는 투기업자에게 순결을 빼앗기고 어느 날 투기업자 가방 속 입주권과 돈을 갖고 행복동을 다시 찾는다. 그러나 난쟁이 아버지는 벽돌공장 굴뚝에서 떨어져 자살하고 난 뒤다.

이원세 감독이 영화화한 이 작품은 70년대 우울한 시대배경으로 대도시 판자촌의 난장이 일가가 겪는 애처로운 삶의 모습을 담았다. 불구에다

가 약삭빠르지도 못하고 나쁜 짓도 못하는 난장이 일가는 당시 고도경제성
장과정에서 판잣집조차 철거되고 내몰리는 신세가 된다. 아버지는 철거직
전 자살하고 큰아들(안성기 분)은 철거현장에서 무언가 분노의 눈빛을 보
내면서 영화는 끝맺는다.

영화가 원작에 충실하면서도 부분적으로는 다소 다른 차이를 보인다.
예로 원작에서는 주인을 죽이는 것으로 되어 있지만 영화에서는 생략되어
있다. 또 소설은 공업도시를 배경으로 하고 있지만 영화에서는 염전마을을
배경으로 하고 있다. 지금은 시화공단으로 변해버린 경기도 시흥이다. 영화
는 난장이의 신체적 불구성을 통해 시대적 불구성을 드러낸다. 빈민촌의
암울한 생활, 부동산 투기와 철거, 정치적 불안을 고발하면서 정교한 구성
과 무채색 화면 위에 힘없는 서민의 삶을 담담하게 담고 있다. 특히 아버지
김불이가 화면 왼쪽 끝에 있는 높다란 굴뚝 위에 앉아 화면 오른쪽으로 펼
쳐진 드넓은 하늘을 향해 종이비행기를 날리는 장면은 강한 메시지가 담긴
명장면이다. 박승배 촬영감독의 증언에 의하면 이 영화가 만들어질 당시에
는 시나리오 심의가 있어서 원작의 내용 때문에 촬영이 끝날 때까지 심의
가 나오지 않아 제작진들과 출연자들이 영화제작에 어려움을 겪었고 매번
수정을 하여 영화를 만들었다고 한다.

겨울 여자

원작 조해일 · **감독** 김호선

 〈겨울 여자〉는 김승옥 각색, 김호선 감독의 1977년 영화이며, 조해일의 소설 『겨울 여자』를 바탕으로 만들었다. 이화(장미희)라는 소녀는 기독교 목사의 딸로 구김살 없이 자라던 중, 여고를 졸업한 지 얼마 안 되어 이상한 인연으로 한 청년이 별장에서 순간적인 욕구에 이화를 껴안으려다가 강한 거부를 당하고 스스로 번민하다가 자살해 버린다. 이화는 생전 처음 큰 충격을 받아 괴로워하던 차 쾌활한 대학생인 우석기(김추련)를 만나게 되어 사랑에 빠진다. 이번에는 자진해서 남자의 요구를 다 받아들이고 마치 모성애를 발휘하듯 남성을 감싸주기도 한다. 그러나 두 번째 남자마저 군에 입대한 후 사고로 죽었다는 비보가 날아든다. 절망에 빠졌던 이화가 세 번째로 만나는 남성은 바로 고교시절의 은사로서 지금은 아내와 이혼하고 아파트에서 혼자 사는 허민(신성일)이다. 이화는 허민과도 뜨거운 관계를 맺지만 그와의 결혼은 승낙하지 않는다. 오히려 헤어졌던 여성(박원숙)을 다시 허민과 결합시키는 역할을 하고는 홀연히 허민을 떠나가 버린다. 그 뒤 그녀는 저능아 학교 교사가 되어 불우한 아동들을 위해 봉사한다.

조해일의 작품 『겨울 여자』는 주인공 이화가 남자를 만나며 육체적 · 정신적으로 성장해 나가는 소설이다. 이화는 자신의 처녀성을 지키려다 민요섭이 죽자 자신의 육체가 소중한 존재가 아니라는 인식을 하게 되고 순결 이데올로기에서 벗어난다. 그리고 이화는 우석기와의 만남과 죽음을 통해

사회적 현실에 눈을 뜨게 되고 많은 사람에게 사랑을 베풀기 위해 결혼하지 않기로 결심을 한다. 요섭과 석기를 통해 가부장적 이데올로기에서 벗어난 이화는 여러 남자를 만나 그들의 상처와 슬픔을 육체로 치유해주는 '성처녀'가 되고 더 나아가 빈민촌에서 빈민층을 위해 일하기로 한다.

이 작품에 이화가 치유해주는 남성들의 상처는 주로 아버지에 의한 상처들이다. 민요섭은 공정하지 않은 정치가인 아버지 때문에 받은 상처를, 우석기는 아버지로 상징되는 국가 권력에 의해 빨갱이로 몰린 아버지 때문에 받은 상처를, 김광준은 자본가인 아버지 때문에 받은 상처를 안고 있다. 이들의 상처를 통해 이 작품은 당대 사회의 폭력성과 그로인한 상처들을 보여주고 더 나아가 사회의 폭력성의 원인이 결국 가부장제에 있음을 암시하고 있다. 이런 가운데 이화가 남자들의 상처를 치유해준다는 점에서 그녀는 우리 사회의 폭력성을 해결할 수 있는 대안으로 떠올린다. 이화가 이들을 치유할 수 있게 된 것은 순결 이데올로기와 결혼을 포기했기 때문이며, 이런 점에서 이화는 가부장제에 저항하는 인물이라 볼 수 있다.

이 작품은 1977년 영화로 만들어져 대중들의 많은 사랑을 받았다. 이 작품은 당대 권위적 가부장제를 비판하고 있지만, 그 대안이 여성의 헌신과 모성 이데올로기라는 점에서는 이율배반적이다. 이화가 그들을 치유하는 방식이 육체이고 모성 이데올로기라는 점에서는 가부정제의 범주를 조금도 벗어나지 못하고 있다. 여자의 헌신만이 남성과 사회를 치유할 수 있다는 논리에서 말이다. 또한 이화의 깨달음이 모두 남성을 통해 이루진다는 점과 자신을 남자들의 갈증을 풀어주는 물로 비유하는 부분은 이화가 가부장적 사고에서 벗어나지 못했음을 보여준다. 겉으로는 사회를 비판하는 것 같지만 결국은 사회의 지배 이데올로기인 가부장제를 옹호한다는 점에서 이 작품은 통속적이고, 결국 이화의 성해방과 결혼 거부는 독자들의 성적 호기심을 충족시켜 주려는 의도 이상도 이하도 아닌 것이다

우리들의 일그러진 영웅

원작 이문열 · **감독** 박종원

이문열의 소설 『우리들의 일그러진 영웅』은 시골 초등학교의 한 학급에서 동급생들 위에 군림하는 한 어린 권력자가 우상이 되고 다시 무너지는 모습을 보여주며 기성 사회에 대한 반성적 통찰을 요구한다. 단순히 사회비판에 그치는 것이 아니라 고도의 심리분석 기법을 사용하여 권력에 대한 은밀한 두려움과 비겁한 순응, 사회의 뒤틀린 영웅관, 가치관의 전도 등을 보여준 작품이다. 자유당 말기 정치적 바람으로 좌천된 아버지를 따라 시골로 전학 온 한병태는 모든 것을 뒤에서 조종하는 강력한 힘을 가진 반장 엄석대가 학급을 엄격히 통제한다는 것을 발견한다. 반장은 급우들을 억압통제하고 급우들은 모두 거기에 순응하며 지낸다. 반장은 단순히 억압적이지만은 않고 때로는 미묘한 협박을 하면서 은밀한 회유를 통해 반항세력을 결국 자신에게 굴복시킨다. 한병태는 정면으로 반장의 억압과 횡포에 맞서고 독재자인 반장은 그를 처벌하는 대신, 그의 주변 인물들을 괴롭혀서 그를 철저하게 고립시킨다. 그리고 은밀히 위협하고 거절할 수 없는 회유공작을 한다. 담임교사와 학교 당국은 철저하게 무능하고 부패해서 이 모든 것을 잘 알면서도 반장 편을 들어준다. 결국 한병태는 살아남기 위해 권력의 위협과 회유에 굴복하고 독재자와 타협한다.

1992년 박종원 감독이 동명의 제목 영화를 만들었는데 원작에 없는 인물들이 등장하거나 그 성격이 달라지는 인물을 볼 수 있다. 예로 한병태의 친구 김영팔은 원작에는 없다. 그는 한병태가 엄석대를 상대로 고독한 싸움을 하고 있다는 것을 안다. 그는 늘 지저분한 옷을 입고 외관상 모자라는 듯 보여서 많은 아이들이 그의 말이나 행동에 신경을 쓰지 않는다. 그런 김영팔이 엄석대에게 저항하는 한병태의 모습을 보고 소중하게 가지고 있던 탄피를 준다. 병태와 함께 다니며 다른 아이들이 병태를 괴롭히는 것이 잘못이라 말한다. 그러나 한병태가 그 외롭고 힘든 싸움을 포기하고 엄석대에게 굴복할 때 영팔은 지난날 주었던 탄피를 돌려달라고 한다. 비록 말과 행동이 어눌하지만 그는 사람의 진실을 볼 줄 아는 순수한 인물이다. 김영팔의 순수성을 엿볼 수 있는 것은 과거에는 누구보다 친하게 지낸 친구들이 엄대석의 잘못을 적나라하게 비난하는 것을 보며 가슴 아파한다. 그는 다른 누구보다 학급에서 일어난 일들을 객관적인 시선으로 바라본 인물이다. 감독은 김영팔을 통해 한 반에서 일어나고 있는 일을 순수한 시선으로 바라보게 한다. 원작에 없는 또 다른 인물은 미포에 동행하는 여학생이다. 시험을 마친 그들이 미포로 같이 놀러갔을 때 또래보다 나이가 많은 엄석대는 벌써 이성에 관심을 가지기 시작하고 술을 마시며 노래하는 모습이 어른들의 행세를 한다. 원작과는 다른 성격의 인물은 6학년 때의 담임선생님으로서 젊고 의욕에 가득 찬 그는 아이들에게 진실과 자유에 대한 의미를 전달하려 애쓴다. 그를 통해 아이들은 다른 어느 반보다 활기차고 민주적인 분위기로 운영된다. 원작과 다른 모습은 과거의 회상에서 현재로 돌아와서 고향에 왔을 때, 그 선생님은 그 지역의 국회의원이 되어 많은 보좌관들을 데리고 나타난다. 학생들에게 자유와 진실의 의미를 강조하시던 분이 국회의원이 된 것이다. 그 정의와 진실을 국회에서 실현한다는 의미가 있지만 원작처럼 6학년 때 담임선생님의 순수하고 강한 이미지는 없다. 가장 큰 차이는 엄석대를 둘러싼 결말인데 지금까지 자신이 한 일들이 밝혀지면서 엄석대는 학교를 떠난다. 그리고 자신의 잘못을 말한 아이들에게 폭력을 휘두른다. 하지만 영화에서 엄석대는 자신의 비행이 아이들의 입을 통해 밝혀질 때 학교를 뛰쳐나간 뒤 교실에 불을 지른다. 원작에서 한병태는 30년이 지난 후 한병태는 강원도로 가족과 함께 피서를 가려고 기차를 타다가 선글라스를 낀 남자가 경찰들에 연행되면서 선글라스가 벗겨진 얼굴에서 그를 본다. 옛날 대단했던 모습은 없고 초라하게 연행되는 모습에서 엄석대는 성실한 사회인으로 성장하지 못하고 일그러진 영웅의 모습을 보여준다. 그러나 영화에서 엄석대의 모습은 다르다. 상가 집에 모인 친구들은 그에 대한 여러 가지 이야기를 한다. 그가 좋은 차를 타고 다닌다는 사람, 금융계의 큰 손이 되었다는 등의 추측들이 난무하다. 그러나 그는 오지 않고 다만 그의 이름으로 배달된 커다란 화환으로 그의 존재를 짐작할 뿐이다.

영화에서 감독은 엄석대의 일그러진 영웅으로 보여주지 않고 그의 모습을 감추면서 관객들에게 상상의 여지를 남긴다. 박종원 감독은 영화에서 원작의 깊은 주제의식을 충분히 잘 살려내고 있다. 영화에서 시골 어느 초등학교 교실은 어두운 우리의 현대사를 집약한 소우주이다. 정의와 자유를 부르짖는 젊은 교사는 교실의 부정부패를 일소하면서 반장의 권력을 무참히 꺾어버리지만 그 또한 그 과정에서 독선과 폭력을 행사한다. 아이들은 새 담임교사에게 복종하고, 교실은 또 다른 형태의 억압과 독재 하에 있다. 역사는 반복되고 이런 반장의 이미지는 정치권력 체제 속에 능숙한 우리들의 독재자들을 연상시켜 준다. 그리고 개혁을 주창하며 등장해 독재를 하다가 결국은 정치에 입문한 그 젊은 담임교사에게서도 우리는 또 다른 독재자의 모습을 본다. 반장과 한병태와 새 담임교사 모두 각기 다른 의미에서 영웅일 수 있다.

우묵배미의 사랑

원작 박영한 · **감독** 장선우

　　　서울과 농촌지대의 경계선에 있는 우묵배미를 배경으로 우리 시대 서민의 삶에 기초를 두고 현실의 모순을 피부로는 느끼면서도 다시 주저앉을 수밖에 없는 민초들의 삶 속에서 진실을 찾도록 한 작품이 『우묵배미의 사랑』이다. 〈경마장 가는 길〉(1991), 〈화엄경〉(1993) 등을 연출한 장선우 감독이 박영한의 소설로 영화 〈우묵배미의 사랑〉을 만들었다. 장선우 감독은 고 2년 때 중퇴하고, 검정고시로 대학을 들어간다. 대학시절 사상적으로 극우와 극좌적 성향을 거치며 수배, 도피, 검거를 당한다. 그의 영화 여정은 정통 코스를 밟은 것이 아니지만 스크립터, 소품담당, 영화기획실 등에 있으면서 영화인의 기초를 착실히 닦았다. 장선우 감독이 걸어온 길을 보면 그가 겪은 현실과 의식세계의 경험이 민초들의 삶에 기초한 영화 작품 세계에 충분한 자양분이 되어 〈우묵배미의 사랑〉에서도 그들의 애환을 잘 담아내고 있다. 어린 시절부터 삶의 밑바닥을 거치며 갖은 고생을 하며 살아온 20대 후반의 봉제기술자 배일도는 술집에서 만난 여인과 살림을 차리고 우묵배미에 보금자리를 마련한다. 타고난 손재주를 가진 배일도는 근처의 치마공장에 기술자로 취직을 하는데, 같이 파트너로 일하게 된 민공례에게 첫날부터 자꾸 신경이 쓰인다. 그래서 은근히 그녀에게 관심을 보여 보기도 하지만 반응은 늘 신통치 못하다. 그러나 공례가 아이까지 있는 유부녀라는 사실이 드러나면서 일도는 그녀가 눈에 띄지 않게 자신에게 은연중 다가오는 것을 느끼게 된다. 아내에게서는 볼 수 없는 심성과 따뜻함을 공례에게서 느끼게 된 그는 급속히 그녀에게 빠져들고 공례역시 무능하고 폭력만 일삼는 남편보다 일도에게서 마음의 안정을 구하게 된다. 한 달이 지나고 첫 월급날 이들은 함께 밤기차를 타고 변두리 여관에서 둘만의 시간을 보내면서 서로의 사랑을 확인한 두 사람은 남들의 눈을 피해 뜨거운 격정을 불태우며 서로 떨어질 수 없는 관계가 된다. 그러나 이들의 사랑이 그저 아름답기에는 현실이 너무 가혹하다. 이들의 비밀스런 사랑행각이 탄로 나고 일도의 부인인 새댁은 분을 삭이지 못한다. 새댁의 불같은 질투와 방해로 결국 그들의 애틋한 불륜은 깨어지고 이들은 이별하게 된다.

영화〈우묵배미의 사랑〉은 바람기 많은 한 남자의 간통행각이 주요 내용인 사랑이야기이다. 배일도(박중훈)와 미스 민(최명길) 모두 유부남, 유부녀로 지탄받아 마땅한 간통의 장본인들이지만, 윤리·도덕적 틀에 옭아맬 수만 없는 것은 그들 자신들이 나름의 애환을 갖고 살아가는 바로 세속적 서민들이기 때문이다. 여러 번 외도를 한 배일도가 드나드는 곳이 호화스런 고급호텔도 아닌 여인숙이고, 아들까지 버리고 달아난 미친년이라는 손가락질 받는 미스 민일지라도 남편에게 매질당하고 고단하게 살아가는 서민의 삶에서 우러나온 애절함과 해방감이라서 오히려 따스하게 느껴질지도 모른다. 아마 그런 느낌을 받쳐주는 것은 영화 전체를 감싸는 현실감 때문일 것이다. 점잖은 이성적 행동보다 서로 치고 박는 인간 본성의 장면과 엉덩이를 정면으로 흔들어대며 방걸레질하는 모습 등은 그런 특성을 더욱 가미시켜 준다. 또한 기차 안에서 키스하려다가 사람이 지나가자 당황해하는 모습이나 여관에서 오줌을 누는 소리에 놀라서 얼른 물을 내리는 모습이 그러하다. 따라서 일상 현실에서 흔히 일어나고 있는 간통사건을〈우묵배미의 사랑〉만큼 생생하고 박진감 있게 현실감을 살려낸 영화는 없다는 느낌을 받는다.〈우묵배미의 사랑〉은 민초들의 삶 속에서 현실감을 확실하게 보여주고 나타낸 영화이다. 영화 속에서 무리하게 이끌어간 장면도 여러 곳에 나타난다. 배일도가 아내(유혜리)에게 일방적으로 당하는 장면이나 시부모에게 폭언하는 마구 해대는 대목들은 다소 과장되었고 최명길이 정부로서 맥 못 추는 모습과 유혜리의 포악스런 성격 등이 그러하다. 이러한 연기가 영화의 흥미를 돋워주지만 박중훈의 공원 같은 분위기와 유애리의 과장된 표현 등은 어쩐지 서먹한 감을 느끼게 한다. 분명히 불륜사건임엔 틀림없지만 그러나 이 작품이 우리들 마음 한 구석에 애절한 페이소스를 느끼게 하는 것은 너무나도 각박한 현실 속에 살아가는 현대인들에게 친근히 다가오는 서민들의 삶 그 자체 때문일지 모른다.

무궁화 꽃이 피었습니다

원작 김진명 · **감독** 정진우

1993년 발간된 김진명의 『무궁화 꽃이 피었습니다』는 핵자주화로 정치적인 민족자주성을 확립하고 민족 정체성을 확립하여 민족분단을 극복해보자는 시도를 주제로 담고 있다. 소설 속의 화자가 기자의 입장에서 역사적 과거 속의 거대한 정치적 스캔들을 서사의 전면에 배치한다. 한국이 핵개발을 하려고 노력하던 이용후 박사와 박정희 대통령 두 사람의 죽음으로 묻혀버린 비밀 유산과 그것을 찾으려는 미국의 음모가 구체화되면서 흥미롭게 진행된다. 냉전시대 논리에 따라 한국도 독자적인 핵을 가져야만 한다고 생각한 대통령과, 그 뜻을 받들어 연구 개발을 주도한 핵물리학자의 만남이 미국이라는 거대 군사력의 방해공작에 직면하면서 독자들의 흥미를 더하게 한다.

재미핵물리학자 이용후 박사가 노벨 물리학상의 명예도 마다하고 핵무기개발기술정보를 뼛속에 숨겨 와서 박정희 대통령의 핵 개발을 비밀리 돕다가, 미첩보국의 음모로 교통사고를 당하여 죽고 국립묘지에 묻힌다. 박대통령도 지하 핵실험 예정일인 1980년 8월 15일을 눈앞에 두고 죽음을 당한다. 반도일보의 권순범 기자가 이런 사실들을 끈질기게 파헤쳐 10여년만에 전모를 밝히고 그때 들여온 플루토늄으로 남북 합작을 추진하고, 국방부에 제출한 시나리오를 통하여 강대국 실리에 따른 한반도 안보문제와 한일관계, 민족의 전망을 제시한다는 이야기이다. 1995년 조직폭력배 전만호 일당이 습격을 당하는 와중에 가까스로 살아난 오창수는 반도일보 권순범 기자에게 대단한 비밀을 알려주겠다고 제보하지만 권기자가 약속장소에 나갔을 때 이미 살해당한 후였다. 권기자는 15년 전인 1979년 북악 스카이에서 재미 핵물리학자 이용후 박사가 전만호 일당에게 무참히 살해당한 사실을 알게 되고, 그에 대한 집요한 추적이 시작된다. 개코 형사의 도움을 받아 사건을 추적 중, 권기자는 최영수 검사의 초대로 요정 삼원각에서 신윤미 마담을 알게 된다. 신윤미가 과거 이용후 박사와 절친한 사이였음을 알게 된 권기자는 이 박사 살해 막후에 신윤미가 가담했으리라는 의심을 하게 된다. 진실을 위해 권기자는 미국으로가 이박사의 딸 이미현을 만나고, 이용후 박사가 79년 당시 박대통령의 뜻에 따라 핵폭탄을 제조하려 했다는 비밀을 알게 된다. 이박사의 유품인 시계 속에서 거액의 스위스 은행계좌를 발견하고, 파리에서 인도의 핵물리학자 간다 박사를 만나 이용후 박사가 이 돈으로 인도정부로부터 플루토늄을 사들였고, 청동코끼리상 속에 넣어져 국가적 선물방식으로 보내졌음을 확인한다. 파리에서 권기자는 박 대통령과 이 박사만의 극비로 묘연해진 청동코끼리상의 행방을 추적하던 중, 대통령을 직접 만나 박대통령의 핵 개발 계획을 보고하며, 강대국의 실리에 따라 휘둘려온 한반도의 안보상황 및 민족통일과 미래 전망에 대한 폭 넓은 소견을 개진한 다음, 남북한 핵 합작을 설득한다. 2008년 일본과 시베리아 개발권을 두고 경제적 각축을 벌이던 중, 한국에 밀린 일본이 독도를 침공하고 포항, 울산 산업기지를 초토화시키자, 남북이 협력하여 핵미사일을 발사하여 일본을 제압하고 민족적 원한을 갚는다는 줄거리이다. 이 소설은 한민족의 우월적인 강한 민족주의를 표명하고 역사와 현실인식에서 이 시대를 살아가는 우리들에게 많은 숙제를 안겨주고 있다고 평가된다.

영화 〈무궁화 꽃이 피었습니다〉는 정진우 감독이 제작했는데 정보석, 황신혜, 박근형, 이덕화 등 호화 캐스트를 동원하여 40여 억 원을 투자하였다. 이 영화는 정진우 감독이 당시의 민족주의 주제들인 민족통일과 남북

협력, 한반도 평화와 미래, 반미정서와 강대국의 실리에 따른 약소국의 안보방안 등을 다루고 있다. 소설과 영화의 서사 전달 구조가 근본적으로 다르기 때문에 영화와 원작이 줄거리 전개 순서와 내용이 많이 다르다. 사건 전개가 영화에는 1995년 잔나비파의 오창수의 제보전화로 권기자의 추적이 시작되지만 원작에서는 최영수 검사(박근형 분)의 제보로 시작된다. 영화 속에서 신마담과 이미현의 성격을 더 강하게 그리고, 최영수 검사를 사악한 국제 정보 밀매 조직의 원흉으로 극단화시킨 것은 대립갈등을 크게 하여 긴장과 흥미를 극대화하려는 전략이다. 또한 원작에서 비중 있게 다룬 사항들, 플루토늄 추적과정에서 드러나는 이용후 박사(실제는 이휘소 박사)의 행적과 업적, 일본 야쿠자와 우익활동, 한일 갈등, 한반도와 국제 정세 등은 배제시켰다. 또 정보석(권순범 역), 황신혜(신윤미 마담 역)간의 애정 문제를 부각시켜 선정적 장면을 의도적으로 삽입시켜 대중적 욕구와 상업적 고려를 넣은 점이다. 영화의 내용이 남북한의 합작한 핵무기로 일본을 공격한다는 것도 과도한 애국심과 민족주의로 끌고 가려는 느낌을 받는다. 핵확산금지조약이 강대국에게 유리하게 되어 있지만 그래도 다른 나라를 핵으로 공격한다는 설정은 좀 지나치다는 느낌이다. 영화가 국제적인 보편성을 인정받기 위해서 내용도 무리가 없어야 할 것이다.

태백산맥

원작 조정래 · **감독** 임권택

조정래의 『태백산맥』은 총 4부 전 10권으로, 제1, 2부는 여순 반란의 실패로 입산한 빨치산과 유격대의 토벌작전을 중심으로 전개하고, 제3부는 6.25전쟁 발발과 빨치산의 하산, 그리고 미군의 참전과 빨치산의 재입산, 좌우익의 극한 투쟁을 다루었으며, 제4부는 휴전협정의 조안을 다루고, 투쟁을 역사투쟁으로 바꾼 후 중심인물 염상진의 죽음으로 종결된다. 이 작품은 우리들이 당면한 민족통일의 길을 가로막는 이념적 대립의 역사적 뿌리를 파헤치고 작중인물들을 통한 역사적 시각으로 진지하게 근대사의 공간을 다룬 분단문학의 새로운 지평을 연 작품이다.

소설의 첫 장면은 1948년 10월 24일 밤이다. 여순사건과 함께 좌익에 의해 장악되었던 벌교가 다시 진압세력인 군경의 수중에 들어가자, 좌익 반란군들은 산 속으로 퇴각한다. 이때 정하섭이 상부의 밀명을 받고 벌교로 잠입하기 위해 마을에서 따로 떨어진 현씨네 제각에 살고 있는 무당 딸 소화를 이용한다. 소화는 정하섭의 요구를 모두 받아들이며 감시를 피해 정하섭의 심부름꾼 노릇을 하면서 둘 사이에 사랑이 싹튼다. 남로당 조직에 연결되어 있던 벌교 지역좌익 세력들이 반군에 합세하여 벌교를 장악한 것은 1948년 10월 20일이다. 그러나 이들은 사흘을 견디지 못하고 군경 진압군에 의해 밀려서 벌교를 포기하고 산 속으로 퇴각한다. 벌교를 장악했던 군당 위원장 염상진은 하대치, 안창민 등과 함께 조계산으로 쫓겨 가지만 진압군의 세력이 미치지 못하는 율어면을 점거한다. 그리고 그들은 이

지역에서 토지개혁을 실시하고 그곳을 해방구로 선포하여 조직과 세력을 정비한다. 군경 진압군은 벌교를 장악했던 좌익세력을 몰아낸 후, 청년단의 도움으로 마을에 남아 있는 좌익세력과 부역자들을 찾아내려하고, 마을에 남아 있던 사람들은 온갖 곤욕을 치른다. 벌교의 유지로서 주민들의 신망이 두터운 김범우는 무고한 사람들까지 처단되고 고문을 당하는 것을 보고 희생을 줄여보려고 노력한다. 그러나 김범우의 개인적인 노력에도 불구하고 많은 사람들이 총살을 당한다. 벌교지역의 민심을 돌리고 혼란한 상황을 바로잡기 위해 수습위원회를 구성되는데 일제강점기 친일파였고 해방직후 제헌국회의원이 된 최익승을 수습위원회 대표로 선임하게 된다. 김범우는 최익승을 찾아가 읍민들의 희생을 줄이려하나 좌익을 두둔하는 빨갱이로 몰려 구속되어 순천으로 송치된다. 청년단 감찰부장은 양효석, 송성일 등 우익 희생자 아들들을 모아 이른바 멸공단을 조직하여 밤이면 입산자 가족들을 찾아다니며, 부녀자, 노인을 가리지 아니하고 잔인한 보복을 한다. 이 과정에서 하대치의 아버지 판석 영감은 목숨을 잃는다. 정하섭이 좌익에 가담했기 때문에 좌익 세력이 벌교를 장악했을 때, 악덕 지주로 처단되지 않고 살아남았던 양조장 주인 정현동은 다시 군경이 들어오자 빨갱이로 몰려 경찰서에 갇힌다. 최익승은 정현동을 빼내주는 조건으로 양조장 지분 절반을 차지하고, 정현동은 벌교에 진주한 토벌대의 후원회회장을 맡는다. 아들 김범우가 순천 경찰서로 송치되자 그의 부친 감사용은 김씨 문중의 힘을 빌려 아들을 석방시키고 경찰서장 남인태를 다른 지역으로 전출시킨다. 벌교가 수복되자 좌익 잔당이 처단되는 과정에서 가장 두드러지게 드러나고 있는 것은 벌교를 중심으로 하여 이루어진 좌우익의 대립과 갈등이다. 일본인들에 의해 주도된 간척 사업으로 일찍부터 일제 자본이 침식한 이 지역은 토지를 둘러싸고 지주와 소작농 사이에 엄청난 갈등이 쌓였던 곳이다. 이러한 사회적 모순이 해방 직후 좌우익의 이념적 대립으로 치닫고 결국은 계급의 대립과 투쟁으로 이어지는 과정은 한국사회의 한 단면에 해당한다고 할 수 있다. 이 과정에서 벌교를 장악했던 염상진을 중심으로 한 좌익 세력과 이에 대응하는 토착 지주와 자본가의 우익 세력이 싸움이 여러 형태로 잘 그려져 있다.

영화 〈태백산맥〉은 제작비 30억 원, 촬영기간 10개월의 사계절 화면을 담은 작품으로, 임권택 감독과 이태원 제작, 정일성 촬영감독의 콤비 영화이다. 상영시간도 2시간 40분이며 주연급 연기자가 대거 출연하였다. 등장인물들로는 여순 사건이 일어날 때 벌교를 중심으로 좌, 우 어느 쪽에도 치우치지 않는 김범우(안성기)와 사범학교 출신의 골수 공산당원인 염상진(김명곤), 배운 것 없지만 극우성향의 염상구(김갑수) 등으로 나누어진다. 그 외에도 지주아들이면서 공산주의자인 정하섭과 그와 연인 관계인 소화, 좌익이든 우익이든 다만 인간으로 치료할 뿐이라는 의사(전명환), 합리적 민족주의적 성향의 계엄사령관 심재모, 염상진의 아내 죽산댁, 염상구에게 강간당하고 자살한 빨치산 강동식의 처 등이 있다. 이런 등장인물들을 통해 감독이 강조하려는 것은 바로 인간주의이다. 좌, 우익 대립 말기의 혼란을 통해 어떤 이데올로기도 인간보다 선행할 수 없다는 인간주의를 보여주고 있다. 우익 청년단체의 테러에 대한 묘사가 좌익 편을 들자는 것이 아니다. 마르코스 주의의 환상이 깨여지고 있는 염상진의 대사와 그 허구성을 지적하고 비판하는 김범우의 장면 등은 소화의 굿을 통하여 감독의 의도를 잘 나타내는 장치로 사용하였다.

인간시장

원작 김홍신 · **감독** 진유영

　　소설가 김홍신의 베스트셀러 소설『인간시장』을 모르는 사람은 없을 것이다. 80년대 후반에 MBC 미니시리즈로 만들어져 인기를 얻었고 최근 2004년 TV 드라마로 방영되기도 하며, 영화로 세 번이나 제작되었다. 김홍신의『인간시장』은 남달리 정의감이 강한 삼류대학 법대생인 장총찬이 계룡산에 들어가 온갖 호신술과 도박, 소매치기 등의 경지를 터득한 후 사회악에 대해 처절할 정도로 응징해 나간다는 내용이다. 간호학과 재학 중인 사랑하는 여인 다혜 앞에서는 한없이 나약해지지만, 가난한 여인의 가방에서 20만원을 훔친 소매치기 둘을 혼내주고, 통금시간임에도 불구하고 경찰과 방범대원들의 눈을 피해 명동을 활보하며, 시체 안치실에서 도박으로 돈을 따서 학용품 값을 마련하고, 썩어빠진 유명 의사를 혼내주고 악덕 이발사를 골탕 먹이고, 일본 야쿠자와 대결하는 등 무대가 넓어지고 종횡무진으로 활약하는 주인공 장촌찬의 모습을 그리고 있다. 이 소설은 연작으로 1부 10권, 2부 10권 도합 20권으로 되어있다. 영화〈인간시장 -작은 악마, 스물 두 살의 자서전〉(1983)은 김효천 감독의 작품으로 TV에서도〈인간시장〉으로 방영되기도 했다.〈인간시장 2 -불타는 욕망〉(1985) 또한 김효천 감독 하에 진유영, 원미경, 강태기, 채은희 등이 열연하였다.〈인간시장 -오! 하나님〉(1989)은 영화배우 출신인 진유영 감독이 직접 연출하여 1980년대 사회사의 의미를 깨닫게 해준 영화이다.

　　진유영 감독의 영화〈인간시장〉(1989)은 법대 4년 장촌찬(진유영 분), 학생회장이며 운동권인 동민(김종선 분), 애인 영미(박혜란 분), 노랫꾼 석민(박일준 분), 미나(김이래 분), 총찬의 애인 다혜(박현숙 분)이 각각의 연기를 잘 소화해냈다. 장총찬의 주먹이 휘둘러지는 곳은 호스트바, 이태원 술집, 별장, 정치연회장 등 사회악이 만연하는 곳이다. 그래서 장총찬의 주먹이 뻗을 때마다 관객은 짜릿한 대리만족과 강한 카타르시스를 경험하게 된다. 특히 결말로 다가갈수록 카타르시스는 극에 달한다. 1980년대 뒤틀린 시대의 사회적 의미가 아주 명확히 드러난다. 신대평(민지환)의 정치복귀 축하연회장에서 형사의 총에 맞아 '오, 하나님'을 외치는 장총찬의 모습, 학생회장 동민이 쫓기게 되고, 영미가 잡혀 고문 끝에 정신이상자가 되어 결국 모두 죽음을 맞고, 석민과 미나가 조국을 버리고 떠날 수밖에 없는 현실 등은 사회고발의 메시지가 강하다. 그러나 원작 때문이기도 하겠지만 너무 많은 것을 나타내려는 중압감 때문에 영화에서 아쉬운 점이 많다. 현실의 이야기를 담고 있으면서도 무언가 공허하게 느껴지고, 미국인과 대화 장면에서 자막처리가 없고, 화면 생략이 너무 심해 짜임새 있는 인과적 스토리 전개가 매끄럽지 못한 점도 아쉽다.

서편제

원작 이청준 · 감독 임권택

이청준의 연작소설 「소리의 빛」(『남도사람 1, 2』)
을 묶어 임권택 감독이 영화로 만든 것이 영화 〈서
편제〉(1993)이다. 이 작품은 우리의 전통예술에 관
심을 기우리고 특히 판소리를 통하여 한국고유의
전통음악에 관심을 갖고 한국인의 한의 문제를 소리로 훌륭하게 그려냈다.
남도사람들에게 소리에 담은 한은 운명적 삶으로 이어져 있다. 남도의 한
사내가 소리를 찾아 소릿재 주막을 찾아가고, 그 주막을 지키는 한 여인을
만나 소리를 청해 듣고, 그 소리 주인의 내막을 새삼스럽게 확인하고 또다
시 소리를 찾아 길을 떠나는 이야기가 『남도사람 1』의 줄거리이다. 『남도
사람 2』는 사내가 마침내 소리하는 장님 색시를 만나지만, 그저 그 소리를
확인할 뿐이고 밤새 그 소리를 청해 듣고는 아무런 요구나 내색도 없이 홀
연히 길을 떠난다. 이처럼 소리에만 관심을 두고 소리의 미학을 절정으로
끌어올려 놓는 것이 이 소설의 구성이다.

영화의 제목을 서편제로 한 것은 서편제가 전라도 지역을 나눠서 부르
는 이름으로 동편제가 임실, 구례, 남원, 운봉 쪽을 말한다면 서편제는 보
성, 곡성, 해남 쪽을 지칭한다. 음악적으로도 동편제는 우조로서 소리가 씩
씩하고 사내답고 우렁찬 반면, 서편제는 계면조로 슬픈 감정에 기교가 있
는 여성적 느낌의 소리이다. 제목을 서편제로 한 것도 한국인의 한을 표출
시키는 데 서편제가 더 가깝게 느꼈기 때문이라고 감독은 보았을 것이다.
이렇게 역사적으로 판소리는 남서부 지역 민중들에 사랑 받아왔다. 그들이

경험한 집단적인 슬픔이 음악의 형태로 승화된 것이 판소리이다. 이 영화 속에서는 몰락해 가는 대중예술의 역사가 떠돌이 예술가의 삶 속에 표현된다. 소리꾼 부녀와 의붓 남매의 기막힌 삶, 소리를 통해 자식을 낳고, 그 여식의 아비가 소리를 떠날까봐 눈에 청강수를 부어 장님으로 만들면서까지 소리를 위해 붙잡아둔다는 내용이다.

영화는 1960년대 초 어느 산골 주막에 30대 남자 동호(김규철 분)가 소릿재 주막 여인의 판소리 한 대목을 들으며 회상에 잠기면서 시작된다. 소리품을 팔기 위해 어느 마을 대갓집 잔치에 불려온 소리꾼 유봉(김명곤 분)은 그 곳에서 동호의 어미 금산 댁을 만나 자신이 데리고 다니는 양딸 송화(오정해 분)와 함께 새로운 생활을 시작한다. 금산댁이 산후에 잘못으로 아기와 함께 죽자, 오누이처럼 지내던 동호와 송화는 유봉에게서 각각 소리꾼과 고수로 한 쌍을 이루며 배우며 자란다. 그러나 동호가 어미 금산 댁이 유봉 때문에 죽었다는 생각과 함께 어려운 생활을 못 견디고 집을 나가자, 유봉은 송화도 뒤를 따라갈지 모른다는 두려움과 소리의 완성에 집착해 약을 먹여 송화의 눈을 멀게 한다. 유봉은 송화를 정성껏 돌보지만 죄책감으로 괴로워하다가 결국 송화의 눈을 멀게 한 일을 사죄하고 숨을 거둔다. 그 후 그리움과 죄책감으로 송화와 유봉을 찾아 나선 동호는 눈이 내리는 어느 겨울 우연히 주막에서 송화를 만난다. 그들은 서로를 알아차리지만 모르는 척 말 한 마디 건네지 않고 밤새 소리를 하고 북을 치며, 오직 판소리 장단으로 그 동안의 회포를 푼다. 날이 밝자, 그들은 말없이 서로 다른 곳으로 떠나며 영화는 끝난다. 소설과 영화의 차이를 살펴보면, 소설에서 현재와 과거가 서로 교차하지만 영화에서는 현재, 과거, 미래의 단일 구조로 진행된다. 또 영화는 원작에 없는 것을 각색하여 이야기를 매끄럽게 진행시키기도 한다. 동호의 가출 동기도 소설은 아버지의 살해 계획이 실패한 데 있지만 영화에서는 가난이 주된 이유이다. 송화가 눈이 멀게 되는 것도 원작에서는 아비(유봉)가 계집애(송화)가 잠든 사이 몰래 청강수를 찍어 넣었기 때문이지만 영화는 한약을 달여 먹여 눈을 멀게 했다.

이청준의 원작소설『서편제』가 별로 인기를 얻지 못했던 데 비해, 영화 〈서편제〉가 대중들에게 많은 찬사와 갈채를 받을 수 있었던 것은 무엇보다도 소설에서는 밋밋해 보이는 인물들의 성격이 영화에서는 잘 살아났기 때문이다. 그리고 원작에서는 인물들이 익명으로 등장하지만 영화에서는 각자의 이름을 가지고 등장한다. 소설내용을 영화적 현실로 각색하여 인물들의 행위와 심리상태를 훨씬 입체적이고 생동감 있게 잘 나타낸 것이다.

〈서편제〉는 궁극적으로 우리 전통의 몰락과 그것에 몸담았던 사람들의 뿌리 뽑힌 삶의 모습을 보여주고 있다. 소리꾼과 수양딸의 삶을 통해 사라져 가는 장인정신과 우리 민족정신의 정체성까지 보여주고 있다. 유봉이 자기의 삶의 정신을 송화와 동호를 통해 이어나가도록 하려는 끈질긴 모습은 합리성을 떠나서 우리민족 고유정신을 계승하려는 의지로 볼 수 있다. 서구화의 물결 속에서 우리의 전통문화가 사라져 가는 현실에서 〈서편제〉는 진정한 우리 전통에 대한 관심을 불러일으키고 그 속에 깃든 삶의 정신을 되새기게 한다.

무소의 뿔처럼 혼자서 가라

원작 공지영 · 감독 오병철

　　공지영이 펴낸 『무소의 뿔처럼 혼자서 가라』(1993)는 당시 36만 부, 21만 부의 판매 부수(동아일보 94. 12. 15)를 기록하여 문단의 관심과 주목을 받은 작품이다. 영화 〈무소의 뿔처럼 혼자서 가라〉는 공지영의 이 소설을 그녀의 남편 오병철 감독이 연출한 영화다. 이 영화에서는 첨예한 사회문제로 대두된 여성의 인권과 자아 찾기가 세 명의 여성 ─ 혜완(강수연) · 경혜(심혜진) · 영선(이미연) ─ 을 통해 제기된다. 원래 무소의 뿔처럼 혼자서 가라는 말은 진리의 길로 향하는 수행자들에게 들려주는 부처님의 말씀이다. 우리는 태어나서 혼자서 가야 하는 고독한 존재며 살아가면서 항상 누군가의 사랑을 받으며 사랑하고 있다고 느끼지만 결국 외로운 존재인 것이다. 이 작품은 인간은 결국 혼자일 수밖에 없으면서 동시에 타인과 더불어 살아가야만 하는 사회적의 속성을 아이러니하게 세 친구들의 이야기로 만들어낸다. 등장인물들인 혜완, 경혜, 영선은 대학 동창으로 단짝 친구들이다. 각자 지혜롭고 강하며 미래에 대한 꿈이 있는 그들은 모두 행복하지 못한 결혼생활을 하게 된다. 이들은 각자 사회에서 성공을 꿈꾸었지만 자신의 길에서 상처를 받으며 점차 희망을 상실해 간다. 줄거리는 다음과 같다. 혜완은 작가인데 사고로 아이를 잃고 남편과 이혼까지 한다. 그는 자립하려고 애쓰지만 내면에서 남자에게 기대려는 의존성을 발견하고 괴로워한다. 경혜는 외적으로는 실력을 갖춘 직업여성이며 가정을 행복하게 꾸리려 하지만 남편 김박사의 외도에 맞불 작전으로 자신도 바람피우며 끊임없이 남편과 대립과 갈등을 겪고 있다. 영선은 자신의 꿈을 포기하고 남편의 성공을 위해 모든 희생을 감당하지만, 결국 그로 인해 자기실현을 하지 못하고 상실감에 빠져 알코올 중독과 의부증을 일으키고 마침내 스스로 죽음을 선택한다. 20세기 후반에 대학까지 졸업한 나름 엘린트 중산층 여성이라고 하는 세 여성이 그들도 자유로울 수 없었던 가부장적인 사회 분위기에 대한 대응하는 방법을 응축해놓은 것 같다. 이들은 모두 남성 중심/가부장 제도에 도전한다. 어떻게 보면 어머니처럼 살기 싫은 딸들과 어머니 같은 아내를 만나고 싶은 아들들이 서로 부딪히고 갈등하는 사회적 환경과 세대에서 이 작품은 타인에게 의지하고 싶으면서도 다른 한편 스스로의 주체성을 찾고 싶어 하는 두 개의 근본적 욕망 속에 놓여 있는 여성의 이야기들이다.

영화 〈무소의 뿔처럼 혼자서 가라〉는 여성의 문제를 정면으로 부각시켜서 얼핏 여성만을 위한 영화라고 생각할 수도 있지만 영화를 보고 난 후, 남녀가 모두 열띤 논쟁을 벌일 정도로 우리들 일상생활에 깔려 있는 성 이데올로기를 깊이 있고 리얼하게 해부한 남녀의 영화이기도 하다. 지금까지 여성영화들은 많았지만 대개 여성문제를 희화하고 과장되게 포장해서 실질적인 쟁점들을 희석시켰다. 또는 여성영화라는 미명 아래 여성을 상품화시키기도 했다. 그러나 영화 〈무소의 뿔처럼 혼자서 가라〉는 여성뿐 아니라 남성들의 반응도 매우 적극적인 폭넓은 영화이다. 두 개의 상반된 성이 함께 영화에 빠져들게 만드는 영화의 힘은 오병철 감독과 공지영이 이룩해낸 높은 영화적 완성도에서 비롯된다. 드라마 구성은 치밀하고 전개과정에서 불필요한 군더더기들은 제거된 채 효율적으로 빠른 흐름의 리듬을 타고 드라마는 진행된다. 인물들의 성격창조나 개성도 뚜렷이 살아있고 이것을 뒷받침해 주는 주연 배우들의 연기도 실감난다. 과거와 현재를 자유롭게 넘나드는 빈번한 시제의 변화에도 불구하고 그 흐름이 자연스럽다. 영화를 보면서 여성들은 자신의 일로 공감하는 반면 남성들은 불편한 감정을 느끼게 되는 이유는 그저 드라마 속의 가상적인 이야기가 아닌 사실적 리얼함을 지녔기 때문이다. 특히 남성들이 불편한 심정이 되는 이유는 일차적으로 남성이 여자를 불행하게 만드는 위선적이고 이기적인 가해자로 비쳐지는 남성 이미지에 대한 반감 때문일 것이다. 그러나 남성이 느끼는 불편함의 근원적인 원인은 넓은 범위의 사회성과 연관되어 있다. 영화 속의 남성은 결혼 전과 후, 두 종류로 나누어진다. 결혼 전의 좋은 남성은 결혼 후에는 이기적이고 강압적이며 부인과는 잠자리를 같이 하지 않는 향락적인 남성으로 변해 있다. 이런 원인이 남성에게 모든 기득권과 권위를 부여하는 불평등한 사회적 구조와 전통 때문에 비롯된 것이라고 작가 공지영은 시사한다. 따라서 이기적 남성이 단순히 개인적 차원에 머무는 형태가 아니라 남녀의 불균형적 관계를 허용하는 사회적 구조에 원인이 있다는 주장이 사회의 기득권자인 남성을 불편하게 만드는 요인이라 할 수 있다.

영화 〈무소의 뿔처럼 혼자서 가라〉는 남성을 사랑한다는 것은 여성이 자신의 정체성을 포기해야만 가능한 현 사회의 불균형을 바꾸어 보려는 나름의 처절한 몸부림이고, 이 균형은 남성의 양보 없이는 불가능하다는 것을 알려준다. 영화의 개봉 후 여성의 문제들을 이만큼 진지하고 밀도 있게 묘사해준 작품도 없었다는 평과 동시에 남성 평자의 혹평도 따랐던 작품이었다. 남성 쪽에서 보면 여성들의 한풀이와 넋두리로 채워졌으며 남성을 너무 단세포적으로 그려서 폭넓은 이해력을 끌어내지 못했다는 평을 받는다.

실미도

원작 백동호 • **감독** 강우석

2004년 초부터 한국영화계는 〈실미도〉로 나라가 떠들썩할 정도로 화제가 되었다. 2004년 2월 5일 관람객 수가 1,000만에 육박했으니 말이다. 작가 백동호는 한때 금고털이 전과범으로 20억대의 금고털이로 8년 6개월의 형을 받은 인물이었다. 그가 복역하던 중 옥중에서 실미도에서 생존한 훈련병 한 명을 만나게 되고, 그에게서 실미도에 관한 이야기를 듣게 된다. 작가는 당시 "너무도 엄청난 이야기에 그들의 운명이 슬펐고 내가 지금껏 해온 일이 부질없다는 생각도 들었어요. 비록 배운 것은 없지만 이를 소재로 소설을 쓰려고 마음을 먹었습니다. 감방 안에서 매일같이 수감자들의 편지를 대필해주는 글 솜씨는 있었어요"라고 회고했다. 작가는 출옥 후 자신이 살아온 이야기를 『대도』라는 소설로 써 40만 부이상을 팔았고, 그걸 밑천으로 실미도 사건을 추적하기로 결심한다. 그는 이렇게 말한다. "실미도 사건이 터진 1971년 버스를 탈취한 이들 북파 공작원은 청와대로 가서 담판 짓자고 했습니다. 당시 어느 신문에도 청와대의 '청'자도 안 나왔어요. 나 같이 죄인이, 학교도 안 나온 놈이 도서관을 다니며 실미도가 들어간 자료와 책자는 다 조사했어요. 진상조사단의 조사 내용도 전혀 없었고, 국회 속기록에는 실미도 사건을 밝히라는 의원들의 질의만 있을 뿐이었지요." 그는 현장으로 사건의 관련자를 찾아 나섰다. 전문적인 취재 훈련을 받은 적이 없는 그는 "무작정 덤벼들었다"고 했다. "처음에는 다들 '과거의 악력이고 국가 기밀'이라며 피했어요. 나는 물러나지 않고 매달렸습니다. 절대 입을 열 것 같지 않던 사람도 슬쩍 자기의 결백을 알리고 싶어 조금씩 얘기를 해줬어요. 물론 어떤 이는 손가락질하면서 '사상이 의심스러우니 안기부에 데려 가겠다'며 협박하기도 했어요. 실미도 인근에 사는 무의도 주민들은 '이걸 물어보는 사람은 당신이 처음'이라며 바람결에 들린 풍문을 기억하고 있다가 관련자들을 소개해 주었어요."(조선일보 2004. 1. 16) 이렇게 하며 그는 『실미도』(1999)라는 소설을 쓰게 된다. 그는 이 영화를 보고 두 번 울었다고 했다. 한번은 영화에 몰입해서 또 한 번은 자신이 추적한 사건의 진실이 제대로 받아들여지지 않아서 그랬다고 했다. "강우석 감독은 영화의 비장미를 위해 훈련병이 다 죽어야 하고 부대장(안성기)도 자살하는 걸로 맺었어요. 사실은 훈련병 24명 중에는 한 명 이상 살아 있었습니다. 부대장도 자살한 것이 아니라 훈련병에 의해 망치로 난타 당해 죽었습니다. 흥행이 되기 위해선 결론이 비장해야 한다는 게 감독의 고집이라 양보가 안 됐습니다"라고 부언하였다.

영화〈실미도〉에 대한 비평에서 동국대 강정구 교수는 세 가지 점을 우려하고 있다. 첫째는 군사제일주의로서 영화 속에 실미도 부대장인 안성기를 비롯한 대부분의 부대 관련자들은 작전계획이 정치적 판단에 의해 취소된 데 대해 분노와 개탄의 목소리를 낸다. 이것은 군사제일주의가 은연중 전파될 위험을 영화가 안고 있다는 것이다. 둘째, 영화가 국가주의의 문제점을 아주 적나라하게 파헤쳐서 그 결과 국가 혐오주의가 영화에 전 장면에 깔려 있음을 우려하고, 셋째 훈련병들 사이의 끈끈한 전우애가 있고 극단적 상황일수록 필요하지만 군사문화가 시민사회 속에 침투한 우리사회의 경우 의리를 강조해서 전우애와 의리가 변종될 위험을 경고한다.

화차

원작 미야베 미유키 · **감독 변영주**

　　미스터리 작가로 유명한 미야베 미유키가 일본의 거품경제가 붕괴된 직후의 시점을 배경으로 소설『화차』를 썼다. 이를 바탕으로 일본과 한국에서 영화로 만들어졌었는데, 이 가운데 변영주 감독, 이선균, 김민희, 조성하가 주연한 2012년 미스터리 한국영화 〈화차〉를 살펴보도록 한다. 이 영화의 제목 화차는 일본 만담에 등장하는 말로 악인이 올라타면 절대 내릴 수 없는 지옥행 수레라는 뜻을 담고 있다. 원작과 동명의 영화가 갑자기 사라진 약혼녀를 찾아가는 과정에서 차츰 그녀의 충격적인 정체를 알아가는 내용을 따라가면 제목이 왜 화차인지를 짐작할 수 있다.

　　결혼 한 달 전 부모님 댁에 내려가던 중 문호와 문호의 약혼자 선영은 휴게소에 들린다. 커피를 사러간 문호를 차에서 기다리겠다던 선영이 휴대폰도 꺼진 채 흔적도 없이 어디론가 사라진다. 그녀를 찾기 위해 경찰에 신고도 하지만 행방을 찾을 수 없어 문호는 전직 강력계 형사였던 사촌형 종근에게 도움을 청한다. 그러나 가족도 친구도 없는 그녀의 모든 것들이 가짜임이 드러난다. 또한 실종 당일 은행잔고를 모두 인출하고 살던 집의 지문도 지워버린 선영의 충격적인 행동에 문호는 단순 실종사건이 아니라 그녀가 살인사건과 연관되어 있음을 직감한다. 이야기가 중반에 이르러 서서히 약혼자 선영의 실제 이름이 차경선이라는 사실이 밝혀지고 충격적인 그녀의 실체가 드러나며 흥미를 더해준다. 부모의 사체에서부터 시작되는 비참하고 잔인한 삶이 그녀를 지옥행 불 수레에 올라탈 수밖에 없음을 직감한다. 단지 행복한 삶을 살기 위해 아무 죄 없는 사람의 인생을 송두리째 빼앗는 선영이지만 살인을 저지르고 피범벅이 된 마루에서 얼빠진 모습의 자신의 뺨을 때리면서 기어가는 모습에서 일등지향주의 사회에서 많은 사람의 꿈과 희망을 짓밟고 올라서야만 하는 현 사회를 엿볼 수 있다. 마치 그녀는 힘껏 날갯짓을 하지만 더러운 핏빛으로 물들어버린 자신도 피에 엉겨 붙어 그 자리에서 죽고 마는 나비의 모습과 같다. 마지막에 단지 행복해지고 싶었다고 말하는 그녀는 내가 살기 위해 누구를 짓밟아야 하며 타인의 것을 빼앗아야 내가 산다는 물질만능주의 사상에서 빚어진 악행의 굴레 속에서 자신이 지옥 불에 떨어질 것을 알면서도 그런 사회의 쳇바퀴를 벗어나지 못한다. 승자와 패자만 존재하는 각박한 물질만능주의 속에서 누구나 지옥행 불 수레에 몸을 담지 않을 수 없는 사회 이면을 보며, 악인이 누구라기보다 누구든 악인이 될 수 있다는 점을 가슴에 느끼게 해준 작품이다.

밀양

원작 이청준 · **감독** 이창동

이청준의 『벌레 이야기』가 원작인 이창동 감독의 〈밀양〉은 아들 준과 함께 죽은 남편의 고향인 밀양으로 내려와서 피아노학원을 개업하고 새 삶을 준비하는 여자 신애의 이야기이다. 남편이 세상을 떠났지만 아들이 있어 살아갈 희망이 있는 여자에게 유일한 희망인 아들 준이 그녀 곁을 떠난다. 아들이 유괴되어 살해되었는데 범인은 아들이 다니는 웅변학원 원장이다. 원작소설에서는 부부가 등장하여 아들인 알암이가 주산학원을 간 뒤 실종되어 시체로 발견된다. 알암이를 죽인 범인은 주산학원 원장이다. 남편도 아들도 모두 잃고 시련과 고통에 방황하는 여자는 동네 약국의 집사님의 권유로 신앙을 갖는다. 신앙에 의지하면서 그녀는 어느새 범인을 용서하려고 다짐한다. 그래서 교도소에 직접 찾아가 범인을 만나는데 범인은 하느님이 죄를 용서해주었다고 말한다. 그 말을 들은 후 그녀는 하느님이 어떻게 먼저 범인을 용서할 수 있는지 그리고 그녀가 어떻게 범인을 다시 용서해줄 수 있는지에 대한 물음에 괴로워한다. 그녀에게 다시 고통이 찾아오고 신에 대한 믿음이 배신으로 바뀌자 신을 원망하며 어긋난 삶을 살아간다. 원작에서는 알암이의 엄마가 죄인의 뻔뻔한 태도와 침착하고 평화로운 얼굴을 보고 절망감에 시달리며 고뇌하다가 스스로 목숨을 끊는다. 이청준의 『벌레 이야기』는 용서에 관한 가장 처절하고 아픈 우리시대의 이야기이다. 원작의 알암이의 엄마나 〈밀양〉의 준의 엄마는 자신보다 누가 먼저 범인을 용서했다는 것, 용서할 기회조차 빼앗겼다는 것, 그래서 다시 범인을 용서할 수 없다는 것을 용인할 수 없다. 죄를 지은 범인이 오히려 용서를 받았다고 스스로 그런 말을 한다는 대목에서 용서의 아이러니를 생각하게 해준다. 절대자인 신으로부터 아이도 빼앗기고 용서할 기회마저 빼앗기고 잘못도 없는데 모든 것을 잃기만 하는 한 여인의 모습에서 이청준은 주체적 존엄성마저 짓밟힌 벌레같이 무력하고 하찮은 존재로 전락해버린 인간의 모습을 적나라하게 그렸다. 영화 〈밀양〉의 원작이 『벌레 이야기』라는 것에서 벌레는 인간을 뜻하고 아이러니컬하게 인간은 벌레를 보면 무서워하고 혐오하며 멀리하거나 죽여 버린다. 신의 눈에도 인간은 벌레 정도로 보이며 인간 세상에 일어나는 모든 일들이 그런 이치로 돌아가는 것처럼 보인다. 어쩌면 인간에게는 남을 심판할 권리는 없고 그 권리는 신에게만 있고 인간은 제대로 용서할 권리조차 없는 것 같다. 칸영화제에서 전도연이 여우주연상을 수상했다는 소식은 한국영화계에 빅 뉴스였다. 그러나 막상 영화의 평에 있어서는 판이한 의견들로 갈렸다. 한편에서 엄청난 작품으로 호평하는가 하면, 다른 한편에서는 너무 흥미 없는 영화라고 혹평하기도 했다. 그러나 전도연의 신애라는 여인의 연기는 정말 일품이었고 감동을 주기에 충분하였다. 아이를 잃은 어머니의 슬픔과 자신이 믿었던 신앙에 대한 배신감 등의 연기는 그녀의 수상이 조금도 의심의 여지가 없는 충분히 값진 수상임을 이해하게 한다.

아홉 살 인생

원작 위기철 · **감독** 윤인호

　『아홉 살 인생』은 위기철 작가의 장편소설이다. 1991 년 출간된 이후 만화와 영화로도 만들어졌다. 아홉 살 어린 소년 여민의 눈으로 본 산동네 판자 집의 가난한 삶을 그린 책이다. 이 소설은 1960-70년대 산동네 마을을 배경으로 아홉 살 꼬마의 동심 어린 눈을 통해 가난하고 소외된 서민들의 고단한 일상을 정겹고 따뜻하게 그려내고 있다. 아홉 살의 백여민이 주인공이며 깡패였던 아버지와 애꾸눈인 어머니, 그리고 다섯 살짜리 여동생이 그의 가족이다. 여민이네 가족은 아버지의 친구 집에서 얹혀 살다가 어느 산동네의 맨 산꼭대기의 집을 갖게 된다. 생각보다 매우 초라한 집이지만, 자신의 소유와 소유가 아니라는 것은 엄청 차이가 있다는 걸 깨닫게 된다. 이 산동네의 산꼭대기에 살면서 여민이는 많은 사람을 만나게 된다. 학교를 빠져가며 자신만의 아지트인 숲에서 홀로 지내보면서 세상이 아무리 힘들어도 홀로 산다는 건 어리석은 생각이라는 것과 슬픔과 고통도 우리가 회피하려 들 때 도리어 커진다는 사실을 알아간다.

　소설과 영화는 한 이야기를 바라보는 초점이 다르다. 소설에서는 주인공인 여민이의 주변 생활의 전반적인 이야기가 줄거리인데 반해, 영화에서는 주인공인 여민이가 전학 온 아이인 우림이랑 서로 좋아하는 이야기가 중심으로 전개된다. 소설작가와 영화감독의 의식과 관점의 차이를 극명하게 보여주는 것이다. 주인공인 여민은 소설에서는 의젓해 보이기도 하지만 영락없는 아홉 살 꼬마아이를 생각나게 한다. 예를 들면, 엄마에 대해 애꾸

눈이라고 놀렸던 기종을 패주었지만, 그 아이가 부모 없이 누나랑 둘이 살고 있다는 것을 알게 된다. 여민은 엄마를 애꾸눈이라고 한 사람을 때려 준 것은 옳은 일이었지만, 부모 없는 아이를 때렸다는 것에 잠 못 이루고 고민하는 것은 아이로서는 상당이 생각이 깊은 편이라고 생각된다. 그러나 부모 없는 아이를 괴롭히면 그 애도 벌을 받아 똑같이 고아가 된다는 터무니없는 이야기에 고민하다가 엄마에게 안겨 우는 철없는 꼬마 아이이기도 하다. 그러나 영화에서는 기종이가 아닌 다른 아이로 바뀌고, 뒤에 고민을 한다거나 그런 이유 때문에 엄마에게 안겨 우는 장면은 없다. 또한 아쉬운 점은 원작소설에서의 기종이의 캐릭터는 굉장히 상상력이 풍부하고 엉뚱한 캐릭터인데, 영화에서는 그 인물이 축소된 것 같았다.

이처럼 다른 소설이 원작인 영화가 그랬던 것처럼 영화에서는 소설의 내용이 생략된 경우가 역시나 많았다. 그러나 영화와 소설에서 공통적으로 나왔던 것 중 하나가 바로 여민이의 담임선생님이다. 소설에서는 여민이의 담임선생님은 가르침에 사명감이나 소신 따위는 없고 그저 학교에 나와 월급을 받는 사람으로 월급기계로 나온다. 소설에서는 이것을 잘 보여주었다. 이처럼 소설은 작가의 의도대로 이야기를 끌어가는 반면, 영화는 대중의 관심을 끌기 위해 자극적이고 다양한 시각적 재미를 위해 소설과는 그 내용이 조금씩 바뀌게 된다. 영화에서 소설의 내용이 삭제되거나 바뀌어져 다소 실망감을 느끼지만 영화에서의 새로 추가된 내용이나, 새로운 관점으로 본 하나의 작품이 전혀 다른 느낌을 나타내기에 나름대로의 매력을 풍기는 작품이라고 생각한다.

결혼은 미친 짓이다

원작 이만교 · **감독** 유 하

 결혼은 모든 남녀노소 모두 관심의 대상이며 시대가 변화해도 이것만큼 공통의 관심사를 이끌어 내는 주제는 드물다. "이 소설을 통해 결혼에 대한 환상을 깨보고 싶었다. 결혼에 대한 불필요한 환상이 우리를 억압할 수 있다" 는 원작의 작가 이만교는 "모든 독점적인 것, 권위적인 것, 성스러운 척하는 것이라면, 어느 것이든 어느 계층이든, 웃음과 농담의 대상으로 삼아보고 싶다"라며 결혼에 대해서도 마찬가지의 문제제기를 한다. 이처럼 책속에서 작가는 뚜렷한 문제제기를 하고 있으며 그 모습은 연희와 준영을 통해 독자에게 잘 전달하고 있다. 이 책에서는 우리들의 삶의 여러 가지 단면들을 보여준다. 같은 목표를 향해 서로 다른 길을 선택한 주인공들의 모습은 이해가 되면서도 한편으로는 이해되지 않는 모순적인 생각을 자아낸다.

이야기는 두 남녀 주인공의 만남과 관계, 그리고 헤어짐의 과정을 중심으로 전개된다. 준영은 대학교의 시간 강사로서 흔히 말하는 지식인이며 깔끔한 외모를 가지고 있지만, 고정된 수입이 없는 노총각이다. 그는 여자는 만나지만 결혼을 하려고 하진 않는다. 지식인으로서 사회와 제도의 비판은 늘어놓지만 정작 자신의 생활에 대한 비판은 제대로 하지 않는다. 그는 여자를 결혼 상대가 아닌 단순한 섹스 상대로 생각한다. 자기가 사랑하는 여자를 잡지도 못하면서 여자의 결혼 후에도 그녀를 잊지 못하고 지속적인 관계를 유지한다. 준영은 사회 속에서 살아가면서 사회제도의 병폐를 방패삼아 자신의 삶을 살아가는 약한 존재이다. 연희는 이러한 준영을 사랑한다. 그녀에게 있어 결혼은 하나의 조건적인 만남일 뿐이다. 많은 남자를 만나면서 가장 좋은 조건의 남자와 결혼을 하려고 한다. 사랑이 아닌 조건을 보고 결혼하는 그녀는 결국 조건이 좋은 의사와 결혼하지만 준영과의 지속적인 관계를 유지한다. 그녀의 사랑과 조건 모두를 놓치지 않으려고 한다. 연희에게 있어 사랑과 결혼은 별개의 것이다. 하지만 그녀는 자기가 생각하는 사랑과 이상적인 결혼, 이 둘 모두를 가지려는 모순적인 생각을 가진 욕심 많은 여자이다. 이처럼 두 남녀 주인공을 통해 우리는 결혼에 대해 다시 한 번 생각해 보게 된다. 결혼은 사랑하는 사람과 하는 것이라는 우리의 고정관념을 깨고 현대사회의 이와 같은 조건적인 결혼을 보여줌으로서 작가는 우리의 환상을 깨고 있다. 조건을 따져 만나 사랑이 없는 결혼을 한다면 진정으로 우리가 결혼을 하는 이유는 무엇인지를 생각하면서 결혼은 정말 미친 짓이 라고 반문하게 된다.

이러한 소설을 바탕으로 만든 영화 〈결혼은 미친 짓이다〉는 기본적 스토리상으로는 원작의 내용에 충실하다고 할 수 있다. 준영의 자취방을 어떻게 구했나에 대한 방법상의 차이 말고는 원작의 내용과 거의 같다. 스토리의 전개 속에서 관객은 그 두 주인공의 입장에서 결혼을 바라보기도 하며, 사랑과 이상적인 결혼의 조건을 저울질하며, 자신의 욕심을 채우고, 이중적인 불륜 행각을 벌이는 연희의 입장이 되기도 한다. 아쉬운 점은 원작과 영화의 스토리 전개 방법이다. 이 둘은 스토리의 전개를 남자 주인공인 준영이의 시점에서 전개하고 있다. 남자의 직업, 가족, 평소의 생활 그리고 연희와의 지속적인 관계는 계속 보여줌으로써 남자의 힘든 점과 고민, 생각 등은 자세하게 잘 나타내고 있다. 그러나 여자의 직업과 가족, 그녀의 평소 생활은 어떤지에 대하여 전혀 언급되어지지 않고 있다. 그리고 준영과의 지속적인 관계를 통해 연희가 어떤 생각을 가지고 있으며 어떤 힘든 점과 고민이 있는지에 대해서도 너무 간과해 버리고 있다. 우리나라 남성 위주사회의 모습을 소설과 영화의 시점을 통해서 또 다시 보게 되는 것 같아 아쉬움이 든다. 결혼을 신성시 하는 시대는 지나가고 이제는 심지어 결혼을 하나의 비즈니스로 생각하는 경향이 있다. 세상이 물질만능주의로 변해가면서 사람들의 마음속에는 어느새 사랑이란 존재가 자꾸 퇴색되어지는 것 같다. 사랑 없는 결혼은 오래 지속되지 못할 것이다. 물론 사랑만으로 하는 결혼도 오래 지속되지 않을 것이지만 이런 모순적인 상황 속에서 사람들은 결혼을 회피하기도 한다. 결혼은 조건을 가지고 하는 것도 아니고 사랑만을 가지고 하는 것도 아니다. 그냥 결혼은 결혼일 뿐이다. 점점 각박해져 가는 세상에서 그저 결혼을 하고 가정을 꾸리고 함께 생활하며 서로 지켜주고 보호받으면서 살아가는 것이 진정한 삶일 것이다.

영화화된 문학작품들

1 외국 문학

제 목	작 가	감 독	제작 연도	작품 원제
가을의 전설	짐 해리슨	워드워드 즈윅	1994	
개 같은 내 인생	레이다 욘슨	라쎄 할스트롬	1985	
개선문	레마르크	마일스톤	1978	
거미집의 성	셰익스피어	구로사와 아키라	1957	맥베드
거미의 계략	브로헤스	베르톨루치	1970	배신자와 영웅
국가의 탄생	토커스 딕슨	D.W. 그리피스	1915	
그리스도 최후의 유혹	카잔차키스	마틴 스콜세지	1988	
그린마일	스티븐 킹	프랭크 다라본트	1999	
기쁨의 도시	도미니끄 라피에르	롤랑 조페	1993	
길버트 그레이프	리퍼해지스	라쎄 할스트롬	1993	
까미유 끌로델	안느 델베	브루노 뉘탕	1988	

제 목	작 가	감 독	제작 연도	작품 원제
남성, 여성	모파상	장 뤽 고다르	1966	
남아있는 나날	가즈오 이시구로	제임스 아이보리	1992	
내가 마지막 본 파리	피트제럴드	리처드 브룩스	1954	바빌론 재방
노 웨이 아웃	케네스 피어링	로저 도날드슨	1987	
노인과 바다	헤밍웨이	주드 테일러	1990	
노틀담의 꼽추	빅토르 위고	게리 트라우스데일	1996	파리의 노틀담
누구를 위하여 종이 울리나	헤밍웨이	샘 우드	1943	
눈먼 자들의 도시	주제 사라마구	페르난도 메이렐레스	2008	
닥터 스트레인지 러브	리터 조지	스탠리 큐브릭	1964	
닥터 지바고	파스테르나크	데이비드 린	1965	
대부	마리오 푸조	코폴라	1972	
대장 부리바	고골리	J.리 톰슨	1962	
도리언 그레이의 초상	오스카 와일드	알버트 루윈	1945	
돌로레스 클레이본	스티븐 킹	테일러 핵포드	1995	
드라큘라	브램 스토커	코폴라	1992	
더 로드	코맥 매카시	존 힐코트	2010	

제 목	작 가	감 독	제작 연도	작품 원제
떠오르는 태양	마이클 크라이튼	필립 카우프만	1993	
뜨거운 양철지붕 위의 고양이	테네시 윌리암스	리처드 브룩스	1958	
라쇼몽	류노스케	구로사와 아키라	1950	
라스베가스를 떠나며	존 오브라이언	마이크 피기스	1995	
란	셰익스피어	구로사와 아키라	1985	리어왕
러브스토리	에릭 시걸	아서 힐러	1970	
레미제라블	빅토르 위고	로베르 오센 /쟝폴르 사노아	1986/ 1958	
레베카	뒤모리에	히치콕	1940	
레인메이커	리처드 내쉬	조셉 안소니	1956	
레인메이커	존 그리샴	코폴라	1997	
로미오와 줄리엣	셰익스피어	바즈 루어만	1996	
롤리타	나보코프	애드리안 라인	1998	
마농의 샘	마르셀 빠뇰	클로드 베리	1986	
마르셀의 여름	마르셀 빠뇰	이브 로베르	1990	
마이 페어 레이디	버나드 쇼	조지 쿠커	1964	
말타의 매	더쉴 해미트	존 휴스턴	1941	
매디슨 카운티의 다리	제임스 윌러	클린트 이스트우드	1995	
맥베드	셰익스피어	로만 폴란스키	1971	
맨발로 공원을	닐 사이몬	제인 샤크스	1967	

제 목	작 가	감 독	제작연도	작품원제
매피스토	크리우스 만	이스트반 자보	1981	
모이칸족의 최후	제임스 페니모어 쿠퍼	마이클 만	1992	
목로주점	에밀 졸라	르네 클레망	1956	
무기여 잘 있거라	헤밍웨이	프랭크 보저지	1932	
무기여 잘 있거라	헤밍웨이	찰스 비더	1957	
무셰트	베르나노스	로베르 브레송	1967	
미드나잇 카우보이	레오헐리히	죤 슐레진저	1969	
미시시피버닝	크리스 레롤모	알란 파커	1988	
미져리	스타븐 킹	로브 라이너	1990	
바람과 함께 사라지다	마가렛 미첼	빅터 플레밍	1939	
반지의 제왕	J.R.R. 톨킨	피터 잭슨	2001	
밤으로의 긴 여로	유진 오닐	시드니 루멧	1962	
밤의 열기 속으로	존 볼	노만 주이슨	1967	
백경	허먼 멜빌	존 휴스턴	1956	
뱀파이어와의 인터뷰	엔 라이스	닐 조단	1994	
버디	윌리엄 와튼	알란 파커	1985	
벤허	루 월래스	윌리엄 와일러	1959	
보봐리부인	프로베르	끌로들 샤브롤	1994	
분노의 포도	존 스타인벡	존 포드	1940	
브룩크린으로 가는 마지막 비상구	휴버트 셀비 쥬니어	울리 에델	1989	

제 목	작 가	감 독	제작 연도	작품 원제
블레이드 러너	필립K 딕	리블리 스콧	1982	
비밀 첩보원	서머셋 모옴	히치콕	1936	
빠삐용	앙리 샤리에	프랭클린 샤프너	1973	
뻐꾸기 둥지 위로 날아간 새	켄 케이지	밀로스 포먼	1975	
듄(사구)	프랑크 허버트	데이비드 린치	1984	
사보타지	조셉 콘래드	히치콕	1936	비밀정보원
살인혐의	조르쥬 심농	파트리스 리콩트	1989	
새	다프네 뒤모리	히치콕	1963	
서부전선 이상 없다	레마르크	루이스마일스톤	1930	
선샤인 보이	닐 사이몬	러버트 로스	1987	
세일즈맨의 죽음	아서 밀러	슐렌도르프	1985	
센스앤 센스빌리티	제인 오스틴	이안	1996	
쇼피의 선택	스타이런	알란 J. 파커	1982	
쇼생크 탈출	스티븐 킹	프랭크 다라본트	1994	
순수의 시대	에디쓰 워튼	마틴 스콜세지	1993	
쉰들러 리스트	토마스 케넬리	스티븐 스필버그	1993	
스완의 사랑	마르셀 푸르스트	폴커 슐렌도르프	1984	잃어버린 시간을 찾아서
시계 태엽 오렌지	앤소니 버젯	스탠리 큐브릭	1971	

제 목	작 가	감 독	제작 연도	작품 원제
시라노	애드몽 로스땅	장 폴 라프노	1990	
시련	아서 밀러	레이몬드	1957	
신의 아그네스	존 필미어	노만 제위슨	1985	
심판	카프카	데이비드 존스	1993	
싸이코	R. 블록	히치콕	1960	
알라바마 이야기	하퍼 리	로버트 멀리건	1962	
애수	로버트 E. 셔우드	머빈 르로이	1940	
애정의 조건	래리 맥머트리	제임스 브룩스	1983	
양들의 침묵	토머스 헤리스	조나단 뎀	1991	
앵철북	귄터 그라스	슐렌 도르프	1979	
어느날 밤에 생긴 일	홉킨스 아담스	프랭크 카프라	1934	
어머니	막심 고리끼	푸도브킨	1926	
어셔가의 몰락	엘렌 포우	로저 코먼	1960	
언터처블	데이비드 마메트	브라이언 드 팔마	1987	
에덴의 동쪽	존 스타인벡	엘리아 카잔	1955	
에드 우드	루돌프 그레이	팀 버튼	1994	
에쿠우스	피터 셰퍼	시드니 루멧	1977	
엑소시스트	피터 블래티	프리드킨	1973	
엘리펀트 맨	버나드 포메란스	데이비드 린치	1980	

제 목	작 가	감 독	제작 연도	작품 원제
L.A 컨피덴셜	제임스 엘로이	커티스 핸슨	1997	
엠마	제임스 오스틴	맥그러드	1996	
여왕마고	뒤마	파트리스 세로	1994	
여인의 향기	지오바니 아르피노	마틴 브레스트	1992	
오페라의 유령	가스통 르루	조엘 슈마허	2004	
오인	앤더슨	알프레드	1956	
오하루의 일생	아하라 사이카쿠	미조구치 겐지	1952	
올란도	버지니아 울프	샐리 포터	1993	
올리버	찰스 디킨스	캐롤 리드	1968	올리버 트위스트
와호장룡	왕두루	이 안	2000	
욕망	줄리오 코타자르	미켈란젤로 안토니오니	1966	
욕망이라는 이름의 전차	테네시 윌리엄스	엘리아 카잔	1951	
우리생애 최고의 해	맥킨리 캔터	윌리엄 와일러	1946	내게 영광을
원스 어폰 어 타임 인 아메리카	해리 그레이	셀지오 레오네	1984	
위대한 개츠비	F. 스콧 피츠제럴드	잭 클레이튼	1975	
위대한 유산	찰스 디킨스	데이비드 린	1946	

제 목	작 가	감 독	제작 연도	작품 원제
율리시즈의 시선	호메로스	앙겔로 폴리스	1995	
의뢰인	존 그리샴	조엘 슈마허	1994	
이창	코넬 울리치	알프레드 히치콕	1954	
인형의 집	헨리크 입센	라처드 라그라비니즈	1973	
잃어버린 시간을 찾아서	마르셀 프루스트	라울 리즈	1999	
잉글리쉬 페이션트	마이클 온다체	안소니 밍겔라	1996	
잊혀진 선조들의 그림자	코치 유빈스키	파라자노프	1964	
자유의 절규	도널드 우즈	리처드 아텐보로	1987	고통에의 요구
작은 신의 아이들	마크 메도프	랜다 하인즈	1986	
장미의 이름	움베르토 에코	장 자크 아노	1986	
재와 다이아몬드	안드레예프스키	언제이 바이다	1958	
재키 브라운	엘모어 레오나드	쿠엔틴 타란티노	1997	
전망 좋은 방	E.M 포스터	제임스 아이보리	1985	
전원교향곡	앙드레 지드	쟝 들라누아	1946	
전쟁과 평화	톨스토이	킹 비도 세르게이 본다르추크	1956 1968	
젊은 사자들	어윈 쇼	에드워드 드미트릭	1958	

제 목	작 가	감 독	제작연도	작품원제
젊은이의 양지	시어도르 드라이저	조지 스티븐스	1951	
정복자 펠레	넥소	빌 어거스트	1987	
제3의 사나이	그레엄 그린	캐롤 리드	1949	
제르미날	에밀 졸라	클로드 베리	1993	
제인 에어	샬롯 브론테	스티븐슨	1994	
제트	바실리 바실리코스	코스타 가브라스	1969	
주홍글자	나다니엘 호손	로랑 조페	1995	
줄무늬 파자마를 입은 소년	존 보인	마크 허만	2008	
지난 여름 갑자기	테네시 윌리엄스	조셉 L. 맨키비츠	1959	
지붕 위의 바이올린	샬롬 아레이쳄	노만 주이슨	1971	
진주 귀걸이를 한 소녀	트레이시 슈발리에	피터 웨버	2004	
지옥의 묵시록	조셉 콘래드	코폴라	1979	암흑의 오지
채털리 부인의 사랑	D. H. 로렌스	저스트 잭킨	1982	
책 읽어주는 여자	레몽 장	마셀 드빌	1988	
천사와 악마	댄 브라운	론 하워드	2009	
철도원	아사다 지로	후루하타 야스오	1999	
카르멘	메리메	카를로스 사우라	1983	
카프카	카프카	데이비드 존슨 스티븐 소더버그	1993 1991	미국, 프랑스
컬러 퍼플	알리스 워커	스티븐 스필버그	1985	

제 목	작 가	감 독	제작 연도	작품 원제
케이프 피어	존 D. 맥도날드	J. 리 톰슨	1962	
콜렉터	존 파울즈	윌리엄 와이저	1965	
콩고	마이클 클라이튼	프랭크 마샬	1995	
타워링	로빈슨	어윈 알렌	1974	
타임투킬	존 그리샴	조엘 슈마허	1997	
태양은 가득히	하이스미스	르네 클레망	1960	
테스	토마스 하디	로만 폴란스키	1979	
티파니에서 아침을	트루만 캐포티	블레이크 에드워드	1961	
파이란	아사다 지로	송해성	2001	러브레터
파테르 판찰리	반다피드 헤이	쇼타아지트 리아	1955	
패왕별희	이벽화	첸 카이거	1993	
펠리칸 브리프	존 그리샴	알란.파쿨라	1993	
프레스토 검프	윈스턴 그룸	로버트 저메키스	1994	
폭로	마이클 클라이튼	배리 레빈슨	1994	
폭풍의 언덕	에밀리 브론테	윌리엄 와이저 피터 크스민스키	1939 1992	영국
풀 메탈자켓	구스타프 하스포드	스탠리 큐브릭	1987	the short timers
플러스강의 물방앗간	조지 엘리엇	그레엄 틱스톤	1997	
프라하의 봄	밀란 쿤데라	필립 카우프만	1988	

제 목	작 가	감 독	제작 연도	작품 원제
프랑켄슈타인	메리 쉘리	캐네스 브래너	1994	
프렌지	아서 라 번	히치콕	1972	
피와 모래	부리스코 이바니에스	마물리안	1941	
필라델피아	필립 베리	조나단 뎀	1993	필라델피아 이야기
햄릿	셰익스피어	로렌스 올리비에	1948	
헨리 5세	셰익스피어	로렌스 올리비에	1994	
현기증	Pierre Boileau	히치콕	1958	
후라이드 그린 토마토	패니 플래그	존 애브넷	1991	
휴전	윌리엄 와튼	렌키스 고든	1991	
희랍인 조르바	니코스 카잔차키스	미카엘 카코야니스	1964	

제 목	작 가	감 독	제작 연도	작품 원제
감자	김동인	변장호	1987	
갯마을	오영수	김수용	1965	
걸어서 하늘까지	문순태	장현수	1992	
거짓말	장정일	장선우	1999	내게 거짓말을 해봐
겨울 나그네	최인호	관지균	1986	
겨울 여자	조해일	김호선	1977	
결혼은 미친 짓이다	이민교	유 하	2002	
고구려의 혼	김마부	임운학	1949	
고래사냥	최인호	배창호	1984	
공동경비구역 JSA	박상연	박찬욱	2000	DMZ
그 섬에 가고 싶다	임철우	박광수	1993	붉은산, 흰새, 그 섬에 가고 싶다, 곡두운동회
그들도 우리처럼	최인석	박광수	1990	새떼
그들의 행복	이규환	이규환	1947	
그해 겨울은 따뜻했네	박완서	배창호	1984	
김약국집 딸들	박경리	유현목	1963	
깃발 없는 기수	선우휘	임권택	1979	
깊고 푸른 밤	최인호	배창호	1984	
깊은 슬픔	신경숙	곽지균	1984	

제 목	작 가	감 독	제작 연도	작품 원제
꽃잎	최윤	장선우	1997	저기 소리 없이 한 점 꽃잎이 지고
꿈	이광수	배창호	1990	
끊어진 항로	이만흥	이만흥	1948	
나그네는 길에서도 쉬지 않는다	이제하	이창호	1987	
나는 소망한다 내게 금지된 것을	양귀자	장길수	1994	
남자의 향기	하병무	장현수	1998	
내 마음의 풍금	하근찬	이영재	1999	여제자
너에게 나를 보낸다	장정일	장선우	1994	
너희가 재즈를 믿느냐	장정일	오일환	1996	
눈꽃	김수현	박철수	1992	
독짓는 늙은이	황순원	최하원	1969	
돼지가 우물에 빠진 날	구효서	홍상수	1996	낯선 여름
땜장이 아내	정다운	박철수	1983	
땡볕	김유정	하명중	1984	
똘똘이의 모험	김영수	이규환	1946	
레테의 연가	이문열	장길수	1987	
렌의 애가	모윤숙	김기영	1969	
마요네즈	전혜성	윤인호	1999	

제 목	작 가	감 독	제작 연도	작품 원제
만다라	김성동	임권택	1984	
망명의 늪	이병주	김수용	1978	
메밀꽃 필 무렵	이효석	이성구	1967	
무궁화 꽃이 피었습니다	김진명	정진우	1995	
무궁화	이재명	한철영	1948	
무소의 뿔처럼 혼자서 가라	공지영	오병철	1995	
밀양	이청준	이창동	2007	
바람불어 좋은 날	최일남	이장호	1980	
바보들의 행진	최인호	하길종	1975	
밤의 태양	김정혁	박기채	1948	
아다다	계용묵	임권택	1987	백치 아다다
사랑방 손님과 어머니	주요섭	신상옥	1961	
사랑의 교실	김성민	심성민	1948	
산불	차범석	김수용	1967	
삼포 가는 길	황석영	이만희	1975	
상록수	심 훈	신상옥	1961	
서편제	이청준	임권택	1993	소리의 빛 1,2
성벽을 뚫고	김영수	한형모	1949	
순교자	김은국	유현목	1965	
아홉 살 인생	위기철	윤인호	2004	

제 목	작 가	감 독	제작 연도	작품 원제
아담이 눈뜰 때	장정일	김호선	1993	
아름다운 청년 전태일	조영래	박광수	1995	전태일 평전
아버지	김정현	장길수	1997	
아제아제 바라아제	한승원	임권택	1989	
안개	김승옥	김수용	1967	무진기행
어제 내린 비	최인호	이장호	1974	
역마	김동리	김강윤	1967	
엽기적인 그녀	김호식	곽재용	2001	
영원한 제국	이인화	박종원	1995	
영자의 전성시대	조선작	김호선	1975	
우리들의 일그러진 영웅	이문열	박종원	1992	
우묵배미의 사랑	박영한	장선우	1990	
일월	황순원	이성구	1967	
잃어버린 너	김윤희	원정수	1991	
잉여인간	손창섭	유현목	1964	
장군의 아들	홍성유	임권택	1989~90	
장마	윤흥길	유현목	1979	
접시꽃 당신	도종환	박철수	1988	
청춘극장	김래성	강대진	1967	
청춘행로	김춘광	장황연	1949	
추락하는 것은 날개가 있다	이문열	장길수	1989	

제 목	작 가	감 독	제작 연도	작품 원제
축제	이청준	임권택	1996	
카인의 후예	황순원	유현목	1968	
타인의 방	최인호	김문옥	1979	
태백산맥	조정래	임권택	1994	
토지	박경리	김수용	1974	
퇴마록	이우혁	박광춘	1998	
하늘만 맑건만	현 덕	서석주	1947	
하얀전쟁	안정효	정지영	1992	
헐리우드 키드의 생애	안정효	정지영	1994	
화엄경	고 은	장선우	1993	
화차	미야베 미유키	권영순	2012	

각색adaptation

재창작된 영화 각본, 그 담당자를 각색자, 번안자라고 한다.

감독director

영화작품 제작 시 작품의 해석과 기술적 문제 등의 창조적 역할을 총괄, 지휘하는 사람으로 연기자들의 연기, 대사 그리고 카메라의 위치와 움직임, 사운드, 조명 등 영화제작의 모든 요소들을 조정한다. 50년대 이후 자신의 사상과 예술적 가치를 작품 속에 반영할 수 있는 감독을 작가auteur로 보는 작가론이 활발하게 논의되면서 감독의 위치가 더욱 부각되기 시작하였다.

갱스터 영화gangster film

이야기의 소재는 극적 구조가 폭력단에 의한 암흑가의 범죄행위에 토대를 둔 영화유형. 1930년대의 대공황시대의 사회문제를 바탕으로 지하세계를 묘사하여 크게 유행했다가 1940년대에 들어 검은 영화의 물결로 인해 그 인기를 잃었으나, 1960년대에 발흥한 신미국영화의 영향으로 다시 새로운 양상을 나타내면서 발전했고, 최근에는 〈대부〉Godfather(1972)와 같이 서사적 구조까지 갖추면서 지속되고 있다.

공상과학 영화science-fiction film
S.F. film 또는 Sci-fi film이라고도 하며 과학적 소재와 공상적 줄거리 구성, 그리고 선과 악의 대립을 통한 정의의 승리, 즉 권선징악의 주제를 특징으로 하는 영화의 한 장르이다. 일반적으로 이야기 설정은 미래시간의 동화적인 내용이고, 따라서 과학과 고도의 특수효과를 이용하여 상상적인 설비와 현란한 전시효과가 자극적인 호기심을 불러일으킨다.

공상 영화fantasy film
판타지 영화는 관객의 무의식 세계에 내재하고 있는 꿈과 욕망과 공포와 갈등을 객관화시켜 줌으로써 긴장의 이완이나 만족을 제공한다. 장르의 세부유형은 공상과학영화, 모험영화, 낭만적인 동화 등이 있으며 현실과는 다른 별개의 가공적인 세계로 도피해 들어가 낭만적인 모험을 보임으로써 관객에게 카타르시스를 느끼게 한다.

공포 영화horror film
관객에게 불안과 공포를 불러일으키도록 만든 영화로, 등장인물들을 기괴한 상황에 처하게 하여 관중의 전율적인 반응이 교차되도록 한 다음 심리적인 긴장과 이완을 통해 자극성의 충격요법으로 만족스런 오락을 즐기게 한다. 등장인물들은 인조인간, 괴물, 드라큘라, 프랑켄슈타인, 심령강술 등 인간의 사악한 측면이 강조된 독일의 표현주의에서 양식화되었다.

교차편집cross cutting
각기 다른 장소에서 동시에 발생하는 평행행위를 시간상 전후관계로 병치시키는 편집기법. 주로 추적 장면 따위에 많이 쓰이며 극적 긴장감을 높이는데 효과적이다.

네오리얼리즘neo-realism

1942년 이탈리아 영화 비평가인 안토니오 피에드란겔리Antonio Pietrangeli와 움베르토 바르바로Umberto Barbaro가 처음 쓴 용어. 〈자전거 도둑〉The Bicycle Thief(47)처럼 허구보다는 사실을 고상한 영웅보다 평범한 사람을, 예외적인 것보다 일상을, 타락하고 희망 없는 사회가 인간의 가치를 어떻게 파괴하는가를 보여주는 것이 특징이다.

노출exposure

연속적인 필름의 간헐운동과 피사체나 카메라의 이동에 맞추어야 하기 때문에 전체적인 정적수준의 밸런스가 고려되지 않으면 안 된다. 다만 예술적인 효과를 위해 극단적인 조명이나 노출효과를 사용하는 경우에는 예외라고 할 수 있다.

누벨바그nouvelle vague

새로운 물결이라는 뜻. 1950년대 후반부터 할리우드의 거센 영향력으로 입지가 위축된 프랑스 영화가 복원을 꾀하면서 벌인 영화운동

뉴 아메리칸 시네마new American cinema

영국의 프리 시네마, 프랑스의 누벨바그 등의 영화사조에 영향을 받고 1960년대 후반 미국영화계에 나타난 새로운 영화제작 흐름. 1967년 아서 펜 감독의 〈우리에게 내일은 없다〉Bonnie and Clyde가 시원이다.

다다dada

1916년 전후로 스위스 취리히에서 시작된 문학 예술운동으로 다다라는 용어는 논리적인 의미를 가지고 있지 않다. 반 전통을 표방하는 모든 것을 대변한다고 볼 수 있는 다다이스트들은 큐비즘, 콜라주 또는 기존의 예술품 따위를 산업적으로 개작하는 유파 등에서 자신들의 기법을 원용했고, 무정부주의적

이데올로기를 표방하였다. 영화에서는 1920년대 초현실주의를 비롯한 전위영화 운동의 이정표로 레이Man Ray의 〈이성으로의 복귀〉Le Retoura la Raison(1923) 등의 작품에서 콜라주 기법을 응용하거나 감광 유제막에 여러 가지 질료를 입혀 그 현상을 통해 나타나는 추상적 이미지를 표현하였다.

달리 트랙dolly track
이동촬영을 위해 설치된 레일

더빙dubbing
대사, 음악, 음향효과 등 여러 개 음대를 단일음대로 믹스하는 일이나 녹음 시 성우나 연기자가 촬영이 끝난 화면을 보면서 입을 맞춰 대사를 삽입하는 작업이다. 동시녹음의 경우에도 재촬영이 어렵거나 특수한 효과를 더빙으로 처리될 때가 있다. 또한 외국영화에 자국 언어를 삽입할 때도 시행되는데 이때는 별도의 녹음테이프에 필요한 대사를 녹음하여 원 작품의 음악 음향을 위한 음대M and E track와 결합한다.

도상icon
상, 성상, 형상이라고도 한다. 대상물을 그림으로 재현한 것으로 영화의 영상 역시 대상물과의 유사성을 표현한다는 점에서 재현적인 도상이라 할 수 있다. 나무를 촬영한 화면은 바로 나무를 닮았다고 말할 수 있으며 이때를 도상적 재현 상태라고 부를 수가 있는 것이다.

독립영화independent movie
기존 할리우드 영화 시스템이 연출자의 창작성을 무시하고 오직 상업성을 요구하는데 반기를 들고 독자의 의지를 부각시켜 영화를 만들려는 연출자들이나 그 같은 목적에 의해 발표된 작품을 일컫는 말이다.

디제시스diegesis

영화 속에서 전개되는 허구의 세계. 원래 디제시스란 용어는 아리스토텔레스가 『시학』에서 이야기의 2가지 개념을 디제시스와 미메시스mimesis로 구분하였는데 이야기를 설명하는 것을 디제시스, 그리고 이야기를 재현하는 것을 미메시스라 하였다.

디졸브dissolve

한 화면이 사라짐과 동시에 다른 화면이 점차로 나타나는 장면 전환 방식. 촬영 중에 카메라 내부에서 이루어지는 이중노출이나 오버랩과 동일한 효과이지만 인화기를 통해서 작업되는 것이 훨씬 안정되어 보인다.

랑그와 빠롤langue and parole

랑그는 각 개인의 머릿속에 저장된 사회 관습적인 언어의 체계를 말하고 빠롤은 우리가 실제 사용하고 있는 개인적인 발화를 말한다. 따라서 파롤은 개인적 발화 행위이며 체계의 구체적 실현이다. 스위스 언어학자 소쉬르가 쓴 용어로서 사회적으로 확립된 언어학적 단위와 규칙의 체계(랑그)로서의 언어와 실질적으로 하는 말(빠롤)로서의 언어의 구분을 말한다. 이 구분은 이론적 언어학에서 뿐만 아니라 '구조주의'로서 사회과학사상에 영향을 크게 준다.

러닝 쇼트running shot

움직이는 물체나 사람을 카메라가 함께 따라 가면서 촬영하는 것

러닝 타임running time

한편의 영화가 상영되는 시간

로드쇼road show

주요 도시의 선정된 영화관에서만 작품을 공개하는 형태를 가리키며 예약석

구매제여서 입장료가 공개시보다 높다. 일반적인 개봉이라 함은 이 로드쇼가 행해진 이후에 행해지는 것을 말한다. 1950~1960년대 후반까지 유행했던 상영 방식이다.

로케이션location
스튜디오가 아닌 야외에서 촬영에 적합한 공간으로 선택된 지역

롱 샷long shot
L.S.로 약칭된다. 움직이는 물체나 사람의 모습을 넓은 시야로 보여주는 화면. 관객으로 하여금 화면 내에 여러 요소들의 상대적인 크기, 형태, 위치 등을 알게 하기 때문에 일종의 개요를 소개한다.

루프loop
필름이 게이트를 지날 때 영사기나 카메라의 모터의 진동을 흡수하기 위해서 스프로키트에 맞물리지 않도록 게이트의 앞뒤에 여유를 준 필름의 부분. 이 루프가 없으면 화면이 흐르던가 아니면 진행 도중에 필름이 끊어지기 쉽다. 녹음이 반복되도록 원의 형태로 처음과 끝을 이은 자기식 음향 필름이나 테이프도 루프라 한다.

리미티드 애니메이션limited animation
눈이나 입처럼 신체의 어느 한 부분만을 동화한 것이나 카메라의 위치가 변화하듯 피사체가 조금씩 변화하도록 프레임 별로 촬영하는 것

마스킹masking
특정한 영상을 강조하기 위해 프레임의 일부를 가리고 촬영, 인화하여 영상의 크기를 변화시키는 방법. 이를테면 화면 속의 피사체가 만원경이나 열쇠구멍을 통해 들여다보는 듯한 효과를 창출하는 것을 말하는 매트방식

마카로니 웨스톤macaroni western

일명 스파게티 웨스틴spaghetti western이라고도 하며 할리우드가 간판 장르로
공개한 서부극의 공식적 전개방법을 철저히 부정하고 매도하는 듯한 전개 방
법을 삽입시켜 미국 영화인들이 경멸조로 부쳐준 용어

만화영화, 동화cartoon

애니메이티드카툰 필름animated cartoon film, 즉 손으로 그린 동화나 만화적으
로 표현한 영화의 통칭으로 스케치용으로 사용되는 두꺼운 판지의 이탈리아
어 카르토네cartone에서 유래되었다. 카툰은 본래 대중적 인물이었으나 1920년
대의 주도적인 만화영화작가들이 인물 스케치에 적용하여 제작한 단편영화를
발표함으로써 영화상의 특정장르를 지칭하는 용어로 정착되었다.

몽타주montage

조립하다의 'monter'와 해설하다의 'narratage'의 합성어에서 유래된 말. 원래
는 여러 가지 영상을 한 화면 내에 짜 넣는다는 사진용어였으나 러시아의 이
론가들에 의해 영화에 도입되면서 쇼트들의 여하한 연결에 의하여 새로운 의
미를 창조한다는 편집과 동일한 의미로 쓰였다.

미장센mise-en-scene

장면화putting into the scene라는 뜻의 불어에서 유래된 용어로 본래는 '장면의
무대화'라는 연극용어였다. 몽타주 이론에 반하는 미학적 개념으로 영화에 수
용되어 영화의 공간적 측면과 이에 따른 리얼리즘 미학으로 정착되었다.

배경음악background music

한 장면에 대한 반주로 사용되거나 오케스트라, 축음기, 주크박스처럼 장면
내의 사운드 출처로부터 나오는 음악으로 극영화에서 배경음악은 액션을 강
조하거나 분위기를 고조시키기 위해 사용된다.

배역cast

영화에 출연한 연기자들이나 화면의 인물자막에 나타나는 연기자들의 역할 목록과 같은 경우를 배역이라 한다면 이처럼 배역을 결정하는 일을 캐스팅이라 한다.

부감high-angle

피사체 위쪽에서 촬영하는 각도와 그 장면으로 이때 카메라 위치는 접사촬영을 위해 피사체의 바로 위에 있을 수도 있고, 원사나 설정화면일 수도 있다. 부감의 일반적 특징은 해당 피사체를 특권적, 지배적 시점으로 바라보도록 하는 데 있다.

분리녹음방식double system(sound recording)

영상이 촬영되는 카메라 내의 필름과 분리되어 별개의 자기식 테이프나 필름에 따로 동조시켜 녹음하는 방식이다. 이에 비해 영상이 촬영되는 필름상의 음대에 동시에 녹음되는 것을 단일 녹음방식이라 한다.

분리화면split screen

한 프레임 내에 두 개 이상의 독립된 영상이 포함된 화면. 화면구성은 수직, 수평, 대각선 등으로 다양하게 변화시킬 수 있으며 일반적으로는 매트나 다중노출을 통한 화면합성법을 통해 만들어진다.

불연속 편집discontinuity editing

한 장면이 완료되고 다음 장면이 시작되는 순간. 앞 장면에서의 연속성이 상실되도록 고의적으로 연결하는 편집방법, 조명, 소도구, 가구, 대상물, 연기자의 위치 등등이 어긋나 편집상의 실수로 보이기도 하나, 전체적인 구조나 연결은 일련의 연속성을 지닐 뿐 아니라 극적 감흥을 배가시키기도 한다.

블로킹blocking

프레임 내에 인물들과 사물들을 배열시키거나 카메라, 조명 등의 기재들을 적절한 곳에 배치시켜 화면구도에 공간감을 만들어내는 예행연습. 등장인물을 블로킹하는 대부분의 경우 객관적 시점이 사용되는데 이는 등장인물이 카메라를 의식하지 않고 관객 또한 카메라가 액션을 담고 있다는 사실을 인지하지 못하도록 하기 위한 것이다.

브리징 쇼트bridging shot

편집 과정에서 잘려나간 장면과 연속성에 문제가 생길 때 그 틈이나 공간을 채워 넣기 위해 다시 촬영되는 장면을 통칭한 말

비트bit

대사가 전연 없이 그저 얼굴 모습만 보이는 엑스트라와는 달리 영화 속에서 한마디 대사를 하는 배역을 가리킨다. 이 역을 맡은 연기자를 비트 플레이어 bit player라고 한다.

사실주의realism

영화는 탄생 이후 사실주의와 형식주의의 두 가지 전통이 영화이론을 지배하였다. 흔히 사실주의의 전통은 최초의 영화제작자로 기록되는 뤼미에르 형제로부터 형식주의의 전통은 멜리에스Georges Melies로부터 이어진다고 본다. 뤼미에르 형제의 〈열차의 도착〉Arrivee d' um train en Gare de la Ciotat(1895)은 현실세계의 과장 없는 묘사에 충실하였고 멜리에스 〈달나라 여행〉Le Voyage dans la Lune(1902)은 상상의 세계를 묘사하였다. 바쟁Andr Bazin은 영화에 있어 리얼리티의 본질이란 애매성에 있다고 보고 전심초점과 장시간 촬영을 높이 평가하였다. 즉 프레임 내의 모든 부분이 초점이 맞는 전심초점을 통해 깊이 있는 공간을 만들어냄으로써 관객으로 하여금 적극적인 자세로 공간 속의 의미를 추적하게끔 해야 한다고 주장하였다. 또한 시공간의 연속성을 보존하기 위해

가급적 편집을 배격하고 패닝, 크레이닝, 틸팅, 트래킹 등의 카메라 움직임과 장시간 촬영을 선호하였다.

사이보그 영화cyborg movie
과학적인 장치로 어떤 환경에서도 생체활동을 할 수 있도록 설계된 기계인간을 주인공으로 내세운 영화

산광필터diffusion filter
빛이 확산되어 주위로 뻗어감에 따라 명확한 명암대비가 사라지면서 꿈이나 회상, 낭만적인 효과를 획득하는 스크린, 고보, 플래그 등과 유사한 효과라고 볼 수 있다.

삼차원영화 3D(three dimension film)
평면의 스크린 상에 3차원 영상으로 나타내는 입체화면 촬영기법의 별칭으로 전경이 두드러져 보이면서 각각의 국면이 공간적으로 분리된 것으로 나타난다. 이를테면 두 개의 피사체가 조금 떨어진 상태로 표현된 화면을 영사하면 관객은 입체 안경을 끼고 이 두 영상을 혼합하여 보게 되는 입체영화

상징symbol
작품 속에서 의미를 지니는 대상물, 인물, 무대, 행위 등의 통칭. 따라서 상징은 영상표면에 나타나는 외면적 의미뿐만 아니라 관객의 선입견에 의한 일련의 보편적 영상이나 작품내의 전후 맥락에 의해 암시적이며 내의적인 의미를 함유한다. 상징은 작품의 의미를 풍부하게 하거나 극적 사건의 중요성을 확장시키는 서브텍스트를 제공하는 효과적인 방법이다.

서스펜스 영화suspense film
이야기의 중심이 위기에 빠진 주인공에 집중되어 관객으로 하여금 극도의 불

안과 긴장을 불러일으키는 유형의 영화로 스릴러라고도 한다.

서사극epic film
거대하고 폭풍이 몰아치는 듯한 시각적 사건을 다룬 영화. 주로 국가의 비극적 운명, 인간과 자연의 투쟁, 정치, 종교적인 갈등, 도덕적 타락 등을 주된 줄거리로 삼는다.

쇼트shot
영화구조의 문법적 기본단위로서 한 번의 테이크를 통해 촬영된 장면 또는 커트와 커트 사이의 장면 혹은 커트와 동일한 개념으로 사용되기도 한다.

스릴러thriller
긴박감이나 서스펜스가 많이 들어 있는 영화의 총칭으로 미스터리 영화나 범죄영화, 경우에 따라서는 스파이 영화나 모험영화 등도 이에 해당한다. 플롯 전개는 대게 문제의 해결을 뒤로하고 관객의 관심을 유지시키면서 서스펜스를 점증시켜간다.

스캐닝scanning
축소인화나 확대인화가 행해질 때 수반되는 화면비율이 조정. 대형화면을 TV로 반영하기 위한 수평 스캐닝은 화면 비율을 감소시키고 16mm를 대형화면으로 상영하기 위한 수직 스캐닝은 화면비율을 증대시키게 된다.

스크린screen
영화가 영사되는 반투명, 불투명의 막으로 1906년에 책정된 표준 스크린의 사이즈는 화면비율이 1:1.33, 또는 3:4였으나 다양한 실험이 병행되어 오던 중 1950년대에 대형화면의 출현으로 1:2.55가 소개되고 또 일반화되었다.

스쿠루볼 코미디screwball comedy
1930년대 유행한 코믹극 중 한 종류로, 재치 있는 대사, 갈등과 애증을 결합시켜 한바탕 소란을 벌린 뒤 해피엔딩의 결말을 맺는다. 보통 연약한 남자, 자기 주장이 강한 여자가 등장한다.

스크린 쿼터제screen quarter system
외국영화에 비해 경쟁력이 뒤지고 있는 방화를 육성하기 위해 각 극장이 1년 상연 일수 365일 중 3/5인 146일 동안은 한국영화를 의무적으로 상영하도록 문화체육부가 법적으로 권고하는 제도

스타일style
유사성을 지닌 일단의 작품이나 개인적인 창조성을 예술작품과 연과시켰을 때 나타나는 일반형식 및 특성으로, 내용보다는 외형에, 표현된 것보다는 그것이 표현되는 방식을 가리키는 경우가 보편적이다.

스토리story
한 작품에 묘사된 사건의 연대기적 전개과정. 극적 구성상으로는 4-2-1-3의 순으로 전개되었다고 해도 스토리는 1-2-3-4의 순으로 이야기한다.

스튜디오studio
영화제작이 이루어지는 동안 촬영과 녹음이 이루어지는 무대, 또는 영화사가 소유한 촬영소나 음향무대, 부지 등을 총괄하는 명칭

스포트spot
집광으로 집광기에 의해 투사된 조명의 범위

슬랩스틱 코미디slapstick comedy
어릿광대가 연극을 할 때 장대 같은 막대를 들고 공연을 했던 것에서 유래됐다. 과장된 몸짓과 상대방을 제압할 듯한 거센 목소리를 내고 극을 이끌어 가는 것이 두드러진 특징이다.

슬레이트slate
촬영장면의 내용을 간단하게 기록한 소형의 검은 칠판. 여기에는 각 장면의 정보내용인 제목, 감독, 촬영기사, 롤번호, 장면번호, 촬영회수, 날짜 등이 기록되어 있어 이후 편집단계에서 효율적으로 작업할 수 있도록 한다. 클래퍼 보드clapper board, 클랩스틱clapstic, 슬레이트 보드slate board라고도 한다.

슬리퍼sleeper
무명 배우가 등장하고 저렴한 제작비의 독립프로덕션 시스템 형식으로 기대 이상의 흥행 성적을 올린 예상치 못한 히트작

시나리오scenario
영화를 만들기 위하여 쓴 각본. 장면이나 그 순서, 배우의 행동이나 대사 따위를 상세하게 표현한다. 영화 각본이라고도 한다.

시네마cinema
움직임을 뜻하는 그리스어 키네시스kinesis에서 유래된 용어. 영화사 초창기에는 영화 카메라나 영사기를 뜻하는 시네마토그래프의 대개념으로 사용되었으나 지금은 전체로서의 영화라는 포괄적인 의미로 사용된다.

시네마 노보cinema novo
1960년대 남미의 영화운동으로 로차Glauber Rocha와 도스 산토스Nelson Pereira dos Santos 등의 주도하에 브라질에서 발흥하여 남미 전역으로 확산되었다. 브

라질의 반식민주의, 민족주의의 입장에서 정치, 사회적 이데올로기와 순수 영
상미학적 스타일의 조화를 추구하는 한편, 경제적 독립을 위해 협동작업 및
협동배급을 도모하였다.

시네마떼끄cinematheque
영화 보관소를 뜻하는 프랑스어로 때로 예술 영화만 상영하는 영화관이나 영
화 동호회를 의미하기도 한다.

시네마스코프cinemascope
원래는 1950년대에 20세기 폭스20th Century-Fox 사가 개발한 상표명이었으나
이후 촬영과 영사에 애너모픽 렌즈를 사용하는 대형화면 방식의 대명사로 알
려지게 되었다. 시네마스코프에 의한 영화의 화면 비율은 2.66:1에서 1.66:1까
지 다양하지만 모두가 애너모픽 렌즈와 35mm 필름을 사용하는 공통점이 있다.

시네플렉스Cineplex
하나의 건물에 개봉상영물, 외화, 예술 영화, 특별상영물 등을 동시에 상영하
는 여러 개의 상영관을 갖춘 극장

시퀀스sequence
장소, 액션, 시간의 연속성을 통해 하나의 에피소드를 이루는 이야기가 시작
되고 끝나는 독립적 구성단위로 일련의 신이 모여서 하나의 시퀀스가 된다.

신scene
영화를 구성하는 단위 중의 하나로, 동일 장소, 동일 시간 내에서 이루어지는
일련의 액션이나 대사. 일반적으로 쇼트와 시퀀스의 중간 길이에 해당하며 통
계적으로 영화 한 작품(90분)의 경우 약 120개 내외의 신으로 이루어져 있다
고 보는 것이 통계이지만 작품에 따라서는 이 수치의 변화가 심하다.

심의등급rating

미국영화협회가 자체검열을 통해 연령별로 관람이 가능한 영화를 구분한 등급인 프로덕션 코드로, G등급은 모든 사람이 관람할 수 있고, PG는 부모 동반 하에 모든 사람이 관람할 수 있으며, R은 부모나 보호자의 동반이 없는 17세 이하는 관람할 수 없고, X는 성인용 영화 또는 도색영화로 21세 이하는 어떤 이유로도 관람 불가이다. 초창기의 등급이었던 M과 GP는 부모나 보호자의 동반이 없는 13세 이하는 관람할 수 없다는 규정이었으나 지금은 폐지되었다. 영국의 검열 등급은 누구나 관람할 수 있는 U, 보호자의 재량에 맡기는 A, 14세 이하는 무조건 관람 불가인 AA, 18세 이하 관람불가인 X등으로 분류되어 있다.

아사ASA

아사 속도ASA speed, 아사 노출지수ASA index라고도 한다. 1930년에 설립된 미국 표준협회American Standard Association에 의해 발표된 필름 감광유제의 감광 속도를 가리키는 약어로 아사 번호가 높을수록 감광 속도가 빠르다.

아이리스iris

화면의 중심부에 작고 새로운 화면이 나타나 점차 확대되면서 종국에는 화면을 가득 채우면서 디졸브 되는 장면전환의 한 기법으로 초창기 영화에서 많이 쓰였다.

앵글angle

사물을 보는 각도. 사진 렌즈로 촬영할 수 있는 범위가 렌즈 중심에 이루는 각도

안개 효과fog effect

작품의 표현 의도 상 고의적으로 안개의 효과를 내는 것. 연기 등의 발연제로

안개 총이나 럼블 포트 따위의 포그머신 또는 카메라 렌즈 앞에 부착하는 안개필터나 하얀 망사 등이 많이 사용된다.

양화positive
촬영이나 복사에 사용된 음화나 반전필름의 원본을 현상한 후 이를 복사한 인화필름의 총칭. 따라서 색채나 톤이 실제의 피사체와 동일하게 나타난다. 음화가 촬영용인데 반해 양화는 제작용 또는 인화용 필름이다. 일명 포지posi라고 한다.

오버숄더 샷over the shoulder shot
두 인물이 나타나는 장면에서 한 인물의 어깨너머로 상대방의 모습이 보이는 장면. 일반적으로 중사나 중접사로 이루어지며 전경의 어깨가 화면의 일부를 가리게 되어 구도의 깊이가 강조된다.

오페레타operetta
19세기 후반에 발달한 대중적인 음악 희극으로, 경가극輕歌劇이라고도 한다. 이탈리아어 오페라opera에 축소형 어미를 붙여 작은 오페라라는 의미이다. 오페레타는 오페라에 비해 작은 규모로 대사와 노래, 무용 등이 섞인 경가극. 가벼운 희극 속에 통속적인 노래와 춤을 넣은 오락성이 풍부한 음악극. 이후 1920년대에 들어서면서 미국으로 건너간 오페레타는 뮤지컬로 이행되었고, 특히 대중적인 악극형식으로서의 오페레타는 오늘날의 뮤지컬에도 많은 영향을 남기고 있다.

에필로그epilogue
작품의 본 줄거리가 끝난 후에 제시되는 정보화면이나 해설 따위, 특히 역사적 사실에 근거한 영화일 때 많이 사용되는데 이를테면 마지막 장면이 정지되면서 지금까지 작품 내에 제시되었던 내용 이후의 해설이 들리거나 설명자막으로 나타낼 때, 청사진과 타자체의 설명자막이 나타날 때, 또는 몽타주 시퀀스로 처리되는 경우가 이에 해당된다.

연기자actor/actress

영화작품 속에서 연기행위를 하는 사람 모두를 지칭하는 말로 일반적으로 남녀의 인간을 뜻하나 엄밀한 의미에서는 사람뿐만 아니라 동물, 생물과 무생물, 또는 선-형 등의 순수한 시각적 형태까지 모두가 연기를 담당한다고 볼 수 있다. 특히 미장센 관점에서는 카메라가 포착하는 모든 것을 뜻한다. 연기자는 여러 가지 측면에서 구별이 가능한데, 우선 연기자actor와 스타star의 구별은 전자가 자신을 극중의 등장인물로 변화시키는 반면, 후자는 외적인 개성을 가지고 등장인물을 자기화시킨다는 점에서 차이가 있다.

영상image

일반적으로 상, 심상, 영상, 등으로 해석되지만 영화에서는 특별히 영상이라고 하여 스크린에 나타나는 모든 요소를 가리킨다. 때에 따라서는 영화의 시각적 요소에만 한정하여 음향적 요소와 구별되기도 한다. 오늘날에는 음의 요소도 모두 영상에 포함시키고 있는 실정이므로 이러한 견지에서 본다면 사운드와 영상의 구분은 편의상 임의적인 취급이라고 할 수 있다.

영화film

필름과 촬영기에 의해 대상을 분석적으로 포착하여 현상, 편집을 통해 영사기에 의해 영사막 상에 종합적으로 재현하는 것. 필름은 일반적이고 중립적인 용어로 영화라는 예술 또는 진지한 형태로서의 예술을 뜻하는 시네마cinema와는 달리 영화작품 또는 정치 이데올로기적 측면을 가리킨다. 무비movie는 대중적인 오락, 산업, 상품으로서의 경제적 측면을 뜻한다.

영화사회학film sociology

일반적인 사회학에서와 마찬가지로 영화사회학은 영화의 사회적 기능에 대한 연구를 다룬다. 한 나라의 사회구조는 영화의 제작, 배급에서 관객에게 영향을 미친다. 영화사학자들은 영화의 사회적 기능을 순수한 선전으로서의 기능, 사회적 가치 확립의 기능, 사회변화를 선도하는 기능으로 나누어 파악하고 영화사를 서술해나가는데, 영화사회학에서는 이러한 관점을 바탕으로 사회, 정치적 반영 및 효과와 뉴스나 정보 등의 교육적 기능 그리고 대중오락으로서의 기능에 관하여 연구한다. 근자에 이루어지는 실제적인 측면의 영화 사회학은 영화산업과 그에 관련되는 자본, 정치, 대중의 관계와 영화가 사회전체의 커뮤니케이션 과정에 미치는 영향 등을 연구한다.

영화심리학film psychology

영화심리학은 크게 두 가지 측면에서 연구되어 왔다. 그 하나는 영화의 지각경험에 관한 게쉬탈트 심리학의 측면으로 특히 인간이 운동을 느끼게 되는 파이현상phi phenomenon과 시각의 지속성persistence of vision의 두 가지 원칙을 바탕으로 지각심리학을 전개시켜나간다. 또 하나의 측면은 작가와 그의 작품 속의 인물들의 심리상태와 관객의 반응 등을 시대적, 사회적 상황과의 상관관계를 두고 분석하는 사회심리학적인 측면이다.

영화학filmology

영화가 탄생한 이후 영화가 가지는 예술적, 사회적, 경제적 성격 등에 따라 영화미학, 영화 예술학, 영화심리학, 영화사회학, 영화 경제학 등 각기 독자적인 영역을 가지며 연구, 발전되어왔다. 그러나 1950년 후반부터 이러한 영화에 대한 각각의 시점을 영화의 본질에 대한 연구로 통합시킬 필요성이 서서히 부각되었다. 이러한 흐름을 바탕으로 프랑스의 코앙세아G.Cohenseat와 수리오Etienne Souriausms, '영화학 연구소'Institut de filmologie를 중심으로 체계적인 영화학 정립에 나섰다. 구체적으로 영화학연구소에서는 영상수용의 생리학 영화의 정신분석, 사회학, 영화제작의 경제적 콘테스트, 시각경험의 현상학, 현실감 등에 관하여 활발히 연구하였다.

코앙세아는 영화를 두 가지의 이론적 관점으로 분류했는데, 하나는 미학, 예술학, 예술심리학을 바탕으로 영화를 주체적으로 이해하려고 하는 관점이며, 또 하나는 사회학, 사회심리학, 경제학적인 객관적 시점으로 영화를 분석하는 관점이다.

오버랩overlap

한 화면의 끝 부분과 또 다른 화면의 시작 부분이 겹쳐지는 것. 이러한 기법은 편집자가 카메라의 위치나 거리의 이동에도 불구하고 행위의 단절이 없는 것처럼 보이도록 하기 위해서 두 개의 장면을 연결시킴으로써 그 기능을 완수한다.

와이프wipe

두 화면 간의 장면 전환효과의 하나로 앞의 화면이 스크린의 한쪽으로 사라지면 두 번째 화면이 반대쪽에서 나타나는 것

원형archetype

스타일, 내용, 표현 따위 면에서 일정한 장르의 전형이 되는 영화. 이를테면 활극영화의 원형은 포터Edwin S. Porter의 〈대열차 강도〉The Great Train Robbery(1903)이다.

제7예술seventh art

1916년 이탈리아의 시인이자 영화평론가인 리치오토 까뉴도Ricciotto Canudo가 영화를 가리켜 음악, 무용, 조각, 건축, 시, 회화에 이은 제7의 예술이라 불렀던 데서 유래된 개념이다.

주제음악theme music

영화 전반을 통해서 반복되어 나타나는 음악. 주로 영상을 위한 배경음악으로 쓰이지만, 때로는 특정인물이나 장소를 연상시키거나 대위법적으로 사용되기도 한다.

줌zoom

피사체의 상대적인 크기와 초점거리를 변화시키는 방법으로 카메라를 고정시킨 채 줌렌즈를 사용하여 촬영되거나, 카메라가 직접 피사체로 다가가거나 멀어짐으로써 변화되는 것을 가리킨다.

착란원circles of confusion

초점면의 한 점을 중심으로 그 주위를 둘러싼 원형의 부분에 있는 물체일수록 초점면보다 먼 곳에 초점거리가 형성되므로, 실제로 초점면에는 하나의 정확한 점이 아니라 선명하지 못한 원반모양으로 맺히게 되는 것을 말한다.

청년영화youth-culture film

자신들의 방식대로 마음껏 자신들의 삶을 영위함으로써 부패되고 소멸되어가는 성인들의 세계에 반항하고자 하는 일단의 청년들을 주로 다룬 영화. 특히 미국의 경우에는 1969-1970년경에 월남전이 미국사회에 끼친 영향에 대해 대학사회를 중심으로 하는 청년들이 새로운 세계를 부르짖는 모습을 그린 영화들이 나타나 기존의 영화문화에 충격을 준 바 있다.

초점거리focal length

무한대에 초점을 맞췄을 때 렌즈의 주점으로부터 초점면까지의 거리. 각 렌즈의 초점거리는 밀리미터mm나 인치inch로 표시한다. 일반적으로는 초점거리가 긴 렌즈일수록 화각이 좁고 심도가 얕으며, 짧을수록 화각이 넓고 심도가 깊다.

코드번호code numbers

동시녹음으로 촬영된 필름을 현상한 후 작업용 필름을 사용하는 편집기사에게 영상과 사운드의 동조표시를 제공하도록 하기 위해서 인화필름과 음대 모두의 테두리에다 1피트마다 인화한 연결번호이다.

콘솔console

녹음, 재녹음, 모니터링 또는 믹스가 행해지는 동안 여러 개의 음대를 결합시키는 등의 목적을 위해 음향 스튜디오에서 사용하는 조정판이다.

쿨미디어와 핫미디어cool media and hot media

여러 감각의 활용을 이끌어 내어 수용자의 주의력과 참여도를 높이는 매체. 맥루언이 고안한 용어로 어떤 내용의 판단의 근거로 삼는 것을 매체의 내용이 아니라 기술로서의 매체 자체라는 것이다. 모든 매체는 특정 기술의 산물이며 그 매체가 담게 되는 내용의 성격도 그 기술의 속성에서 벗어날 수 없다는 것. 예로 동일한 문제를 신문과 텔레비전에서 각기 다른 방식으로 다룰 수밖에 없듯이 매체가 우리 인간에게 영향을 미친다면 기술적 속성이 일차적 작용을 한다는 것. '매체가 메시지'라는 이유도 여기에 있다.

크레인 쇼트crane shot

일반적으로는 카메라를 크레인 쇼트 상에 설치하여 상하, 전후, 좌우로 자유롭고도 유연하게 움직이면서 촬영한 이동화면을 가리키지만 가장 간단한 이동화면인 들고 찍기처럼 무릎을 꿇었다가 일어나면서 촬영한다거나 계단을 오르내리며 촬영하는 형태도 포함된다.

크로노포토그래피chronophotography

과학적인 연구에 사용할 목적에서 움직임의 연속적 국면을 사진적으로 기록한 영상. 오늘날에도 탄도학 등의 과학 분야에서 긴요하게 사용된다.

크로스 커팅cross cutting
서로 대조적인 독립된 장면을 교차해서 보여주는 편집 기술. 영화에서 범인과 추격하는 경찰이 왔다 갔다 하는 모습을 교대로 보여줄 때 쓰인다.

클로스 쇼트close shot
엄밀히 말하면 클로즈 업close-up과 거의 동일한 용어로 쓰인다. 물체를 대상으로 할 때는 부피의 크기에 따라 화면을 잡는 크기가 달라진다. 사람을 목표로 잡으면 머리 윗부분에서 허리까지 잡는다. 이런 촬영법은 극중 인물을 드러내고 의미 있는 사건의 암시와 드라마의 극적 긴장감을 높일 때 사용한다.

클로우즈업close-up
주제를 부각시키기 위해 화면에 가득 차게 카메라를 근접시키는 경우를 말하는데, 우리말로는 접사, 근접촬영에 해당된다.

키네스코프kinescope
TV화면을 영상으로 옮기는 방식. 비디오테이프가 개발되기 전인 50년대에 재방송을 위해 쓰였던 방법으로 화질이 양호하지 못했다. 보통 키네kine, 키니 kinny로 약칭된다.

키네토스코프kinetoscope
1889년에 에디슨Thomas Edison과 딕슨 W.K.L. Dickson이 발명한 일인 일회용 영화 감상 기구

타이트 쇼프tight shot
피사체가 프레임을 가득히 채우고 있어 빈 공간이 거의 보이지 않는 화면으로서 관객과 피사체의 거리가 극도로 가까워짐에 따라 연루감을 느끼도록 할 때를 가리킨다.

테이크take

어떠한 중단이나 방해가 없이 촬영된 하나의 연속적인 화면 단위, 즉 쇼트의 다른 말이나 현장의 기술적인 면에서 카메라의 작동 스위치가 한 번 기능한 때를 가리킨다.

톤tone

영상색채의 색조나 영상의 명암대비나 명도영역 또는 음향의 질이나 특성과 영화작품의 정서적 분위기를 말한다.

트레일러trailer

예고편 또는 영화가 개봉되기 전에 선전을 목적으로 상영되는 단편영화

트래킹 쇼트tracking shot

trucking shot, traveling shot, dolly shot 등과 같은 개념. 카메라가 물체나 사람에게 다가가며 촬영하는 것을 tracking in, 점차 떨어져서 찍는 것을 tracking out이라고 한다.

특수효과special effect(SP-EFX)

일반 영화용 카메라로는 얻기가 곤란한 특별한 효과를 후반단계에서 각별한 방법을 통해 만들어내는 이동매트, 정지매트, 현미경촬영, 다중영상, 분리화면, 합성장면 등을 말하거나 폭파, 화재, 배나 우마차의 요동 등 물리적 영상을 제작하는 특수한 기법이다.

파노라마panorama

전체화면이 광각의 쇼트로 보이거나 패닝 쇼트에 의해 보이는 것이나 연속적으로 나타나는 전경

팜므 파탈famme fatale

팜므 파탈은 프랑스어로 '치명적인 여자'라는 뜻. 흔히 우리말에서는 악녀의 캐릭터로 통한다. 화려한 외모와 선정적인 몸매의 한 여자가 한 남자를 감미롭게 유혹한 후 파멸로 이끌고 때로는 공멸을 자초하기도 한다.

패닝panning

카메라의 상하 수직이동

패러디parody

심각한 내용의 영화 속에서 가볍게 웃을 수 있는 장면을 삽입하는 것으로, 이따금 진지한 작품의 스타일이나 관습, 또는 모티브를 조소하는 데도 쓰인다.

페르소나persona

마스크Mask를 뜻하는 라틴어로서 영화, 연극, 문학 등의 등장인물로 작가나 감독에 의해서 영화상에 창조된 특히 리얼리티의 이면과 상호관계를 갖도록 창조된 등장인물의 심리적 이미지를 가리킨다.

페이소스pathos

고통을 뜻하는 그리스어에서 유래된 용어로서 극중의 연기자에게 동정과 연민의 감정을 불러일으키게 하는 극적인 표현방식. 이때의 주인공은 선천적인 성격상의 결함이 아니라 운명이나 일반적인 주위 상황의 불운한 희생자이다.

편집editing

커팅cutting, 몽타주montage, 어셈블리assembly라고도 한다. 촬영과 현상이 끝난 필름을 일정한 목적에 따라 적절히 연결하고 일관되고 연속성이 있는 하나의 작품이 되도록 하는 제작단계이다.

평행편집parallel editing

서로 다른 장소에서 동시에 발생하고 있는 행위를 번갈아가며 보여주는 편집 기법. 이러한 방법은 긴장감의 고조나 시간의 경과를 응축시키는 목적에 사용 된다. 평행몽타주parallel montage, 평행전개parallel development, 교차편집cross cutting, 인터커팅inter cutting으로 불리기도 한다.

풀 쇼트full shot

화면으로 물체의 전체 상태를 알아 볼 수 있도록 찍는 것. 사람이 대상이면 전체 신장을 찍는다.

프레임frame

필름을 구성하고 있는 연속적인 이미지 중의 하나이자 최소 단위

프레임 인frame in

피사체가 카메라의 화각 안으로 들어오는 것. 이와는 반대로 피사체가 프레임 밖으로 벗어나는 것을 프레임 아웃frame out이라고 한다.

프로파간다propaganda film

국가나 단체의 단결을 강화하거나 적대세력, 중립세력을 비난, 파괴시킬 목적 으로 제작되는 영화를 말한다. 1898년 스미스Ablert Smith와 블랙톤J. Stewart Blacktone의 〈스페인 국기 아래에서 울다〉Tearing down the Spainsh Flag는 맹목 적 애국주의에 물든 대중을 고무하는 내용의 영화로 최초의 선전영화이다.

필름 느와르film noir

어둡고 냉소적이며 비판적인 분위기를 물씬 풍기는 영화에 대한 프랑스 비평 가들이 붙여준 용어이며, 영어로는 black film으로 번역된다. 18세기 프랑스와 19세기 영국에서 유행한 고딕풍 소설을 지칭했던 Roman Noir(Black novel)에

서 유래되었다.

하드보일드hard-boiled

1920년대부터 미국 문학에 나타난 창작 태도로서 현실의 냉혹하고 비정한 일을 감상에 빠지지 않고 간결한 문체로 나이브하게 묘사하는 수법이다. 헤밍웨이의 『살인자』같은 작품이 해당된다.

Adorno, Theodor. & Horkheimer, Max. (1977) "The Cultural Industry, Enlightenment as Mass Deception," in J. Curran et al.(eds), *Mass Communication and Society*, London: The Open University, German edition, 1944.

Andrew, Dudley. *Major Film Theories: An Introduction*. New York: Oxforf UP, 1976. 『현대영화이론』, 조희문 옮김, 서울: 한길사, 1988.

Austin Jane. *Sense and Sensibility*. Penguin Books, 2003.

Baudrillard, Jean(1981) *Simulacres et Simulation*, Paris: Edition Galilee, 『시뮬라시옹』, 하태환 옮김, 서울: 민음사, 1992.

Bennett, Tony. *Popular Fiction*. London: Routledge, 1990.

Berman, Ronald. *The Great Gatsby and Modern Times*. Urbana: University of Illinois Press, 1996.

Belton, John. *American Cinema/American Culture*. New York: McGraw-Hill, 1994.

Bignell, Jonathan. *Writing and Cinema*, Longman, 1999.

Boose, Linda E., ed. Shakespeare, *The Movie: Popularizing the Plays on Film, TV, and Video*. London: Routlege, 1997.

Bordwell, DAvid, and Kristin Thompson. *Film Art: An Introduction*. New York: Alfred Knopf, 1986.

Borges, Jorge Luis(1979) Borges oral, *Emece Editoires/Editorial de Belgrano*, 『허구들』, 박병규 옮김, 서울: 녹진, 1992.

Boumelha, Penny. *Thomas Hardy and Women Sussex*: The Harvester Press, 1982.

Brady, Leo. *The World in a Frame*. Garden City, NY: Anchor Press, 1977.

_____. *Film Theory and Criticism: Introductory Readings* 5th., Oxford, 1999.

Bronte, Emily. *Wuthering Heights*. Cambridge UP. 2001.

Cartmell, Deborah. *Interpreting Sheakespeare on Screen*. Basingstock and London: Macmillan, 2000.

Cavell, Stanley. *The World Viewed*. Cambridge: Harvard UP, 1979.

Cooper, James Fenimore. *The Last of the Mohicans*. London: Penguin, 1986.

Corrigan, Timothy. *Film and Literature*. Upper Saddler River, N.J.: Prentice Hall, 1999.

Costanzo, William v. "Polanski in Wessex: Filming Tess of the d'Urbervilles" *Literature/Film Quarterly* 9.2 (1981): 71-78.

Coyle, Martin. *Encyclopedia of Literature and Criticism*, Routlege, 1991.

Davies, Anthony. *Shakespeare & the Moving Image: The Plays on Film & Television*, Cambridge, 1995.

De Bruin, Frans, "Genre Criticism." *Encyclopedia of Contemporary Literary Theory*. Ed. Irena R. Makaryk. Toronto: U of Toronto P, 1993.

Dickens, Charles. *Great Expectations*, Oxford UP., 2001.

_____. *Oliver Twist*, Oxford UP., 1998.

Dir, Michael Mann. *The last of the Mohicans*. 20th Century Fox, 1992.

Donaldson, Peter. *Shakespearean Films/Shakespearean Directors*. Boston: Unwin Hyman, 1990.

Easthope, Antony. *Contemporary Film Theory*, Longman, 1944.

_____. *Literary into Culture Studies*. London. Routledge, 1991.

Eidsvik, Charles. *Cineliteracy: Film Among the Arts*. New York: Random House, 1987.

Eisenstein, Sergei, *Dickens, and the Film Today, Film Theory and Criticism: Introductory Readings, Fourth Edition*. Eds. Gerald Mast, Marshall Cohen, and Leo Braudy.

New York: Oxford UP, 1992.

Ermarth, Elizabeth. "Maggie Tulliver's Long Suicide." *Studies in English Literature*, V.14 (Autumn, 1974), pp.587-601.

French, Philips. *Westerns: Aspects of a Movie Genre*. London: Secker and Warburg, 1977.

Giannetti, L. *Understanding Movie 6th*, Prentice Hall, 1993.

Harris, Thomas. *The Silence of Lambs*. St. Martins, 1989.

Hawthorne, Nathaniel. *The Scarlet Letter*, Harcourt School Press, 1995.

Hemingway, Ernest. *For Whom the Bell Tolls*, Simon & Schuster, 1995.

_____. *The Snow of Kilimanjaro*, Simon & Schuster, 1995.

Kesey, Ken. *One Flew Over the Cuckoo's Nest*, Upper Saddler River, N.J.: Prentice Hall, 1999.

King, Stephen. *Rita Hayworth and Shawshank Redemption*. Different Seasons. Stephen King. New York: Penguin Group, 1982.

Kaminsky, Stuart. *American Film Genres*. Chicago: Pflaum Publishers, 1974.

Kellner, Douglas. *Media Culture: Cultural Studies, Indentity and Politics Between the Modern and the Postmodern*. London: Routledge, 1995. 『미디어문화』, 김수정. 정종회 옮김. 서울: 새물결, 1997.

Kristine Thompson, David Bordwell, *Film History: An Introduction*, McGrowhill. INC, 1994.

Lawrence, D. H. The Lady Chartterly's Lover, Milligan, Spike ed. Batam, 1999.

Mast, Gerald, and Marshall Cohen, eds. *Film Theory and Criticism*. New York: Oxford UP, 1974.

McLuhan, Marshall. *Understanding Media: The Extensions of Man*, New York: A Signet Book, 1964.

Mitch, Margaret. *Gone with Wind*, Warner Book, 1999.

Munsterberg, Hugo. *The Means of the Photoplay, Film Theory and Criticism: Introductory*

Readings, Fourth Editions. Eds. Gerald Mast, Marshall Cohen, and Leo Braudy. New York: Oxford UP, 1992.

Nichols, Bill. *Ideology and Image*. Bloomington: Indiana UP, 1981.

O'Donnell, Owen. *Contempory Theatre, Film and Television Vol. 8*, Gale, 1990.

Paech, Joachim. *Literatur und Film*(1988), Stuttgart: J.B. Metzlersche Verlagsbuchhandlug. 『영화와 문학에 대하여』, 임정택 옮김. 서울: 민음사, 1997.

Preacock, R.B. *The Art of Movie-Making: Script to Screen*, Prentice Hall, 2001.

Reinhart, Kelly. ed. *Pocahontas*. 시사영화사 옮김. 1999.

Sarris, Andrew. *The American Cinema*. New York: E.P. Dutton, 1968.

Schatz, Thomas. *Hollywood Genres*. New York: McGraw-Hill, 1981.

Schroder, Kim Christian and Skovmand, Michael. *Media Cultures: Reappraising Transnational Media*. London: Routledge, 1992.

Segal, Erich. *Love Story*, Oxford UP. 2001.

Sklar, Robert. *Movie-Made America*. New York: Vintage Books, 1975.

Sobchack, Thomas and Vivian Sobchack. *An Introduction to Film*. Boston: Little, Brown and Company, 1987.

Sommers, Stephen. Director. *The Adventures of Huckleberry Finn*. Walt Disney Pictures, 1993.

Twain, Mark. *The Adventures of Huckleberry Finn*. New York: Bantam Books, 1981.

Wharton, Edith. *The Age of Innocence*, Bantam Classics & Loveswept, 1996.

Wollen, Peter. *Signs and Meaning in the Cinema*. Bloomington: Indiana UP. 1972.

Wood, Michael. *American in the Movies*. New York: Delta Book, 1975. 『영화 속의 미국』, 시찬주 · 성미숙 옮김, 서울: 현대미학사, 1996.

Woolf, Virginia. *Orlando*, Lyons, Brenda ed. Penguin. 1993.

고지문, 『최근 미국여성소설과 작품세계』, 서울: 신아사, 1999.

공지영, 『무소의 뿔처럼 혼자서 가라』, 파주: 푸른숲, 2001.

권오경 외, 『현대미국소설의 이해』, 서울: 동인, 2002.

구인환 · 구창환, 『문학개론』, 삼지원, 1987.

김동규, 임선애, 심지현 지음, 『문학과 영화 이야기』, 서울: 학문사, 2002.

김중철, 『소설과 영화』, 서울: 푸른사상, 2000.

김봉군 외, 「오영수론」, 『한국현대작가론』, 서울: 민음사, 1984.

김성곤, 『김성곤 교수의 영화에세이: 영상시대의 문화론』, 서울: 열음사, 1994.

_____, 『문학과 영화』, 서울: 민음사, 1997.

_____, 『헐리웃: 20세기 문화의 거울』, 서울: 웅진출판, 1997.

김경수, 「소설과 영화적 상상력의 전개 양상」, 『문학사상』 12. 1995.

김수남, 『영화예술입문』, 서울: 새미, 2001.

김시무, 『영화예술의 옹호』, 서울: 현대미학사, 2001.

김시태, 『문학의 이해』, 서울: 이우, 1985.

김의락, 『실용영미문학비평』, 서울: 신아사, 2000.

김의준, 「히치콕의 작품(The Man Who Knew Too Much)의 서스펜스 구축과정에 대한 연구」, 한양대 연극영화과 석사논문, 1993.

김영훈, 「영상시대로의 전환」, 『사회비평』 18 (1998): 42-61.

김준오 외 7인, 『문학의 이해』, 서울: 새문사, 1986.

김중철, 「소설 속에서의 영화 쓰임에 대하여」, 『한국언어문화』 18 (2000): 167-195.

김중철, 「영화의 대중성과 소설의 확장 가능성」, 『문화변동과 인간 그리고 문화연구』, 한국미래문화연구소 편, 2001.

김지석, 『한국영화 읽기의 즐거움』, 책과 몽상, 1995.

김진명, 『무궁화꽃이 피었습니다』, 서울: 해냄, 2003.

댄 브라운, 『천사와 악마』, 양선아 옮김. 서울: 대교, 2004.

더들리 안드류, 『현대영화이론』, 조희문 옮김. 파주: 한길사, 1995.

데이빗 린, <닥터 지바고>, MGM Presents, A Carls Ponti Production, 1965.

데이빗 보드웰 크리스틴 톰슨, 『영화예술, 이론과 실천』, 주진숙 · 이용관 옮김. 1993.

드라이저, 『아메리카의 비극』, 서울: 일신서적, 1995.

랄프 스티븐슨 · 장 R. 데브릭스, 『예술로서의 영화』, 송도익 옮김. 파주: 열화당, 1994.

로버트 리처드슨,『영화와 문학』, 이형식 옮김. 서울: 동문선, 2000.

로버트 레슬리 · 마이클 웨스틀레이크,『현대영화이론의 이해』, 이영재 · 김소연 옮김. 서울: 시각과 언어, 1995.

롤랑 부르뇌프 · 레알 월레,『현대소설론』, 김화영 편역. 서울: 문학사상사, 1992.

루이스 쟈네티,『영화의 이해』, 김진해 옮김. 서울: 현암사, 1987.

르네 프레달,『세계영화 100년사』, 김희균 옮김. 서울: 이론과 실천, 1999.

문학과문학교육연구소,『문학의 이해』, 삼지원, 1997.

문학과영상학회,『영미문학영화로 읽기』, 서울: 동인, 2001.

_____,『영화 속 문학이야기』, 서울: 동인, 2002.

문학사연구회,『소설구경 영화읽기』, 서울: 청동거울, 1998.

미야베 미유키,『화차』, 이영미 옮김. 파주: 문학동네, 2012.

밀란 쿤데라,『참을 수 없는 존재의 가벼움』, 이재룡 옮김. 서울: 민음사, 1999.

민병기 외,『한국영상문학』, 고양: 문예마당, 1998.

박성봉,『대중예술의 미학』, 서울: 동연, 1994.

백동호,『실미도』, 파주: 밝은세상, 1999.

변재길,『영상시대의 문화코드』, 서울: 동인, 2012.

볼프강 가스트 지음, 조길예 옮김.『영화』, 서울: 문학과지성사, 1999.

블라디미르 나보코브.,『로리타』, 한경희 옮김. 큰산, 1995.

빅토르 위고,『레미제라블』, 강명희 옮김. 서울: 하서, 2003.

_____,『레미제라블』, 서울: 청목사. 2001.

서인숙,『영화비평의 이론과 실제』, 서울: 집문당, 1998.

수잔 헤이워드,『영화사전: 이론과 비평』, 이영기 옮김. 서울: 한나래, 1997.

시네마트,. <무궁화 꽃이 피었습니다>(비디오 상 · 하), 1995.

시모어 채트만,『영화와 소설의 서사구조』, 김경수 옮김. 서울: 민음사, 1990.

심경석,『인터넷 영화읽기』, 서울: 지영사, 2000.

신강호,「신형식주의 영화 이론에 대한 일고찰」, 중앙대학교 연극영화과 박사논문, 1996.

아가사 크리스티,『그리고 아무도 없었다』, 김유미 옮김. 서울: 황금가지, 2002.

아놀드 하우저, 『문학과 예술의 사회사』(현대판), 백낙청 · 염무웅 옮김. 파주: 창작과비평, 1985.

안정효, 『전설의 시대』, 파주: 들녘, 2002.

앙드레 고드로 · 프랑수아 조스트., 『영화서술학』, 송지연 옮김. 서울: 동문선, 2001.

앙마뉘엘 툴레, 『영화의 탄생』, 김희균 옮김. 서울: 시공사, 1996.

에밀리 브론테, 『폭풍의 언덕』, 김병익 옮김. 서울: 신아사, 2001.

요아힘 패히, 『영화와 문학에 대하여』, 임정택 옮김. 서울: 민음사, 1997.

요아힘 패히, 임정택 옮김, 『영화와 문학에 대하여』, 민음사, 1997.

원명수, 『문학입문』, 대구: 계명대학교출판부, 1982.

원용진, 『대중문화의 패러다임』, 서울: 한나래, 1996.

윤정헌 외, 『문학과 영화 사이』, 서울: 중문, 1998.

위기철, 『아홉 살 인생』, 파주: 청년사, 2004.

이강화, 『문학과 영화 그리고 텍스트 읽기』, 새한철학회 가을발표집. 2008. 11.

이만교, 『결혼은 미친 짓이야』, 서울: 민음사, 2000.

이문열, 『우리들의 일그러진 영웅들』, 서울: 민음사, 1992.

이청준, 『서편제』, 서울: 열림원, 2000.

이청준, 『밀양』, 서울: 열림원, 2007.

이향만, 『미국소설과 영화의 만남』, 서울: 도서출판 동인. 2005.

_____, 『주홍글자』, 서울: 동인, 2001.

_____, 『위대한 개츠비』, 서울: 동인, 2001.

_____, *The Adventures of Tom Sawyer/The Adventures of Huckleberry Finn*, 서울: 동인, 1999.

이형식, 「깨뜨리고 다시 만들기: 한국에서의 새로운 영문학 커리큘럼을 위하여」, 『영어영문학』 44.3 (1998): 749-769.

장세진, 『한국영화산책』, 서울: 예문, 1995.

잭시 앨리스, 변재란 옮김, 『세계영화사』, 서울: 이론과 실천, 1988.

조세희, 『난장이가 쏘아올린 작은 공』, 서울: 창작과비평, 2005.

조정래, 『태백산맥』, 서울: 해냄, 2002.

존 보인, 『줄무늬 파자마를 입은 소년』, 정희성 옮김. 서울: 비룡소, 2007.

존 스타인벡, 『분노의 포도』, 김승욱 옮김. 서울: 민음사, 2008.

주제 사라마구, 『눈먼 자들의 도시』, 정영옥 옮김. 서울: 해냄, 2009.

최인호, 『별들의 고향』, 상 · 하. 서울: 샘터, 1994.

_____, 『별들의 고향』, 한국대표단편선 8. 서울: 홍신문화사, 2003.

_____, 『별들의 고향』, 베스트셀러 한국문학선. 서울: 소담, 1995.

하퍼 리, 『앵무새 죽이기』, 서울: 문예출판, 2002.

한국영화학교수협의회, 『영화란 무엇인가』, 서울: 지식산업사, 2002.

한애경, 『조지 엘리어트와 여성문제』, 서울: 동인, 1998.

할레드 호세이니, 『연을 쫓는 아이』, 왕은철 옮김. 서울: 현대문학, 2010.

허만욱, 『문학, 영화로 소통하기』, 서울: 도서출판 보고사, 2010.

호세 오르테가 이 가세트, 『예술의 비인간화』, 박상규 옮김. 파주: 미진사, 1995.

토마스 소벅 · 비비안 소벅, 『영화란 무엇인가, 영화의 역사 ─형식 기능에 대한 이해』,
　　　주창규 옮김, 서울: 거름, 1998.

토마스 해리스, 『양들의 침묵』, 이윤기 옮김, 서울: 창해, 1999.

팀 비워터 · 토마스 소벅, 『영화비평의 이해』, 이용관 옮김. 현대영화연구회 옮김. 예건
　　　사, 1994.

파트리크 쥐스킨트, 『향수』, 파주: 열린책들, 2008.

프란츠 슈탄젤, 『소설의 이론』, 문학과비평사, 1990.

피터 웰렌, 『영화와 기호와 의미』, 최영철 옮김. 서울: 집문당, 1990.

ㄷ

ㄹ

ㅂ

ㅇ

ㅈ

ㅊ

ㅍ

ㅎ